# 골품의 탑

# 골품의 탑

발행일 2018년 9월 14일

지은이 박 해 수
펴낸이 손 형 국
펴낸곳 (주)북랩
편집인 선일영　　편집 오경진, 권혁신, 최승헌, 최예은, 김경무
디자인 이현수, 김민하, 한수희, 김윤주, 허지혜　　제작 박기성, 황동현, 구성우, 정성배
마케팅 김회란, 박진관, 조하라
출판등록 2004. 12. 1(제2012-000051호)
주소 서울시 금천구 가산디지털 1로 168, 우림라이온스밸리 B동 B113, 114호
홈페이지 www.book.co.kr
전화번호 (02)2026-5777　　팩스 (02)2026-5747

ISBN 979-11-6299-321-7 03810 (종이책)　979-11-6299-322-4 05810 (전자책)



이 도서의 국립중앙도서관 출판예정도서목록(CIP)은 서지정보유통지원시스템 홈페이지(http://seoji.nl.go.kr)와 국가자료공동목록시스템(http://www.nl.go.kr/kolisnet)에서 이용하실 수 있습니다.
(CIP제어번호: CIP2018028925)

박해수 장편소설

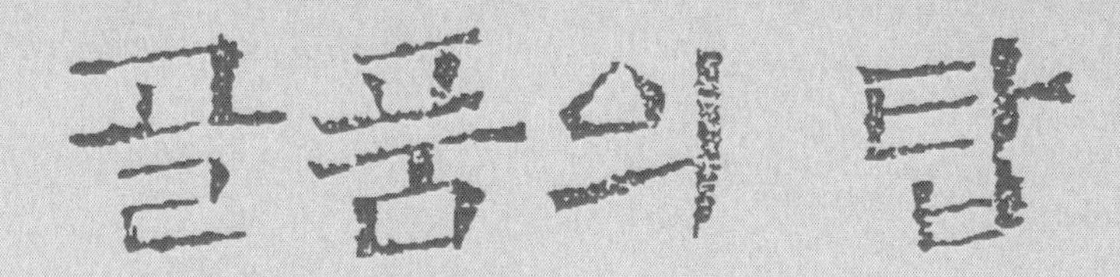

나의 희생으로 새로운 시대가 시작된다면
기꺼이 목숨을 내놓겠다. 청춘이여 만세!

북랩book Lab

1

거대한 문 앞에 죄수 5명이 일렬로 선다. 이윽고 무당이 나와 외친다.

무당: 죄수들 앞으로! 너희들은 죄수. 스스로 감옥 앞에 선 자들이여.
그대들이 짊어질 죗값을 큰 소리로 외쳐 보아라.

죄수1: 노력하지 않은 죄.

무당: 어떻게 속죄 하겠는가?

죄수1: 무한한 성실과 골품에 대한 복종으로 속죄하겠나이다.

무당: 너를 노력죄로 칭하노라. 다음 번 죄수여, 너의 죄는?

죄수2: 주제를 모르는 죄.

무당: 어떻게 속죄 하겠는가?

죄수2: 내 자신을 잃어버리고 시키는 대로 하겠나이다.

무당: 너를 망상죄로 칭하노라. 다음 번 죄수여, 너의 죄는?

죄수3: 눈치 없는 죄.

무당: 어떻게 속죄 하겠는가?

죄수3이 죄수2의 눈치를 보며 말하길

죄수3: 시키는 대로 하겠나이다.

무당: 너를 눈칫죄로 칭하노라. 다음 번 죄수여, 너의 죄는?

죄수4: 외향적이지 못한 죄.

무당: 어떻게 속죄 하겠는가?

죄수4: 제 자신의 모습을 부끄러이 여기고, 에… 그러니까….

무당이 만족한 표정으로 죄수4의 머리를 쓰다듬으며 말하길

무당: 너를 외향죄로 칭하노라. 네 성격을 부숴가며 속죄하도록 하여라.

무당이 다음 번 죄수 앞에 서서 크게 외치길

무당: 오오, 죄수여. 너의 죗값만큼 흉측한 것이 이 감옥에 또 있으랴.

네가 저지른 죄는 감옥에서 가장 추악한 것.

살인보다 잔인하고, 강간보다 무서우며, 사기보다 더러운 것.

죄인이여, 그대가 저지른 중범죄를 큰 소리로 외쳐 보아라.

죄수5: 남들과 다른 죄. 다름죄를 지었소.

무당: 어떻게 속죄 하겠는가?

죄수5: 골품의 탑에 올라보겠소.

문이 열리며 뼈로 이루어진 거대한 탑이 나타난다.

무당: 보아라, 저 웅대함을!

숭배하라, 저 웅장함을!

너희 죄수들은 이 감옥에서 죗값을 속죄해야 하느니라.

무릎을 꿇어라. 골품의 탑 앞에서.

머리를 조아려라. 골품의 탑 앞에서.

백색의 죄수복으로 갈아 입고

이곳에 있는 죄수들과 함께 골품의 탑에 올라

그대들이 저지른 죗값을 속죄하라!

죄수들: 속죄하겠나이다.

무당이 떠나자 죄인들이 모여 이야기를 한다.

망상죄: 별것도 아닌 탑에 오르는 것뿐인데 입소식 한 번 더럽게 거창하군.

눈칫죄: 쉿! 조용히 하시오. 무당들 귀에 들리겠소.

다름죄: 이보시오, 죄인들! 이렇게 같이 감옥에 들어온 것도 인연인데 서로의 역사에 대해 알아볼 수 있겠소? 나는 사관이라오. 나는 주변을 관찰하고 기록하는 것을 즐긴다오. 그대들을 알아갈 수 있는 영광을 내게 주시겠소?

외향죄: 저… 저기… 저는….

노력죄: 내 소개부터 하지요. 나는 이제까지 인생을 낭비하며 살았다오. 나는 이 감옥이 낳은 패배자이올시다. 어떻게 인생에서 패배했는지는 묻지 마시오. 패배자의 변명은 눈살 찌푸리게 하는 동정심만 일으킬 뿐이오. 나는 과거만 생각하면 목구멍에서 올라오는 분노의 울음소리를 멈출 수가 없소. 나는 속죄하려하오. 우리들 앞에 우뚝 선 저 거대한 골품의 탑에 올라 백색의 죄수복을 벗고 황색의 관복을 입으려 하오.

망상죄: 내 소개를 하오. 나는 인생을 방황하면서 살아왔소. 내 주제를 모르고 스스로를 영웅이라고 믿으면서 시간을 낭비했다오. 나는 한 때 감옥 밖에서 용감히 싸웠다오. 하지만 패배했소. 패배한 장수에게 변명의 여지가 있겠소? 난 속죄를 위해 골품의 탑에 오르려하오. 다시는 스스로를 영웅으로 착각하는 망상에 빠지진 않겠나이다.

눈칫죄: 나도 방황했소. 나는 망상죄와 형제라오. 망상죄를 형님처럼 따르고 있소. 나도 골품의 탑에 오르겠소. 올라서 속죄하겠소.

다름죄: 그대들의 짤막한 역사를 알려주어 감사하오. 내 소개를 올리리라. 난 죄인이 아니오.

망상죄: 하하하. 이 감옥에서 가장 추악한 죄를 지은 죄인께서 죗값이 없으시다는구나.

다름죄: 나는 감옥에 들어왔소. 죄명을 부여받은 것도 사실이오. 골품의 탑에도 오르겠소. 허나 나는 스스로를 죄인이라 생각하지 않소. 어쩔 수 없이 골품에 탑에 오를 수밖에 없지만, 그렇다고 스스로를 죄인 취급하진 않겠소. 나는 죄인이 아니오. 남들과 다른 나는 죄인이 아니오.

외향죄: 저도 소개를 좀…. 저희 가문은 대대로 감옥을 돌보는 일을 맡아 왔습니다. 늙고 병든 죄수분들을….

무당들이 등장하여 죄수들 앞에 선다.

무당들: 죄수들이여. 이제 시작하노라.
너희들의 속죄는 지금이요, 미래가 아니다.

지금은 사육을 미래엔 존경을
지금은 고통을 미래엔 기쁨을
지금은 절망을 미래엔 희망을
골품의 탑에 오르기 위하여!
자, 비, 청, 황의 아름다운
관복의 색들을 우러러 보아라.
자색은 아니 된다. 너희들은
자색을 입을 태생이 아니다.
비색은 불가능하다. 너희들은
비색을 입을 능력이 안 된다.
청색은 힘들다. 너희들은
청색을 입을 지식이 모자라다.
황색을 보아라. 황색을 보아라.
너희들은 황색만 입어도 속죄를
할 수 있노니,
황색만 바라보고 골품의 탑에
올라라!
골품의 탑에 오르기 위하여!

합창: 골품의 탑에 오르기 위하여!

무당: 모두 고개를 들어 탑 위의 공주님들을 보아라!

황색으로 물든 골품의 탑 위에 아리따운 공주님들이 손을 흔들며 죄수들을 유혹했다.

무당: 공주님들의 아름다운 자태를 찬양하라.
너희들 중 가장 다르지 않게 행동한 죄수
너희들 중 가장 주제를 빨리 파악한 죄수
너희들 중 가장 눈치를 본 죄수

너희들 중 가장 노력한 죄수

너희들 중 가장 외향적인 죄수에게

공주님은 마음을 허락할 지어니.

죄수들이여 속죄하라.

골품의 탑에 오르기 위하여!

합창: 골품의 탑에 오르기 위하여!

무당들이 떠나자 죄수들이 모여 몰래 술판을 벌인다.

노력죄: 이보시오, 죄수 친구들. 우리 함께 술 한 잔 기울여봅시다. 같은 처지에 있는 사람들끼리 술잔을 부딪치면 친근감의 불꽃이 튀는 법이라오.

망상죄: 좋소. 허나 조심하시오. 쉽게 친해지는만큼 쉽게 헤어지는 법. 술로 맺어진 우정은 깃털처럼 가벼워서 잔바람에도 쉽게 날아가지.

합창: 한 잔의 술로 외로움을 달래보세.

불안감은 저 멀리, 기쁨은 이리 가까이.

고된 속죄의 길을 걸어야만 하는 우리

술로 괴로움을 달래보세.

노력죄: 술이여 내게 변명할 힘을 주소서! 맑은 눈과 무거운 입으로는 하소연을 할 수 없소. 술이여 내게 흐리멍덩한 눈과 가벼운 입을 주소서!

망상죄: 친구여, 말해보구려. 얼마나 무거운 사연이 있기에 술의 힘을 빌려 끌어올리려는가?

노력죄: 나는 감옥이 낳은 완벽한 패배자이올시다. 노력하고 또 노력했는데 아무런 성과도 못 올린 병신이라오. 세월은 왜 이리도 가혹하여 나를 계속 타락하게 만드는가. 날이 갈수록 영광을 잊어가는 내 모습이 안타깝다오. 나는 골품의 탑에 오를 것이오. 운 따윈 필요 없이 오직 노력으로만 평가받는 골품의 탑에 올라 속죄할 것이오. 그러면 과거의 영광을 되찾을 수 있겠지! 나는 과거의 모습으로 돌아가 황색 탑 위에 있는 공주를 내 품에 끌어안으리라!

망상죄: 노력죄여, 그대의 마음이 이해가 되는구려. 험난한 속죄의 길에 나와 비슷한 처치의 죄수를 만나다니 반갑도다. 자, 내 마음의 술을 받으시오.

노력죄와 망상죄가 술을 나누어 마신 뒤 퇴장한다. 외향죄는 술에 취해 눈칫죄의 무릎을 베고 잠에 들었다. 눈칫죄는 다름죄를 두려운 눈으로 흘끔 쳐다본다.

다름죄: 내가 남들과 너무 달라 추악해보이오? 이해를 못하는 건 아니지만 꽤나 섭섭하구려. 친구여, 다른 것과 틀린 것을 구분하지 못하는 바보가 되지 맙시다.

눈칫죄: 당신은 왜 구태여 남들과 다르게 행동하는 것이오? 나처럼 눈치를 제대로 보지 못하다가 험한 일을 당하기 전에 조심하는 것이 좋지 않겠소? 내 그대를 생각해서 하는 소리입니다.

다름죄: 충고 해줘서 고맙소. 골품의 탑에는 올라보겠소. 허나, 난 죄인이 아니오. 난 사관이오.

노력죄와 망상죄가 다시 등장하여 시끄럽게 떠든다.

망상죄: 내일을 잊고 술을 마시세. 오늘이 없다면 어찌 내일이 오겠는가. 왜 오늘을 포기하고 내일을 기대하는가. 확실한 현재가 곁에 있는데 왜 불확실한 미래를 좇는가. 죄수들이여, 친구들이여, 현재란 그릇을 술이란 기쁨으로 가득 채워보세!

"섹터디를 만들자."

환이의 흥분에 찬 목소리를 듣자 나는 헛웃음을 내뱉었다. 여기는 공무원 학원. 300명이 들어가고도 남을 극장 같은 교실에서 이제 막 오전 수업이 끝났는데, 나의 절친 환이는 헛소리를 해댄다.

"우리가 노량진에 온지 이제 딱 4시간이 지났어. 첫 날 첫 수업이 끝나자마자 한다는 소리가 겨우 그거냐? 1년 동안 공무원 시험 준비 빡세게 해서 사람구실 하고 싶다고 네가 울며불며 소리치던 게 어젠데 벌써 잊었어?"

환이는 내 말을 듣는 둥 마는 둥하며 때가 낀 책상 위로 A4용지와 각종 펜들을 올려놓으며 말했다.

"너 글씨 예쁘게 잘 쓰잖아. 스터디 게시판에 부원 모집한다고 여자가 쓴 것처럼 허위 광고 좀 해봐. 그러면 공시녀들이 몇 명 와서 기웃거릴 거 아니야. 일단 낚아채서 잘 구슬린 다음에 스터디원으로 가입시켜 보자고."

노량진이라는 새로운 세계에 와서 마음잡고 공부를 하려니까 이 망할 놈의 친구는 한껏 들떠 스터디원을 모집하려고 이 난리를 친다. 공시 시작부터 삐뚤어질 순 없기에 나는 사뭇 진지한 어조로 말했다.

"그래, 네 말대로 공시녀들이 광고 보고 왔다 치자. 그런데 걔네가 우릴 보고 가입할 생각이 들까? 28년 묵혀 쉰내 풀풀 나는 우리들의 막걸리 페이스로 여자들을 꼬시는 게 가능하겠어?"

"아니야, 태수야. 내가 인터넷에서 봤어. 노량진 공시녀들은 기나긴 수험생활과 외로움에 지쳐서 남자를 보는 눈이 많이 낮대. 그래서 우리 같이 씹창난 페이스로도 여자를 낚는 게 가능하다니까!"

순간 마음이 동했다. 이곳 노량진에서 나에게 맞는 여자 친구를 만나 같이 공부하고, 수다 떨고, 점심 먹고, 저녁에는 그녀를 자취방까지 바래다주고, 그러다가 여자 친구가 얼굴을 살짝 붉히면서 '아이스크림 하나 먹고 갈래?'라고 유혹이라도 한다면 모르는 척 그녀의 방에 침입해 아이스크림보다 더 달콤한 행위를….

나는 재빨리 펜을 들었다. A4 용지에 스터디 부원을 모집한다는 광고 문구를 적고 최대한 예쁘게 꾸며서 게시판에 붙였다. 오후 3시부터 또 수업이 있기에 우리들은 점심을 먹으러 학원 건물 밖으로 나왔다. 우리와 비슷한 처지에 놓인 공시생들이 거리를 가득 메우고 있었다. 나와 환이 둘 다 노량진은 초행길이기에 어디가 맛집인지 몰라 거리에서 시간을 버리다가 대충 타협보고 어느 분식집에 들어갔다.

메뉴와 가격을 번갈아가며 보니, 확실히 물가가 다른 지역보다 싸다는 걸 느낄 수 있었다. 제육볶음 4,500원, 부대찌개 4,500원, 김치볶음밥 4,000원, 라면 2,500원, 김밥 1줄에 1,200원 등 여타 음식점들보다 가격이 상당히 저렴하다. 우리들은 뭘 시킬까 고민하며 4인용 테이블에 마주 앉았는데, 내 옆으로 웬 남학생이 앉았다. 서로 아는 사이도 아닌데 그 학생은 당연한 듯이 내 옆에 바싹 붙어 앉았다. 나는 깜짝 놀라 눈을 둥그렇게 뜨고 어쩔 줄 몰라 했지만, 그 학생은 아무런 어색함도 없이 식당 이모에게 주문을 넣었다. 이게 도대체 무슨 상황일까. 이 인간은 나와 아무런 사이도 아닌데 왜 하필 내 옆에 앉은 것일까.

이윽고 입구에서 종소리가 울리며 한 무리 떼의 공시생들이 가게 안으로 몰려왔다. 그들은 출근길에서 지하철 자리 맡기 하는 것 마냥 엉덩이를 붙일 곳을 찾아 재빨리 앉았다. 짧은 소동이 끝난 후 앉을 자리를 찾지 못한 공시생들은 밖에 줄을 섰다. 이 모든 과정에서 말소리는 단 하나도 없었다. 모두 행동만 했지 대화는 없었다. 환이의 옆에도 알 수 없는 공시생 한 명이 앉았다. 분식집 안에 있는 공시생들은 모두 약속이나 했는지 전부 핸드폰을 꺼내 뭔가를 열심히 봤다. 나는 분식 메뉴를 보는 척 하면서 슬그머니 눈을 돌려 그들이 뭘 보는지 살폈다. 그들은 뉴스 기사 읽기, 아이돌 영상 및 드라마 시청, 자주가는 홈페이지 방문, SNS에 글 올리기 등을 하면서 혼자만의 세상에 빠졌다. 독서실이라는 공간을 이곳으로 옮겨다가 칸막이만 제거하고 분식집으로 바꾼 것 같다. 주변 분위기가 너무 조용해서, 나와 환이는 제육볶음을 주문한 뒤 핸드폰을 꺼내 만지작거렸다. 문자메시지가 왔는지, 포털사이트 검색어 1위를 누가 했는지, 홈페이지에 자극적인 기삿거리는 없는지, 자주 가는 사이트의 유머탭에 재밌는 것이 올라왔는지 확인하는 등 전혀 영양가 없는 짓을 했다.

제육볶음이 나오자 둘 다 말없이 먹는 것에만 열중했다. 살짝 눈을 돌려 주변을 보니 다른 공시생들은 한 손으로는 핸드폰을 만지고, 다른 한 손으로는 수저를 놀리면서 익숙하게 식사를 하고 있었다. 분식집의 음식 맛은 꽤 괜찮았다. 물론 내가 입이 까다로운 편은 아니지만, 4,500원 짜리 싼 음식 치고는 내 입맛에 딱 맞았다. 식사를 마친 뒤 계산을 하려고 자리에서 일어서자 밖에 서 있던 공시생 2명이 알아서 들어온다. 자리 잡고 앉기, 감정 없는 주문, 대화 없는 식사, 그리고 빠른 계산. 이 모든 과정이 기계처럼 진행된다.

분식집 밖으로 나왔다. 이제야 노량진이 보인다. 여기구나. 여기가 고시의 성지 노량진이구나.

하늘은 파란색인데 길거리의 분위기는 회색이다. 낡은 학원 건물들로 밀집된 곳이어서 그렇게 보일 수도 있겠지만, 내가 보기에는 사람들이 뿜어내는 기운이 이곳을 잿빛으로 덮은 것 같다. 위아래로 운동복 차림에 직사각형 가방을 멘 남학생들, 모자를 깊게 쓰고 마스크를 쓴 여학생들이 당연하듯 거리를 활보한다. 여기 사람들은 책을 읽으며 걷는 학생들에게 눈길조차 주지 않는다. 그들은 이 지역에서 만큼은 눈에 띄는 존재가 아니다. 10월 달의 달달한 바람 위에 낭만을 앉히기 좋은 계절이지만 노량진의 공기는 무거워서 분위기가 절로 가라앉는다. 고개를 숙이며 걷고 있는 나에게 환이가 말을 건다.

"올까?"

이 녀석의 머리에는 오로지 공시녀밖에 없나보다. 평소 같으면 환이의 헛소리를 한 귀로 듣고 한 귀로 흘리겠지만 노량진 특유의 암울함에 굴복하고 싶지 않아 대화에 집중했다.

"점심시간 후에 관심 있으면 스터디셀(StudyCell) 1호에서 만나자고 적어놨으니까, 운 좋으면 네가 말한 예쁜 공시녀 몇 명이 다소곳이 앉아 있겠지. 그 다음은 네가 말로 구슬려보든지 협박을 하든지 마음대로 해보셔."

길도 익히고 소화도 시키기 위해 거리를 15분 동안 산책한 뒤 학원 뒷문으로 돌아왔다. 우리가 다니는 학원 건물이 궁금하다면 전쟁 포화로 다 타버려 시커멓게 그을린 흉가를 떠올리면 된다. 건물이 대체 언제 지어진 것인지 모르겠지만 계단 대신에 비탈길이 있으며, 등산하듯이 오르다보면 4층에 학원 입구가 나온다. 1층은 커피숍, 2·3층은 경찰 공무원 학원, 4층이 우리가 다니는 학원이다.

환이는 먹이를 기다리는 사자처럼 입맛을 다시며 로비로 걸어가 우리가 게시판에 걸어놓았던 스터디원 모집 광고를 다시 확인하려했으나 거기엔 흰 벽만 덩그러니 남아있었다. 우리가 붙여놓은 광고지만 없어진 것이 아니라 게시판 자체가 아예 사라졌다. 어떻게 된 영문인지 몰라 안내 데스크에 물어보니, 이전에 걸려있던 게시판이 너무 낡아 새것으로 교체하기 위해 학원 스태프들이 이를 버렸다고 한다. 당분간 스터디원 모집 광고는 불가능하고 별도의 알림사항은 핸드폰 문자메시지로 보내준다고 한다.

우리가 점심 먹으러 가자마자 바로 게시판을 치웠다고 하니 내가 만든 허위 광고를 본 사람은 아마 거의 없을 것이며, 예쁜 공시녀들 중에서는 더더욱 없을 것이다. 실망감에 빠진 환이의 얼굴을 킥킥거리며 잠시 감상한 뒤, 나는 녀석의 어깨를 한 대 툭 치며 말했다.

"이게 다 공부에 전념하라는 하늘의 뜻이다. 노량진에 오자마자 섹터디 타령만 하니 원…. 처음에 마음잡았던 대로 딴 생각 말고 공시 공부나 열심히 하자. 괜한 공시녀들 건들 생각 말고. 그녀들도 목숨 걸고 여기 와서 공부하는 거니까 서로 심리적으로 방해주지 말자고. 뭐 어차피 우리들 스펙에 여자들을 꼬실 수나 있겠냐."

잠자코 듣고 있던 환이의 눈이 흰자가 다 보일 정도로 커지더니 손을 덜덜 떨면서 스터디셀 1호를 가리키며 말했다.

"태수야, 있어. 있다고!"

"응?"

"저기 봐봐. 스터디셀에 사람들이 모여 있잖아."

눈에 힘을 주고 보니 뿌연 유리벽 뒤로 사람들의 형상이 보였다. 그런데 척 봐도 풍채가 조금씩 있는 것이 여자 같아 보이진 않았다. 우리들은 그래도 혹시나 하는 마음에 성큼성큼 걸어가 스터디셀의 문을 활짝 열었다.

"아, 속았다. 시발."

문을 열자마자 들리는 걸쭉한 욕설과 함께 우리의 눈앞에는 건강한 청년 2명과 중학생쯤 되어 보이는 어린애 1명이 책상 주위로 둥그렇게 둘러앉아 있었다.

"글씨체는 배추인데 어투가 고추 같더라. 똥 밟았네. 시발."

욕을 하는 친구의 첫인상을 한마디로 표현해 보자면 완벽이다. 약곱슬의 머리카락, 구릿빛 피부, 짙은 쌍꺼풀에 긴 속눈썹, 펑퍼짐한 옷으로도 감출 수 없는 탄탄한 근육, 거기다가 키도 큰 것이 비율도 좋다. 신은 남자로서 가질 수 있는 섹시함을 다 갖다 때려 박아 이 친구를 만든 것 같다.

"초면에 죄송합니다. 제 친구가 말이 좀 걸어서요. 점심시간에 스터디원 모집 광고를 보고 이렇게 찾아 왔습니다."

젊잖아 보이는 신사가 나에게 악수를 청해왔다. 손을 맞잡고 흔들며 나는 재빨리 눈동자를 굴려 외모 견적을 뽑아봤다. 살색보다 약간 흰 피부, 속꺼풀이 살짝 있는 큰 두 눈, 180cm가 조금 넘는 키, 그리고 눈썹을 살짝 덮는 반곱슬의 헤어스타일과 깔끔한 옷차림이 한데 어우러져 온 몸에서 세련미가 넘쳐흘렀다. 나와 다른 두 남자의 모습을 관찰하고 나니 입가에서 한숨이 나왔다. 이렇게 생긴 친구들을 만날 때마다 나는 고개를 푹 숙이곤 한다. 괜히 내가 뭔가 잘못한 것 같은 느낌이 든다.

갑자기 내 눈알이 환이를 관찰하기 시작했다. 작은 키, 두꺼운 뿔테 안경, 턱 주변에 돋아난 작은 여드름 몇 개와 콧등 주위를 흐르는 개기름, 거기다가 머리카락이 덥수룩하게 자라나 두 귀를 덮은 지저분한 헤어스타일. 나랑 비슷하게 생긴 녀석이 옆에 있어서 참 다행이다. 간단한 인사를 마치고 우리도 자리에 앉았다. 처음이라 어색한 기운이 감도는 와중에 정수리가 보일 정도로 고개를 숙이고 가만히 있는 소년에게 눈이 갔다. 존재감이 없어 보이는 이 아이는 우리가 왔을 때부터 지금까지 입 밖으로 말소리 하나 내지 않았다. 녀석은 잠시 고개를 들다가 나랑 눈이 마주치자 급히 얼굴을 한쪽으로 돌리며 말했다.

"안… 안녕하세요."

누구에게 말하는지 알 수 없는 목소리와 함께 녀석은 고개를 나와 환이에게 한 번, 잘생긴 두 친구들에게 한 번씩 숙였다. 두부같이 새하얀 피부에 자기 눈알만큼이나 큰 안경을 쓰고 폭포처럼 곧게 쏟아지는 바가지 머리를 한 이 아이는 언뜻 보면 중학생 같아 보이기도 했다. 이 친구에 대한 느낌을 한 문장으로 표현하면, 남동생 삼고 싶은 아이라 하겠다. 서로 이름도 모른 채 앉아있기 민망하여 낯간지럽지만 간단한 자기소개를 돌아가면서 했다.

"나는 김철중."

의자에 허리를 반쯤 걸친 채 다리를 꼬고 말을 하니 중저음의 목소리가 더욱 짙게 깔려 내 귀를 후벼판다. 녀석은 말하는 조각상 같다. 노량진에서는 잘 나가봐야 공시생, 못나봐야 어차피 공시생이라는 말을 무색하게 할 정도로 철중이는 수컷의 매력이 넘친다.

"안녕하세요? 저는 김서현이라고 합니다. 앞으로 잘 부탁드립니다."

얼굴에 피어나는 부드러움과 미소가 곁들여진 목소리를 듣자 마음이 편안해 진다. 서현이는 대학교 학과별로 하나쯤은 있을 법한 훈훈한 선배 같다.

"저는 이지민입니다. 저는 이제 막…."

큰 결심을 하고 말문을 연 지민이의 소개가 끝나지도 않았는데 환이의 한숨 섞인 소리가 삐져나왔다.

"하아… 공시녀들이 올 줄 알았는데."

"하하하. 여자들 꼬시려고 풀발기하고 게시판에 광고 걸어 놨었구나."

철중이는 가슴 품에 넣어둔 담뱃갑을 꺼내 입에 물며 말을 이었다.

"근데 글씨는 대체 누가 쓴 거냐? 정말 여자가 쓴 줄 알았어."

"내가 썼어. 다른 건 몰라도 내가 필기 하나는 잘 하거든. 그것도 아주 예쁘게. 내가 만약에 조선시대에 태어났다면 아마 사관이 되었을 거야. 난 주변을 관찰하고 기록하는 걸 좋아하거든. 그리고 철중아, 여긴 금연 장소야. 난 후각이 예민해서 안 좋은 냄새를 오래 맡지 못해."

나의 말에 서현이는 철중이의 담배를 뺏어다가 도로 갑에 집어넣었다. 지민이를 제외한 우리는 이야기를 나누며 서로의 신상을 파악했다. 서현이와 철중이는 28살로 나와 동갑이다. 둘은 대학교 친구로 오랫동안 알고 지내온 사이이며, 노량진에 우리보다 두 달 먼저 상륙하여 근처에 원룸을 잡고 같이 산다고 한다.

철중이가 자유분방하다면 서현이는 약간 고지식하여 서로 상반된 성격 때문에 싸움이 많을 것 같지만 그럭저럭 맞추어 나가면서 지낸다고 한다.

그들의 생활상을 간단히 말해보면, 철중이는 사용할 접시가 더 이상 없으면 그때 가서 설거지를 하고, 서현이는 매 끼니 혹은 식사 후에 바로바로 해치우는 스타일이다. 빨래도 철중이는 입을 옷이 전부 빨래 통에 있거나 수건에서 냄새가 날 때 하고, 서현이는 일주일마다 칼같이 한다. 생활 습관을 넘어 공부 방식도 서로 차이가 나는데 철중이는 외울 것이 쌓이거나 진도를 따라잡지 못할 때 벼락치기 식으로 몰아서 공부를 하고, 서현이는 매일 정해진 양을 복습한다.

서로의 어색함으로 먹먹했던 스터디셀이 소소한 이야기소리로 가득 찼다. 이 와중에 어울리지 못한 사람이 한 명 있었는데, 시끌벅적한 시장 한가운데서 엄마 잃은 아이마냥 지민이는 멀뚱멀뚱 앉아만 있었다. 4명 모두 이야기를 나누면서 한 번씩은 지민이와 눈을 마주치며 말할 기회를 슬쩍 주었지만, 녀석은 가만히 앉아 손을 복부에 모은 채 우리의 이야기를 귀담아 들을 뿐이었다. 철중이가 턱 끝을 살짝 올리며 지민이를 향해 말했다.

"너 몇 살이냐?"

"21살이요."

"어디 사냐?"

"용산에 살아요."

철중이가 말꼬를 틀자 우리는 군대에 갓 들어온 신병을 괴롭히는 선임들처럼 지민이를 둘러싸고 신변을 캐물었다. 형들의 태도가 너무 위협적이었을까. 지민이의 목소리는 질문이 거듭될수록 점점 더 작아지고, 모든 물음에 단답형으로 대답했다. 그래도 작은 입을 성실히 오물조물 움직여가며 말을 해나갔다.

지민이는 고등학교 졸업 후 부모님이 운영하시는 요양원에서 일을 돕다가 요번 달부터 공시에 도전하기로 마음먹었다고 한다. 처음에는 대학에 가려고 했으나 어차피 졸업해봤자 취직을 못할 게 뻔히 보였기에 진학을 포기했다. 군대는 어렸을 적 받았던 폐 수술 때문에 면제를 받은 신의 자식이고 집안 사정도 그리 나쁘지 않아 시험 준비에 필요한 돈도 넉넉한 편이라고 한다. 단, 부모님이 걱정이 많으신 편이어서 행여나 나쁜 친구들과 어울려 자식이 잘못될까봐 노량진에서 자취하는 것만큼은 엄히 막으셨다고 한다.

분위기에 휩쓸려 시간가는 줄 모르고 이야기를 하다가 걱정스런 마음이 들어 슬쩍 핸드폰을 꺼내 시간을 보니 벌써 2시 42분이다. 오후 수업까지 시간이 얼마 남지 않아 스터디를 결성할지 말지 결정을 내야 했다. 나는 모두를 향해 말했다.

"내 허위 광고에 속아서 왔겠지만, 이것도 인연인데 같이 공시 생활을 해보는 게 어떨까?"

철중이는 서현이가 도로 넣어뒀던 담배를 꺼내 물며 말했다.

"난 찬성."

이어서 서현이가 바로 말했다.

"그러면 나도 찬성."

환이는 우물쭈물하며 고개를 숙이고 있는 지민이의 어깨를 끌어당기며 말했다.

"다들 찬성인 것 같네. 철중아, 수업 끝나고 네 자취방에 놀러갈 수 있냐?"

철중이는 약간 놀란 듯 눈썹을 몇 번 들썩이더니 이내 웃으며 말했다.

"남자가 남자 자취방에 놀러오겠다고? 그래, 어디 한 번 와봐. 다만 똥구멍에 밴드는 꼭 붙이고 와라. 어떤 일이 벌어질지 모르니까."

철중이네 자취방에 놀러가자는 약속을 잡고 우리는 각자 오후 수업을 듣기 위해 교실로 돌아갔다. 오전 학원 수업은 공무원 시험의 주요 과목인 국어, 영어, 한국사 중 한 과목을 4시간 연속으로 듣고, 오후에는 선택과목 2개 중 하나를 4시간 연속으로 듣는다. 어떤 날은 오후에 수업이 없기 때문에 오전 수업으로만 끝나는 요일이 있기도 하지만, 어떤 날은 수업이 몰려 있어 오전 4시간, 오후 4시간, 저녁 4시간으로 12시간이나 강의를 들어야할 때도 있다.

공무원 학원의 커리큘럼은 어딜 가나 비슷한 형식으로 되어 있는데, 통상 기본반 2개월, 심화반 2개월, 문제풀이반 2개월로 총 6개월을 기준으로 한 사이클을 돌린다. 나와 환이, 그리고 지민이가 듣고 있는 것이 기본반 2개월 과정이고, 철중이와 서현이가 듣고 있는 것이 심화반 2개월 과정이다. 오늘은 개강 첫날이었지만 나는 시작부터 8시간을 꽉 채워서 수업을 들어야만 했다. 오후 수업이 끝나자 한숨이 절로 나오면서 온몸이 축 처진다. 이 고통을 최소 6개월이나 버텨야 한다. 무거운 손으로 책가방에 두꺼운 기본서를 느릿느릿 꾸겨 넣고 있는 중에 서현이가 찾아왔다.

"가자, 태수야. 출구에서 환이랑 지민이가 기다리고 있어."

뭇 공시녀들이 자기감정을 숨기지 못하고 고개를 돌려 서현이를 바라본다. 한창 연애할 나이에 딱딱한 공무원 시험을 준비하고 있으니 남자가 많이 고픈가보다. 그런데 아무리 배고파도 똥을 먹지는 않는다고, 나에게 눈길을 주는 여자는 아무도 없구나. 또 한숨이 나온다. 서현이를 따라 학원을 나서는데 등 뒤에 꽂히는 여학생들의 시선이 따갑다.

출구에서 미리 기다리고 있던 환이와 지민이를 데리고 서현이는 어둑한 골목길로 들어갔다. 한참을 걷더니 학원만큼이나 거뭇한 외관을 지닌 건물 안으로 들어갔다. 폭이 좁아 나란히 걷기 힘든 계단을 에베레스트 산 등반하듯이 일렬로 꾸물꾸물 올라 3층에 다다르자 302호라고 쓰여 있는 현관문이 자동으로 열린다. 철중이가 웃으며 우릴 반긴다.

"어서와. 오는 소리가 들렸어. 여긴 방음 따윈 없는 곳이야."

현관에서 슬쩍 봐도 방 전체가 다 보인다. 5평 남짓한 방 한 구석에 침대가 있고 벽면에 책상, 냉장고, 싱크대, 드럼세탁기가 순서대로 도서관에 꽂혀있는 책들처럼 빽빽이 들어서 있다. 철중이는 아이스박스 같이 작은 냉장고에서 1.5L짜리 맥주 한 병과 마시다 남은 소주 한 병을 꺼내들며 말했다.

"남자들이 모이면 이것밖에 없지."

방안이 좁아 우리는 어디에 엉덩이를 붙여야할지 몰라 고개를 두리번거리며 서성이기만 했다. 당황해하는 우리 모습에 철중이가 웃으며 말했다.

"100m를 전력질주 한 다음에 지쳐 쓰러지는 상상을 해봐."

정말이다. 생각을 바꾸니까 앉을 자리가 절로 보였다. 술과 과자를 중심에 두고 우리가 둥글게 자리를 잡자, 철중이는 그 누구도 부탁하지 않았는데 당연한 듯이 컵에 소주 한 잔을 붓고 맥주를 섞어 폭탄주를 만들기 시작했다. 잔에 술이 채워지는 동안 나는 고개를 좌우로 돌리며 방안을 관찰했다. 내가 고개를 갸웃거리자 철중이가 말했다.

"보증금 500만 원에 월세 42만 원이야. 이 근방에서는 여기가 그나마 깔끔한 편에 속해. 어차피 집은 자는 용도로만 쓰니깐 나한텐 별 의미가 없어. 혹시나 오해할까봐 말해두지만, 침대는 서현이가 쓰고 나는 바닥에서 자."

폭탄주가 완성되자 철중이는 잔을 돌리며 말했다.

"첫 잔은 무조건 원샷이야."

나는 술을 잘 못하지만 첫모임부터 분위기를 깨기 싫어 억지로 마셨다. 지민이가 걱정되어 슬쩍 봤더니 예상외로 홀짝홀짝 잘 마신다. 술기운이 오르자 얼굴들이 서서히 붉어지고 서로에 대한 긴장감이 풀리면서 이야기는 자연스럽게 군대 쪽으로 흘렀다. 웃자고 하는 소리지만 여자가 셋이 모이면 접시가 깨지고 한국 남자가 셋이 모이면 군사기밀이 다 빠져 나간다.

자기가 근무했던 지역, 부대명, 부대 총 인원수, 받았던 훈련 내용, 다뤘던 무기 등 차마 여기에 적기 어려운 내용이 많아 생략하도록 한다. 사관으로서 기록의 정신도 중요하지만 국방도 그에 못지않게 중요하기 때문이다.

잔을 여러 번 비우고 군대 일화도 떨어지자 화두가 여자 쪽으로 흘러갔다. 여자 이야기가 나오자 환이가 얼굴에서 웃음기를 지우고 눈에 힘을 주며 입을 열었다.

"세상에서 가장 보수적인 사람이 누구인지 알고 싶다면 고개를 들어 연애로 고민하는 여자를 보라!"

환이의 얼굴은 달아오른 쇠마냥 시뻘겋게 달아올랐다. 뭔가 사달이 날 것 같은 불안감이 들어서 나는 환이의 옆구리를 팔꿈치로 찔러 그만하라는 눈치를 줬다. 환이는 신이 난 건지, 아니면 자포자기를 한 건지, 그도 아니면 둘 다 인건지 알 수 없는 웃음기를 띠며 말을 이었다.

"기업과 여자의 공통점이 뭔 줄 아냐? 기업이 서류필터를 걸어 놓고 함량 미달인 지원자를 떨어뜨리는 것처럼 여자도 자기 기준에 못 미치는 남자를 가차 없이 발로 차지. 어디까지가 합격이고 어디까지가 남자로서 느껴지는지 그 기준을 난 알고 싶지 않아. 왜냐하면!"

환이가 나에게 어깨동무를 하더니 말했다.

"여기 이 친구와 나는 기업과 여자가 정해놓은 기준을 넘기도 전에 이미 예선 탈락을 했거든. 면접을 보고 싶어도 학벌과 스펙이 안 좋아서 서류에서 떨어지고, 외모와 키가 안 돼서 여자에게 어필할 기회조차 얻지 못했지."

나는 환이의 팔을 걷어 치웠다. 환이는 종이컵에 남은 술을 끝까지 들이켠 뒤 입술을 한 번 훔치며 말했다.

"나는 한국 사회가 낳은 완벽한 실패의 모형이야. 초등학교, 중학교, 고등학교, 그리고 대학교까지 나와서 나름 살아보려고 노력했지만 이 모양이 꼴이야. 나도 노력했단 말이야. 사회가 원하는 만큼, 시대가 요구했던 만큼, 내 정신이 버틸 수 있는 만큼 노력하면서 살아왔는데, 시키는 대로 해왔는데, 세상은 날 받아주질 않았어. 남들은 쉽게 하는 연애도, 취직도 난 해내지 못했어. 그래, 난 실패자야. 그것도 아주 완벽한! 쥐구멍에도 볕 드는 날이 있다고 하지만 이날 이태까지 태양은 한 번도 내 앞에 뜬 적이 없었지."

환이는 손에 든 종이컵을 꾸겨 바닥에 내동댕이쳤다. 녀석은 눈에 있는 핏줄이 터져라 힘을 주고 손가락으로 자기 가슴을 마구 찌르며 말했다.

"그렇기 때문에 내가 9급 공무원 시험을 보려는 거야! 기업, 여자, 그리고 인생이라는 것들은 나에게 단 한 번도 공평한 기회를 주지 않았어. 그들은 내 앞에 선을 그어놓고 '너는 함량 미달의 불량품이니까 도전할 생각도 하지 말고 그냥 꺼져!'라는 소리만 했지. 하지만 9급 공무원 시험은 달라. 이건 나에게 스펙, 키와 외모, 그리고 운을 요구하지 않아. 국어, 영어, 한국사, 그리고 선택과목 2개로 객관적인 평가를 할 뿐이지. 잘난 놈도 다섯 과목, 못난 놈도 다섯 과목이야. 이 얼마나 공평한 시험인가! 나 같은 인간쓰레기도 노력만 하면 밟고 올라갈 수 있는 계층의 탑이야. 그렇기에 나는 이것이 피 비린내 나는 탑일지라도 붙잡고 발악하는 수밖에 없단 말이다!"

발악이라는 단어에 우리 모두 입을 닫고 바닥을 쳐다봤다. 잠시 동안의 침묵이 이어지나 싶더니 철중이가 입을 열었다.

"잘난 놈도 다섯 과목, 못난 놈도 다섯 과목이라…. 그래 맞아. 여기 노량진에서는 잘나봐야 공시생, 못나봐야 공시생이지. 합격하기 전까지는 모두가 평등해. 환아, 부모님은 공시생이 된 너를 어떻게 대하시니?"

환이가 몇 번 껄껄 웃더니 고개를 흔들며 말했다.

"내 부모님은 정말 불쌍하신 분이지. 그렇다고 내가 부모님이랑 사이가 돈독하다는 건 아니야. 단지 배 아파서 자식을 낳았더니 나 같은 새끼가 태어난 게 죄송스러울 뿐이지. 딱 그 정도야. 감사함은 없어. 내가 태어나고 싶어서 태어난 건 아니니까. 단지 미안함만 있을 뿐이야. 하하하. 식물인간이 된 아이를 지극정성으로 보살피는 부모의 마음이 어떨까. 좌절한 상태로 아이를 돌보는 걸까? 아니야. 부모는 믿는 거야. 언젠가 자식이 건강해지는 날이 올 거라고 말이야. 그거랑 마찬가지야. 내 부모님도 이 나이 먹도록 취직 못하고 빈둥거리면서 사회적으로 식물인간이 된 나에게 기적이 일어날 거라고 믿고 있어. 그렇기 때문에 9급 공무원 시험은 부모님이 나에게 달아놓은 산소 호흡기와도 같아. 이걸 떼면 자식이 죽는다고 믿고 계시지."

철중이는 바닥에 널부러진 종이컵을 펴서 남은 맥주를 따른 뒤 환이에게 건넸다. 환이는 쉬지도 않고 맥주를 마신 뒤 천장을 올려다보며 말했다.

"누군가 어린 소녀에게 '네가 할 수 있는 것은 몸 파는 일뿐이야.'라고 말한다면 모욕이겠지만, 누군가 나에게 '네가 할 수 있는 것은 공무원 시험뿐이야.'라고 말한다면 그건 칭찬이야. 그거라도 할 수 있으니 얼마나 다행이야? 청춘이 가져야할 거창한 꿈 따윈 내겐 없어. 그런 것을 가슴에 품고 있다간 내 앞에 있는 잔혹한 현실과 싸울 수 없으니까. 안 그래?"

마지막 말과 함께 환이는 날 향해 고개를 돌렸다. 나는 녀석의 능글거리는 눈웃음을 무시했다. 철중이가 갑자기 크게 웃으면서 말했다.

"혼자서 폭망 인생 달리면서 더 내려갈 곳 없는 밑바닥이라고 생각했는데, 이곳에 친구가 있었을 줄이야. 한 잔 하자. 같은 처지에 있는 사람들끼리 도와야지."

어디가 같은 처지인지 알 수가 없다. 철중이는 키 큰 미남인데 환이는 키도 작고 못생긴 호빗이다. 하지만 마음의 처지가 같아서인지 둘은 정답게 술을 주고받으며 대화를 이어나갔다. 서현이는 철중이가 같은 나이의 또래와 재밌게 이야기를 나누는 모습은 처음 본다며 의아해했다. 지민이는 술에 취해 서현이의 다리를 베고 누워버렸다. 서현이는 지민이의 머리를 쓰다듬어주었다. 내가 저랬으면 오크족이 요리를 하기 전에 고기 품질을 확인하는 모습으로 보였을 것이다. 서현이가 자고 있는 지민이를 토닥이며 말했다.

"너랑 환이는 언제부터 알고 지냈어?"

"대학교 1학년 때부터. 난 주전공이 행정학인데 그것만으로는 먹고살 길이 막막해서 경제학 수업을 신청했지. 아마 경제 수학 시간이었을 거야. 수업 시간 내내 졸면서 필기를 겨우 하고 있는데 갑자기 바닥에 뭔가 떨어지는 소리가 들렸어. 얼떨결에 고개를 숙여 보니 발밑에 지우개가 있더라. 그걸 주워 누구에게 돌려줄지 주위를 살펴보다가 환이랑 얼굴이 마주쳤어. 지우개를 환이에게 돌려줬고 그걸 계기로 우린 친구가 되었어."

"신기한 인연이네."

"악연이겠지. 마주친 사람이 환이가 아니라 여자애였으면 나도 핑크빛 대학생활을 누렸을 텐데."

내가 말하고도 쑥스러워 얼른 다른 데로 화두를 돌렸다.

"참고로 난 학과 생활을 하지 않는 아웃사이더였어. 같은 학과 사람들과 얼굴을 알고 지내긴 했지만 마음을 터놓고 친분을 나누진 않았거든. 점수 맞춰서 들어간 대학이라는 생각 때문에 학과 사람들과 친해지고 싶은 마음이 들지 않았고, 복잡한 인간관계에 얽혀서 내 시간을 낭비하고 싶지도 않았어. 환이마저 내 친구가 되어주지 않았다면 난 쓸쓸하게 혼자서 대학생활을 마쳤을 거야. 아까 환이가 했던 말은 잊어버려. 원래부터 저런 아이는 아니었어. 여자를 존중할 줄 알고, 긍정적인 마음으로 세상을 살아가는 밝은 청년이었어. 일이 잘 안 풀려서 잠시 부정적으로 행동하는 것뿐이야. 특히 오늘과 같이 술을 마시는 날이면 더욱 심하게 추태를 부리곤

해."

"환이는 무슨 과였어?"

"경제학을 전공했는데 뒤늦게 수학의 재미를 알게 돼서 이중전공으로 수학을 공부했어. 경제수학 수업이 끝날 때쯤에 난 수학에 학을 뗐는데 녀석은 반대로 재미를 붙이더라. 심지어 쟤는 선택과목도 수학을 골랐어. 너는 무슨 과였어?"

질문을 마치자마자 나는 서현이를 위아래로 쭉 훑어보았다. 녀석은 척 봐도 세련미가 넘친다. 평범한 청바지와 밤색 니트를 입었을 뿐인데, 옷차림 하나만으로도 주변 분위기를 밝게 만든다. 내가 여자라면 자연스레 그와 손잡고 나란히 걷고 싶을 정도다. 그러니 녀석은 패션과 관련된 학과를 나오지 않았을까.

나의 기대하는 눈빛이 부담스러웠는지 서현이는 고개를 살짝 돌려 담담하게 대답했다.

"디자인을 전공했어. 저기…."

"빙고! 그럴 줄 알았어. 어쩐지 널 처음 봤을 때부터 모델 같다는 느낌이 강하게 들었어. 패션 디자인 맞지?"

나의 칭찬에 서현이는 고개를 살짝 떨구며 손가락으로 바닥을 툭툭 쳐 댈 뿐이었다. 내가 무슨 말을 잘못한 걸까. 분명히 칭찬을 했는데 서현이는 뭔가 무덤덤한 반응이었다. 나는 분위기가 가라앉기 전에 재빨리 다른 질문을 했다.

"철중이는 전공이 뭐야?"

서현이는 고개를 들어 내 눈을 회피하며 말했다.

"중국어를 전공했어. 학점은 엉망이지만 중국어 실력만큼은 정말 뛰어나. 안타깝게도 학점이 거의 타자 타율이랑 비슷해서 취직이 안됐지. 저기…."

서현이의 시선은 천장과 바닥을 오고 갔다. 땅이 꺼질 일도 천장이 무너질 일도 없을 텐데, 녀석은 시종일관 나와의 대화에 집중하지 못했다. 나는 서현이의 주의를 환기시기키 위해 일부러 목소리를 높여 말했다.

"세상 참 별거 없네. 중국어, 디자인, 행정학, 수학, 경제학, 온갖 것을 배워 놓고 결국에 하는 짓이 공무원 시험 준비구나. 우리는 무엇 때문에 대학에 간 걸까? 어차피 뭘 해도 결국엔 노량진으로 흘러들어오게 될 것을!"

나는 술을 한 잔 크게 들이켰다. 술이 주는 쓴맛 보다는 몽롱해져 가는 내 정신이 더 좋았다. 나는 이 느낌을 잘 안다. 속에 있는 말을 거침없이 할 수 있고 나쁜 짓을 해도 죄책감이 전혀 들지 않는 이 기분! 이게 바로 술의 매력이다. 술을 잘 못하는 나도 이 매력만큼은 인정한다. 나는 지민이가 남긴 술잔마저 비웠다. 이제는 팔다리에 들어간 힘마저도 서서히 빠져나간다. 서현이는 아까부터 나랑 눈을 마주치지 않는다. 날 무시하는 것인가. 녀석은 대화에 집중하지 못하고 자꾸 딴청을 피운다. 나는 피식 웃으며 말했다.

"야, 내 얼굴이 그렇게 보기 싫어? 어? 대답 좀 해봐. 넌 왜 아까부터 자꾸 딴 짓을 해?"

내 말에 서현이는 겁에 질린 듯 화들짝 놀랐다. 서현이의 반응에 나도 조금 섬뜩했다. 키도 큰 놈이 갑자기 쫄보처럼 겁을 내자 내가 무슨 큰 잘못을 한 것 같았다. 서현이는 주변을 살피더니 내 손에 들린 빈 잔을 불안한 눈으로 쳐다보며 말했다.

"술 더 마실래?"

"으… 응."

갑작스레 어색해진 분위기 속에 서현이는 두 손으로 공손히 술을 따르기 시작했다. 친구 사이에 왜 이렇게 행동하는 걸까. 나도 조심스레 두 손으로 술잔을 잡았다. 서현이가 잔에 채워지는 술을 보며 말했다.

"너 품속에 있는 게 뭐야?"

서현이는 계속 아닌 척 했지만 내 가슴에 툭 하고 삐져나온 날카로운 물체를 몰래 곁눈질로 보고 있었다. 숨기기 위해 계속 조심해 왔건만, 결국 노량진에 온 지 하루 만에 걸렸구나. 나는 서현이가 따라준 술을 단숨에 마셨다. 술기운이 얼큰하게 올라온 이때, 몸에 힘이 빠지고 정신이 몽롱해져 온 세상이 다 내편인 것 같은 이때, 타인에게 숨겨놓은 내 속마음을 말하고 싶어 가슴이 울컥해지는 이때를 가장 조심해야 하거늘.

난 결국 감성에 굴복하고 말았다. 나는 품안에 숨겨 놨던 칼을 꺼냈다. 의외의 물건이 나오자 서현이의 눈썹과 입술이 일그러졌다. 옆을 보니 철중이와 환이는 자기들만의 세계에서 신선놀음을 하듯 주위를 신경 쓰지 않고 대화를 나누고 있었다. 나는 서현이 쪽으로 몸을 돌려 이 칼이 무엇인지 설명했다.

"이건 '청춘의 칼'이라고 해."

서현이는 대답은 못하고 고개만 끄덕였다. 나는 칼날을 손가락으로 문지르며 말했다.

"봐봐, 무딘 칼이야. 사람을 찌를 수도 벨 수도 없는 칼이야."

나는 청춘의 칼이 안전하다고 손가락으로 만지작거리며 설명을 했지만, 서현이 눈에는 웬 테러리스트가 폭탄을 쓰다듬는 모습으로 보였나보다. 녀석은 눈은 공포영화를 보고 있는 여자처럼 커졌다. 나는 덤덤하게 천천히 설명을 이어갔다.

"청춘의 칼은 사람을 죽일 순 없어. 하지만 청춘을 죽일 순 있지."

"그… 그게 무슨 말이야?"

서현이의 떨리는 질문에 나는 헛웃음을 지었다. 내가 생각해도 어이없는 설명이다. 사람을 죽이지 못하는 칼. 하지만 청춘을 죽이는 칼. 그것이 이 칼의 정체성이다. 별 거 아닌 기능이지만 나에겐 보물과도 같다. 나는 청춘의 칼을 서현이에게 건넸다. 이렇게 하면 녀석을 안심 시킬 수 있겠지. 20㎝의 길이에 손잡이는 9㎝, 날 부분은 11㎝이다. 손잡이는 녹색 가죽이 덮여있고 칼날 윗부분에 작게 '청춘의 칼'이라고 글씨가 새겨져 있다.

서현이는 청춘의 칼을 이리저리 살펴보더니 이젠 알겠다는 표정을 지었다. 나에게 칼을 돌려주며 서현이가 물었다.

"청춘을 죽인다는 말은 무슨 의미야?"

"그건…."

입을 열어도 말이 나오지 않는 순간이 있다. 말로 표현해야 하는데 한꺼번에 북받치는 감정 때문에 목구멍에서 소리만 나오고 언어가 나오지 않게 된다. 때론 말해도 상대방이 이해해주지 못할 것이 뻔히 보여 입을 열다가도 다물게 된다. 내가 이렇게도 저렇게도 말을 하지 못하자 서현이가 조용히 잔에 술을 따라 권했다. 내가 지금 얼마나 마셨을까. 주량도 계산하지 못한 채 넙죽넙죽 술을 받아마셨다.

나는 입을 열었다. 아니, 정확히는 술이 내 입을 열었다.

"지금 생각해보면, 난 남들과 다른 인생을 살았어."

내 말에 서현이는 당연히 알겠다는 표정을 지었다. 다른 사람들의 눈에는 왜 내가 그렇게 남들과 달라 보이는 걸까. 외모 때문인가? 나는 한숨을 내뱉으며 덤덤히 말을 이었다.

"나는 나름 괜찮은 아들이었어. 초등학교 때 회장, 부회장직을 도맡아서 했고 중학교 때는 공부를 잘해서 선생님들의 예쁨도 많이 받았지. 나는 항상 부모님의 자랑이었어. 내 인생이 꼬이기 시작한 건 중3때부터였을 거야. 공부를 잘하니 외고에 가야한다는 어머니의 으름장에 못 이겨 나는 강제로 입시 공부에 매달렸어. 하지만 실상은 어머니의 명령에 따르는 척하면서 딴 짓을 했어. 외고 입시공부 대신에 몰래 영문 소설을 읽었지. 신기했어. 내 보잘 것 없는 영어 실력으로도 원문 소설이 읽히니까 그게 그렇게 재밌더라고. 그때 읽었던 책 중에 헤밍웨이의 '노인과 바다'가 아직도 기억나. 문제는 영문학 읽기에 재미를 너무 붙인 나머지 외고 입시에 소홀해져서 결국 시험에 불합격했어. 이때 어머니는 실망한 것을 넘어 충격을 먹은 것 같아. 어머니는 한 평생 나를 자기 마음대로 움직일 수 있다고 생각하셨는데 그게 안 되자 분노하셨어. 어머니는 이후 눈에 독기를 품었고, 비록 외고 입시는 실패했지만 나를 꼭 명문대에 보내겠다고 선언하셨지. 집안도 가난한데 한 달에 학원비를 40만원이나 뿌리면서 나를 달달 볶았어. 맨 처음엔 고분고분 따르는 척 했어. 하지만 집안 구석에서 세계문학전집을 발견한 순간 나는 아주 자연스럽게 입시를 포기하고 책을 읽기 시작했지. 결국 명문대는커녕 지방대에 갈 점수가 나오자 어머니는 날 죽이네 살리네 하면서 한동안 난리를 피우셨지."

서현이는 나와 눈을 마주치면서 진지한 표정을 지었다. 참 신기하다. 보통 이런 얘기를 하면 주위에서 나를 병신이라 욕하는데 녀석은 마치 나를 이해한다는 눈빛을 보내고 있다. 나를 불쌍하다고 여기는 동정이 아니라, 너를 이해한다는 공감의 눈빛이었다. 입을 열기 위해 더 이상의 술은 필요 없다. 나는 서현이와 마주앉아 담담히 나머지 이야기를 풀어나갔다.

"나는 외고 입시 대신 영문소설을, 대학 입시 대신 세계문학전집을 선택했어. 내가 왜 그랬을까? 그냥 남들이 하는 대로, 시킨 대로 살았으면 내가 이렇게 되진 않았을 텐데. 나름대로 자책도 하고, 반성도 하고 있는 와중에 어머니는 또 다른 선언을 하셨지. 내 어머니는 욕심이 많으신 분이야. 자존심도 굉장히 강하시지. 어머니는 외고 입시에 실패하고 명문대 진학도 못한 나를 이번엔 대기업에 취직시키겠다고 선언하셨어."

서현이는 인상을 쓰며 한숨을 내쉬었다. 나는 녀석의 그런 반응이 좋아서 일부러 목소리를 빌빌 꼬아 말했다.

"헤헤헤. 하지만 결국 실패하고 노량진에 흘러들어온 공시생이 되었지."

장난끼 가득한 나의 웃음에 서현이는 사뭇 진지한 어조로 물었다.

"대기업 취직은 왜 실패한 거야? 또 딴 짓을 했었어?"

"그래 맞아. 나는 또 남들과 다른 선택을 했었어."

"어떤 짓을 했는데?"

"'짓'이라니. 아니야. 선택이란 단어를 사용해줘. '짓'이란 단어는 어감이 안 좋아."

"그래, 알겠어. 어떤 선택을 했기에 노량진으로 흘러들어온 거야?"

"중학교 때부터 영문소설을 읽으면서 나름 영어공부를 꾸준히 해왔는데 이게 득이 될 줄 누가 알았겠어? 대학교 4학년 1학기에 토익 시험을 봤는데 거의 만점에 가까운 점수가 나왔어. 나도 놀랐지. 덕분에 지방대 출신인데도 불구하고 난 대기업에 인턴으로 취직을 할 수 있었어. 계약직이지만 휴학계까지 내고 나름 열심히 회사에 다녔어. 야근도 빼먹지 않았어. 그렇게 성실하게 6개월 동안 일을 했는데 마지막에 기회가 찾아왔지. 인사부 팀장님이 날 부르시더니 계약직 생활 접고 이젠 정식으로 같이 일하자고 하시더군. 정규직으로 합격시켜 줄 테니 일단 대학교만 졸업하면 바로 지원서를 넣으라고 하셨어."

"그래서?"

"거절했어."

"미쳤어? 대기업에서 정규직으로 일할 기회를 거절해? 왜? 뭐 때문에?"

다급한 서현이의 질문에 나는 웃으며 대답했다.

"소설을 쓰고 싶었어."

서현이는 초점을 잃은 눈빛으로 입을 벌리고 나를 쳐다봤다. 저 표정을 어디서 본 것 같다. 눈을 굴려 잠시 생각해보니 기억이 난다. 외모는 확연히 차이가 나지만 환이가 정확히 저런 표정을 지었다. 내가 정규직 입사를 거부하자 환이는 초반에 멍한 표정으로 아무 말도 제대로 못했고, 중반에는 나를 설득하려고 애를 썼으며, 막판에는 나에게 욕을 하며 소리쳤다. 녀석이 정확히 뭐라고 했는지 당시 상황이 기억나지 않지만 이 한마디만큼은 마음에 새겨져 있다.

'인생을 남들과 다르게 사는 병신.'

다른 말은 하나도 기억나지 않는데 이 한마디만큼은 결코 잊을 수가 없다. 나는 정규직 입사를 거절하고 회사를 나온 뒤 이제까지 살아온 인생을 정리하는 회고록 형식의 소설을 썼다. 출판은커녕 남에게 보여준 적도 없는 소설을 완성해 혼자 간직했다. 나는 스스로가 자랑스러웠지만 주변 사람들은 내 마음을 알아주지 않았다. 아니, 내가 왜 그런 선택을 했는지 이해하려는 시도조차 하지 않았다. 지금 내 앞에 앉아있는 청년도 그런 것 같다. 상대방의 선택에 대한 이해보다는 평가를 먼저 하고 있다. 네가 멍청해서 세상을 잘 모른다, 나였으면 그렇게 안 했다, 평생에 3번 찾아오는 기회 중 첫 번째를 날렸다, 등 온갖 소리를 들었지만 정작 나에게 왜 그렇게 행동했냐고 묻는 이는 아무도 없었다. 그 점 때문에 마음이 참 아팠다. 타인에게 자신을 억지로 이해시키는 것만큼 괴로운 게 또 없다. 나는 정말로 절박한데 상대방은 알아주지 않을 때의 괴로움이란 그 어떤 문장으로도 표현하기 힘들다. 나는 무거운 입을 열었다.

"난 사람의 마음이란 게 탑이랑 비슷하다고 생각해. 일정 수준까지는 쌓아올릴 수 있지만 너무 무거워지면 폭삭 무너지지. 난 항상 남들과 다른 선택을 했고 다른 인생을 살아왔어. 스스로를 멋지다고 생각했고 나름 인생에 대한 자부심도 있었어. 하지만 내가 맞닥뜨린 현실은 너와 같은 표정을 한 사람들이었어. 나만의 인생을 살아왔지만, 돌아보니 남들과 너무 다른 길을 걸어왔어. 날 이해해주는 사람이 없다는 걸 깨달았을 때 내가 쌓은 탑이 무너졌어. 자부심, 자존심, 자존감, 자신감, 자의식, 자아, 내 자신과 관련된 모든 것이 한꺼번에 날아갔지. 아무도 날 이해하지 않아. 이해하려고도 안 해. 난 혼자야. 실패했어. 이제 아무 것도 할 수 없어. 나 혼자 좋아하는 일을 해서 뭐해? 이렇게 살다가 죽게 될 거야. 스스로를 자학하면서 망가지는 내 모습에 쾌락을 느꼈지. 넌 자학이 뭔지 잘 모를 거야. 이건 인간이 가진 특권이야. 자학은 타인에게 피해를 주지 않으면서 최대한의 만족을 얻어낼 수 있는 최고의 수단이지."

서현이는 빈 잔에 술을 따랐다. 나는 기계적으로 술잔을 비웠다. 술맛이 좋다. 열탕에 들어갔다가 온탕에 들어가면 시원하다. 인생이 쓰니 술이 참 달다. 서현이는 이야기를 계속 해달라는 눈빛으로 날 쏘아본다. 서현이의 바람대로 이제 칼에 대해 말할 차례다.

"난 자살을 시도했어. 대학교 기숙사에서 넥타이로 목을 매었지. 다행인지 불행인지 환이가 때마침 내 방으로 들어와서 날 구해줬어. 참 웃긴 일이야. 녀석은 집에 가려고 열차표를 예매 했는데, 출발지랑 목적지를 거꾸로 해놓은 거야. 결국 환이는 하는 수 없이 표를 환불하고 기숙사로 돌아왔어. 그리고 자기 방에 가기 전에 잠시 내 방에 들르기로 한 거지. 환이가 문을 여는 순간이 넥타이가 내 목을 조르기 시작할 때였어. 녀석은 얼른 뛰어와 날 구해줬어. 다시 말하지만, 환이는 나쁜 애가 아니야. 정말로 순수했던 아이였어. 단지 일이 안 풀려서…. 너도 알잖아? 세상에서 가장 추악한 사람은 과거에 가장 순한 사람이었대. 흰 도화지에 선 몇 개만 그어도 더러워지잖아? 환이의 현 상태가 그래. 단지 일이 안 풀려서…."

서현이는 재촉하는 말투로 말했다.

"환이가 나쁜 애가 아니란 건 알겠어. 나도 이해해. 그런데 이 '청춘의 칼'은 대체 어디서 난 거야?"

나는 말할 때마다 삼천포로 빠지는 경우가 많다. 아니, 삼천포에 빠져서 목욕까지 한다. 하소연을 하는 사람은 사건의 핵심을 넘어 주변 정황까지 장황하게 이야기하는 버릇이 있다. 그렇게 해야지만 속이 후련하기 때문이다. 하지만 상대방이 지쳐서 내 말을 들어주지 않는다면 하소연이 무슨 의미가 있겠는가. 다시 청춘의 칼에 집중하자.

"자살 시도 후에 난 여전히 삶에 대한 욕망을 잃었어. 우울증에 걸린 거야. 감기몸살에 걸린 것처럼 몸이 축 늘어져서 아무 것도 하기 싫었지. 하지만 정신병원에 가진 않았어. 생각해봐. 여긴 한국이야. 감기에 걸리면 병이니까 그럴 수도 있다며 이해해주지만 우울증에 걸리면 정신력이 약하다고 비난하는 OECD 1위 자살공화국이야. 내가 치료를 거부하고 시체처럼 누워만 있으니까 옆에서 이러지도 저러지도 못하며 발을 동동 구르던 환이는 무당을 찾아가자고 제안하더군. 사실 호기심 때문에 무당을 만나러 갔어. 어디 무당이냐고 묻진 말아줘. 다시 찾아갔을 때는 장사를 접고 사라진 뒤였으니까. 처음에 그 무당을 만났을 땐 의심만 들었어. 솔직히 미신이잖아? 그런데 몇 번 대화를 나눠보니까 훤히 내 속을 꿰뚫어 보더라고. 어라, 어라, 어라 하는 순간에 나는 이미 그 무당의 손에서 놀아나고 있었지. 무당이 마지막에 청춘의 칼을 주면서 말했어. '이건 청춘의 칼입니다. 당신이 끓어오르는 청춘의 힘을 이기지 못할 때 이걸로 가슴을 그으세요. 걱정 말아요. 칼끝은 무디니 상처는 나지 않을 겁니다. 다만, 당신이 청춘으로서 고민하고 있는 모든 고뇌가 싹 사라질 겁니다. 이 칼은 사람을 죽일 수 없습니다. 대신, 청춘을 죽일 수 있습니다.' 나는 무려 20만 원이나 주고 이 칼을 샀어."

나는 청춘의 칼을 들어 가슴에 긋는 시늉을 했다. 옆에서 환이의 목소리가 날아왔다.

"너네 뭐하냐?"

나는 얼른 칼을 품에 숨겼다. 철중이가 천장이 갈라질 정도로 쩌렁쩌렁한 목소리로 외쳤다.

"오늘 그냥 왕창 마시자! 어차피 오늘 아니면 기회가 없어!"

서현이는 철중이의 표정을 살폈다. 철중이가 턱 끝으로 냉장고를 가리키자 서현이는 자리에서 얼른 일어나 소주 2병과 맥주 1.5L 페트병을 하나 꺼냈다. 결국 우리는 남은 술을 다 퍼마시고도 모자라 편의점에서 해외 맥주까지 사와 해치웠다.

시계가 밤 10시 30분을 가리킬 때 나는 지하철 막차를 타야한다는 변명을 대며 자리에서 일어났다. 환이는 여기서 자고 다음날 학원에 바로 가겠다고 했다. 지민이는 깨워도 일어나질 않아 그대로 침대에 자게 내버려 뒀다. 녀석의 부모님이 다음날 무슨 걱정을 하실까 두렵기도 하지만, 서현이가 잘 대처해 주리라 믿는다. 나는 자취방을 빠져나와 학원가로 나왔다.

빛나는 네온사인이 공시생들을 유혹한다. 우리 학원에 와라, 여기에 오면 꼭 합격할 수 있다. 저 유혹에 이기지 못하고 나도 학원에 등록하여 공시생이 되었다.

10월초라 아직 바람이 따갑진 않다. 선선한 바람을 맞으며 횡단보도를 건너 노량진역에 들어갔다. 1호선 타는 곳으로 들어가 열차 전광판을 봤다. 집까지 편안하게 앉아서 갈 수 있는 소요산 행이 오기까지 4분 남았다. 노량진역을 중심으로 오른편에는 랜드 마크인 63빌딩부터 유명 대기업 건물들이 빽빽이 들어서 있고, 왼편으로는 공시 학원부터 각종 임용 학원들이 별처럼 빛나고 있다.

'인생을 남들과 다르게 사는 병신.'

환이가 한 말이지만 세상이 나에게 던지는 말이기도 하다. 고개를 오른쪽으로 돌렸다. 하늘 높이 솟아오른 건물들이 날 비웃는 것 같다. 그때 대기업 입사를 거절하지 않았다면 나는 저쪽에 있었겠지. 불어오는 바람을 들이켜 가슴에 담아본다. 아쉬움에 폐가 떨린다. 이번엔 고개를 왼쪽으로 돌린다. 한밤중에도 타오르는 학원가의 불빛은 태양보다도 밝다. 품안에 숨겨놓은 청춘의 칼이 가슴을 짓누른다. 나는 가슴을 움켜쥐고 스스로에게 다짐한다.

'이번만큼은 남들과 다른 인생을 살지 않겠다.'

2

죄수들이 탑을 둘러싸고 노래를 부르며 춤을 춘다. 죄수들의 함성이 감옥 사방으로 퍼진다. 골품의 탑이 흔들리며 뼈가 토해내는 강한 진동이 감옥을 들썩인다.

죄수들: 탑에 오르세, 탑에 오르세, 골품의 탑에 올라보세.
약속된 영광이 우릴 기다리네.
탑에 앉은 공주님들 까다롭기도 해라.
우리가 이렇게 노력하는데 눈 하나 깜짝 안 하시네.
하지만 우리가 탑에 올라 황색 옷을 입는다면
공주님들도 마음을 열어주겠지.
탑에 오르세, 탑에 오르세, 골품의 탑에 올라보세.

노력죄: 아이고, 힘들어서 못해먹겠다. 나는 타고난 게으름뱅이.
노력을 못해서 노력죄를 지었네. 언제쯤 나는 성실함을 얻을 수 있을까.
헤헤헤. 주사위나 굴리면서 놀아야지.
죄수들이여, 나는 잠시 쉬겠네.

망상죄: 아이고, 영웅으로 태어난 내가 왜 이런 짓을 해야 하는가? 나는 타고난 망상쟁이.
죄수복을 입고도 헛된 희망을 떨치지 못하네. 언제쯤 나는 내 주제를 파악할까?
죄수들이여, 나도 잠시 쉬겠네.

눈칫죄: 친구들이여, 내가 도와주겠네. 내 손을 잡으시게나.

망상죄: 외향죄여, 당신은 벙어리오? 한 마디도 하질 않는구먼. 어디 한 번 그대의 이야기를 들려주오. 우리 모두 토끼처럼 귀를 세워 외향죄의 목소리를 들어보세.

외향죄: 저는 말을 잘 못해서 친구를 사귀기가 힘듭답니다.
그래서 저는 항상 제 곁에 있어줄 화랑을 만들고자 했어요.

노력죄가 배를 잡고 웃는다.

노력죄: 우리는 죄인. 속죄를 위해 골품의 탑에 올라야만 하는 존재들.

외향죄여, 어리석은 노력 말고 탑을 올려다보시게.

망상죄: 노력죄여, 닥치시게. 외향죄의 상상력이 날 유혹하는군. 더 크게 그대의 목소리를 내어보게.

외향죄: 저는 죄수. 저는 제가 저지른 죄를 인정한 몸. 노력죄의 말이 맞아요. 저는 화랑을 생각할 필요가 없어요. 망상죄 님, 전 화랑을 잊었어요.

망상죄: 안타깝도다. 상상력이 죽고 골품의 탑에 오를 생각만 남았구나.

노력죄: 망상죄여, 만약에 우리 둘이 떡을 물고 난 뒤 새겨진 이의 개수를 새어본다면 내가 훨씬 많으리라. 성스럽고 지혜가 많은 자는 치아가 많은 법이라네. 당신은 언제쯤 자신의 주제를 파악할 텐가? 아직도 스스로를 영웅으로 생각하는가! 당신은 죄인일세. 스스로를 높이 평가하지 말고 골품의 탑만을 바라보게나.

망상죄는 자리에 주저앉아 고개를 숙인다. 노력죄는 모든 죄수들을 향해 외친다.

노력죄: 죄수들이여, 쓸데없는 짓은 하지 말게나. 우린 모두 죄인. 골품의 탑에 올라야만 하네. 더욱 노력하세. 계속 노력하세. 내 자신이 부서지도록 노력하세. 노력만이 살 길이라네. 노력으로 탑을 올라 봅시다. 노력으로 공주님들의 마음을 얻어 봅시다.

다름죄: 우리는 왜 골품의 탑에 오르는가.

우리는 죄인. 갈 곳이 없어서 감옥으로 왔다네.

여기서도 버림받으면 기다리고 있는 건 좌절뿐.

탑 위의 공주님들이 애타게 기다리고 있네.

걱정 마시오. 죄인들이 당신을 구할 테니.

당신들은 우릴 외면하지 말아주오.

쓰러져 있는 죄인들이여, 두 다리에 힘을 주게나.

그대들의 청춘을 있는 그대로 기록하여 후세에 전하겠소.

공시 공부 초반이라 삶이 그리 빡빡하진 않다. 오히려 공부가 즐겁다. 노량진에서는 스타 학원 강사를 '1타'라고 부른다. 1타 강사들은 천년된 미라같이 말라비틀어진 내용도 신선하게 되살려 가르칠 줄 알고, 어려운 내용에 학생들이 집중하지 못한다 싶으면 바로 유머를 날려 분위기를 살린다. 수업 후반에 모두가 지칠 때쯤 되면 자기가 가르친 학생들 중에 어려운 환경에도 불굴의 의지를 갖고 노력하여 기적적으로 합격한 케이스가 있으니 포기하지 말고 끝까지 해보라는 격려의 메시지를 보내 300명이 넘는 공시생들의 메마른 가슴을 촉촉이 적셔준다. 인터넷 강의로도 1타 강사들의 수업을 들을 수 있지만 현장에서 주는 박진감만큼은 느낄 수 없다. 그렇다 보니 두 달에 약 50만 원 정도하는 큰돈을 내야지만 수업에 등록할 수 있고, 아침에 빨리 와야지만 앞자리에 앉을 수 있다. 나는 집에서 학원까지 지하철로 통학하기 때문에 꼭두새벽부터 벌어지는 자리 쟁탈전에 참여할 수가 없다. 차라리 마음 편히 먹고 중간 정도 자리에 앉는 것이 이득이다.

오전 수업이 끝나고 여느 때와 같이 스터디셀 1호에 부원들이 모였다. 먼저 공시 공부를 시작한 철중이와 서현이는 그동안 받았던 자료들을 공유해줬다. 사실 서현이가 줬지 철중이는 아무것도 해준 게 없다. 철중이는 종이에 기록하기보다는 머릿속에 기억하는 것을 더 좋아하는지 좀체 자료를 보유할 생각을 안 한다. 서현이는 안경을 한 번 고쳐 쓰며 말했다.

"주요 영단어 프린트야. 영어가 공시 공부의 기간을 좌우한다는 건 익히 들어서 알고 있지? 영어 공부가 길어지면 수험기간도 그만큼 길어져. 반대로, 영어를 잘하면 수험기간을 단축할 수 있어. 공부 방향을 잘 잡아야 돼. 자기 방식대로 하다보면 결국엔 공시라는 바다에서 헤매게 되고, 방황하게 된 순간부터 수험기간이 계속 연장될 수 있어. 조심해야 돼. 영단어도 아무거나 막 외우는 게 아니라 강사들이 정해준 것만 외워. 아무리 머리가 좋아도 수많은 단어를 다 기억할 순 없어."

서현이는 우리보다 딱 2달 먼저 와서 공부했을 뿐인데도 벌써 선배 티가 팍팍 난다. 반면에 철중이는 시큰둥한 표정으로 책상 위에 놓인 종이들을 보고 있을 뿐이다. 대학교에 있을 법한 모범생 선배와 날라리 선배를 동시에 보는 것 같다. 외모부터가 차이가 심하게 난다. 서현이는 공부할 때만 안경을 쓰는데 얇은 뿔테안경이 그리는 곡선과 턱 선이 조화되어 부드러움을 자아낸다. 철중이의 얼굴은 짙은 눈썹 아래 놓인 진한 쌍꺼풀이 서로 맞물려 야함을 그려낸다. 클럽에서 놀아야할 사람이 노량진에 있는 것 같다. 성격이 저리 다른데 대체 저 둘은 어떻게 친구가 된 걸까. 서현이는 괜스레 다른 곳을 보면서 말했다.

"공시는 암기할 게 많아. 국어, 한국사, 영어, 선택과목 2개 전부 암기과목이야. 수능이랑은 전혀 스타일이 달라. 머리로 푸는 문제는 거의 없어. 내가 알면 푸는 것이고 모르면 틀리는 거야. 그러니까 최대한 많이 외워야 돼. 누구처럼 한꺼번에 암기할 생각은 하지 마."

서현이의 말에 철중이는 뒤로 팔짱을 끼고 웃으면서 휘파람이나 분다. 축구로 치자면 서현이는 수비수, 철중이는 공격수다. 서로 죽이 잘 맞는 팀 같지만 자세히 보면 서현이가 철중이에게 이끌려 다닌다. 마치 수비수가 공격수의 골을 위해 방어에 최선을 다하는 것처럼 서현이는 철중이를 위해 눈치를 보면서 행동하는 것 같다. 철중이가 짜증 섞인 목소리로 말했다.

"배고프다. 밥이나 빨리 먹으러 가자."

서현이는 얼른 가방을 싼다. 나머지 부원들도 가방을 챙겨 학원 밖으로 나갔다. 5명이 우르르 몰려나와 식당가로 향했다. 노량진에 맨 처음 왔을 때는 주변 정황을 잘 몰라서 분식집에 갔지만 이젠 맛좋은 뷔페식 식당을 애용한다. 한 끼 식사에 4,500원이지만 식권을 10장 사면 3만9천 원으로 깎아준다. 그것도 카드 결제가 아닌 현금으로 구매를 하면 가격이 3만7천 원까지 내려간다. 그러면 장당 3,700원 정도인데 가격이 싸다고 해서 엉터리 반찬이 나오진 않는다. 식당에서는 소불고기, 스파게티, 계란말이, 낙지볶음, 오리고기, 떡갈비, 카레, 감자탕, 상추쌈, 막국수, 치킨너겟 등 젊은이들이 좋아할만한 반찬을 요일마다 바꿔가며 내놓는다. 거기다가 뷔페식이니 양껏 먹을 수 있다. 스터디 부원들과 이야기를 나누며 식사를 하다보면 어느새 과식을 하고 있는 날 발견할 수 있다. 그래도 행복하다. 맛있는 음식을 싼 가격에 먹을 수 있어서 좋고, 친구들과 같이 먹어서 더 좋다.

식사 후 철중이를 제외한 우리는 노량진 길거리를 한 바퀴 돌며 소화를 시켰다. 철중이는 남자끼리 산보를 하느니 차라리 자습실에서 잠이나 자겠다며 홀로 학원으로 돌아갔다. 이제 공부를 시작한 지 2주가 지나간다. 길치인 나조차도 어디에 뭐가 있는지 알 수 있을 정도로 노량진의 길을 눈에 익혔다.

그동안 철중이와 환이가 많이 친해졌고, 나는 서현이와 지민이랑 사이가 가까워졌다. 지민이는 말을 별로 하지 않는다. 하루에 말하는 시간을 다 합해도 5분이 안 될 것 같다. 대화에는 서투르지만 형들을 잘 쫓아다니며 막내 역할을 톡톡히 해낸다. 철중이가 실수로 가방 문을 열고 다니면 뒤로 다가와 몰래 잠가주고, 내가 핸드폰을 책상에 놓고 나오면 대신 잊지 않고 챙겨주며, 환이의 안경이 더러워지면 대신 닦아주기도 한다.

지민이가 가장 믿고 따르는 사람은 서현이다. 나와 환이 그리고 철중이는 실수할 때가 종종 있어서 지민이의 도움이 필요할 때가 있지만 서현이는 그 어느 순간에도 빠지는 구석을 보이지 않는다. 헤어스타일, 옷매무새 그리고 말투까지 빈틈이 없다. 그런 면이 존경스러운지 지민이는 항상 서현이의 옆에 붙어 다닌다.

산책 중 주변에 지나가는 공시생들을 몰래 관찰해봤다. 노량진에 온 첫날에는 침묵을 느꼈다. 서로 말을 하지 않고 감정 없는 차가운 기계처럼 자동으로 돌아가는 노량진의 생태계가 영 어색했었다. 허나 지금은 젊음을 느낀다. 삭막한 공시판에서 합격의 영광을 얻고자 하는 청춘들이 나름대로 인간관계를 형성하며 소소한 즐거움을 만들어 낸다. 비록 시험 안에 갇혀 자기 자신을 잘 표현하진 못하더라도 나름대로 젊은이다운 생활을 영위해 나간다. 노량진은 생각보다 암울하지 않다. 노량진은 젊다.

점심시간 후 진행되는 오후 수업은 수면제보다도 효과가 좋았다. 거기다가 300명에 가까운 학생들이 내뿜는 이산화탄소와 한국사 문화편 강의가 겹쳐 공시생들을 질식사 시키고 있었다. 나는 졸음 귀신과 싸워 어떻게든 이겨보려고 고개를 흔들고 팔을 꼬집어봤지만 별 소용이 없었다. 슬쩍 옆을 보니 환이는 이미 산송장이 되어 쓰러져 있다. 입을 벌리고 자는 모습이 마치 변사체 같다. 주위를 둘러보니 곳곳에 쓰러져 자는 학생들이 눈에 띈다. 그래, 그럼 나도 괜찮겠지. 딱 5분만 졸자. 팔베개를 하고 잠시 눈을 감았다.

얼마나 졸았을까. 나는 분명히 잠깐 졸았는데 칠판은 알 수 없는 내용으로 꽉 차 있었다. 나는 놀라서 얼른 노트에 놓친 내용을 옮겨 적었다. 평소에 필기하는 것처럼 예쁘게 적는 것은 고사하고 빠진 내용을 어떻게든지 건지겠다는 각오로 노트에 펜을 갈겼다. 재빨리 필기를 하면서 옆에 졸고 있는 환이를 흔들어 깨웠다.

"이제 일어나."

환이를 깨워보지만 생을 얻은 지 얼마 안 돼 금세 또 시체로 변했다. 다시 깨웠지만 금방 정신을 잃는다. 녀석은 이런 식으로 요단강에서 생과 사를 오가는 크루즈 여행을 몇 번 하더니 수업시간이 끝날 때 맞춰서 이승으로 돌아왔다. 참 기가 막힌 타이밍이다.

"저녁 먹으러 가자."

이 녀석은 일어나자마자 한다는 소리가 밥이다.

뷔페식당 한구석에 스터디원들이 쪼르르 모여 저녁을 먹는다. 철중이의 얼굴이 형광등 빛을 반사하며 뺀질뺀질 빛난다. 저 녀석도 수업시간에 졸았나보다. 철중이는 삐딱하게 허리를 기울여 주위를 신경 쓰지 않고 그냥 밥을 퍼먹는다. 삽자루로 흙을 퍼서 수레에 싣는 모습을 상상하면 된다. 좋겠다. 저렇게 먹어도 멋있다. 서현이는 밥 먹을 때도 흐트러짐이 없다. 젓가락으로 밥 한 젓갈 떠서 입에 넣는 평범한 동작 하나에도 우아함이 묻어난다. 식사하는 그 어느 한 순간도 입을 크게 벌리지 않는다. 지민이는 초등학교 6학년이 급식을 먹는 모습이다. 깨작깨작 먹는 게 마냥 귀엽기만 하다. 나와 환이의 식사 모습은 기록하지 않겠다. 못생겨서 쓰기 싫다.

"태수야, 필기 좀 보여줘." 입에 음식물을 한 무더기 싣고도 말을 할 수 있는 환이가 참 신기하다. 그리고 참 못생겼다.

"알겠어. 밥 먹고 카페 가자. 거기서 차 한 잔 마시면서 빠진 부분 보여줄게. 너희들도 같이 가자."

철중이가 화들짝 놀라며 말했다.

"뭐? 남자들끼리 커피숍에 가자고?"

철중이는 마치 길을 가다가 개똥을 밟았다는 듯이 인상을 찡그리며 고개를 떨었다. 서현이는 우리를 훑어보더니 조심스레 입을 열었다.

"철중아, 너도 조느냐고 필기 못했잖아. 나중으로 미뤘다가 한꺼번에 할 생각 말고 지금 해둬."

철중이는 머리를 세차게 긁더니 짜증을 내며 말했다.

"알겠어! 대신에 커피숍은 안 돼. 남자끼리 거길 어떻게 가. 차라리 PC방에 가자. 빠진 부분을 타자로 치면 훨씬 빠르잖아."

한사코 반대하는 철중이를 억지로 끌고 갈 수 없기에 우리는 결국 PC방에 가기로 결정했다. 학원 건물 바로 옆에 PC방이 있다. 평소엔 주마간산

식으로만 봤는데 오늘 처음으로 직접 들어가 본다. 척 봐도 100대가 넘는 컴퓨터 앞에 사람들이 빼곡히 앉아있다. 이 사람들도 오후 수업에 졸아서 PC방에 와 필기를 베끼고 있는 걸까. 언뜻 눈에 들어오는 모니터들을 훑어보니 그런 것 같진 않다. 대강당에서 수업할 때는 조는 학생이 꼭 몇 명 있었지만, 여기서는 모두가 눈에 불을 켜고 집중을 하고 있다.

"자리 있나요?" 환이의 물음에 알바생은 뭔가 당연하듯이 말했다.

"처음 오셨나보네요. 지금 3자리 남았는데 다섯 분이 함께 앉으실 곳은 없어요. 따로 떨어져 앉아도 2자리가 모자라요."

대강의실 자리싸움만큼 PC방도 앉을 자리가 찾기 힘들다. 결국 어쩔 수 없이 PC방을 나와 학원 건너편에 있는 카페로 들어갔다. 철중이는 에스프레소를 시켜달라고 부탁하며 도망치듯이 위층으로 올라가버렸다. 나는 아메리카노, 환이는 카푸치노, 지민이는 복숭아 아이스티 그리고 서현이는 녹차라떼를 주문했다. 우리는 노량진 거리가 훤히 보이는 커다란 원형 테이블에 자리를 잡았다. 나와 서현이는 필기노트를 꺼냈다. 철중이는 고개를 푹 숙인 채 말 없이 필기내용을 옮겨 적었고, 환이는 만사가 귀찮은 듯이 한 손으로는 턱을 괴고 다른 한 손으로는 연필을 놀렸다. 나는 커피숍에 감도는 나긋한 커피 향을 즐기며 창밖의 풍경을 감상했다. 내가 망중한을 즐기는 것에 비해, 철중이는 뭐가 그리 급한지 그 쓴 에스프레소를 단숨에 들이켜고 공책이 찢어질 정도로 빠르게 샤프를 움직였다.

저 녀석은 왜 남자끼리 차를 마시는 걸 싫어할까. 혼자서 나름 고민을 하던 와중에 지민이가 빈 잔에 복숭아 아이스티를 담아 철중이에게 건네며 말했다.

"형, 이것 좀…"

지민이 쪽에서 먼저 말을 꺼낸 것도 신기하지만 무엇인가를 권하는 건 정말로 처음 본다. 철중이는 지민이가 내민 잔을 쳐다보지도 않은 채 말했다.

"됐어. 남자는 단 거 안 먹는 거야."

철중이의 매몰찬 거절에 지민이는 약간 울상이 되었다. 환이와 서현이는 차마 아무 말도 못하고 괜히 딴 곳을 바라본다. 나는 쓸데없이 핸드폰을 꺼내 이리저리 살피는 척한다. 곱게 내민 지민이의 두 손이 살짝 떨린다. 새벽 골목길보다도 조용한 정적이 흐른다. 철중이는 몇 번 입맛을 다시더니 미간에 인상을 살짝 찌푸린 채 지민이의 잔을 낚아채며 말했다.

"원래 단 거 잘 안 먹는데."

숨 막히던 분위기가 풀리자 나는 핸드폰을 내려놨다. 환이와 서현이가 고개를 돌려 서로를 마주봤다. 지민이는 민망한 듯 헤헤 거리며 실없는 웃음소리를 낸다. 철중이는 아이스티를 한 번에 다 마신 뒤 지민이에게 물었다.

"부모님이 경제적으로 어려운 것도 아닌데, 넌 왜 대학에 안 갔냐? 뭔가 이유라도 있었어?"

이유라는 단어에 내 귀가 꽂혔다. 지민이는 더듬거리며 말했다.

"AI…. 인공지능을 만들고 싶었…."

인공지능이란 말에 나도 모르게 웃음을 터뜨렸다. 철중이가 갑자기 날 쏘아본다. 녀석의 강력한 눈빛에 기가 죽어 난 잔을 들어 얼굴을 가렸다. 환이가 필기를 멈추며 말했다.

"그럴 거면 대학에 가야지. 고등학교만 나와서 어떻게 인공지능을 만들겠다는 거야. 넌 올해 21살이고 군대도 면제니까 차라리 공시 포기하고 대학에 가는 게 어때? 나 같은 놈이야 선택권이 없어서 이 바닥에 붙어 있는 거지만 너에겐 미래가 있잖아. 그리고…."

환이가 이어 말하기도 전에 철중이가 갑자기 껴들며 말했다.

"미래는 모두에게 있지. 우리도 늦은 건 아니야. 지민아, 왜 인공지능을 만들고 싶었어?"

철중이의 표정이 평소보다 무서웠는지 지민이의 목소리는 점점 작아졌다.

"그게…."

철중이가 짜증을 내며 말했다.

"너, 말할 때 자신 있게 끝까지 다 내뱉어. 뭣 때문에 말끝을 흐리는지 모르겠지만 듣는 사람 입장에선 정말로 답답해. 너 여자 앞에서도 그럴 거야?"

"아니… 아니요!"

"왜 인공지능을 만들고 싶었지?"

지민이는 고개를 숙이며 말했다.

"친구가 없어서요."

이번에는 환이가 웃음을 터뜨렸다. 이번에는 철중이가 환이를 쏘아봤다. 놀란 환이는 얼른 카푸치노 거품에 입술을 담갔다. 서현이는 우리를 쭉 훑어보더니 지민이 쪽으로 몸을 돌려 물었다.

"어떤 종류의 인공지능을 만들고 싶어?"

"제게 친구가 되어줄 수 있는 프로그램이라면 뭐든 괜찮다고 생각해요."

철중이가 물었다.

"프로그래밍은 어디서 배웠지?"

"독학이요."

"언제부터 공부한 거야?"

"중학교 2학년 때부터요."

철중이가 허리를 뒤로 젖히며 의자에 반쯤 걸터앉았다. 녀석이 쌀쌀하게 물었다.

"너 공무원이 되려는 이유가 뭐냐?"

대답은 못한 채 지민이는 휴지를 만지작거리며 꾸물거렸다. 서현이가 철중이의 표정을 살피더니 입을 열었다.

"지민아, 너 부모님을 도와서 요양원에서 일했다고 했었지? 돈은 많이 모았니?"

"네. 공시 공부하려고 다 모았… 모았어요. 공시는 돈이 중요하잖아요. 그렇죠? 그래서 되는대로 끌어 모았죠. 저는 고졸이니까 언제 합격할지 모르잖아요? 형들은 대학을 나왔고 나름대로 공부해온 게 있으니까 괜찮겠지만 저는 기초 자체가 없어요. 한 3년 공부해야지 합격할 수 있을 것 같아요. 먼저들 합격 하세요. 저는 뒤따라갈게요."

지민이는 마치 초등학생이 처음으로 엄마 앞에서 거짓말을 치는 것 마냥 횡설수설 대답했다. 철중이가 눈을 게슴츠레 뜨며 말했다.

"다시 물을게. 너 공무원이 되려는 이유가 뭐냐?"

지민이는 묵묵부답으로 대응했다. 환이가 필기를 멈추고 말했다.

"보나마나 뻔하지. 우리 모두 다 똑같은 이유로 모인 거 아니냐? 다 알면서 뭘 물어."

환이의 만류에도 철중이는 질문을 멈추지 않았다.

"세 번째 물어보네. 너 공무원이 되려는 이유가 뭐냐?"

지민이는 손으로 만지작거렸던 휴지를 탁자 위로 살짝 던지며 고개를 들었다. 녀석의 큰 두 눈이 약간 붉어져 있다. 지민이가 말했다.

"고졸 출신인 제가 무슨 인공지능을 만들겠어요? 저도 환이 형이랑 똑같아요. 할 게 없어서 여기 왔어요. 잘 되긴 글렀으니 공시라도 해야죠. 별다른 이유는 없어요."

환이가 웃으며 맞장구를 쳤다.

"너랑 나만 똑같은 게 아니야. 노량진에 있는 모두가 다 같은 이유로 온 거야. 공시 아니면 할 게 없거든."

환이의 발언에 철중이가 따지듯이 물었다.

"너는 인생에서 가질 수 있는 다양한 가능성을 왜 그렇게 협소하게 보냐?"

"그럼 너는 여기 왜 왔냐? 삶의 다양성을 말하기 전에 네가 노량진에 있는 이 모순 자체를 설명해봐."

철중이는 말문이 막혀 당황한 표정을 지었다. 환이는 여유로운 목소리로 말을 이었다.

"공무원이 박봉과 악성 민원에 시달리는 건 누구나 다 아는 사실이야. 하지만 그나마 사람 취급 받으면서 일을 할 수 있는 직업이 공무원뿐이거든. 능력만 좋다면야 알아서 자기 길을 만들어 가거나, 대기업이나 공기업으로 기어들어 갔겠지. 하지만 모든 사람이 다 능력이 좋은 건 아니잖아. 수많은 사람들이 각자의 이유를 가지고 노량진으로 왔겠지만, 결국엔 우리 모두 다 똑같은 공시생이잖아. 묘지에 있는 수많은 무덤들도 각자 나름의 사정이 있겠지만 결국엔 죽어서 묻히게 된 거잖아. 똑같아. 이유가 어쨌건 노량진에 온 사람들은 더 이상 갈 곳이 없어. 공무원이 되려는 이유? 간단해. 어렵게 생각할 필요가 없어. 국민에 대한 봉사? 헌신? 지랄하지 말라고 해라. 안정적으로 돈 벌기 위해서 공무원을 택한 걸 모두가 다 아는데 무슨 입에 발린 소리를 하냐? 만약에 공무원이 계약직이어서 고용 안정성이 없다고 쳐보자. 그러면 지금처럼 노량진 학원가에 불빛이 번쩍일까?"

환이는 카푸치노를 한 모금 마신 뒤 이어서 말했다.

"만약 기업 인사팀에서 '우리 기업에 왜 지원하셨나요?'라고 물으면, 나는 '그럼 너는 여기 왜 있느냐. 당신도 벌어먹고 살려고 회사 다니는 거 아니냐. 호주머니에 돈 50억 있었으면 당신이 회사 나올 것 같아?'라고 대답할 거야. 이거랑 똑같아. 만약에 누군가 나에게 '왜 공무원이 되고 싶어요?'라고 심각하게 묻는다면, 나는 비아냥거리면서 '시험 한 방에 안정적인 직업을 얻어서 인생을 편하게 살고 싶어서요.'라고 대답하련다. 왜냐고? 이게 현실이거든."

철중이는 뭔가 불만이 가득한 듯 팔짱을 꽉 끼며 말했다.

"아니야. 우리의 인생이, 우리의 현실이 그렇게 꽉 막혀있다고 생각하진 않아. 최소한…."

철중이가 말끝을 잇지 못하자 환이가 미소를 지으며 말했다.

"최소한의 뭐? 희망이 있을 것 같다고? 가능성이 있을 것 같다고? 꿈이 있을 것 같다고? 그렇지 않아. 한국 사회엔 단지 하나의 고속도로만 존재할 뿐이야. 10대는 공부, 20대는 취직, 30대는 결혼, 40대는 집 장만 및 육아, 50대는 노후 준비, 그리고 60대부터는 연금만 바라보며 살다가 때 되면 알아서 죽기. 이 나라가 만들어 놓은 인생의 고속도로에서 우린 벗어날 수 없어. 그럴 능력이 있는 놈들은 진작 헬기나 비행기 타고 다른 곳으로 도망갔지. 피할 수 없다면 우리의 선택권은 단 하나야. 어떻게든 이 비좁은 인생의 고속도로에서 사람취급이나 받아보면서 살아남자 이거야. 그래도 인간으로 태어났는데, 개·돼지 취급 받으면서 살아갈 순 없잖아? 그러니까 우리 같은 사람들에겐 꽉 막힌 인생의 고속도로에서 살아남기 위한 방법으로 공무원 시험밖에 없어."

장광설을 늘어놓은 환이는 목이 아픈지 연신 카푸치노를 후루룩 마셨다. 철중이는 창밖을 바라보며 입술을 깨문다. 나는 분하다. 환이가 한 말이 전부 틀린 것이라고 시원하게 반박하고 싶지만 지식이 모자라 그럴 능력이 없다. 가슴 품에 있는 청춘의 칼이 희미하게 떨린다. 괜찮다. 아직은 이 물건을 쓸 때가 아니다.

한동안 우리는 남은 차를 마시며 아무 말 없이 빈둥거렸다. 카페 벽면에 걸려있는 시계는 벌써 10시 21분을 가리켰다. 서현이는 고개를 살짝살짝 움직이며, 아예 돌부처가 된 철중이의 얼굴만 조심스레 바라보고 있다. 철중이는 시간이 멈췄는지 미동도 없이 팔짱을 낀 채 창밖에 시선을 고정했다. 환이는 아까부터 뭐가 그렇게 좋은지 입 꼬리가 하늘로 승천했고, 지민이는 얼굴이 땅바닥에 닿을 듯 목을 90도로 꺾은 채 침묵했다. 조용함은 처음엔 우리에게 한가로움을 주었지만 이젠 초조함을 주고 있다. 이 어색한 침묵을 깨야한다는 강박관념이 내 머리를 괴롭힌다. 난 침을 한 번 꿀꺽 삼킨 뒤 말했다.

"보이지 않는 손에 의해 시장가격이 형성되는 것처럼 보이지 않는 머리에 의해 청년들의 인생방향이 결정되고 있어. 시장 가격이 잘못 형성되면 정부가 나서서 가격 조정을 하면 되고, 집단에 의해서 설정된 인생방향이 잘못되었다면 영웅이 나서서 고치면 돼. 하지만 우리가 영웅인 건 아니잖아? 이 거대한 사회에서 우리 같은 약자들은 어떤 영웅이 나타나서 구제해 줄 때까지 현실에 순종할 수밖에 없어. 지민아, 너무 기죽지 마. 공무원 시험에 합격한 다음에 인공지능을 개발하면 되잖아. 나중에 해도 돼."

나는 자리를 털고 일어서며 말했다.

"우리끼리 논쟁해서 뭐하냐. 어차피 지금 당장 세상이 바뀔 것도 아닌데. 집에 가자. 너무 늦었어."

쟁반에다 쓰레기를 담고 자리를 정리하려는데, 철중이가 입을 열었다.

"재능에는 때가 있어."

또 무거운 주제가 나오자 나는 길게 한숨을 쉬었다. 이제 진짜 집에 가야하는데, 자꾸 말이 길어진다. 환이는 광대 같은 웃음기를 얼굴에 가득 담은 채 말했다.

"우리 잘생긴 철학자께서 무슨 말을 할지 들어보자고!"

철중이는 환이의 도발에 응하지 않고 침착하게 말했다.

"골든아워라고 들어봤어? 중상을 입은 환자가 치료를 받고 살아남을 수 있는 귀중한 1시간이 바로 골든아워야. 1시간 내에 치료를 받으면 살아날 확률이 높고, 그 시간이 지나면 생존확률이 많이 떨어져. 재능도 마찬가지야. 제때에 맞춰 계발하면 살릴 수 있지만, 시간이 지난 뒤에 해보려고 하면 몸이 따라주지 않아. 우린 너무나도 많은 핑계를 대면서 재능의 골든아워를 허공에다 던지고 있어. 시험 준비, 취직, 바쁜 업무, 집 장만, 결혼, 육아, 노후 대비 등 온갖 그럴싸한 짐들을 어깨에 지고 가면서 스스로를 죽이고 있어. 얼마나 무거운지 영웅조차도 압사당할 정도야!"

철중이가 지민이를 향해 웃으면서 말했다.

"하하하. 내 안에 있는 영혼은 예전에 죽었어. 나는 재능의 골든아워가 지나버린 더러운 청춘이지. 젊은 사람이 젊게 살지 못하는 것만큼 비참한 게 또 있을까! 지민아, 너도 곧 나처럼 될 거다. 하하하!"

철중이가 실성한 듯 웃자 서현이가 달려가 말렸다. 환이와 서현이가 철중이를 데리고 카페 밖으로 나갔다. 나는 쟁반 위에 담긴 쓰레기를 정리하며 지민이에게 말했다.

"철중이가 한 말 너무 신경 쓰지 마. 숙제를 미루듯이 하고 싶은 일도 잠시 미룬다고 생각해. 알겠지?"

지민이는 대답하지 않았다. 그저 묵묵히 남은 음료와 잔을 정리할 뿐이었다. 나는 뒷정리를 마무리한 뒤 카페 밖으로 나갔다. 철중이는 편의점에서 해외 맥주를 산 다음 자취방으로 곧장 가버렸고, 지민이는 축 처진 어깨로 버스를 타고 집으로 향했다. 서현이는 나와 환이를 노량진역까지 배웅해 줬다.

환이와 플랫폼에 서서 열차를 기다렸다. 2줄로 쭉 이어진 기찻길이 1줄로 보이는 저 먼 곳에서 회기행 열차가 들어온다. 환이는 약간 졸린 듯 힘이 빠진 목소리로 말했다.

"그냥 보내고 다음 번 소요산행 타자. 그거 타면 한 번에 집까지 가니까 앉아서 잘 수 있잖아."

"응."

"최근에 청춘의 칼 쓴 적 있어?"

"없어."

"그거 다행이네."

몸이 물에 젖은 것처럼 무겁다. 머리는 안개가 낀 것처럼 답답하다. 나는 기찻길에 놓인 자갈들을 응시했다. 머릿속으로 스멀스멀 과거의 기억들이 자연스레 떠오른다. 처음 9급 공무원 시험을 본다고 했을 때 어머니의 반대가 심했다. 옛날에는 알아주지도 않는 일을 대학까지 졸업한 놈이 왜 하느냐고 소리를 치셨던 어머니는 내가 대기업 취직에 연달아 실패하자 결국엔 공시 공부를 허락하셨다. 내 인생의 다리는 어머니의 허락이 있어야만 걸을 수 있다. 어느 기업에 지원 하느냐, 어떤 공부를 하느냐, 어떤 직업을 갖으려 하느냐 등 수많은 가능성 중 어머니의 깐깐한 세관을 통과한 길만이 선택 가능하다.

어머니는 정복욕이 강하셔서 자기 생각대로 나를 원 없이 휘두르고 싶어 하신다. 하지만 나는 어머니의 계획대로 움직여주질 못했다. 외고 입시 실패, 명문대 진학 실패, 대기업 입사 실패 등 나는 어머니의 화에 불을 댕길 장작들을 차곡차곡 쌓았다. 장작들이 더 이상 쌓을 수 없을 정도로 많아지면, 어머니는 화력발전소 같이 화를 내어 장작들을 깡그리 불태웠다. 거기에다가 갱년기까지 겹치는 바람에 어머니는 이성을 잃고 히스테리까지 부리는 경우가 부지기수였다. 그때마다 나는 고기방패가 되어 어머니가 내뱉는 뜨거운 화를 온몸으로 받아내야만 했다. 갱년기가 뭘까. 중년 여성에게 주는 면죄부일까. 나는 화를 내도 돼. 왜냐면 갱년기니까. 나는 너에게 상처를 입혀도 돼. 왜냐면 갱년기니까. 나는 너를 괴롭혀도 돼. 왜냐면 갱년기니까. 어떤 공격을 해도 되는 갱년기라는 면죄부를 들고 어머니는 종종 나를 불에 태워 재로 만들었다.

하지만 공시 공부를 시작하면서 어머니의 태도가 확연히 변했다. 어머니는 나를 공무원 시험에 합격시킬 것이라는 새로운 계획을 갖게 되자, 짜증보다는 친절을 베풀고 험담 대신 미담을 늘어놨다.

가슴 품에 있는 청춘의 칼이 차갑지만 잠잠하다.

나는 어쩔 수 없다. 나는 9급 공무원 시험공부를 해야만 한다.

다름죄가 자리에 앉아 자신의 흰 죄수복에 글을 쓰며 말하길

다름죄: 감옥 안에서 나는 적이 없다네.
죄인의 생활은 무죄보다 편하네.
골품의 탑에 오르기 전까지 즐거운 축제는 끝이 없도다.
감옥 안은 노랫소리와 피리 부는 소리가 가득한 금입택(金入宅)과 같구나.
나는 하얀 죄수복을 종이로 삼아 근심을 잊으니 천하가 태평하도다.
어제가 오늘 같고 오늘이 내일 같기만 하여라.
합창: 어리석은 죄인아, 너는 마음을 완전히 놓았구나.
붓을 함부로 놀리지 말지어다.
하나의 문장이 하나의 화살이 되어 네 가슴을 노릴 것이다.

음산한 기운이 감돌며 감옥에 안개가 낀다. 무당들이 소리를 지르며 달려 나와 다름죄를 둘러싼다. 다름죄는 분위기를 읽지 못하고 종이 위에 글을 적어 내려갔다.

다름죄: 감옥 안은 자아(自我)를 잊은 죄수들로 가득하니 고통을 받아도 당연한 줄로만 안다. 진정한 노예는 자신이 왜 노예인지 자각하지 못 한다. 감옥에는 자신이 왜 죄수인지 인식하지 못하는 자들로 가득하다. 당신들은 정녕 죄인인가? 글쓰기는 내 자아를 붙잡아 주는 행위이니, 어찌 버릴 수가 있겠는가? 나는 죄인이 아니다. 나는 죄인이 아니다. 나는 사관이로다!

하늘이 어두워지면서 천둥번개가 친다. 골품의 탑에서 뼈들의 울음소리가 흘러나온다. 무당들이 허리춤에 차고 있던 청춘의 칼을 하늘 높이 빼들었다. 공포에 질린 다름죄는 골품의 탑 앞에 무릎을 꿇고 머리를 박았다.

무당들: 탑은 미천한 자들에게도 기회를 베푸니 감옥은 은혜가 흘러넘친다.
백 갈래 천 갈래 길에서 헤맨 자들이 오늘도 속죄를 위해 감옥을 찾아오는데
네 녀석은 아직도 죗값을 모르는구나.

다름죄: 용서하여 주시옵소서.

합창: 칼로 가슴을 갈라 정성을 보여라.

무당이 다름죄 앞에 청춘의 칼을 던져주었다. 다름죄가 청춘의 칼로 가슴을 가르니 새빨간 피가 흘러나와 흰색 죄수복을 적신다. 다름죄가 청춘의 칼을 들고 덩실덩실 춤을 춘다.

다름죄: 탑에 오르리, 탑에 오르리, 골품의 탑에 오르리.
무당님들의 은혜에 목숨을 건졌구나.
남들과 똑같이 행동하여 내 자신을 잊고 속죄하리라.
더 이상의 방황은 없다. 탑에 오르는 것만을 생각하리라.
골품의 탑에 오르기 위하여!

공시생활이 몸에 배면서 나는 몇가지 규칙적인 소비를 하게 됐다. 아침에는 1,200원짜리 바나나 우유를 마시고, 점심에는 식사 후 500원짜리 초콜릿 빵을 먹는다. 그리고 저녁 식사 후에는 1,000원짜리 아메리카노를 마신다. 점심과 저녁 식사비에 왕복 교통비까지 합치면 하루에 대략 13,000원 정도를 사용한다. 그동안 알바로 모아둔 돈이 많이 남았기에 금전적인 문제는 아직까지 없다. 나는 통장이 2개 있는데, 첫 번째는 예금통장으로 여기에 모든 돈을 넣어 놨다. 두 번째는 용돈통장이다. 첫 번째 통장에서 두 번째 통장으로 주기적으로 돈을 이체하여 사용한다. 나는 통장에 19만 원이 남으면 '15만 원까지는 편안하게 쓰자.'라고 생각하고, 통장에 14만 원이 남으면 '10만 원까지는 편안하게 쓰자.'라고 5만 원 단위로 돈을 쪼개어 사용한다. 나는 쩨쩨하게 가계부를 쓰는 것이 정말 싫어서 나름 마음의 한계선을 정해놓고 씀씀이에 여유를 가지려 노력한다.

하지만 너무 방심한 탓일까. 최근 들어서 씀씀이가 매우 헤프다. 저녁 식사 후 스터디원들이랑 커피숍에 가는 일이 많아졌다. 철중이는 남자끼리 커피숍에 가는 것에 더 이상 어색해하지 않았고, 오히려 주도적으로 가자는 식으로 태도가 변했다. 우린 커피숍의 영업시간이 끝날 때까지 같이 공부를 하거나 정보공유를 하여 9급 공무원 시험 대비를 위한 만전을 기했다. 사실 거짓말이다. 카페에서 맨날 수다를 떨거나 대학교 때 못 다한 토론 수업을 마저 했다.

커피숍에 오래 앉아있으면 단 것이 당겨 어쩔 수 없이 주문을 하게 되는데, 이게 비용이 만만치 않게 들어간다. 자칫 잘못하면 하루에 2만 원이 넘는 큰돈을 쓸 때도 있다. 학원 수업이 월요일에서 토요일까지 있기 때문에, 한 달을 대략 30일로 잡았을 때 일요일을 제외한 26일을 노량진에 출근해야 한다. 이렇게 되면 한 달에 약 52만 원을 쓰게 되고, 행여나 일요일에 노량진으로 공부하러 간다고 어머니께 거짓말을 치고 철중이네 자취방에서 치킨 파티라도 벌이게 되면 한 달에 60만 원을 넘게 사용한다.

공시생 생활은 본인이 어떻게 하느냐에 달린 것 같다. 괜히 스트레스 받으며 할 필요가 있을까. 학원 스케줄에 맞춰서 움직이면 진도에 늦을 염려도 없고 뒤쳐질 일도 없다. 나는 버스에 탄 탑승객과 같다. 학원이라는 운전사가 이끌어 주는 대로 마음 편안히 앉아있으면 된다. 거기다가 잘 맞는 탑승객들과 만나 즐기면서 공부를 하니 인생이 즐겁다.

두 달간의 기본 수업이 끝나는 날까지, 나는 한동안 공시생 신분을 즐겼다. 부모님은 공시생이 된 나를 상전 모시듯이 대한다. 예전에 알바생 시절에는 어머니께서 아침밥을 챙겨주시지 않았다. 대신 잔소리를 차려주셨다. 어머니는 취직도 못하는 놈에게 왜 밥을 챙겨 주냐며 아침마다 잔소리를 하신 후 출근을 하셨다. 나 또한 밥이 아닌 눈칫밥을 먹고 싶진 않았기 때문에 알아서 끼니를 해결했다. 지금은 다르다. 아침에 일어나면 어머니께서 따뜻한 국과 밥을 차려놓으신다. 내가 먹기 싫다고 투정을 부리면 어머니는 화를 내시기는커녕 추우니까 국 한 숟갈은 꼭 먹으라며 사정을 한다. 하하하, 공시생은 정말 좋은 신분이구나!

기본 수업을 마무리할 때쯤, 학원에서 대대적으로 합격예측 모의고사를 개최했다. 원래는 돈을 내고 봐야하는 시험이지만 기본반 학생들은 무료로 응시할 수 있게끔 학원에서 배려를 해줬다. 학원 측은 학생들의 실력이 얼마쯤 되는지 파악하는데 도움을 주기 위해 기본반 내에서의 등수도 알려주겠다고 했다. 학원 강사들은 학생들에게 처음 보는 모의고사이니 점수에 너무 개의치 말라는 경고를 했지만 나는 귀담아 듣지 않았다.

모의고사를 보고 난 뒤 나는 스스로에게 칭찬을 해줬다. 첫 번째 보는 시험인데도 웬만한 문제는 다 풀었다. 물론 모르는 문제들을 많이 찍긴 했지만, 아직까지는 공시 초반이니 괜찮다는 생각이 들었다. 시험 결과는 다음날 오전 수업이 끝날 때 나왔다. 새로 들여온 널따란 학원 게시판에 대자보처럼 시험결과가 붙었다. 학원 측에서는 개인 프라이버시를 위해 이름은 두 글자만 공개했고 뒤에 생일을 써서 자기 점수를 찾을 수 있게끔 해놓았다. 수험생들이 우르르 몰려와 자기 점수와 등수를 찾았다. 사람들이 너무 많아서 게시판을 확인하기 힘들었기 때문에 나는 스터디원들과 점심을 먹고 와서 내 점수를 찾았다. 설레는 마음으로 게시판 앞에 섰다. 나름 선방을 했으니 상위권에 들 것이라고 믿었다.

기본반 응시자 196명. 미응시 71명. 미응시는 대체 뭘까. 학원에서 공짜로 혜택을 제공하는데 왜 시험을 안 본걸까. 이해가 안 된다. 1등부터 나와 있는 이름을 따라 눈을 내렸다. 15등에 이환, 24등에 지민이가 있다. 내 이름은 보이지 않는다. 다시 위에서부터 봤다. 주먹을 쥐고 침을 삼킨 뒤 시야를 배꼽까지 내려 벽보를 살펴본다. 믿기 힘든 현실을 마주해야만 했다.

'148등 박태*, 11月 24日'

혹시나 동명이인인가 싶어 이름과 생일을 다시 확인해 봤다. 아무리 봐도 나다. 믿을 수 없다. 분명히 멍청한 행정보조가 잘못 채점했음에 틀림없다. 그렇지 않고선 어떻게 이 등수가 나왔겠는가. 나는 곧장 자습실로 들어가 가방에서 어제 봤던 시험지를 꺼냈다. 학원 홈페이지에 공개된 답지를 핸드폰으로 확인하면서 시험지와 맞춰보았다. 국어는 띄어쓰기, 맞춤법, 한자어에서 주로 틀렸고 영어는 시간이 부족해 찍은 문제들이 다 오답이 났다. 그밖에 한국사, 행정학, 사회는 학습량이 부족하여 헷갈려 틀린 문제가 많았다. 시험지가 잘못 채점되어 내 등수가 밀린 것이 아니다. 나는 두 손으로 눈두덩을 가린 채 자리에 얼어붙었다. 스스로에게 변명의 여지가 없다. 친구들과 같이 놀았는데 나 혼자 하위권에 머물러 있다. 심지어 대학을 나오지 않은 지민이보다도 훨씬 밑에 내 등수가 있다.

오후 수업 때는 상념에 잠겨 제대로 집중하지 못했다. 머리가 무거워 수업 내용을 받아들이지 못했지만 손은 그나마 움직여서 필기만 겨우 했다. 옆에 앉은 환이가 나를 힐끔힐끔 쳐다보는 게 느껴진다. 나는 녀석의 눈빛을 무시한 채 앞으로 어떻게 할지 고민했다. 오늘이 기본반 마지막 수업이다. 정상적인 코스대로라면 나는 다음 번 심화반 수업에 등록해야 한다. 하지만 기본반 내에서 하위권인 내가 심화반 수업을 따라갈 수 있을까. 그렇다고 이미 한 번 들은 기본반 수업을 또 들을 수도 없는 노릇이다. 수업료도 48만 9천 원이어서 거의 50만 원에 육박한다. 거기다가 2달을 계속 들어야하기 때문에 시간 낭비도 심하다. 남들은 나보다 2달 먼저 심화반 및 문제풀이 수업을 들어가며 앞서나가는데 나 혼자 또 기본반에 머무를 순 없다. 복잡한 머릿속 때문에 나는 담배를 피우는 것처럼 한숨을 길게 내뱉었다.

심화반 수업에서 보자는 강사의 말과 함께 기본반의 마지막 수업이 끝났다. 학생들은 박수를 치며 그동안 감내해온 고생을 서로 치하했다. 환호성으로 가득한 대강의실에서 나는 움직이지 못하고 그저 자리에 가만히 앉아있었다. 환이가 내 어깨를 두드리며 말했다.

"저녁 먹으러 가자."

"됐어. 난 잠시 생각할 게 있어. 나머지 애들이랑 같이 먹으러 가."

환이는 씁쓸하게 웃으며 자리를 떠났다. 학생들이 우르르 몰려 나가자 거대한 강의실에 나 혼자 달랑 남았다. 나는 고개를 돌려 주위에 아무도 없는지 다시 한 번 확인했다. 나는 입을 굳게 다물고 노트 맨 뒷장을 펼쳤다. 그리고 다시는 하지 않겠다던 짓을 아무도 모르게 시작했다. 나는 펜을 들어 노트에 갈겼다.

환웅은 바람, 비, 구름을 관장하는 풍백, 우사, 운사를 거느리고 태백산 꼭대기 신단수 아래로 내려와 세상을 다스리고 교화했다. 이때 곰 한 마리와 호랑이 한 마리가 찾아와 환웅에게 인간이 되게 해 달라고 빌었다. 환웅은 쑥 한 다발과 마늘 스무 개를 주면서 말했다.

'너희가 이것을 먹되, 백 일 동안 햇빛을 보지 않으면 사람이 되리라.'

곰과 호랑이는 어두컴컴한 동굴에 들어가 인간이 되기 위해 백일 동안 쑥과 마늘을 먹으며 버텼다. 무엇이 그들로 하여금 동굴로 유인했는가. 그것은 인간이 될 수 있다는 보상이었다. 어째서 호랑이와 곰이 자신들의 삶에 회의를 느끼고 인간이 되고 싶었는지 신화에선 설명하지 않는다.

한줄기 햇빛도 없는 동굴 안에서 얼마나 힘들었을까. 드넓은 땅에서 용맹하게 뛰놀던 호랑이. 육중한 몸으로 상대방을 제압했던 곰. 둘 다 동굴 밖에서는 한가닥 했던 짐승이었거늘 대체 무슨 차별을 받아 상심하여 동굴에 자의로 기어들어 왔는가.

신선한 고기를 먹던 호랑이. 신선한 연어를 먹던 곰. 둘 다 동굴 안에서 입맛에 맞지도 않는 쑥과 마늘을 먹으며 배고픔과 죽음에 대한 공포에 얼마나 시달렸을까. 그렇게 해서라도 너희들은 인간이 되고 싶었느냐!

곰은 결국 자신이길 포기하고 인간이 되었지만, 호랑이는 끝내 자아를 포기하지 못했다. 호랑이는 동굴 밖으로 뛰쳐나갔다. 초원에서 힘차게 뛰놀던 본인의 용맹함을 좁은 동굴에 가둘 수 없었으리라.

입시를 준비하는 수험생들이여, 공무원 시험을 준비하는 공시생들이여, 취직을 준비하는 취준생들이여, 출세를 위해 공부하는 자들이여, 그대들은 곰과 호랑이 중 무엇이 되고자 하는가. 자기 자신을 버리고 인간이 된 곰인가, 아니면 자기 자신의 소중함을 깨닫고 동굴을 박차고 뛰어나간 호랑이인가? 오오, 그대들이여 나는 호랑이에게 박수를….

마지막 단어를 쓰려는 순간 품에 있던 청춘의 칼이 심하게 요동친다. 그 미친 떨림에 나는 잡고 있던 연필을 놓쳤다. 내가 지금 무슨 짓을 하고 있는 것인가. 또 나를 망치려는 셈이냐! 글을 쓰지 않겠다고 굳게 다짐하고 노량진에 상륙했건만, 순간 정신 줄을 놓았구나.

나는 노트를 찢어 바닥에 내팽개쳤다. 급히 가방을 싸고 학원 밖으로 뛰쳐나갔다. 도로변을 따라 뛰어 곧장 횡단보도를 건너가 노량진역으로 들어갔다. 거친 숨이 차오르고 등 뒤로 땀이 흐른다. 1호선 플랫폼에는 퇴근길에 오른 회사원들로 붐볐다. 음료수 자판기 옆에 몸을 기대어 그들을 바라봤다.

대체 나는 왜 글을 쓰는가. 농구 선수는 농구공을 이용해 자신의 한계를 뛰어 넘어 신에 가까운 모습을 보여준다. 농구공은 선수와 신을 이어주는 매질이다. 야구 투수에게는 야구공이, 야구 타자에게는 배트가 자기 자신을 넘어 신에게 다가갈 수 있는 매질이다. 여자는 화장을 매질삼아 자기 자신을 극복하고 여신이 되기도 한다. 나에게도 그런 것이 있었던가. 설마 미천한 내가 글쓰기를 매질삼아 신과 비슷해질 수 있다고 믿는 걸까. 아니면 단지 현실 도피 혹은 속 좁은 자기방어를 위한 글쓰기인가.

답은 정해져 있다. 그 답은 현재 내 모습이다.

나는 남들과 다른 인생을 살아왔다. 그리고 지금 난 그 다름에 대한 대가를 혹독히 치르고 있다.

28살. 무직. 연애 해본 적 없음.

내 자신이여, 네가 동굴을 박차고 뛰어나가 남들과 다르게 살아온 결과가 결국 이거란 말이냐. 남들은 동굴에서 쑥과 마늘로 끝까지 버텨 인간이 되었다. 그들은 취직했고 돈을 벌며 연애를 즐기고 있다. 이것이야말로 인간다운 삶이 아니겠는가. 너도 여기 연미복을 입은 회사원들처럼 되어야 한다. 네가 대체 무엇 때문에 자꾸 엉뚱한 선택을 하느냐. 나는 너를 위해 비난할 대상을 찾아야만 한다. 어디 보자. 그래, 그 녀석이 문제였구나. 문학이다. 염병할 문학이 너로 하여금 동굴을 박차고 나가게 만들었구나. 영문학, 세계문학전집, 소설집필 같은 악마들이 항상 중요한 순간에 너를 동굴 밖으로 유혹했지. 이번에도 널 망가지게 내버려 둘 순 없다. 자,

어서 내 말을 들어라. 당장 '청춘의 칼'을 빼들어 가슴을 긋자. 그것만 사용하면 너는 동굴 안에서 버틸 수 있어. 너도 곰처럼 성공할 수 있어. 청춘이 가진 모든 고뇌를 칼로 잘라내 버려. 네 안에 있는 청춘을 죽여 버려.

굉음과 함께 1호선 열차가 들어왔다. 삐걱거리는 브레이크 소리가 역을 가득 메운다. 열차가 사람들을 가득 싣고 썰물 빠지듯이 멀리 떠났다. 플랫폼에는 정적이 감돌았다. 나는 음료수 자판기 옆에 꼭 붙어서 품 안에 있는 청춘의 칼을 꺼냈다. 역에는 몇몇 사람들이 있었지만 내 쪽에 관심을 두는 이는 아무도 없었다. 나는 숨을 깊게 내뱉은 뒤 청춘의 칼로 가슴을 그었다. 하아, 하고 신음이 절로 나왔다.

다음번 열차에 몸을 맡겼다. 열차를 타고 집으로 가는 내내 얼굴에 미소가 떠나질 않는다. 기분이 좋다. 방황하지 않아도 된다. 창동역에 내려 근처에 있는 편의점에 들렀다. 나는 맥주 한 캔을 산 뒤 꿀꺽하고 단숨에 들이켰다. 취기가 오른다. 발걸음이 덩실덩실 춤을 춘다. 나는 손으로 박수를 쳤다. 곰에게 이 박수를 보낸다.

4

다름죄: 나는 자아를 잃어버린 사관.
스스로의 운명을 져버리고
남들과 똑같아지기 위해 붓을 흔든다네.
아아, 답답하구나.

형형색색의 옷을 입은 무당들이 탑 앞에서 춤을 추며 노래를 부른다. 오색 빛이 산란하여 감옥을 어지럽게 물들일 적에 죄수들은 멀찌감치 서서 구경만 한다. 무당들이 자신의 옷을 찢어 탑 위로 던진다. 공주님들은 탑 위에서 우아하게 춤을 추며 아름다움을 뽐낸다. 화려함에 취한 죄수들은 제자리에서 방방 뛰며 박수를 친다. 빛과 소리가 정신없이 어우러진 축제 속에서 다름죄는 감옥 한구석에 박혀 무릎을 꿇고 눈물을 터뜨린다.

다름죄: 내 발이 닿을 수 없는 축제가 열리는구나.
탑에 오르기 전까지 나에게는 기쁨이 허락되지 않는가?
답답하다. 화가 난다. 미치겠다.
나도 내 자신을 표현하고 싶다.
종이 위에 기록만 남길 수 있다면 한이 없겠도다!
골품의 탑에 억눌려 나는 그 무엇도 할 수가 없구나.

춤을 추던 한 무당이 무리에서 떨어져 나와 다름죄 앞에 선다. 무당은 품안에서 청춘의 칼을 빼들어 하늘 높이 쳐들었다. 다름죄는 두 손을 모아 합장을 한 번 올린 뒤에 가슴을 내밀었다. 무당이 청춘의 칼로 다름죄의 가슴을 그었다. 빨간 피가 다름죄의 가슴을 적신다. 무당들이 춤을 멈추고 모두 물러갔다. 죄수들이 모여 웃고 떠든다.

죄수들: 무당이 없으면 우린 자유라네.
여보게들, 삼삼오오 모여 여유를 즐겨보세.
14개의 얼굴을 가진 주사위를 던져보게나.
웃어보세. 춤춰보세. 노래를 불러보세. 술을 마셔보세.

죄수들이여, 탑에 오를 날은 아직 멀었다네.

다름죄: 골품의 탑이 비명을 지른다.

뼈들이 울음을 토해낸다.

괴롭다. 슬프다. 힘들다.

탑 위에 앉아 있는 공주님들은 얼음같이 차갑다.

우리에게 눈길도 주지 않는다네.

죄인들이여, 각오하세나.

당신들은 공주님 앞에 당당히 설 수 있겠는가.

노력죄: 나는 준비되었소. 나는 골품의 탑에 오르는 존재.

나는 수치심이 없소. 대신 잔인함이 있소.

나는 다른 생각 따윈 전혀 하지 않소.

오직 골품의 탑만을 바라볼 뿐이오.

나는 밥그릇을 노리는 사냥개라오.

나는 조상님과 자부심을 팔아서라도

오직 골품의 탑에 오를 것이오.

다름죄: 네 이놈, 노력죄야!

역사를 희생해서라도 탑에 올라야만 하느냐?

네놈은 수치심마저 없느냐?

노력죄: 역사는 승자의 기록. 사관이라는 사람이 그것도 모르시오?

기어서 오르든, 남을 짓밟고 오르든 골품의 탑에만 오르면

남들한테 존경받을 수 있는 것 아니겠소?

나도 이제 이 더러워진 흰색 죄수복을 벗고 황색 관복을 입어

공주님과 혀를 물고 놀아보세!

망상죄: 분하지만 지금은 노력죄에게 박수를 보내야겠다.

눈칫죄: 따라서 박수를 치자.

외향죄: 다름죄는 무엇 때문에 수치심을 버리지 못하는 걸까? 궁금하다.

노력죄: 다름죄여, 당신은 남들과 다른 인생을 살아서 죄수복을 입었는데 속죄할

생각이 있기는 하오? 당신은 공부만 한 책상물림인지 감옥살이를 잘 모르

는 것 같소. 독립보단 기생을, 도전보단 현실을 바라야만 하는 이 감옥에서 당신이 죄수답지 않은 행보를 계속 이어나가다간 무당들에게 살해당할 것이오.

다름죄: 나는 죄인이 아니다. 나는 사관이다. 역사는 거울과 같다. 악랄했던 과거의 빛을 거울에 비춰 미래를 밝힐 순 없다. 나는 당신들과 함께하지 않겠소.

다름죄는 죄수 무리를 떠나 혼자가 되었다. 망상죄는 다름죄를 존경의 눈빛으로 쳐다봤다.

노력죄가 앞으로 나와 죄수들을 향해 외쳤다.

노력죄: 자아를 버린 내가 너무하다고 생각하오? 아닐세. 사람이 잔인해지는 데는 다 이유가 있는 법 아니겠소?

합창: 어떤 이유?

노력죄: 하하하, 궁금하시오? 그렇다면 이 게으름뱅이의 역사를 말해줄 시간인 것 같군!

노력죄가 자리를 깔고 앉아 이야기를 시작한다.

노력죄: 나는 알에서 태어났다오.
어렸을 적 나는 생식기의 길이가
책상다리만큼 길어서 짝이 없었다오.
어디 여기 오신 분들 중에 똥을 무덤만큼
크게 쌀 수 있는 여자가 있는가?

합창: 예끼! 이 녀석, 어디서 그런 거짓말을 치느냐? 어서 사실을 말해라!

노력죄: 어렸을 적 나는 향기가 없는 꽃이었다네.
나비가 꼬이지 않아 상심했다네.

합창: 상심했다네.

노력죄: 내 주변은 오색영롱한 구름이 사방을 꾸며대고

다른 꽃들은 온갖 향을 뿜어대며 나비와 어울릴 적에
이 내 몸은 찾아주는 나비가 없어 외로울 지고.

합창: 외로울 지고.

노력죄: 그래서 나는 꽃에서 성난 개구리로 변해
다른 꽃들을 짓밟으면서 지냈다네.

합창: 망할 녀석!

노력죄: 개굴개굴, 당신들도 조심하세나.
이 성난 개구리의 경고를 듣지 않았다간
당신들이란 꽃들도 청춘의 칼에 모가지가 뎅겅 잘릴 테니!

행정학에서 말하는 과학적 관리론이란 무엇인가. 경제적인 보상을 충분히 제공하면 인간을 기계처럼 쓸 수 있다는 것 아니겠는가. 공무원 시험에만 합격하면 정년이 보장되는 일자리를 얻을 수 있다. 시험 한방으로 인생을 거저먹을 수 있다. 이보다 달콤한 보상이 세상에 또 있으랴.

나는 고민 끝에 48만 9천 원짜리 심화반 수업에 등록하면서 생활패턴을 기계화 했다.

아침 6시 30분 기상. 간단한 조식 후 7시 10분까지 지하철 탑승. 영어 단어를 외우면서 8시 15분까지 등원. 대강의실 중간 자리에 착석. 오전 4시간 수업 후 1시간 점심식사. 오후에는 4시간짜리 수업을 받거나 자습을 한다. 오후 6시에 먹는 저녁식사는 일부러 30분으로 고정하여, 식사가 끝나자마자 나는 자리에서 일어나 곧장 자습실로 왔다. 친구들과 차 한 잔 나누지 못해 미안하지만 이렇게 차갑게 행동하는 수밖에 없다. 왜냐하면 스터디원들과 이야기를 하다보면 분위기에 휩쓸려 자연스레 카페로 흘러가 엉터리 공부를 하는 경우가 많기 때문이다. 거기에다가 철중이와 환이의 토론에 재미가 들려 경청하다보면 어느새 카페에서 철중이의 자취방으로 나도 모르게 장소가 옮겨져 있다. 그러니 칼같이 날카롭게 행동해야 낭비되는 시간을 막을 수 있다.

밤 10시까지 당일 배운 내용의 복습을 마치고 하원하여 11시 15분까지 집 도착. 간단한 세면 후 12시 취침. 이렇게 앞으로 4개월만 버티면 된다. 공무원 시험은 4선지 다형이지만 내 인생은 다른 선택지가 없다. 오직 공무원이 되는 길뿐이다.

이번만큼은 남들과 다르게 행동하지 않겠다. 우직한 곰이 되어 100일이든 200일이든 이 어두컴컴한 노량진에서 합격의 그날까지 버티겠다. 단군신화에는 곰과 호랑이 두 마리만 동굴에서 경쟁했지만, 노량진에서는 나와 같은 곰들이 몇 십만 명이나 있다. 버텨라. 이 악물고 죽을 각오로 고통을 견뎌내라. 합격, 아니 인간이 되기 위해 나는 계획이라는 기계에 나를 넣고 돌린다.

여느 때처럼 저녁식사 후 빨리 자습실로 돌아와 기계처럼 공부를 하고 있는 와중에, 누군가가 내 등을 치며 말했다.

"모의고사에서 한 번 발리더니 혼자 살겠다고 아주 발광을 하는구나."

고개를 들어보니 환이가 능글맞은 얼굴로 날 보고 있다. 웬일인지 서현이도 옆에 같이 서 있었다. 환이는 내 지우개를 만지작거리며 말했다.

"이걸 아직도 쓰고 있냐. 잃어버리지도 않고 오래 쓰네."

"용건 없으면 가. 나 바빠."

녀석은 내 목을 팔로 휘감으며 말했다.

"오늘 세계 불꽃 축제가 있어. 무려 60억이나 들어간 빅 이벤트야. 우리 학원 옥상에서 보면 완전 장관이래. 쇼는 7시 20분에 시작하지만 7시까지 옥상으로 와. 사람 붐비기 전에 좋은 자리를 맡아놔야 되니까. 참, 의자도 하나 들고 와. 그래야지 우리 같은 호빗들도 하늘을 바라볼 수 있지."

나는 녀석의 팔을 치우며 말했다.

"안 갈 거야. 난 공부할 거야."

"가만히 앉아서 시간만 채운다고 공부가 되는 게 아니잖아. 잠깐 머리 좀 식히고 와서 다시 공부하면 될 거 아니야?"

"잠깐이라고?"

나는 신경질적인 목소리로 말했다.

"내가 너희들이 맞이할 미래를 예언해줄게. 오후 7시 20분에 불꽃쇼가 시작되고 너희들은 그걸 바라보겠지. 1시간 뒤 쇼가 끝나고 철중이는 맥주가 당긴다고 말할 거야. 서현이는 그걸 보고 고개를 끄덕일 것이고, 너는 지민이를 철중이네 자취방에 끌고 가서 술을 먹이겠지. 지민이는 술에 취해 쓰러지고 너희들은 모자란 술을 사기 위해 편의점에 갈 거야. 밤 12

시가 될 때까지 술을 계속 마시다가 내일은 일요일이니깐 괜찮다는 달콤한 말로 서로를 위로하면서 날밤을 새우겠지. 알겠어? 이게 너희들의 미래야. 이런 식으로 공부한다면 다음번에 100등 뒤로 밀려나는 건 내가 아니라 너희들이 될 거야."

환이가 내 가슴 품을 보며 말했다.

"그래, 알겠어. 열심히 하니까 보기 좋네. 의자 하나 옥상에 더 놓아둘테니까 혹시나 마음 바뀌면 올라와."

환이는 교실 입구에서 기다리던 지민이에게 어깨동무를 하며 복도로 나갔다. 서현이가 시계를 손가락으로 가리키며 말했다.

"저번 시험결과에 너무 상심하지 마. 오늘만큼은 같이 즐기면 좋겠다."

녀석은 비릿한 웃음과 함께 교실을 빠져나갔다. 처음 보는 서현이의 표정에 나는 뭔가 꿍꿍이가 있나 싶었지만, 곧장 마음을 가다듬고 다시 교과서로 눈을 돌렸다. 자습실 분위기가 들떴다. 소리 없이 묵직한 가운데 전해지는 이 흥분이 무엇인지 나는 잘 알고 있다. 과거 2002년 월드컵 때도 이랬다. 나는 그때 중학생이었는데, 기말고사와 한국경기의 일정이 겹치는 바람에 독서실에서 이어폰으로 라디오 중계를 들으며 공부했다. 한국이 골을 넣자 독서실은 소리 없는 환호성으로 가득 찼다. 주먹을 꽉 쥔 남학생들, 여학생들의 찢어지는 입술, 다들 기말고사 때문에 어쩔 수 없이 독서실에 왔지만 마음은 경기장에 있었던 그날의 열기가 지금 여기 자습실에도 배어있다.

흥분을 이기지 못한 학생들이 하나둘씩 자습실을 빠져나간다. 나는 엉덩이를 좀 더 의자에 깊숙이 붙여 앉아 자세를 가다듬었다. 또 실패할 순 없다. 과거에 나는 월드컵이 주는 침묵의 열기에 굴복하여 끓어오르는 피를 주체 못하고 밖으로 뛰쳐나가 응원을 했다. 그리고 시원하게 기말고사를 말아먹었다. 이번에도 같은 실수를 반복할 순 없다. 나는 곰이다. 지금 여기 자습실을 나가 불꽃놀이를 만끽하는 공시생들은 분명 시험에 떨어질 것이다.

빵빵했던 풍선의 공기가 빠지듯 시간이 지날수록 자습실의 인원이 자꾸 빠져나간다. 나는 외워야할 고유어를 하나 보고 시계를 본다. 집중하기 위해 입으로 중얼거려 보고 손으로도 써보지만 머리에 단어가 남질 않는다.

내 눈은 시계에 못이 박힌 듯 고정되어 있다. 6시 50분. 가슴이 설렌다. 환이는 생각이 바뀌면 옥상으로 올라오라고 했다. 나는 고개를 거세게 흔들었다. 내 눈은 시계를 바라보고 있으면서 손은 힘없이 연습장 위를 움직인다. 나는 또 고개를 흔들었다. 오늘 목표로 한 양을 공부해야만 한다. 아직 외워야할 한자어, 영단어 그리고 한국사 문화편의 탑 이름과 책 제목 들이 쌓여있다. 내 눈깔아, 제발 책 좀 봐라. 저들이 노는 동안 나는 앞서 나가야 한다.

시계 바늘이 7시를 가리킨다. 아직 늦지 않았다. 옥상으로 갈까? 순간 몸에 소름이 끼치면서 얼굴이 부르르 떨렸다. 또 욕망에 굴복할 뻔 했다. 나는 정신 차리기 위해 고개를 흔들면서 주변을 훑어봤다. 자습실에는 공부하다가 잠이 든 학생들 몇 명 빼고는 자리들이 텅텅 비어있다.

엉덩이는 들썩거리고 눈은 계속 시계에 고정되어 있고 손은 의미 없이 연습장 위로 움직인다. 신체 각 부위가 내 의지와 상관없이 따로 놀고 있는 와중에 자습실 문이 열리면서 남학생과 여학생이 손을 붙잡고 들어온다.

"자기야, 빨리 챙겨."

남학생은 주머니에 지갑을 넣더니 여학생과 팔짱을 끼고는 유유히 자습실을 떠난다. 나는 손을 멈췄다. 시계 바늘은 계속 움직인다. 이러지도 저러지도 못한 채 나는 멍하니 시계만 바라본다. 연애를 하는 인간은 전쟁터에서도 사랑을 한다. 돈을 버는 사람은 시궁창에서 태어나도 결국엔 부자가 된다. 성공할 사람은 위기를 겪어도 마지막엔 승리를 손에 거머쥔다.

그런데 나는? 나는 어떠한가. 나는 불가능하다.

7시 20분. 폭죽 터지는 소리가 들린다. 아까 나간 커플은 서로의 손을 맞잡고 불꽃으로 물든 하늘을 바라보고 있겠지. 나는 그저 시계 바늘만 보고 있지만 말이야. 미래의 내 아내가 될 여자도 지금쯤 다른 남자와 손을 잡고 하늘을 보고 있을까. 아니야. 난 결혼 따윈 못할 거야. 나 하나 먹고살기 바쁘니까.

폭죽이 터지며 뿌리는 묵직한 소리가 학원 창문을 두들긴다. 흔들거리는 창문의 진동이 내 가슴을 때린다. 눈물이 나왔다. 폭죽이 하늘 높이 솟아올라 터질 때마다 내 눈물은 아래로 떨어진다. 내 청춘은 어디에 있는 걸까? 이제 좀 있으면 곧 서른 살인데, 난 이제까지 대체 뭘 한 걸까. 내 자신이 혐오스럽다. 아무것도 이룩하지 못하고 특별한 능력도 없는 나는 지금 당장 죽어도 티 하나 안 나는 먼지와도 같다. 죽더라도 그저 사망자 통계에 수치나 하나 올릴 뿐이다.

폭죽 소리가 하늘을 뒤덮다 못해 자습실까지 쳐들어온다. 펜을 놓고 주먹을 꽉 쥐어 보지만 눈물이 멈추지 않는다. 이를 꽉 물어도 소용없다. 눈에서는 눈물이 계속 나온다. 밖으로 나가고 싶다. 동굴 밖으로 나가고 싶다. 어두컴컴한 곳에 있고 싶지 않다. 뛰쳐나가 가슴을 내놓고 하늘을 향해 포효하고 싶다. 품안에 있는 청춘의 칼이 요동친다. 그래, 이것이 있었구나! 나는 자습실을 빠져나와 화장실로 들어갔다. 변소칸 문을 닫고 품속에서 청춘의 칼을 뽑아 들었다. 내 청춘이 어디에 있냐고? 굳이 찾을 필요가 있을까.

나는 칼로 가슴을 그었다. 눈물이 멈춘다. 머리가 맑아진다. 뚜벅뚜벅 자습실로 걸어가 펜을 잡는다. 폭죽소리가 쳐대는 공기의 떨림도 더 이상 내 심장을 자극하지 못한다. 눈을 책으로 떨어뜨렸다. 나는 꼭 인간이 되어서 노량진을 떠나겠다.

불꽃놀이 이후부터 나는 별다른 탈 없이 공부에 집중했다. 생활패턴을 최대한 단순화해서 수험생활에 지장이 없도록 했고, 멘탈 관리도 항시 철저하게 하여 마음이 무너지는 일도 없도록 했다. 오후 수업이 끝난 뒤 저녁식사 전까지 잠시 짬이 생겨, 나는 자습실로 가 한국사 책을 펼쳤다. 연필을 끼적이며 외워야할 목록을 적어 내려갔다. 한숨이 절로 나온다.

외워라. 외워라. 외워라. 연습장에다 외워야할 것을 모두 쏟아 붓고 머릿속에 들이붓자. 과거에 대학교 MT에서 한 여대생이 선배가 준 술을 억지로 마시다가 죽은 사건이 있었다. 안타깝다. 먹지 못하는 술을 꾸역꾸역 식도로 넘겨야 했던 그 가녀린 여대생은 얼마나 고통스러웠을까. 나도 마찬가지다. 외울 수 있는 정보량은 이미 한계가 넘었지만 억지로 과음을 하다 죽은 그 여대생처럼 머릿속에 강제로 지식의 술을 붓는다. 뇌가 미친다. 술이 썩어서 고통스럽다. 죽어버린 사람에게도 군포를 물리면 산 사람이 어쩔 수 없이 내야했듯이, 죽어버려 쓸모가 없는 지식도 시험에 나온다면 수험생들은 어쩔 수 없이 외워야한다.

외워라. 외워라. 외워라. 시험이 아니면 절대 보지 않을 지식들을 만난다. 유쾌하지 않다. 시험공부는 즐거운 소개팅 자리에 미라를 앞에 놓고 대화를 하는 것 같다.

외워라. 외워라. 외워라. 중학교 때 침을 누가 더 멀리 뱉느냐로 시합을 했다. 어떤 남학생이 저 멀리 침을 뱉으면서 1등을 했고 우리는 그를 영웅으로 추대했다. 지금 생각하면 별 것도 아니지만 그때는 그것이 정말로 대단하게 여겨졌다. 지금 우리 수험생들도 마찬가지다. 탑 이름, 책 제목, 역사가 일어난 연도, 쓰이지 않는 영단어, 죽어버린 고유어 등 별 쓸모없는 것을 가장 잘 외우는 수험생이 여기선 영웅 대접을 받는다.

외워라. 외워라. 외워라. 세상은 4차 산업혁명을 향해 달리고 있지만 우리의 공부는 조선시대를 향하고 있다.

'외워라. 외워라. 외워라.'

머리가 지쳐 잠시 고개를 들어 자습실을 둘러보았다. 노량진은 멀리서 보면 '열심'이지만 가까이서 보면 '한심'이다. 핸드폰으로 인터넷을 검색하거나 동영상을 보는 학생들, 귓구멍에 이어폰을 꽂고 SNS나 하는 학생들, 쪽지를 주고받는 남녀들, 아주 지랄을 하는구나.

책에 눈을 두지 못하고 주변 사람들만 구경하는 미어캣, 4시간 공부했으니 8시간 놀아도 된다는 정신병자, 책장 넘기는 소리가 천둥소리로 들린다는 돌연변이 초능력자, 한 번 움직일 때마다 담요, 방석, 물통 등을 싸들고 다니는 피난민, 한 시간 동안 책 한 페이지도 못 보는 심봉사, 며칠 동안 씻지 않은 몸을 이끌고 강림해 강제로 화생방 훈련을 시켜주는 훈련소 조교, 보지도 않는 책 다 사놓고 쌓아놓는 도서관 사서, 자리에 책만 놓고 하루 종일 보이지도 않는 다크 템플러, 점심 먹으러 갔다가 자습실로 돌아오지 못하는 실종자, 날씨 좋다고 수업 빠지는 로맨티스트, 새벽부터 학원 와놓고 계속 잠만 자는 잠만보 등 이 인간들이 여기서 이러는 거 알고 부모들이 학원비를 대주는 것일까.

고개를 들어 천장을 바라본다. 숨을 길게 내뱉으며 다짐해본다. 나는 살아남겠다. 나는 합격하겠다. 나는 여기서 인간이 되어 나갈 것이다.

"뭐하냐?"

내 어깨 위로 손이 올라오면서 환이의 목소리가 들린다.

"혼자 열심히 한다고 잘 되겠냐. 같이 하자. 서현이가 모의고사 자료 공유해주겠데. 와서 자료라도 받고 가. 그리고 이 환이님의 한국사 강의도 있으니 놓치지 말고."

환이는 경제학을 전공했는데도 역사를 상세히 꿰고 있다. 일전에 취직을 위해 한국사 자격증을 딸 때도 환이의 도움을 많이 받았다. 이 녀석은 수많은 분량에서 필요한 것만 뽑아내는 것에 재능이 있다. 내 한국사 노트 한권을 보니 외워야할 목록이 빼곡히 적혀있다. 이걸 다 외우는 건 불가능하다. 서현이의 알짜배기 자료도 받고 환이의 도움을 얻어 외워야할 분량을 줄일 수 있다면 이번 스터디 모임은 참석할 만한 가치가 있겠다. 시간낭비가 되지 않길 바라면서 발을 움직여 스터디셀로 향했다.

발걸음이 가볍다. 간만에 친구들이랑 수다라도 떨고 싶었던 것일까, 아니면 혼자 공부만 하다 보니 그저 사람이 그리웠던 것일까. 스터디셀의 문을 여니 스터디원들의 따스한 표정이 나를 반긴다. 나는 뭔가가 어색해서 얼굴을 붉혔다. 그동안 혼자만 동떨어져 열심히 공부한 것이 마치 죄라도 된 것 같았다. 친구들과의 잡담 소리가 벽을 때리자 환이가 책상에서 일어섰다. 녀석은 특히나 나를 뚫어지게 쳐다보면서 말했다.

"시작하기 전에 이것만큼은 확실히 하자. 우리는 시험을 보기 위해 역사를 공부하는 거야. 이 점 꼭 잊지 말아줘."

나는 고개를 끄덕였다. 한국사 시험은 세 부분으로 나뉘어져 있다. 선사에서 고려, 조선, 근현대사로 각각 분량이 책 1권이기 때문에 외워야 할 것이 굉장히 많다. 물론 환이가 이 방대한 내용 중에서 시험에 나올 법한 걸 잘 찍어주리라 믿는다. 내 기대에 부응하듯 환이는 병아리 감별사처럼 어떤 내용을 외워야하고 어떤 내용을 넘겨야할지 정확히 구분해냈다. 환이의 족집게 수업을 따라가다 보니 외워야할 내용이 확 줄어들어 마음이 가벼워졌지만 반대로 눈살이 무거워져 나도 모르게 인상을 찌푸렸다.

"동제사, 신한혁명당, 대동보국단, 이딴 떨거지 기관들은 외울 필요 없어. 그냥 넘겨. 그리고 독립 운동가들도 메이저만 외우고 나머진 버려. 없어도 되는 애들이야. 우리가 외워야할 게 많기 때문에 이딴 듣보잡들한테 투자할 시간 따윈 없어. 내가 넘어가라고 말한 곳에서 시험 문제가 나온다면 그건 아무도 못 푸는 거야. 만점 방지용 문제지. 어차피 틀리라고 낸 문제니까 그냥 마음 편히 찍고 넘어가. 그래도 합격할 수 있어."

얼굴에 열기가 오른다. 가슴 품에 있는 청춘의 칼이 떨린다. 나는 주위를 둘러 친구들의 표정을 살폈다. 환이가 입을 열 때마다 녀석들은 무표정한 얼굴로 독립 운동가들의 이름에 빨간 엑스 표시를 남겼다. 외울 필요가 없다는 뜻이다. 환이의 손가락질에 따라 녀석들은 독립 기관들의 명칭에도 빨갛게 엑스 표시를 새긴다. 기억할 필요가 없다는 뜻이다. 난 더 이상 참을 수가 없었다. 청춘의 칼이 가만히 있으라고 실컷 떨어보지만 난 잠자코 있을 수가 없다.

"이 사람들이 목숨을 바쳐서 나라를 위해 헌신했기 때문에 우리가 이렇게 편히 앉아서 공시 공부를 할 수 있는 것이다. 세상에 독립기관 중에 떨거지가 어디 있으며, 애국지사 중에 듣보잡이 누가 계시냐."

나는 당당했다. 내 말이 옳다고 생각했다. 하지만 날 보는 친구들의 눈빛이 이상하다. 환이가 비아냥거리며 말했다.

"그래, 그렇게 존경스럽고 소중하다면 너 이거 다 외워봐."

나랑 눈이 마주친 서현이는 좌우를 살피며 분위기를 보더니 고개를 살짝 숙였다. 지민이는 나를 신기한 생물을 보듯이 물끄러미 쳐다본다. 철중이는 미소를 띤 채 내가 무슨 말을 할지 기대하는 눈빛을 보냈다. 나는 환이의 눈을 노려봤다. 녀석은 다 알겠다는 표정으로 입가에 웃음을 머금은 채 입을 열었다.

"난 태수를 잘 알지. 쟤는 저럴 수밖에 없는 애야."

환이는 칠판을 손등으로 살짝 두드리며 말했다.

"내가 처음에 한 말 기억 안 나냐? 우린 시험 문제를 풀기 위해 여기에 온 것이지 역사를 공부하러 온 게 아니야. 독립 운동에는 급이 있고, 급이 높은 사람들만 시험에 자주 나오기 때문에 나머지 질 떨어지는 애들이나 잡기관들은 버리는 수밖에 없어. 만약에 이것저것 다 외우면 공부량이 한도 끝도 없게 돼. 애국심으로 불타오르는 뜨거운 역사 공부는 합격 후에

나 해라. 지금 우리는 5점짜리 문제를 맞히기 위한 차가운 역사를 배워야 해."

나는 손을 떨며 말했다.

"아무리 그래도 너처럼 애국지사들을 비하하는 태도로 공부할 순 없어. 시험 하나 때문에 위대함을 버릴 순 없어."

내가 책가방에 프린트를 넣으며 자리에서 일어서자 환이는 스터디셀 문을 잠갔다. 환이가 날 째려보며 차갑게 말했다.

"앉아."

"싫어."

"내가 몇 마디만 말할게. 너 옛날에 수능 국어 영역 시험 망쳤다고 했지? 책 많이 읽고 글 깨나 썼던 놈이 왜 하필 국어 영역에서 시험을 망쳤을까? 그게 왜인 줄 알아? 네가 글을 감상했기 때문이다. 문제를 풀어야지 왜 감상을 하냐? 그런 태도를 가지니까 네가 나랑 같은 지방대에 온 거다. 우리는 시험문제를 맞히기만 하면 돼. 우리가 뭐 나쁜 생각을 가지고 있더라도 점수만 잘 받으면 합격이야. 앞 글자를 따서 외우든, 별명을 붙여서 외우든, 급을 나누어 외우든, 고인을 비하해서 외우든, 어쨌든 점수만 잘 나오면 된다. 우리는 시험 앞에서 보다 잔인해져야 돼. 문제가 주어지면 양심의 가책 따윈 없이 냉혈한 살인마처럼 문제에 칼질을 해야 돼. 우리의 이런 태도는 이 시대에서 살아남기 위한 필요악이야. 제발 정신 차려라. 내가 오늘 왜 너를 여기로 불렀는지 이제 알겠지? 이 말을 해주고 싶었던 거야. 열심히 공부하면 뭐하냐. 맨날 남들과 다르게 공부를 하는데, 무슨 의미가 있겠어!"

"그렇게 공부해서 배출된 인재들이 정녕 인재였냐 악재였냐! 삐뚤게 공부하여 마음속에 앙금만 쌓아놓고 기회가 오니까 얼싸 좋다 하고 매국했던 인재들을 닮으란 것이냐!"

나도 모르게 욱하는 심정으로 말을 내뱉었다.

"뭔가가 잘못되었어. 그것도 아주 심각하게. 정신병원에 방문한 느낌이야. 대답해줘, 애들아. 내가 이상한 건지 아니면 세상이 잘못 돌아가고 있는 건지."

모두들 침묵했다. 아무도 입을 열지 않는다. 서현이와 지민이는 고개를 숙였다. 철중이는 미소를 지은 채 날 뚫어지게 보았지만 입은 열지 않았다. 그 누구도 내 편을 들어주지 않는다. 뭐라고 한마디 해서 환이의 코를 납작하게 만들어줘야 하는데 입이 벌어지지 않는다. 저 녀석이 한 말은 분명히 다 틀렸는데 뭐라 반박할 건더기가 안 떠오른다. 내가 머뭇거리며 입을 굳게 다문 것과 달리 환이는 여유로운 표정으로 웃으며 말했다.

"이런 말이 있잖아? 개처럼 벌어서 정승처럼 쓴다. 우리도 그렇게 하면 되겠네. 개처럼 배워서 정승처럼 문제를 푼다. 고지식하게 굴 필요 없어. 우린 시험을 준비하는 수험생이지 공부를 하는 학자가 아니야. 자세한 건 공부에 재미 들린 범생이들에게 맡기면 돼."

무엇이 우릴 이렇게 만들었을까. 왜 우리는 문학을 문학으로, 역사를 역사로 배우지 못하는가. 글을 감상하는 것이 이상한 행위인가. 역사적 인물을 존경하는 것이 엉뚱한 짓인가. 문학을 읽는 즐거움은 온데간데없고 역사 속 인물에 대한 존경도 찾아볼 수가 없다. 가슴 품에 있는 청춘의 칼이 떨린다. 나는 품을 움켜쥐었다. 언제까지 이러고 살아야 하는가. 이번 한 번만 남들과 똑같이 행동하고 나중에는 나대로 살 수 있는 자유가 주어질까. 왠지 아닐 것 같다.

다른 것을 다르다 주장하지 못하고 다른 것을 틀렸다고 비난하게 될 것이다. 평생을 대중 속에 숨어들어 자아를 감출 것 같다. '좋은 게 좋은 것이지.'라는 싸구려 철학을 내 인생 최고의 좌우명으로 삼고 기회가 주어질 때마다 수치심도 없이 소속된 집단과 다른 것을 비난하게 될 것 같다.

지금 나에겐 선택권이 있다. 여기 스터디셀을 떠날 것이냐, 남을 것이냐. 나는 혹시나 하는 마음에 철중이에게 물었다.

"최근에 읽은 책이 뭐야?"

"문제집."

서현이에게 물었다.

"한국 역사에서 가장 중요한 사건이 뭐라고 생각해?"

"붕당정치."

"왜?"

"시험에 자주 나오니까."

지민이에게 물었다.

"너는 왜 공부 하냐?"

"형…. 저는 고졸이에요. 사람 취급 받으려면 이거라도 합격해야 돼요."

뭔가가 잘못되었다고 생각하는 사람은 나쁜인가. 가슴속이 불타오르며 미치겠다고 아우성이다. 청춘의 칼이 품속에서 날뛴다. 나는 품을 움켜잡고 환이에게 물었다.

"너는 이런 날 어떻게 생각하냐?"

양옆으로 찢어지는 환이의 입술 사이로 익숙한 말이 튀어 나왔다.

"인생을 남들과 다르게 사는 병신."

그래, 바로 저 문장이다. 매번 다른 선택을 했을 때마다 들어야만 했던 저 문장. 들을 때마다 분노가 끓어오르는 저 문장. 세상에서 가장 인정하고 싶지 않은 저 문장. 이제는 남들 다하는 공시 공부를 하면서까지 저 문장을 듣는구나. 스터디셀에 우두커니 서서 친구들을 바라봤다. 아무도 내 마음을 몰라준다. 내 편이 없다. 나만 이상한 사람이다. 오도 가도 못한 채 멍하니 서 있는 나에게 환이는 웃음기를 지우며 사뭇 진지한 어조로 말했다.

"물은 땅을 향해 흐르고 벼는 익을수록 고개를 숙인다. 물은 하늘을 향해 흐르려 하지 않는다. 벼는 하늘을 찔러가며 성장하려 하지 않는다. 둘 다 자신의 주제를 파악하고 헛된 노력을 하지 않지. 자신이 처한 상황에서 최대한의 노력을 할 뿐이지 무모한 일에 도전하진 않아."

철중이의 입술이 천장을 향해 열린다.

"그래, 맞아."

환이는 벽에 몸을 기대며 말했다.

"한국사를 그렇게 공부하고도 이 나라의 현실을 모르겠냐? 자존심을 버리고 강자에게 붙었던 조상님들은 승승장구 했잖아. 기회가 주어졌을 때 내 것을 빨리 챙겨야 한다. 이런 나라에서 살아가는 청춘들은 자기 주제 파악 빨리 해서 주변 눈치 살살 봐가며 살아남아보려고 최대한 노력하는 수밖에 없다. 조상님들이 그렇게 해서 자기 관직자리 잘 지켰고 나라도 명맥을 유지할 수 있었다. 이게 사실이다. 우리 청춘에게 무슨 도전이더냐. 조상님들이 반만 년의 역사 내내 도전의식 제대로 보여준 적이 있었냐? 매번 자그마한 나라 안에서 땅따먹기나 하면서 자기 밥그릇이나 지키려고 애나 썼지."

나는 날뛰는 가슴을 세게 쥐어 잡으며 말했다.

"개소리 마라!"

뭔가 말해야 한다. 패배감으로 꽁꽁 뭉친 저 녀석의 발언을 철저하게 부술 논리의 도끼가 필요하다. 머리는 어질어질, 눈은 멀뚱멀뚱 한 상태로 숨조차 멈추고 생각을 해보지만 목구멍이 잠잠하다. 내가 잠자코 있자 환이가 입을 연다. 저 녀석은 어째 저렇게 말이 술술 잘 나올까.

"내 말은 개소리가 아니요, 헛소리도 아니요, 사실이다. 지금은 한 명이 만 명을 먹여 살리는 시대가 아니라, 한 명이 만 명의 몫을 빼앗는 시대다. 이런 세태 속에서 우리가 살아남기 위해서는 그 잘 나가는 한 명한테 가서 조금이라도 달라고 싹싹 비는 수밖에 없다. 낙수효과는 존재하지 않지만 구걸효과는 존재한다. 싸바싸바를 하든 딸랑딸랑을 하든 간에 자기 밥그릇을 챙겨야 한다."

"말도 안 되는 소리… 하지 마라."

나는 울컥하는 마음에 조리 있게 항변도 못한 채 일단 환이의 말이 끝날 때마다 태클을 걸었다. 그럴 때마다 환이는 요리조리 잘 피하기보다는 정면 승부를 걸며 앞으로 당당히 돌파했다. 환이는 우리를 향해 외쳤다.

"내 말이 틀린 것 같아? 그러면 가만히 있지 말고 제대로 반박해봐."

모두가 침묵했다. 철중이, 서현이, 지민이 모두 머리를 숙여 책상을 바라볼 뿐이다. 환이는 나한테 걸어오며 말했다.

"너는 교과서에나 있을 법한 이상을 가지고 행동하지만, 나는 역사에서 배운 교훈을 가지고 세상에 순응하고 있다. 공무원 시험은 권력자들이 뿌려주는 파이의 부스러기다. 이거라도 잘 쓸어 모아야지 우리 같은 백성들이 산다. 기억해둬. 청춘은 다시 오지 않아. 현실에 도전하지 말고 순응해라. 네 꼴을 봐. 뭔가 해보겠다고 매번 나섰다가 이렇게 된 거 아니냐."

녀석은 내 가슴팍을 톡톡 치며 말을 이었다.

"여기에 뭐가 들었는지 모르겠지만 칼로 잘라내라. 도전했다가 실패하면 얼마나 아픈지 네가 온몸으로 경험해 봤잖아. 왜 자꾸 자기 자신에게 속아 넘어가는 거야. 대기업 취직 대신 소설 집필을 선택했던 어떤 병신처럼 한 번이라도 실수하면 곧장 쓰레기 알바 인생으로 향하는 직행열차 타는 거다. 나이 먹어서 취직 원서도 못 내, 스펙도 없어, 학력도 안 좋아. 평생 오른손하고 연애할래? 아닌가, 너는 왼손이었나? 하하하!"

나는 맥이 풀려 어깨가 굽었다. 환이는 미소와 함께 내 어깨로 팔뚝을 올리며 말했다.

"한국에는 수많은 사기꾼들이 있어. 초보 사기꾼은 '500만 원만 빌려줘

나중에 꼭 갚을게.'라고 말하지. 중수 사기꾼들은 '여러분 저를 뽑아주십시오. 국민을 위한 정치를 꼭 실현하겠습니다.'라고 말하지. 고수 사기꾼들은 '여러분 두 손 모아 기도합시다.'라고 말하지. 헌데 이 초보, 중수, 고수 사기꾼들을 뛰어넘는 사기범들이 이 시대에 활개를 치고 있어. 그게 누군지 알아? '청춘 여러분 도전하세요. 도전하는 사람만이 꿈을 이룹니다.'라고 헛소리나 지껄이는 동기부여 강사들! 그 악마 같은 새끼들의 싸구려 감성팔이에 속아서 자기 주제도 파악 못하고 인생 거덜 난 청춘이 한둘이 아니지."

철중이가 박수를 친다. 서현이가 따라 친다. 지민이는 아직도 눈을 동그랗게 뜨고 나만 바라본다. 지민이가 이젠 다른 곳을 봐줬으면 좋겠다. 난 할 말이 없다. 내 머리는 생각을 멈췄고 두 다리는 서 있으니까 그냥 서 있다. 환이가 스터디셀 문을 살짝 열며 말했다.

"남을 거야? 아니면 떠날 거야?"

나는 허리가 굽은 노인처럼 등을 굽히고 땅바닥을 바라봤다. 입술 사이로 몇 번 공기가 살짝 터져 나왔지만 말소리로 이어지진 못했다. 나는 왜 한 마디도 반박하지 못하는가. 저 녀석의 주장을 칼로 찔러 죽여 그 시체를 불에 태워버리고 싶지만 나는 그럴 만큼의 능력이 없다. 내 가슴 품에 있는 뜨거움이 사라지지 않는다. 청춘의 칼이 날뛴다. 말 한마디 제대로 꺼내지 못하는 내가 지금 할 수 있는 일은 한 가지뿐이다. 나는 가방을 등에 매고 조용히 스터디셀을 빠져나갔다. 품속에 요동치는 청춘의 칼을 무시했다. 칼로 잘라내지 말아야할 것도 있다. 인간으로서 포기하지 말아야 할 가치가 있다. 그렇기에 나는 스터디셀을 나왔다.

자습실로 돌아와 자리에 앉았다. 머릿속은 환이가 했던 말로 가득해 어질어질했다. 나는 두 손으로 눈두덩을 가렸다. 호흡을 길게 내뱉으며 생각을 정리했다. 민족투사를 필요로 했던 시기에 청춘들은 자신의 삶을 포기하고 나라의 독립을 부르짖었다. 독재자의 마수가 나라를 덮칠 때마다 청춘들은 대학교 교문을 박차고 나와 민주주의를 외쳤다. 청춘은 언제나 싸웠고 최후에는 승리했다.

하지만 언제부터인가 우리는 반항을 멈췄고, 불의한 현실에 적응하기 시작했다. 환이의 말대로 청춘들은 현실에 대한 도전보다는 순응을 택했다. 싸워봤자 어차피 안 된다는 생각 때문일까. 왜 사람들은 당연하게 호랑이보다 곰을 더 높게 평가할까. 어두운 현실에 순응하기 싫어서 동굴을 뛰쳐나가 드넓은 초원으로 향한 호랑이가 뭐가 그렇게 잘못된 것일까. 자신에 대한 자부심 없이, 오로지 참는 것만 잘해서 인간이 된 곰은 뭐가 그렇게 대단하다고 높은 사람이랑 결혼까지 했는가. 나는 호랑이가 되고 싶은데 모두들 곰이 되고자 한다. 어느 샌가 곰들이 나에게 손가락질을 하며 욕을 한다.

'인생을 남들과 다르게 사는 병신.'

공부를 하면할수록 멍청해지는 느낌을 아는가. 세상은 4차 산업혁명이라며 떠들어 대며 알 수 없는 미래를 향해 나아가는데 우리는 쓸데없는 고유어와 영단어 그리고 천 년도 넘은 역사적 사실을 구역질나게 외운다. 노량진뿐만 아니라 전국에 있는 몇 십만의 청춘들이 이런 공부를 하고 있다. 이게 대체 무슨 짓인가. 이 정도까지 왔으면 누군가가 반항할 법도 한데, 그 어느 청춘도 아가리를 벌리고 시원하게 말하지 못한다. 어쩌면 좀 전의 나처럼 육체는 할 말이 있는데 머리는 할 말이 없었던 것이었을까. 방안을 정리하려다가 오히려 어질러 놓은 느낌이다. 머리가 더 복잡하다.

생각이 막힐 때마다 나는 과거를 떠올려본다. 앞이 안 보일 때는 뒤를 돌아다보며 이제까지 걸어온 내 발자취를 감상하는 것만큼 마음의 안정을 주는 것이 또 없다. 현실에 적응하지 못하는 이 순간, 공시 공부를 하면서도 남들과 다르다고 손가락질 당하는 이 순간, 나는 어떤 추억을 떠올려야지 마음에 안정을 얻을까. 강의실 벽 위에 있는 시계를 본다. 시계바늘이 거꾸로 돌아간다.

환이가 대학교 1학년이었을 때 모습이 떠오른다. 주머니 속에 항상 이삼천 원 정도를 넣어두었다가 길바닥에 엎드려 구걸하는 사람들을 보면 조용히 돈을 꺼냈던 환이. 교내 독서실 사서로 일하면서 항상 웃음으로 학생들을 대했던 환이. 헌혈차가 오면 제일 먼저 들어갔던 환이. 길바닥에 쓰레기가 굴러다니면 누가 시키지 않아도 주워다가 쓰레기통에 버렸던 환이. 최소비용으로 최대효과를 내야하는 경제학과의 이념과 반대로 본인이 손해를 보더라도 타인에게 행복을 주고자 했던 환이. 녀석은 정말 괜찮은 놈이었다. 같이 다니면 기분 좋은 친구. 옆에 있으면 마음이 정화되었던 친구. 마음속의 고민을 털어놓을 수 있었던 친구. 이름처럼 환한 미소를 지니던 친구. 그것이 환이었다.

이랬던 녀석이 오늘과 같은 모습으로 한순간에 변질된 것은 아니다. 나와 환이가 대학교 2학년이 되었을 때, 1학년 신입생들을 후배로 받게 되었다. 여느 대학교 문화가 그렇듯이 선후배 간에 있는 어색함을 술로 풀어가는 OT자리에서 환이는 마음에 드는 여자후배를 발견했다. 녀석은 이후로 내 옆에서 하루 종일 그 여자후배에 대해 조잘거렸다. 도대체 어떤 여자이었기에 이 녀석의 마음을 이리도 흔들어 놓았던 것일까.

어느 날 인문대 독서실 앞 벤치에서 책을 읽고 있는데 환이와 그 여자후배가 내게 다가왔다. 나는 재빨리 책을 덮고 머리부터 발끝까지 그 여자를 스캔했다. 내가 볼 땐 둘이 전혀 어울리지 않아 보였다. 뭔가 머릿속으로 둘이 사귀는 모습이 잘 그려지지 않았다. 단순히 외모 때문에 부정적으로 평가한 것이 아니다. 믿기지 않겠지만 당시 환이는 웃는 모습이 잘 어울리는 훈훈한 선배 대학생이었다.

환이는 시종일관 싱글 생글 웃으며 여자후배를 나에게 소개했다. 그날 우리는 어색한 인사를 나눈 뒤 약간의 담소를 마치고 각자 수업에 들어간 것으로 기억한다. 특별한 건 없었다. 단지 환이 혼자서 너무 들떠 있었던 모습만큼은 잊을 수가 없다.

환이는 약 한 달동안 그 후배 옆에 붙어 다니면서 환심을 사기 위한 온갖 공을 다 들였다. 어느 날 녀석은 이제 승부를 낼 때가 되었다며 고백을 위한 양복을 한 벌 샀다. 처음 환이가 양복을 입었던 모습이 아직도 눈에 선하다. 초등학교 6학년 학생이 중학교로 올라가면서 처음 교복을 입은 것 마냥 양복 자체가 환이에게 어색함을 주었다. 양복은 녀석에게 멋진 모습보다는 서툰 느낌을 주었다. 헤어스타일도 평소에는 바가지 머리였는데 꾸민답시고 왁스를 발라 곱게 삼대 칠 앞가르마를 탔다. 환이의 어색한 양복과 처음 보는 헤어스타일은 나에게 감탄보다는 웃음을 주었다.

세상에서 제일 재밌는 구경거리 세 가지가 싸움구경, 불구경, 사랑구경이라고 나는 고백을 위해 분투하는 환이를 편안한 마음으로 지켜봤다. 봄이 지나고 이른 더위가 서서히 다가올 무렵, 환이는 양복을 입고 땀을 흘리며 경상대 건물 앞에서 꽃을 들고 후배를 기다렸다.

2시 50분쯤 수업이 끝나자 학생들이 건물 밖으로 쏟아져 나왔다. 환이는 입을 일자로 굳게 다물고 손을 덜덜 떨며 꽃을 붙잡았다. 이를 지켜보던 나는 웃음을 터뜨렸다. 학생들 무리 중에서 환이는 애 잃어버린 엄마마냥 애타게 후배를 찾았다. 후배는 보이지 않았다. 10분이 지나고 20분이 지나 1시간이 훌쩍 흘렀다. 이번에도 수업이 끝난 학생들이 무더기로 쏟아져 나왔지만 후배는 보이지 않았다. 그렇게 두 번, 세 번 흘러나오는 학생들 중에 후배가 나올 거라고 기다렸지만 찾을 수 없었다. 경상대 수업이 모두 끝났다. 나는 웃다가 지쳤고 환이는 설렘에 지쳤다. 기다리다 못한 환이는 아예 경상대 안으로 뛰어 들어갔다. 그리고 얼마 뒤 녀석은 터벅터벅 걸으며 중앙 현관을 빠져나왔다. 내가 다가가 말을 걸어도 환이는 대답 없이 계속 걷기만 했다. 결과는 묻지 않아도 될 것 같았다. 나는 장난식으로 스쳐지나가듯 말했다.

"세상에 여자가 걔 하나뿐이냐. 맥주나 빨러 가자."

환이는 대답이 없다. 손에 들린 꽃이 한 잎 한 잎 떨어져 길바닥에 빵부스러기처럼 내려앉았다. 나는 별 일이 아니라고 생각했다. 나중에 가서 들은 이야기지만 그 여자 후배는 동기들로부터 환이가 경상대 밖에서 꽃을 들고 있다는 소식을 듣자마자 창피함에 식겁했다고 한다. 그녀는 경상대 뒷문에 있는 흡연구역으로 몰래 빠져나갔고, 환이는 그런 사실도 모른 채 하루 종일 그녀를 기다렸던 것이다. 그녀는 후에 타 과의 체대생 선배와 사귀었다. 나는 어떤 선배인가 궁금하여 몰래 농구장에 가서 찾아봤다. 키가 크고 훤칠한 그 남자는 농구장을 둘러싼 수많은 사람들 앞에서 당당하게 덩크슛을 선보였다. 멋있었다. 당시 환이도 나름 괜찮은 녀석이었지만, 수컷냄새가 물씬 풍기는 체대생 선배와 남성미를 비교하기엔 무리가 있었다.

이 사건 후로 환이에게 변화가 일어났다. 녀석은 부쩍 외모에 신경을 썼다. 까무잡잡한 피부를 감추기 위해 BB크림 혹은 컬러로션을 발랐고 옷도 바지 하나에 윗도리만 요일별로 바꿔 입지 않고 최신 유행 트렌드에 맞춰 입었다. 녀석은 래퍼, 아이돌, 영화배우 등으로 변신해 가면서 장르를 넘나드는 패션을 선보였다. 이렇게 말하면 환이가 여자에게 차인 후 정신을 차리고 센스 넘치는 미남으로 환골탈태한 것 같지만 실상은 정반대였다.

환이는 컬러로션을 뺨 쪽에만 과하게 발라서 얼굴에 흑인과 백인이 섞여 어느 인종인지 구분하기가 힘들었다. 이를 지적해주니 다음부터는 아예 가부키 화장을 하고 왔다. 패션도 환장할 지경이었다. 환이 본인은 래퍼라고 주장했지만 그 누가 봐도 똥 싼 귀저기를 차고 돌아 댕기는 어린애처럼 보였고, 언제는 나름 아이돌 패션이라고 입고 온 스키니진 바지 위로 녀석의 얇은 바나나 라인이 튀어나왔을 땐 경악을 금치 못했다.

환이는 이런 외관을 바탕으로 근거 없는 자신감을 형성했고, 소개팅에 목을 맸다. 여자후배·선배, 기숙사 방순이, 타 대학 여대생 등등 치마만 두르고 있으면 녀석은 먹이를 앞에 둔 개처럼 헐떡거리며 쫓아다녔다. 안타깝게도 환이에게 호감을 보여준 여성은 단 한 명도 없었다. 나는 환이가 차일 때마다 피식 하고 비웃었다.

'뭘 하러 노력하냐. 어차피 안 될 것을.'

환이에게 해주고 싶은 말인 동시에 나를 자책하는 말이기도 했다. 대학교 때 나는 연애를 포기했다. 입시지옥이 끝나고 찾아온 대학이란 자유 속에서 나는 인정하고 싶지 않은 사실을 마주해야만 했다. 노력으로 극복할 수 없는 것이 있다. 그 중에 하나가 연애다. 수능은 노력으로 점수를 올릴 수 있지만, 노력으로 작은 키와 못생긴 얼굴을 바꿀 순 없다. 수능은 누구라도 볼 수 있는 기회를 주지만 연애는 누구라도 할 수 있는 기회를 주지 않는다. 수능은 모두가 똑같은 시간에서 시작해 똑같은 시간에서 끝을 맺는다. 하지만 연애는 출발점이 아예 다르다. 잘생긴 누구는 한 걸음도 뛰지 않은 채 이미 금메달을 따는 경우가 있고, 못생긴 누구는 저 먼 출발점에서 열심히 뛰어와도 결승선에 도착도 못하고 쓰러지는 경우가 있다. 나는 이런 현실을 빨리 파악했고, 주변에서 여자 친구 없냐고 질문이 들어올 때마다 같지도 않은 변명을 댔다.

집안이 어렵다, 아직 여자한테 관심이 없다, 취직하고 나서 사귀겠다, 집 사고 나서 사귀겠다, 차가 있어야 연애를 하든지 말든지 하지 등 상황에 맞춰서 별에 별 핑계를 만들었다. 나는 노력하지 않았다. 변명을 했다. 반면에 환이는 노력했다. 변명하지 않았다. 하지만 결과 값은 같았다. 노력하지 않았던 나는 당연히 여자를 사귀지 못했고, 노력했던 환이도 여자 친구를 만들지 못했다. 나는 여자로부터 마음의 상처를 받지 않았다. 고백한 적이 없기 때문이다. 환이는 여자로부터 마음의 상처를 많이 받았다. 고백한 적이 많기 때문이다.

환이는 어느 순간부터 꾸밈을 멈췄다. 인종구분이 안 되던 화장을 멈췄고, 요일별로 래퍼, 아이돌 그리고 영화배우로 장르를 넘나들며 변신했던 패션도 더 이상 선보이지 않았다. 예전처럼 바지 하나에 윗도리만 바꿔 입었다. 나는 환이가 원래 모습으로 돌아온 것 같아 기뻤지만, 녀석에게 뭔가 이상한 변화가 일어났음을 눈치 챌 수 있었다.

독서실 사서로 일하면서 연차가 쌓인 환이는 후배 알바생들에게 공포의 대상이 되었다. 특히 여자 알바생들이 실수할 적에는 그것이 아무리 사소한 잘못이라도 독서실이 떠나가라 소리를 치며 화를 냈다. 독서실 정규직 직원들은 원체 일을 잘하고 싹싹했던 환이가 갑자기 화내는 성격으로 변한 것에 어색해 했다. 녀석은 주변에 있는 여자들에게 일부러 엄격하고 냉담하게 굴었다.

시간이 흐를수록 환이의 행동은 과거와 완전히 달라져갔다. 환이는 주머니에 돈을 넣고 다니지 않았다. 대신 길바닥에서 구걸하는 사람을 보면 욕을 한마디씩 던졌다. 환이는 더 이상 주변에 굴러다니는 쓰레기를 줍지 않았다. 대신 쓰레기를 발로 찼다. 환이는 헌혈차에 관심을 끊었다. 대신 헌혈차 뒤로 가 피 냄새가 난다며 침을 뱉었다. 같이 있으면 기분이 좋고 마음이 정화되었던 환이의 성격은 이제 주변 사람들에게 불쾌함과 상처만을 주었다.

동기들은 물론 주변 친구들까지 다 환이를 떠났다. 환이가 왜 그렇게 변했는지 묻는 사람은 아무도 없었다. 단지 변한 모습만 보고 환이를 기피했다. 하지만 나는 환이 곁에 남았다. 환이가 과거의 모습을 되찾을 수 있을 거라고 믿었기 때문이다.

한 번은 둘이서 학교 밖 거리에 있는 야외 커피숍을 지날 때였다. 테이블에 앉아 있는 여대생이 예쁜 원피스 차림으로 아이스 아메리카노를 마시고 있는데 환이가 이를 보더니 대뜸 엉뚱한 소리를 해댔다.

"나는 쟤가 싫어."

"뭔 소리야? 저 여자 알아?"

"아니, 몰라."

"근데 왜 싫다는 거야?"

"저 여자는 날 싫어할 거니까."

당시 날씨가 더워서 온 몸이 끈적거려 짜증이 났었는데 그 와중에 환이가 헛소리를 해대니 나도 모르게 승질이 나서 소리를 질렀다.

"생전 처음 보는 여자한테 갑자기 싫다고 말하는 건 무슨 심보냐! 대화라도 몇 마디 주고 받아봐야 사람 마음을 알지 다짜고짜 싫다하면 어쩌자는 거야!"

"대화할 필요 없어! 나는 잘 알아! 다 안 다고! 쟤는 날 싫어해. 그러니까 나도 저 년이 싫다고!"

"거참, 미치겠네. 도대체 왜 이러는 거야?"

이런 식의 뜬금없는 대화가 자주 오고 갔다. 환이는 독서실에서 향수내음을 풍기는 여자, 버스 정류장이나 철도역에 서 있는 예쁜 여자 등 조금만 괜찮다 싶은 여성들을 봤다하면 욕설과 성희롱 발언을 거침없이 내뱉었다. 때론 주변 사람들이 이를 듣고 경찰한테 신고할까봐 내가 환이의 입을 억지로 막은 적이 한두 번이 아니었다. 학년이 올라가고 나이를 먹을수록 환이의 입은 더욱 거칠어져만 갔다. 결국 녀석은 공식적인 자리에서 큰 사고를 치고 말았다. 환이는 신입생 환영회에 도서실 사서장 자격으로 참석했다. 술에 얼큰하게 취한 녀석은 여자 후배들을 향해 성희롱 발언을 했다.

"너희들은 사막에 떨어져도 갈증을 느끼지 못할 거야. 남자들이 수분 보충제거든. 아마 사막에서 빠져나올 때쯤이면 너희들 모두 정액 소믈리에가 되어있겠지."

환이는 이 발언에 대한 공식적인 처벌은 받지 않았지만 주변 사람들로부터 완전히 연이 끊겼고, 대학교에서 대화를 나눌 수 있는 사람은 나 하나만 남게 되었다.

나쁜 일은 연달아서 일어나는 게 정석인 것일까. 사람들에게 배척받은 환이는 사회로부터도 거부당했다. 취직 원서를 넣는 곳마다 떨어졌고, 녀석의 자존감은 하루가 다르게 무너졌다. 환이의 마음이 무너져 내리면서 얼굴도 같이 망가졌다. 나는 제대로 된 위로도 하지 못한 채 옆에서 낭떠러지로 추락하는 친구의 모습을 묵묵히 지켜보는 수밖에 없었다.

과연 나에게 녀석의 친구가 될 자격이 있었던 것일까, 하고 반문해 본다. 환이에게 많이 미안하지만, 녀석은 그래도 자신의 말을 들어주는 사람이 나밖에 없다며 내게 항상 고맙다는 말을 했다. 세상에서 가장 상처받기 쉬운 색은 흰색이라던데 정말인 것 같다. 이성에게 상처받고, 취직에서 좌절한 녀석의 마음은 이제 이름처럼 환히 웃던 그 시절로 돌아갈 수 없는 것일까.

나와 환이는 정규직 자리를 얻기 위해 졸업 연장을 했다. 닥치는 대로 원서를 넣어 보았지만 서류에서 거의 다 탈락했다. 우리는 울적한 마음을 달래기 위해 대학가 근처에 있는 치킨 집에 들어가 소주와 맥주를 섞어 폭탄주를 마셨다. 술에 취한 환이는 자리에서 벌떡 일어나 소리를 질렀다.

"오천 년 역사를 지닌 이 나라에 관리가 안 되는 것이 3가지 있다. 첫째가 정부, 둘째가 군대, 셋째가 생식기다. 이 세 가지는 시대를 불문하고 문제를 일으켰다. 정부는 항상 부패했고, 군대는 항상 타락했으며, 있는 놈들은 전부 자기 생식기를 놀려 쾌락을 탐했다. 이 빌어먹을 나라가 얼마나 더 갈 것 같으냐! 좀 있으면 역사책의 마지막 부분처럼 국민들이 고통 받는 날이 올 것이다. 아니다. 이미 왔다."

환이는 닭다리를 벽걸이 시계에 던지며 외쳤다.

"시곗바늘아 돌아라! 모두가 고통 받고 모든 것이 망가지는 날로 우릴 인도해라!"

시곗바늘이 휙휙 돌아간다. 감았던 눈을 떠보니 학원 자습실이다. 잠시 추억에 젖었을 뿐인데 벌써 시간은 밤 10시다. 책상 위에는 펜과 책이 어질러져 있다. 오늘은 늦었으니 내일하자.

학원을 빠져나와 노량진역으로 걸어갔다. 학원가 건물 사이로 불어오는 밤바람이 날 시원하게 만져준다.

내 방식대로 노력해 보자. 환이와는 다른 방향으로 가야 한다.

5

골품의 탑에 오르기 위한 긴 준비에 지친 죄수들이 자리에 누워있다. 다름죄가 이를 가엽게 여겨 누워있는 자들을 위로하며 말하길

다름죄: 감옥에 내린 눈은 차가워 우리의 뼈마저도 얼리는구나.
따뜻한 봄빛은 멀고도 험해 기다리기에 조바심이 나는구나.
탑에 오르는 것만이 희망이라 믿는 어린 죄수들은 봄에 꽃이 피는지도 모른다.
그 언젠가 따뜻함이 올 때 그대 발밑에도 희망이 한 송이 피어나리라.

다름죄의 위로를 듣던 죄수들이 손가락질을 하며 말하길

죄수들: 저 사람의 말은 죄수들의 이익을 해칠 뿐이다. 우리는 골품의 탑에 올라야 한다. 그것이 우리의 전통이며 죗값을 용서받을 수 있는 유일한 방법이다. 혼란스러운 말로 우리들을 탑에서 멀어지게 하니 무당에게 재빨리 알릴지어다.

다름죄: 자신이 지닌 아름다움을 버리고 무표정한 얼굴로 탑에 오를 생각만 하는구나! 자신이 지닌 용맹한 기개를 버리고 스스로를 거세하여 탑에 오를 생각만 하는구나! 자아를 잃고 골품의 탑에 오르는 목적만을 가지고 사는 어린 자들이여, 다름을 보아라. 다른 것에서 깨달음을, 다른 것에서 흥미를, 다른 것에서 너희 자신을 발견할 수 있을 것이다.

죄수들이 분을 참지 못하여 다름죄를 둥글게 둘러싸고 몰매를 때렸다. 감옥 안의 소란스러움에 무당들이 요란한 소리를 내며 등장한다. 한 무당이 청춘의 칼을 꺼내 들어 천둥번개와 같은 목소리로 말했다.

무당: 다름죄여, 감옥 안에서 너는 소란만 일으키는구나. 골품의 탑을 대신하여 내가 몹시 화가 난 상태이거늘, 너의 발바닥 살갗을 도려 낸 후 칼 위를 걷게 할 셈인데 어찌하겠는가?

다름죄는 무당의 협박이 무서워 납작 엎드려 용서를 빌었다.

다름죄: 제가 죄수로서의 본분을 잊어버리고 또 정신 나간 짓을 했나이다. 정성을 보일 테니 용서하여 주시옵소서.

다름죄가 가슴을 내밀자 무당이 청춘의 칼을 들어 크게 한 번 베었다. 다름죄의 가슴에 새빨간 피가 솟아올랐다. 다름죄가 바닥에 머리를 박고 골품의 탑에 절을 올릴 적에 노력죄가 나타나 말하길

노력죄: 다음에도 또 허튼짓을 할 셈이냐?

다름죄: 안 하겠다. 나는 이제 골품의 탑에 오를 생각만 하겠다.

눈칫죄와 외향죄가 나타나 다름죄를 위로했다. 다름죄는 속상하여 눈물을 흘리며 주위를 둘러보았다. 그 누구도 무당에게 저항하지 않았다. 골품의 탑을 미워하는 죄수들은 한 명도 없었다. 죄수들은 자신이 왜 고통 받는지 이유를 몰랐고, 아픔을 당연하게 여겼다. 죄수들은 탑 앞에 좀 더 고개를 깊게 숙이는 자만이 속죄 받을 수 있다고 굳게 믿으며 온갖 부조리를 참아낸다. 다름죄가 다른 죄수들과 똑같이 행동을 따라하자 망상죄가 실망하여 말하길

망상죄: 자네는 꿈이 무엇인가?

다름죄: 골품의 탑에 오르는 것이다.

망상죄: 당신은 나비가 자신인지, 자신이 나비인지 모를 정도로 생생한 꿈을 꾸어 본 적이 있는가?

다름죄: 없다.

망상죄: 안타깝군.

망상죄가 퇴장하자 다름죄는 자리에 쓰러져 꿈을 꾼다. 꿈속에서 다름죄는 골품의 탑에 올라 죄수들의 존경을 받는다. 다름죄는 황색 관복을 입고 속죄를 한 뒤 기

다림에 지친 공주님 앞에 무릎을 꿇는다. 공주님이 섬섬옥수를 내밀자 다름죄가 꿈에서 깬다. 생생한 꿈에 놀란 다름죄는 망상죄를 찾아보지만 그의 행방은 묘연하다. 눈칫죄가 나서 망상죄의 위치를 알려주니 다름죄가 부리나케 그를 찾아 나섰다.

망상죄: 눈칫죄가 내 위치를 알려주었소?

다름죄: 그렇소. 당신은 내게 무슨 꿈을 준 것이오?

망상죄: 당신이 말한 대로 골품의 탑에 오르는 꿈을 드렸나이다. 어떻소? 만족할만하오?

다름죄: 기이한 능력이로다. 상대방에게 꿈을 꾸게 만들다니!

망상죄가 다름죄에게 술잔을 건네며 말했다.

망상죄: 나는 골품의 탑에 오르지 않으리라.

다름죄: 그게 무슨 말이오?

망상죄: 나는 여기 있는 죄수들이 밉소. 골품의 탑에만 오르면 모든 것이 해결될 것이라도 믿는 멍청이들과 똑같아지기 싫소. 탑에 오른다고 해서 내가 바뀌는 것이 아니요. 옷이 바뀌는 것이오. 왜 죄수들은 자신의 변화를 꾀하지 않고 옷만 바꿔 입어 속죄하려는지 모르겠소. 이 감옥에는 초월적인 존재가 필요하오. 이전과 다른 존재가 나타가 감옥을 아예 바꾸어야 하오.

다름죄: 쉿! 이보게 망상죄여, 무당이 들으면 큰일 날 소리를 하는구려!

망상죄: 다름죄여, 당신은 어째 양극(兩極)을 그렇게 오가오? 어쩔 때는 자신의 죄를 초월한 사람처럼 굴더니, 청춘의 칼 앞에서는 자신의 죄를 사랑하는 사람처럼 변하오?

다름죄: 난 무당과 청춘의 칼이 무섭소. 그렇기에 나는 탑에 올라 속죄할 것이오. 당신은 안 두렵소?

망상죄: 나는 태생이 영웅이라 무당과 청춘의 칼을 두려워하지 않소. 우리 어머니는 방에 갇혀 있다가 배에 햇빛을 머금어 나를 임신하였소. 어머니 다리 밑에서 나는 알로 태어났소. 인생에 굴곡이 많아 이 사람 저 사람의 손에

서 죽을 뻔한 적이 한 두 번이 아니라, 단지 운이 좋아서 지금까지 목숨을 부지하고 있소.

망상죄가 다름죄의 손을 잡고 말하길

망상죄: 내 사람 보는 눈이 있는데 당신은 분명 비범한 인물이오. 저 살벌한 골품의 탑에 오르기보다는 자신만의 탑을 쌓는 것이 어떻겠소? 청춘의 칼을 무서워하지 마시오. 내가 도와주리라.

요란한 굉음이 뻗쳐오며 무당들이 나타나 망상죄와 다름죄를 둘러싼다. 다름죄는 겁에 질려 무릎을 꿇고 머리를 땅에 박지만 망상죄는 고개를 빳빳이 세워 무당을 노려본다. 무당이 화가나 청춘의 칼로 망상죄의 가슴을 여러 번 베어보지만 피가 솟아나질 않는다. 이에 무당이 놀라 망상죄에게 소리치길

무당: 감옥 구석으로 냉큼 꺼져라!

망상죄는 무당의 말에 따라 감옥 구석으로 모습을 감췄다. 다름죄, 노력죄, 외향죄가 합심하여 골품의 탑에 오를 기회를 엿볼 적에 눈칫죄가 눈물을 흘리며 하소연을 한다.

눈칫죄: 살아갈 길을 몰라 하늘에 물으매
하늘은 나더러 망상죄를 따르라 하였니라.
나이를 먹어감에 망상죄를 친구이자 형제로 여겨
함께 노래 부르고 춤을 추니 내 눈이 절로 뜨이네.

눈칫죄가 다름죄의 바짓가랑이를 잡고 말하길

눈칫죄: 다름죄여, 내 형제를 가엽게 여겨 설득 좀 해주시오. 골품의 탑에 올라야

할 죄수가 허튼 생각을 품으니 내 마음이 편치 않소. 당신은 몇 번이고 다른 생각을 품었다가 골품의 탑으로 돌아온 죄수니 필시 망상죄를 설득할 수 있을 것이오.

다름죄: 각자 일은 각자가 처리합시다. 뿌리가 같아도 가지는 다르니 이제라도 망상죄를 잊고 당신만이라도 골품의 탑에 오르는 것이 어떻겠소?

눈칫죄: 그럴 순 없소. 나는 눈치를 본다오. 나는 망상죄를 따라야만 하오.

눈칫죄는 등을 보이며 다름죄를 떠난다. 눈칫죄가 쓸쓸히 사라져갈 적에, 다름죄는 눈칫죄의 등을 훔쳐보며 눈시울을 붉혔다.

스터디 그룹을 나온 뒤 나는 혼자가 됐다. 아침에 했던 스터디원들과의 간단한 인사조차도 없어진 나는 하루에 말하는 시간이 10분조차 되지 않았고, 그마저도 혼잣말이 대부분이었다. 환이와 지민이랑 셋이서 나란히 앉아 참석했던 오전 수업도 이제는 내가 일부러 저 멀리 떨어져서 혼자 들었다. 점심과 저녁도 혼자 먹었고 야간 자율학습까지도 혼자서 했다. 공부 방법도 내 방식대로 밀고 나갔다. 국어 공부를 할 때는 문학작품을 새롭게 감상한다는 자세로 임했다. 작가가 왜 이런 문장을 썼는지 나름 고민하고 등장인물의 대사 하나에도 관심을 기울였다. 한국사 공부는 암기보다 중요한 사건들의 흐름에 집중했고, 모든 조상님들에 대한 존경심을 잃지 않으려 노력했다. 영어 및 선택과목을 공부할 때는 새롭게 배우고자 하는 마음으로 다가갔다.

기계의 설계도보다 더 정밀하게 짜인 공부 스케줄을 하루하루 소화해 나가면서 머릿속의 고름을 치우는 것도 하나의 일이 되었다. 자리에 앉아 펜을 들고 집중을 하려고 하면 괴로운 기억들이 여드름처럼 곪아서 터뜨려 달라고 아우성을 친다. 부모님께 받았던 마음의 상처, 날 괴롭히던 이들의 폭언, 뇌리 속에 깊이 묻혀있던 창피한 사건 등이 모두 한 데 뭉쳐 고름이 꽉 찬 기억의 여드름을 형성한다. 글자 한 글자 읽고 여드름 만지고, 단어 하나 외우고 여드름 만지고, 이렇게 정신머리가 집중하지 못하고 오락가락 하다보면 시간이 금방 간다.

더 이상의 시간 낭비를 막기 위해 기억의 여드름을 전부 짜내면 고름들이 사방으로 퍼져 거름이 된다. 그러면 이제 거름을 먹고 자란 꽃들이 상상의 꽃밭을 만들어 나를 취하게 만든다. 나는 눈을 감는다. 과거에 마음속으로 좋아했던 여자아이가 내게 애교를 부리며 팔꿈치를 끌어당긴다. 나는 못이기는 척 끌려가며 함께 꽃동산을 뛰논다. 그렇게 아담과 이브처럼 사랑을 나누다보면 우리의 아름다운 사랑을 질투하는 악마가 등장한다. 고놈은 옛날에 날 괴롭히거나 나에게 수치심을 줬던 녀석들과 꼭 닮은 게 줘 패주고 싶은 욕구를 한껏 일으킨다. 그러면 이제 공부고 나발이고 없다. 자습실은 조용하지만 나는 혼자 머릿속으로 피를 튀기며 몇 차인지도 모를 세계전쟁을 벌인다. 고된 투쟁 끝에 결국 승리를 거머쥔 나는 잔인하게 악의 세력을 짓밟고 황제가 된다. 최고 권력자가 된 나는 아름다운 여자들을 아내로 맞이한다. 이 쓰잘머리 없는 상상을 몇 번째 반복하는지 모르겠다.

상상의 꽃밭에서 탈출하려고 애를 쓰는데 누군가가 내 팔을 끌어당긴다. 연예인 해볼 생각 없냐며 나를 유혹하는 가상의 기획사에 낚여 나는 다시 초고속으로 상상의 꽃밭에 드러눕는다. 나는 다시 눈을 감는다. 내 앞으로 수많은 카메라 플래시가 태양보다 밝게 터진다. 자습실이 기자회견장으로 바뀐다.

"박태수 씨, 최근 여배우들과 연이어 스캔들이 터지고 있습니다. 이게 어떻게 된 겁니까?"

날 향한 기자들의 저돌적인 질문에 난 젊잖게 대답한다.

"하하하, 오빠 여동생 사이일 뿐이에요. 오해 없었으면 좋겠어요."라고 말하며 황급히 기자회견장을 빠져나간다. 자습실에서 혼자 실실 쪼개면서 이런 망상을 반복한다. 이 지랄도 이제 지겨울 법도 한데 한 번 상상의 꽃밭에 빠지면 나오기가 힘들다. 겨우겨우 빠져나오면 또 기억의 여드름이 자라고, 이 여드름을 짜면 고름을 먹고 자란 상상의 꽃밭이 또 펼쳐진다. 악순환의 반복이다.

한숨을 쉬다가 벽시계를 보니 7시 30분이다. 학원 밖으로 나가 분식집에 들어갔다. 4인용 테이블에 내가 앉자 먼저 마주 보고 앉아있던 두 남학생이 놀라 나를 쳐다본다. 나는 개의치 않고 담담히 주인아주머니께 주문을 넣었다. 내가 앉은 자리는 입구에서 멀지 않고 계산대와 가까워 밥만 빨리 먹고 빠지기에 참 좋다. 음식이 나오자 나는 핸드폰을 꺼내 뉴스거리와 포탈 검색어를 한 번 훑고 난 뒤 각종 사이트의 유머탭에 방문했다. 왼손으로는 핸드폰을 잡고 오른손으로는 능숙하게 식사를 한다. 편안하다. 어색하지 않다. 오히려 좋다. 내가 먹고 싶을 때 먹고, 내가 원할 때 식당을 나온다. 혼자서 살아남아야할 시대에 최적화된 이 식사 방법에 난 익숙하다. 식사 후 편의점으로 가 후식으로 먹을 커피우유를 샀다. 일부러 알바생에게 쓸데없는 인사말을 건넨다. 이렇게라도 하지 않으면 하루에 타인과 대화를 나누는 시간이 1분도 되지 않는다. 자습실로 돌아와 주위를 둘러봤다.

"양계장 같구나."

나도 모르게 혼잣말이 튀어나왔다. 암탉들이 좁은 공간에 갇혀 평생 알만 낳다가 최후에는 도살당한다. 우리는 보이지 않는 칸막이를 치고 공부를 한다. 합격이라는 황금알을 낳기 위해 오늘도 스스로를 가둔다. 우리에 갇힌 암탉. 노량진에 갇힌 우리들. 양계장 주인은 좋겠다. 이렇게 알 잘 낳고 싱싱한 인재들을 언제든지 가져다 쓸 수 있으니 말이다.

시험공부를 시작한지 4개월이 다 되어간다. 나름 자리를 지키며 학원을 다니다보니 눈에 익은 얼굴들이 보인다. 우리는 서로의 얼굴을 알지만 인사를 나누지는 않는다. 생활 패턴이 비슷하여 같은 시간에 등원하는 여학생, 점심시간이 겹쳐 식당에 갈 때마다 만나는 남학생들, 자습실을 이용할 때 앉던 자리에만 앉는 학생들, 이들 모두 맨날 만나기에 얼굴들이 익숙하다. 다만 아는 척 하지 않는다. 시험이 끝나면 어차피 다신 안 볼 사람들이라 특별히 정을 두지 않는다.

하지만 매번 만나는 사람들의 기죽어 가는 모습을 볼 때마다 애처로운 마음이 드는 건 어쩔 수 없다. 특히 여학생들은 외모가 눈에 띄게 달라진다. 처음에는 치마도 입고 얼굴에 베이스라도 바르지만 시간이 갈수록 망가지는 모습을 생중계로 볼 수 있다. 그녀들은 한창 꾸밀 나이에 운동복 혹은 아무거나 막 집어 입은 듯한 옷에 머리도 안 감고 모자를 푹 눌러쓴 채 수업에 들어오기가 부지기수다. 미소가 잘 어울리는 여자들도 한 달만 노량진이라는 동굴에서 갇혀 지내다보면 무표정이 어색하지 않은 얼굴로 삭아버린다.

남학생들은 행동이 어수룩해진다. 기대할 수 있는 것, 꿈 꿀 수 있는 것, 선택할 수 있는 것이 오로지 합격밖에 없기 때문에 공부 말고는 에너지를 표출할 다른 수단이 없다. 군대에 있을 때 후임들 중에 운동선수, 레이싱 선수, 배를 모는 선장 등 사회에서 한 가닥 하는 친구들이 많이 있었지만 부대에서 할 수 있는 것이라고는 제초 작업밖에 없었다. 그들은 밖에서 능력을 인정받았던 인재였지만 군대 내에서는 제초제보다 싼 인력에 불과하다. 기가 센 후임들도 싸구려 취급 받으면서 시키는 일만 하다보면 어느새 낯빛이 죽고 말을 제대로 못한다. 군대에서 보았던 안타까움이 노량진에서 그대로 재현됐다. 처음 봤을 때는 개구쟁이처럼 활발했던 남학생들이 공부가 길어지면 길어질수록 눈빛은 호기심을 잃고 입술은 과묵함을 얻는다.

노량진에서 여학생들은 여자로서의 품위와 위엄을 갖출 수 없고 남학생들은 스스로를 거세하여 도전 정신과 꿈을 버린다. 하늘을 누비던 천사가 취직이 안 돼 지상으로 내려와 스스로 날개를 뜯어낸다. 그리고는 자신이 하늘을 날았던 시절을 까맣게 잊고 고개 숙인 채 땅만 바라보며 기어 다니는 짐승이 된다. 나에게도 날개가 있었던가. 허전한 등 뒤를 긁어보지만 날개가 돋았던 자국은 흔적조차 남지 않았다.

심화수업에서는 기본반 때 배웠던 내용을 복습하고 좀 더 어려운 개념을 추가로 익히며, 이전에 기출되었던 문제들을 풀거나 학원에서 자체 제작한 모의고사를 풀기도 한다. 학원수업을 땅으로 삼고 그 위에 내 공부 방식이란 집을 지어 나름 나만의 공부를 구축했다.

심화수업이 끝나는 날 수험생의 실력을 가늠할 모의고사가 있다. 학원 수강생뿐만 아니라 타 학생들까지 모두 자유롭게 볼 수 있는 시험이기 때문에 결과 점수로 객관적인 실력을 평가할 수 있고, 수많은 공시생들 중 현재 내 위치를 파악할 수 있다. 시험을 보기 전까지 나는 자신감이 있었고 내 생각이 틀리지 않다고 믿었다. 품속에 설렘을 간직하고 오전에 시험을 봤다. 그리고 좌절감에 눌려 점심도 안 먹고 오후를 보냈다.

시험은 잔인한 소개팅 같았다. 상대방이 내 취미, 성격, 인생관에 대한 질문은 1도 하지 않고 연봉, 키, 재산에 대해서만 집요하게 물어본 느낌이다. 소개팅에 사랑은 없고 조건만 있었던 것처럼 시험에 배움은 없고 문제만 있었다. 점수 발표는 아직 안 났지만 모의고사를 보면서 스스로가 잘못 공부했다는 사실을 인정할 수밖에 없었다. 자습실을 나와 편의점으로 갔다. 맥주를 골랐다. 술에라도 의지하지 않으면 어깨를 짓누르는 좌절을 견딜 수 없을 것 같다. 편의점 알바생이 인상을 쓰며 말한다.

"손님, 카드 잔액이 부족하네요. 다른 카드 없으신가요?"

나는 별 말 없이 들고 있던 맥주 캔을 제자리에 갖다 놓고 편의점을 빠져나왔다. 돈도 없구나. 술을 마시지도 않았는데 다리에 힘이 들어가질 않고 머리가 몽롱하다. 비틀비틀 거리며 되는 대로 걸었다. 나이 먹은 아줌마들이 길거리에 서서 어린 청년들에게 고개를 숙이며 학원 전단지를 나누어준다. 이 싸늘한 날씨에 손에 장갑을 끼면서까지 거리에서 일하는 이유가 뭘까. 저분들의 자식들도 공시 공부를 하고 있을까. 청년들은 전단지 한 장만 받아달라는 아주머니들의 애처로운 손길을 거절하며 가던 길을 간다.

날씨도 차고 청년들의 마음도 차다. 한 아주머니가 내 품에 전단지를 드민다. 이거 하나 받는다고 해서 죽을 일도 아닌데 왜 다들 저리 거절할까.

나는 아주머니께 인사를 건네며 전단지를 받았다. 그러자 주변에 있던 다른 아줌마들이 전부 나한테 몰려오더니 들고 있던 전단지를 두세 장씩 마구잡이로 떠넘기듯이 준다. 전단지가 가슴에 닿자 한기가 몰려온다. 몸을 부르르 떨었다.

그래, 다들 차갑구나. 노량진에서 따뜻함이라고는 찾아볼 수가 없구나. 저 아줌마들은 단지 돈을 벌기 위해 청년들에게 고개를 숙이며 전단지를 나눠주는 것이다. 공시생들은 단지 시험에 합격하기 위해 책에 고개를 숙이는 것이다. 우리들의 행위엔 따뜻함이 없다. 내가 그동안 철없이 인생을 살았구나. 남들은 다 차갑게 살고 있는데 나 혼자 따뜻함을 간직하려 했구나.

가슴 품에 있는 청춘의 칼이 떨린다. 문학 작품을 감상할 때는 이 떨림을 무시했다. 호기심을 가지고 영어 지문을 읽을 때도 이 떨림을 무시했다. 존경심에 겨워 역사를 공부할 때도 이 떨림을 무시했다. 청춘의 칼이 내 가슴을 간지럽힐 때마다 무시했다. 나는 품을 세게 움켜쥐었다.

산업혁명기에 노동자를 학대한 것을 무색하게 하는 14시간 혹은 17시간 공부를 학생들에게 당연하게 강요하고, 결과가 좋지 않으면 일단 병신 취급하는 괴상한 사상이 판치는 시대. 불량품이 3%만 나와도 공장 가동을 당장 중지해야 하는데, 패배자를 97%씩 계속 생산하는 비정상적인 시험을 멈추지 못하는 시대. 나는 이 시대에 생산된 불량품이다. 사회에서 버림받고 갈 곳이 없어서 부랑자처럼 이리저리 헤매다가 누구에게나 똑같은 기회를 주는 노량진에 도착했다. 여기에서마저 실패하면 나는 말 그대로 산소 호흡기를 뗀 식물인간이 된다. 밖에 비바람이 몰아치고 천둥 번개가 하늘을 뒤덮고 있다면 가장 안전한 곳은 동굴 안이다. 그렇다. 노량진은 이 시대의 가장 큰 동굴이다.

"이젠 실패할 수 없다. 남들과 다르게 살아선 안 된다."

학원 후문으로 돌아와 화장실 변소 칸으로 갔다. 문을 걸어 잠그고 품에 있는 청춘의 칼을 빼들었다. 칼아, 칼아, 이번에도 날 도와다오. 어리석은 나를 다른 사람과 똑같게 만들어다오. 청춘의 칼로 내 가슴을 그었다. 울적했던 마음이 시원해진다. 입가에 미소가 떠나질 않는다.

"편안하다!"

나는 스터디셀로 걸어갔다. 문을 열고 내발로 들어간다. 친구들은 오늘 본 모의고사의 오답풀이를 하고 있었다. 나의 등장에 모두들 잠시 얼떨떨한 표정을 지었지만, 환이는 이내 환하게 웃으며 날 반겨줬다.

"왔구나."

스터디원들과 눈이 마주칠 때마다 나는 발로 바닥을 찍찍 그었다. 철중이가 한숨을 쉬며 말했다.

"아쉽군."

뭐가 아쉽다는 소리일까. 머릿속으로 잠깐 생각을 하는데 서현이와 지민이가 어서 오라며 내 손을 잡아준다. 사람 손이 참 따뜻하다. 나는 머리를 긁적이며 고개를 숙였다. 짧은 복귀식을 치른 뒤 갑작스러운 조용함이 찾아왔다. 스터디원들이 내 눈을 바라본다. 나는 이제 답을 내려야한다. 내가 여기서 공부하는 목적이 무엇일까. 배움의 기쁨인가 아니면 문제를 빠르게 풀기 위한 기술인가.

쓰이지 않는 단어와 한자어를 줄기차게 익히고, 정신착란 증세를 겪는 환자가 쓴 것처럼 애매함과 모호함으로 뒤덮인 영어 독해 지문의 의미를 파악하려 노력하며, 천 년 전에 벌어진 사건, 지어진 유적, 만들어진 유물을 닥치는 대로 외운다. 이런 고통스런 짓을 해놓고선 한순간의 시험만 통과하면 머릿속에 있는 지식들을 전부 삭제한다. 거대한 모래성을 쌓고 시험관한테 보여주고 나면 바로 무너뜨린다. 그러다가 시험이 닥치면 또 모래성을 쌓는다. 그리고 끝나면 또 무너뜨린다. 참으로 무의미한 노동이다.

허무하다. 이런 공부를 하고 싶지 않다. 그러나 할 수밖에 없다. 가슴 품에 있는 청춘의 칼이 떨리지 않는다. 환이가 스터디셀 문을 열며 우리에게 말했다.

"시작하기 전에 미리 말해둘게. 이제 국가직 시험까지 3달 남았고 서울시 시험은 5달 남았어. 여기서 버티지 못할 것 같으면 다른 사람에게 피해주지 말고 나가줘."

숨죽은 듯이 고요하다. 아무도 입을 벌리지 않는다. 서로가 말없이 눈만 마주친다. 환이가 문을 닫았다. 동굴 입구는 폐쇄됐다. 이젠 사람이 되어서 나가든 죽어서 나가든 둘 중 하나다. 환이가 나를 뚫어지게 쳐다보며 말한다.

"이제 시험에 초점을 맞춘 공부를 해보자. 저번에 서현이가 나눠준 고전문학 자료 봐봐. 이게 바로 김치문학이야. 아니다. 오래되었으니까 쉰 김치문학이겠다. 사랑하는 임과의 이별, 임금에 대한 그리움, 관직자리 달라는 애원을 제외하면 별다른 내용이 없어. 우리 조상님들은 그리스 신화처럼 위대한 문학을 남기기에는 꼰대 기질이 다분했거든. 그러니 이런 것 밖에 쓰질 못하지."

서현이와 지민이가 내 얼굴만 흘끔흘끔 쳐다본다. 난 개의치 않는다. 품 안에 있는 청춘의 칼도 잠잠하다. 내가 미동도 없자 환이는 미소를 띤 채 말했다.

"이제 진짜 시작하자. 오늘 모의고사에 나온 국어 사자성어부터 정리하자."

나는 자리를 고쳐 앉다가 철중이와 눈을 마주쳤다. 녀석은 나를 아쉬운 눈빛으로 쳐다봤다.

공무원 시험을 3달 앞둔 나는 환이랑 지민이와 함께 공시 공부의 마지막 코스인 문제풀이 반에 등록을 했다. 철중이와 서현이도 시험 전에 한 번 더 문제풀이 수업을 듣기로 결정했기에 스터디원 5명이 모두 같은 수업을 듣게 되었다. 가격은 49만 8천 원으로 심화반 수업이랑 동일했다. 강의실 내에서 대신 자리를 맡아주는 행위는 금지되어 있지만 서현이와 지민이가 몰래몰래 스터디원들 자리를 대신 잡아줬다. 자기들 교과서를 놓거나 의자에 옷을 걸어서 이미 사람이 있는 것처럼 꾸며 놓았다. 덕분에 나머지 인원들이 편안하게 좋은 자리에 앉을 수 있었다. 처음에는 양심에 찔려 괜히 가시방석에 앉는 느낌이 났지만 일주일 정도 지나자 당연한 권리인 듯 마음이 뻔뻔해졌다.

문제풀이 수업은 수강생들이 어느 정도 개념을 다 안다는 전제로 강의를 진행하기 때문에 개념설명이 3할, 실전 문제풀이가 7할 정도 된다. 기본수업과 심화수업을 제대로 소화해내지 못하면 문제풀이 수업을 따라오기 벅차다. 이때쯤 되면 약점 과목이 보이기 시작하는데 대부분 영어에서 고전을 면치 못한다. 9급 공무원 시험은 한 과목당 20문제다. 총 다섯 과목의 100문제를 100분 안에 다 풀어야 한다. 계산상으로는 한 문제당 1분의 시간이 주어지지만 영어 같은 경우 지문이 길어 20분 내에 다 풀 수가 없다. 이렇다보니 대부분의 수험생들은 나머지 과목을 빨리 풀어서 남는 시간을 영어에 투자한다.

사상 최악의 실업률이 하루가 멀다 하고 갱신되고 있는 지금, 대학의 우수한 인재들이 공시에 뛰어들고 있기에 날이 갈수록 합격권도 높아지고 있다. 그렇기 때문에 특정 과목을 포기하거나 시간이 없어서 남은 문제를 찍는 사태가 발생하면 불합격을 할 수밖에 없다. 마음이 사냥꾼에게 쫓기는 토끼의 다리처럼 한 시가 급하지만, 실력이 거북이 다리처럼 느릿느릿 성장하니 답답하기만 하다.

매 수업 시간마다 강사가 가져온 20문제를 20분 안에 풀어야 하는데,

이게 또 고역이다. 하루하루 시험만 보니 정신이 지쳐간다. 거기다가 점수가 바닥을 치면 손이 무거워져 펜조차 들기가 싫다. 오늘이 바로 그런 날이다. 강사가 눈을 부릅뜨고 학생들에게 잔소리를 날린다.

"13번의 정답은 1번, 14번의 정답은 3번, 15번에 정답은 4번입니다. 이거 틀린 머가리 빠가 쉐리들은 시발 공부 당장 그만 두세요. 부모님이 아시면 칼 물고 뛰십니다. 내가 이거 수업 시간에 졸라 강조했는데, 틀렸다면 강의 졸라 안 들은 거예요!"

철중이가 인상을 쓰며 조용히 말했다.

"문제 하나 틀렸다고 애미 승천시키네. 학원 강사 나부랭이 새끼가!"

강사가 답을 불러 줄 때마다 강의실에는 안타까운 탄성이 터져 나온다. 학생들은 문제 하나를 틀릴 때마다 1년씩 늙어가듯 이마에 주름이 잡혔다. 나름 공부를 했는데 문제만 풀면 언제나 새롭고 어렵다. 개념공부가 도레미파솔라시도를 배운 것이라면, 문제풀이는 이제 계이름을 외웠으니 클래식 음악을 듣고 악보로 옮겨보라는 식이다. 시간은 흘러가는데 점수는 오르지 않는다. 시험이 이제 얼마 안 남았는데 점수가 엉망이니 마음이 싱숭생숭하다. 머릿속에 고민이 꽉 차 있으니 펜을 움직일 수가 없다. 책을 볼 용기가 안 난다. 내가 한 숨만 푹푹 쉬자 서현이는 걱정이 되었는지 내 어깨를 주물러주며 말했다.

"괜찮아. 하다보면 점수가 오를 거야. 합격 수기 보니까 합격자들도 생각대로 안 되어서 고생 많이 했더라."

서현이의 위로에 걱정을 덜었다. 준수한 외모에 따뜻함까지 갖춘 이 친구는 내가 여자였다면 먼저 고백했을 만큼 매력적이다. 흘끔 서현이의 시험지를 보니 틀린 것이 거의 없어 보인다. 서현이는 특별한 일이 없는 이상 합격할 것이다. 철중이를 봤다. 녀석은 오만상 다 찌푸리면서 볼펜 뒤끝으로 머리를 긁고 있다. 서시빈목(西施顰目). 미인은 눈을 찌푸려도 아름답

다더니 짜증내는 철중이의 모습도 멋지다. 물론 내가 따라하면 못생겨 보일 뿐이지만. 환이를 봤다. 난 고개를 돌렸다. 맥수지탄(麥秀之嘆). 한 때 화려했던 수도는 온데간데없고 이젠 보리나 무성하게 자란 것을 보며 느끼는 감정. 대학생 때는 괜찮았던 녀석이 어쩌다가 이 꼴이 되었을까. 친구가 망가져 가는 모습을 어쩔 도리도 없이 옆에서 봐야만 하는 심정을 누가 알까.

주변을 둘러봤다. 나만 힘들어 하는 게 아니다. 전부다 힘들어한다. 그러니까 나도 힘들어야 한다. 노예가 채찍질을 당하면서 반항하지 않듯이 우리 청년들은 고통을 별 비판 없이 받아들인다. 누구하나 말하지 않는다. 누구하나 반항하지 않는다. 누구하나 뭔가 잘못된 거 아니냐고 외치지 않는다. 모두 고개를 숙여 책속에 얼굴을 파묻는다. 현실 앞에 무릎을 꿇을수록 내가 이득을 본다. 현실 앞에 저항할수록 내가 손해를 본다. 동굴에서 마늘과 쑥만을 먹으면 인간이 될 수 있다. 동굴 밖으로 뛰쳐나가면 인간이 될 수 없다. 그러니까 우리는 고통을 당연하게 여겨야 한다. 아무리 힘든 시련이 닥쳐도 당연하게 여기면서 버텨야한다. 잘못된 것은 없다. 부조리가 나타나도 끝까지 참아야한다. 청년들은 컴컴한 동굴에 갇혀야만 한다. 그래야 인간이 될 수 있다.

우리는 국어수업이 끝나고 스터디셀에 모여 틀린 모의고사 문제를 다시 풀었다. 혼자서 고민할 때와는 달리 친구들과 의견을 나누면서 분석을 하니 문제풀이에 다가가는 다양한 방식이 머리에 들어왔다. 정확히 10분간은 그랬다. 나머지 시간은 잡담이나 하면서 놀았다. 시험이 얼마 남지 않은 상황이라 뭘 해도 공부 빼고 다 재밌다. 지민이가 담배연기 내뿜듯이 길게 한숨을 내뱉으며 말했다.

“고졸의 한계인가 봐요. 더 이상 점수가 오르지 않아요.”

스터디셀을 걱정으로 메우는 지민이의 목소리에 환이가 시비를 걸며 말했다.

"야, 너는 어째 가면 갈수록 목소리가 여자처럼 변하냐? 고추가 익어서 떨어졌냐?"

나는 환이를 등을 주먹으로 살짝 쳤다. 지민이는 경멸하는 표정을 지으며 환이와 눈을 마주치지 않았다. 서현이는 지민이의 어깨를 다독이며 어디가 어려운지 말해보라며 위로를 해줬다. 요즘 들어 드는 안타까운 생각이 있다. 사람은 정말 생긴 대로 노는 것 같다. 서현이가 지민이의 고민상담을 해줄 터에 철중이의 목소리가 들려왔다.

"야, 박태수."

그리스 신화에 나오는 용감한 전사처럼 강렬하고 깊은 두 눈이 날 노려봤다. 요즘 수업 시간에 철중이가 종종 저런 눈빛으로 날 쳐다보곤 했다. 내가 장담하건데 철중이의 눈빛을 똑바로 쳐다볼 수 있는 여자는 이 세상에 존재하지 않으리라. 메두사의 눈을 보면 돌이 되지만 철중이의 저돌적인 눈빛을 본 여자는 전자레인지에 돌린 푸딩처럼 흘러내릴 것이다.

"이제 와서 묻는 건데."

철중이는 고개를 살짝 삐딱하게 기울이며 말했다.

"너 공시 공부하기 전에 뭐했냐?"

나는 대답하지 못했다. 나는 목구멍으로 침만 꿀꺽 삼켰다. 인생을 뒤져보아도 남들 앞에 떳떳이 자랑할 것이 없어서 입을 못 연 게 아니다. 어차피 말해봤자 상대방이 이해해주지 못 할 것이 뻔히 보여서 말할 수 없었다. 말하면 나만 손해다. 그걸 알기 때문에 언제서 부턴가 나는 상대방이 듣기 좋아하는 말만 골라서 했다. 나를 낮추고 상대방을 칭찬하는 방식으로 이야기를 이끌면 시간도 잘 가고 대화의 뒤끝도 깔끔했다. 나는 언제나 자신을 철저하게 숨겼다. 물론, 저번에 철중이의 자취방에서 술을 마셨을 때는 나도 모르게 속에 있던 이야기를 꺼내는 실수를 저질렀다. 웬만해서는 그런 짓을 잘 안 하는데 분위기에 휩쓸린 나머지 내 자신에 관한 말을 했다. 내가 대답을 못하자 철중이가 답답한지 인상을 쓰며 말했다.

"내가 어름어름 듣기론 너 대기업에서도 일했다며?"

서현이가 곤란한 듯 내 시선을 피한다. 나는 아무렇지 않은 척하며 말했다.

"응. 한 때 일했어."

"정규직 전환이 안 돼서 공시판으로 온 거야?"

"응."

짧고 간결한 나의 대답에 철중이는 더 이상 묻지 않았다. 철중이는 입에 담배를 물었다. 녀석은 피우지도 못할 담배를 입에서 오물오물 거리며 고개를 들어 천장을 본다. 한참을 고민하던 철중이가 의외의 질문을 던졌다.

"넌 꿈이 뭐냐?"

나는 멈춰버렸다. 당황했다. 하지만 곧 정신을 차리고 차분히 대답했다.

"시험 합격. 그게 내 꿈이야. 나는 공무원이 되고 싶어."

철중이는 품속에서 라이터를 꺼내 째깍째깍 거리며 말했다.

"참 신기해. 요 며칠 사이에 환이 저놈이랑 완전히 똑같아졌어. 나는 너희들이 정반대라고 생각했거든."

나는 놀랐다. 내가 서현이와 철중이를 서로 상극이라고 생각했던 것처럼, 철중이도 나와 환이의 성격을 정반대라고 생각했던 것이다. 대체 어느 점이 서로 양극단이라고 느껴졌던 걸까. 나는 상사가 부하 직원에게 보고서를 요구하듯 녀석에게 자세한 설명을 부탁하고 싶다. 내가 머릿속으로 여러 생각을 하는 와중에 철중이가 이상한 질문을 던졌다.

"너는 침대에 누워서 한 번이라도 공무원 시험에 합격하는 꿈을 꾼 적이 있어?"

"음… 한 번도 없네."

"그런데도 그게 꿈이냐."

녀석은 내 눈을 뚫어져라 쳐다본다. 나는 더듬거리며 말했다.

"현실적으로 나에게 남은 선택지가 이것밖에 없으니까. 난 이것 말고는 할 게 없어. 정말로 없어."

"안타깝군."

녀석은 자리에서 벌떡 일어나 스터디셀을 황급히 나갔다. 뭐가 안타깝다는 것일까. 오히려 잘된 게 아닐까. 아무래도 시험이 다가오니까 철중이도 뭔가 불안해서 의미 없는 말을 했나보다. 스터디셀에서 스터디원들과 잡담을 마치고 우린 각자 자습실로 흩어져 공부를 했다. 나는 감기 기운이 조금 있어서 밤 9시에 학원을 나왔다. 코를 킁킁거리면서 억지로라도 계속 공부를 하고 싶었지만 주변 수험생들에게 민폐를 끼칠까봐 평소보다 1시간 빨리 집으로 향했다. 집에 오자마자 씻고 침대에 누웠다. 핸드폰은 알람만 맞춰놓은 뒤 저 멀리 치웠다. 행여 방심이라도 했다간 누워서 핸드폰을 들고 두세 시간을 그냥 흘려보내게 된다. 멍하니 천장을 보니 어렸을 적 붙여놓았던 형광 스티커가 반짝인다. 그나마 행복했던 과거의 기억들을 붙잡고 나는 잠의 바다로 빠져들었다.

"태수야, 상추 좀 씻어라."

"네."

어머니의 따뜻한 말이 귓가에 감돈다. 나는 싱크대에서 상추를 물에 씻었다. 물이 차가운지 뜨거운지 모르겠다. 아예 촉감 자체가 없다. 식탁 한가운데서 아버지가 대파를 썬다. 어머니는 가스레인지에서 삼겹살을 굽고 있다. 우리 집이 이렇게 화목했던가. 아버지는 대체 언제 집으로 돌아오신 거지? 거실 벽면에 종이 한 장이 압정으로 고정되어 있다. 저기는 원래 우리 엄마가 알림판으로 쓰는 곳이다. 뭔가 필요한 사항이 있으면 압정으로 종이를 고정시켜 가족 모두가 볼 수 있게끔 했었다. 벽면을 자세히 훑어보니 거기엔 공무원 합격증이 걸려 있었다. 그렇구나. 나 합격했구나. 나도 모르게 입이 벌어지며 웃음기가 얼굴에 감돈다. 어머니도 웃는다. 아버지도 웃는다. 오후엔 도봉산에 가자는 아버지의 말씀에 따라 등산복을 입었다. 산에 도착했다. 몇 계단 올라 산 중턱쯤 왔을 때 쉼터가 나왔다. 오후의 햇살이 무대조명처럼 나무 벤치를 비췄다. 어머니, 아버지 그리고 내가 일렬로 앉아 김밥을 먹었다. 내가 공시에 합격했으니 이렇게 살 수 있구나. 너무 행복하다. 벤치에 허리를 반쯤 걸치고 하늘을 바라보며 불러온 배를 만지작거렸다. 한창 좋은데 가슴이 무겁다. 가슴 주머니에 있는 물건을 꺼냈다. 청춘의 칼이다. 칼이 떨리며 소리를 지른다.

눈을 떴다. 시계를 보니 6시 30분이다. 무거운 몸을 일으켜 화장실로 가 칫솔을 물었다. 이를 닦으며 거울에 비친 못생긴 내 얼굴을 바라봤다. 철중이의 반만 닮아도 참 좋을 텐데. 순간 어제 꾸었던 꿈들이 한 번에 머리를 스쳐지나갔다. 물고 있던 칫솔을 놓쳤다. 아까 전까지 아무런 기억이 없었는데, 철중이란 단어에 모든 꿈이 생생하게 떠올랐다. 말로 표현할 수 없는 따스함. 부모님의 웃음. 같이 식사를 하고 등산을 했던 모습. 품에서 나온 청춘의 칼. 어젯밤 꾸었던 꿈이 머릿속에서 다시 반복 재생되었다. 씻고 나서 학원에 도착할 때까지 꿈은 내 머릿속을 떠나지 않았다. 이 정도로 생생한 꿈을 꾸어본 적이 있었던가. 합격만 하면 꿈과 같은 생활을 할 수 있을까.

학원에 도착하자 지민이가 날 반겨줬다. 오늘은 지민이 혼자서 스터디원 자리를 다 맡아줬다. 미안한 소리지만, 지민이는 부려먹기 참 좋은 스타일이다. 시키면 시키는 대로 다 해준다. 그렇다고 우리가 무리한 부탁을 맡기진 않는다.

수업이 다 끝날 때까지 철중이와 서현이가 학원에 오지 않았다. 철중이는 하루 정도 농땡이를 쳐도 이상할 것이 전혀 없는 녀석이지만, 매일 빠짐없이 새벽부터 나와서 자리를 맡았던 서현이도 모습을 보이지 않으니 괜스레 내가 다 불안하다. 둘 다 스트레스를 받아서 오늘 하루 쉬나보다.

가끔 TV에서 노량진 공시생들이 두꺼운 옷을 겹겹이 입은 채 새벽부터 학원 앞 길바닥에 자리를 깔고 불쌍하게 앉아있는 모습이 나올 때가 있는데, 지민이는 공시 생활을 하면서 한 번도 그런 장면을 목격한 적이 없다고 한다.

"서현이 형도 가끔 새벽 6시에 자습하러 학원에 와봤는데, 방송에 나온 것처럼 학생들이 기다리는 건 못 봤데요."

"일찍 오면 뭐하냐. 수업 시간에 졸려서 집중도 제대로 못하는데."

환이는 비아냥거리는 투로 지껄였다.

"차라리 나처럼 푹 자고 멀쩡한 정신으로 공부하는 게 훨씬 낫지."

나는 환이의 등짝을 살짝 때렸다. 매번 지민이에게 자리 맡기를 시켜놓고 당연하듯 지각을 일삼는 녀석이 말은 잘 한다.

다음날도 지민이 혼자서 자리를 맡았다. 녀석은 필통, 잠바, 가방, 문제집을 적절히 분산하여 자리에 사람이 있는 것처럼 잘도 꾸며놓았다. 철중이와 서현이는 둘 다 계속 학원에 나오지 않았다. 지민이의 연이은 노력에도 며칠째 녀석들의 자리는 아침부터 밤까지 텅 비어있었다. 철중이와 서현이 모두 핸드폰 연락을 받지 않는다. 하루 이틀 정도는 쉴 수도 있겠지만, 둘 다 연락도 없이 일주일 동안 학원에 그림자조차 비추질 않고 있다. 지민이는 아예 녀석들의 자취방으로 찾아가 문을 두들겨 보았지만 안에서는 아무런 반응도 없었다고 한다.

일요일 저녁에 오답노트 정리를 마치고 노량진역으로 가는 중에 서현이에게서 문자가 하나 왔다.

'태수야, 자취방으로 와줘.'

이런 문자를 여자한테 받아야 하는데…. 나는 발길을 돌려 철중이네 자취방으로 향했다.

저번에 지민이가 찾아갔을 때 왜 사람이 아무도 없었을까. 안 좋은 일이라도 일어난 걸까. 왜 그동안 우리에게 연락을 주지 않았을까. 풀리지 않는 의문을 떠올리며 걷다보니 자취방에 도착했다. 손등으로 문을 살짝 두드렸다. 사람이 없는 것 같다. 방안에서 아무런 대꾸도 없기에 난 문 손잡이를 잡아 당겨보았다. 문은 잠겨있지 않았다. 문이 열리면서 음산한 기운이 날 덮쳤다.

집 안은 소주병이 굴러다니고 알코올 냄새로 꽉 차 있다. 가만히 서서 1분조차 버틸 수 없을 만큼 강한 술 냄새에 나도 모르게 두 손가락으로 코를 잡았다. 깔끔한 서현이와 같이 살고 있는 것이 맞는지 의문이 들 정도로 집안이 엉망이다. 구겨진 이불, 헝클어진 베개, 널브러진 옷, 모든 것이 어수선한 가운데 철중이는 차가운 바닥에 앉아 담담히 술잔을 들어 입에 대고 있었다. 나의 등장에 철중이는 뭔가 의외라며 헛웃음을 짓는다. 철중이가 말했다.

"서현이가 부탁해서 온 거냐?"

"맞아."

철중이는 한숨을 내쉬며 고개를 절레절레 흔든다. 서현이가 왜 내게 자취방으로 와달라고 문자를 보냈는지 알 것 같다. 나는 자리에 앉아 녀석에게 술을 따라주며 물었다.

"갑자기 왜 이러는 거야?"

"너랑 똑같아. 너도 스터디를 나갔었잖아."

"그게 무슨 말이야?"

"나도 내 방식대로 행동하는 거야."

철중이는 눈에 힘을 주며 말했다.

"그거 알아? 난 노력충이 싫어. 이놈들은 사이비 종교를 설파하는 인간들보다 더 악질이야. 노력의 힘만을 믿는 벌레 같은 새끼들은 —우린 흔히 그놈들을 노력충이라고 부르지.— 노력만 하면 세상만사가 다 해결될 거라고 믿어. 하지만 그 벌레 같은 새끼들도 언젠가는 깨닫게 될 거야. 자신의 성격과 운명만큼은 절대 바꿀 수 없다는 걸 말이야! 우리는 있는 그대로 살아가야 해. 왜 자꾸 자신의 성격을 고치려 하고, 더 나아가서는 운명까지도 자기 입맛에 맞게 바꾸려는 거지? 나는 이를 자랑스럽게 여기는 사회 분위기가 전혀 이해되지 않아."

나는 고개를 끄덕이며 최대한 철중이의 말을 들어줬다. 녀석은 술을 핑계로 그동안 속에 있는 말을 쏟아냈다.

"빌어먹을 노력충들이 싸질러 놓은 결과들을 봐봐! 참을 수 있을 때까지 참으면서 공부만 하여 관직자리를 얻은 인간에게 존경의 박수를 보내는 사회 분위기. 공부만 하면 마치 모든 것이 다 해결될 거라고 믿는 공부 이상주의! 난 마음에 들지 않아. 이 답답한 사회에는 이제 새로운 성공의 모델이 필요해."

이 녀석이 지난 일주일동안 왜 학원에 안 나오나 했더니만 자기 혼자만의 철학에 취해서 허송세월을 보내고 있었구나. 나는 가슴 품을 부여잡고 천천히 날숨을 뱉었다. 나는 심장을 진정시켜가며 입을 열었다.

"보아하니 서현이가 너 때문에 학원에 안 나오고 있는 것 같은데, 무슨 이유 때문인지는 모르겠지만 이제 방황 같은 건 그만 하자. 좀 있으면 우리 이제 서른 살이야. 옛날 같았으면 벌써 결혼하고 애까지 있을 나이야."

철중이는 담담히 말했다.

"난 그만둘 거야."

내가 무슨 말인지 잘 못 알아듣자 녀석은 다시 입을 열었다.

"난 시험을 보지 않을 거야. 그게 나다운 길이야."

철중이의 어이없는 소리에 나도 모르게 화를 내며 말했다.

"그건 너다운 게 아니야! 시험으로부터 도망치는 거야. 차라리 그냥 공부가 하기 싫다고 말해. 시험 보기가 두렵다고 고백해. 그러면 될 것을 왜 그럴듯한 핑계를 대면서 자기 방어를 하는 거야?"

철중이는 대답 없이 빈 잔에 소주를 부었다. 그리고는 단박에 입으로 털어 넣었다. 녀석의 다리 옆으로 나뒹구는 소주병이 적어도 10병은 넘는 것 같다. 안주도 없이 깡소주를 연거푸 마신 철중이는 입이 텁텁했는지 연신 입맛을 다신다. 녀석은 자기 종이컵에 술을 따른 뒤 내게 건네며 말했다.

"너 말이야, 스터디를 나가서 혼자 어떻게 공부했어?"

"별 거 없었어. 허튼 짓을 했을 뿐이야."

단호한 나의 대답에 철중이는 고개를 좌우로 살짝 저었다. 녀석은 술잔을 빙글빙글 돌리며 말했다.

"너에게서 너다운 모습을 봤었어. 너의 눈에는 자기 방식대로 살아가겠다는 의지가 있었어. 하지만 스터디로 다시 돌아왔을 땐, 넌 이미 너다운 빛을 잃었어."

나는 잠자코 철중이의 말을 들었다.

"나도 나다운 빛을 잃어버리고 싶어. 나도 내 유전자에 박힌 도전이란 단어를 뿌리째 뽑아버리고 싶어. 대신 네 주제를 알라는 문장을 새겨 넣고 싶어. 왜 내가 주제도 모르고 항상 도전을 원하는지, 왜 거친 바다를 향해서 나가지 못하면 미쳐버릴 것 같은지 모르겠어. 그냥 휩쓸리는 대로 살면 편하다는 걸 머리로는 아는데도 내 영혼은 그 사실을 강하게 거부하고 있어."

순간 나는 철중이에게 '청춘의 칼을 빌려줘 볼까.' 하고 가슴 품을 열었지만, 이 녀석이 대체 뭣 때문에 이렇게 고민하는지 궁금하여 손을 멈췄다. 나는 호기심에 굴복하여 입을 열어 물었다.

"너는 대체 뭐가 되고 싶은데?"

철중이는 입술을 양옆으로 찢으며 말했다.

"나는 영웅이 되고 싶어."

더 이상 이야기할 필요가 없다. 이 녀석은 완전히 취했다. 제정신이 아니다. 나는 인상을 쓰며 말했다.

"지금 내가 이 노량진이라는 길거리에 나가서 널 이해할 수 있는 사람을 몇 명이나 붙잡아 올 수 있을까? 아마 한 명도 없을 거야. 시험 공부하기 싫어서 괴상한 핑계대지 말고 어서 학원에나 나오쇼. 인물값 좀 해라. 멀쩡하게 생겨서 헛소리나 하고 있는 꼬라지를 보니까 참 안타깝다."

"하하하!"

녀석이 크게 웃으면서 말했다.

"두려움을 방어하려는 비겁한 핑계가 아니야, 고심 끝에 내린 결정일 뿐이야. 난 그만두겠어. 서현이한테 네 이야기를 들었어. 넌 소설을 쓰기 위해 대기업이 제안한 정규직 자리를 거부했어. 그때 그 심정을 타인에게 잘 설명할 수 있겠어? 설령 어렵게 말을 꺼냈다 할지라도 타인이 그걸 이해해 줄까? 지금 내 심정이 그래. 그 어떤 말을 해도 상대방이 이해해 줄 수 없다는 걸 잘 알아. 그렇기 때문에 구차한 설명을 늘어놓고 싶지 않아. 내 결정을 받아들이든지 아니면 다른 사람들이 그랬던 것처럼 너도 이해 못 한다는 식으로 투덜대든지 마음대로 해. 나는 시험을 보지 않을 거야."

잠자코 있던 청춘의 칼이 떨리는 바람에 약간 당황했지만, 난 고개를 세차게 저은 후 입에 힘을 주어 말했다.

"난 널 이해하지 않을 거야. 난 남들과 달라지지 않을 거야. 나는 열심히 공시 공부를 하는 다른 수험생들과 똑같아질 거야."

철중이가 웃음 터뜨리며 말했다.

"내가 했던 말 잊었어? 노력은 모든 것을 해결해 주지 않아. 너는 너대로 살아가야 해. 어쩔 수 없어. 있는 그대로를 받아들여."

나는 가슴 품을 세게 움켜쥐며 말했다.

"이번에는 아니야."

자리를 털고 일어서려는데 철중이가 살짝 웃으면서 말했다.

"성공의 의미가 바뀌고 있어. 나는 영웅이 되고 싶다고 말했지. 이건 과거의 성공기준이야. 사람을 계급적으로 바라보면서 가장 위에 서 있어야지만 성공했다고 보는 것이지. 이것은 마치 경쟁자를 죽이고 밟고 올라가 탑의 정상에서 아래를 내려다 봐야지만 직성이 풀리는 성공의 미개한 표준이야. 반면에 이건 어때? 나만의 탑을 쌓는 거야. 세상에서 이 김철중이라는 캐릭터를 가장 잘 소화할 수 있는 사람이 누굴까? 바로 나야. 세상에서 박태수라는 인물을 가장 잘 연기할 수 있는 사람이 누굴까? 바로 너야. 시대는 변했어. 타인의 머리 위에 올라가서 성공할 수 있는 시대는 갔어. 우리는 자신만의 탑을 쌓아야 해."

나는 다시 자리에 앉아 매섭게 철중이를 노려보며 물었다.

"자신만의 탑을 쌓자고 말하면서 너는 왜 영웅이 되려는 거야? 이런 모순이 어디 있어?"

철중이는 종이 술잔을 손으로 꾸기며 말했다.

"세뇌당한 인생이니까. 난 이렇게 배워왔으니까. 이렇게 행동해왔으니까. 벗어날 수 없어. 탑에 올라가는 게 너무나도 익숙하니까. 그래서 너에게 기대를 걸었어. 자신만의 방법으로 공부를 하겠다는 너의 모습이 자기 방식대로 인생을 살겠다는 용기로 보였거든. 명문고를 가기 위해 공부하고, 명문대를 가기 위해 시험을 보고, 취직을 하기 위해 책상에 앉는 이 시대에 뜨거운 마음을 가지고 인생을 사는 사람은 없으니까. 네가 스터디를 나갔을 때 난 가슴이 뛰었어. 마치 조국의 독립을 위해 몸을 내던지는 위인 같았어. 물론 환이 그 자식 말대로 네가 시험과는 상관없는 공부 방식을 택했으니까 모의고사 점수가 망할 거라는 건 시작부터 알 수 있었어.

하지만 내가 설렜던 건 너의 용기였어. 내가 무서워서 망설였던 것을 너는 마치 당연한 듯하려고 했으니까. 그런데 넌 얼마 안 가 완전히 다른 사람이 되었어. 환이랑 똑같은 인간이 되었지. 지금 품에 뭐를 그렇게 붙잡고 있는지는 모르겠지만, 그것이 너만의 탑을 쌓는데 방해가 된다면 당장 던져버려."

철중이는 빈 종이컵에 술을 따라 나에게 내밀었다. 녀석은 표적을 노리는 양궁선수처럼 나를 보며 말했다.

"내 잔을 받아."

가슴에서 울부짖는 소리가 들린다. 아무도 들을 수 없는, 오직 나만이 들을 수 있는 칼의 비명이다. 나는 철중이 쪽으로 살짝 술잔을 밀었다.

"너 혼자 마셔. 난 마시지 않겠어."

나는 자리에서 재빨리 일어났다. 얼른 자리를 떠야한다. 조금이라도 머뭇거리다간 녀석의 함정에 빠진다. 나는 노량진에서 인간이 되어야 한다. 평생을 어두컴컴한 동굴에 살 순 없다. 남들과 다르게 행동하면 안 된다. 나는 철중이를 등 뒤에 남기고 방을 빠져나왔다. 뭔가 녀석을 쓸쓸하게 만든 것 같아 마음이 아팠지만 한두 살 먹은 어린애도 아니니 걱정할 필요는 없다고 본다.

나는 경찰을 따돌리는 범죄자처럼 빠르게 걷다가 학원가에 다다르자 안도의 한숨을 내쉬며 천천히 걸음을 옮겼다. 어쩔 수 없는 일이다. 자주 있는 일이다. 시험 기간만 되면 시험을 보기도 전에 탈락자가 많이 발생한다. 시험이 주는 중압감 때문에 시작부터 '다음에 잘 봐야지.'라고 생각하는 심신 미약자부터 보지도 않은 시험에 이미 불합격할거라도 믿는 패배주의자까지 아주 다양한 족속들이 있다. 철중이도 그 중 한 명일 뿐이다. 뭐가 영웅이고 뭐가 성공의 기준이더냐. 그냥 시험보기 싫어서 이런저런 핑계나 대는 배짱이일 뿐이다.

다른 생각을 할 필요가 없다. 사람들이 똑같이 행동하는 데는 다 이유가 있다. 수많은 청춘들이 시험에 목숨을 거는 데는 분명히 이유가 있다. 많은 사람들이 어리석게 행동할 리가 없다. 몰아치는 파도에 보드를 놓고 움직이는 서퍼처럼 사람들이 만들어 내는 시대적 조류에 몸을 맡겨 행동하면 최소한 중간은 간다. 남들과 다르게 살면 안 된다. 내 마음은 그 어느 때보다도 환이를 열망하고 있다. 빨리 환이를 찾아서 불안한 감정을 없애야 한다. 나는 환이가 있는 곳으로 몸을 향했다.

시험이 2주 가까이 다가오자 학원가에는 날카로운 신경전이 펼쳐졌다. 인생을 건 시험을 치르다보니 학생들이 평소보다도 몇 배나 더 예민해진다. 자습실 문 안쪽에 '문 열고 닫을 때 조심히 해주세요. 깜짝 놀라요.', '재채기 소리가 시끄러워요.', '코훌쩍이는 소리 싫어요.' 등등 온갖 불만이 담긴 포스트잇이 붙어 있다. 나조차도 앞에 앉은 학생의 볼펜 굴리는 소리가 너무 거슬려 공부에 집중을 못했다. 예전 같았으면 눈치도 못 채고 지나갈 일을 이제는 공부의 끈을 놓을 지경까지 신경 쓰게 된다. 불안한 마음을 물 한 잔으로 다스리기 위해 자습실을 빠져나왔다. 정수기 앞에 서서 멍하니 학원 천장을 바라보며 물을 마시는데 옆에서 환이가 여학생을 훔쳐보며 쓸데없는 소리를 지껄였다.

"저년 궁둥이 사이로 몇 개의 소시지가 왔다 갔다 했을까?"

나는 녀석의 등짝을 주먹으로 세게 쳤다. 시험이 다가오자 이 새끼의 성희롱 발언은 강도가 더욱 세졌다. 나는 환이를 이해하고 감싸주려는 노력을 많이 하지만 도저히 감당이 안 될 때가 종종 있다. 시험이 다가오자 그런 경우가 참 많이 발생했다.

고개를 돌려가며 공부를 하는 학생들을 관찰했다. 생각해볼수록 신기한 사실이지만, 노량진에는 '비밀'이 없다. 대화를 나누거나 식사를 같이한

적은 없지만 서로의 얼굴과 신상을 잘 파악하고 있다. 누가 누구랑 사귀고 있네, 누가 누구를 좋아하는 것 같네, 서로 바나나 우유를 주고받았네, 머리를 갑자기 짧게 잘랐네, 최근 들어 누구가 누구랑 같이 학원에 오는 걸 보니 분명 사귀고 있는 것 같네, 같이 학원에 오고 나가는 걸 보니 동거하나 보네 등 무성한 정보가 나돈다. 이렇게 남을 몰래 관찰하고 나면 스트레스가 그나마 조금 풀린다. 입안이 씁쓸하다. 다들 나 빼고 연애하느냐 바쁜 것 같다. 옆에서 환이가 자그마한 목소리로 말했다.

"궁둥이 보소. 청바지 터지겠네. 저기다 코 박고 죽고 싶다."

나는 녀석의 목을 붙잡고 질질 끌어 자습실로 연행했다. 나는 자리에 앉아 다시 공부를 시작했다. 자습을 하고 있는데 갑자기 한국사 강사가 들어와 시험 전 마음가짐에 대해 일장 연설을 시작했다. 말을 들어보니 아무래도 시험을 앞둔 학생들의 마음을 진정할 수 있게 달래주는 것이 1차 목표요, 시험에 떨어진 학생들을 자기의 강의실로 다시 끌어 모으려는 게 2차 목표인 것 같다.

"다들 공부하시느라 수고가 많아요. 여러분들께 도움이 될 만한 이야기를 해주려고 해요. 수험생들이 흔히 시험공부만 열심히 하면 된다고 생각하지만 사실 그렇지 않아요. 부담감과 싸워서 이겨내는 것도 시험의 일부랍니다. 학생들이 공부 열심히 해놓고 시험 당일에 제 실력을 발휘하지 못하거나, 시험 자체를 포기하고 도망치는 경우도 있어요. 그래서 제가 우스갯소리를 하나 해주려고 해요. 공무원 시험은 허수가 많은데 일단 수험생의 30%가 아무런 이유도 없이 그냥 시험장에 안 와요. 거기에다가 시험이 아침에 치러지다보니 10%가 늦잠 자다가 못 와요. 설상가상으로 비까지 내리면 10%가 또 안 와요. 그렇다고 시험장에 무사히 온 애들이 전부 제정신인 건 아니에요. 시험 범위까지 제대로 공부한 애들은 반도 안 되고, 공부를 다 한 수험생들 사이에서도 과락이 심심치 않게 발생해요. 한 마디로 제 시간에 가서 시험 보고 과락만 안 나도 여러분들은 큰 성공을 거둔 셈이에요. 그러니 너무 부담감 갖지 마세요."

학생들이 키득키득 웃어댔다. 나도 한참을 웃다가 비어 있는 서현이의 자리가 눈에 들어오자 입을 다물었다. 지민이가 자리를 맡아놨지만 녀석은 오늘도 자습실에 나오지 않았다. 철중이 때문에 엉뚱한 녀석이 피해를 보는구나. 철중이는 계속 술만 마시고 있는지 아니면 짐을 빼고 노량진을 떠났는지 알 수가 없다. 난 철중이의 술잔을 거절한 이후로 자취방엔 얼씬도 하지 않았다.

나는 철중이를 신경 쓰지 않으려 노력했다. 전쟁이 나면 죽는 병사가 생기는 건 당연하다. 식량이 모자라면 기아로 죽는 아이가 생기는 건 당연하다. 마찬가지로 시험이 다가오면 무서워서 도망가는 학생이 발생하는 건 당연한 것이다. 철중이도 겉으로는 굉장히 강하지만 속으로는 여려서 시험에 대한 부담감을 이기지 못해 정신적으로 무너진 것뿐이다. 나는 그러지 말아야지, 하고 마음을 추스르며 공부에 전념했다.

시험을 일주일 앞두고 시험 장소를 배정받았다. 공무원들은 대체 어떻게 일을 처리하기에 시험장소를 일주일 전에 알려주는 것일까. 답답하다. 나는 강남역에 있는 한 고등학교로 배정받았다. 환이와 지민이는 도봉구에 있는 한 고등학교로 같이 배정을 받았다. 환이는 지민이의 목을 조르며 시험장까지 같이 가자는 협박을 했다. 지민이는 혐오스런 표정을 지으며 환이를 밀어냈다. 나는 환이와 지민이가 티격태격 싸우는 모습을 웃으며 감상했다. 이런 소소한 장난들을 보고 있으면 마음의 위로가 된다. 바지춤이 떨린다. 핸드폰을 보니 서현이에게서 전화가 왔다.

"태수야, 미안한데 내 자취방으로 와줄 수 있겠어?"

이 소리를 여자한테 들어야하는데 자꾸 남자한테 듣고야 마는구나. 목소리가 다급한 걸 보니 아마 철중이와 관련된 일 같다. 나는 천천히 대답했다.

"무슨 일 때문에 오라는 거야?"

"그게…."

서현이는 대답을 잇지 못했다.

"철중이 때문에 부르는 거야?"

내가 정곡을 찔렀는지 서현이는 빗진 사람처럼 우물쭈물 말을 더듬거렸다.

"상당히 난감한 상황이야. 네 도움이 필요해. 부탁한다."

나는 환이와 지민이를 쳐다봤다. 둘은 아무것도 모른 채 계속 장난을 치고 있다. 품속에 있는 청춘의 칼이 잠잠하다. 나는 침을 삼키고 말했다.

"시험 일주일 전이야. 그리고 여긴 노량진이야. 다른 사람에게 피해가 갈 일은 서로 피하자. 이제 각자 일은 알아서 처리하자. 저번에 한 번 가줬으면 됐잖아. 시험 잘 보고. 그럼 끊을게."

나는 주머니에 핸드폰을 넣고 스터디셀로 향했다. 오늘은 셋이서 한국사 문화사 부분을 점검할 예정이다. 청춘의 칼로 가슴을 긋지 않았는데도 마음이 편안하다. 이게 옳은 판단이다. 인생에서 위기가 닥치면 스스로 해결하는 것이다. 그 과정에서 서로 수지타산이 맞으면 손을 잡는 것이고 아니면 서로 안 보면 된다. 그 동안 서현이로부터 도움을 많이 받았고 그 대가로 난 저번에 철중이를 설득하러 자취방에 갔었다. 그거면 됐지 더 이상 뭔가 해줄 필요가 없다. 내가 지금 불안해서 스스로를 합리와 시키고 있는 것이 아니다. 단지 죄를 지은 것 마냥 찝찝한 기분이 내 몸을 감싸고 있는 것 같아서 현재 상황을 분석하고 있는 것뿐이다.

우리는 스터디셀에서 탑, 동상, 책 이름을 시대 순에 맞춰서 외웠다. 쇠뿔도 단 김에 빼라고 평소에 잘 안 외워지는 영단어도 서로 체크해주면서 암기를 했다. 잡생각이 들지 않았다. 내 가슴을 감싸던 정체불명의 미안함도 사라졌다.

시험 이틀 전, 오전 9시부터 오후 5시까지 국어와 한국사 중요 포인트를 속독으로 읽었다. 저녁을 먹기 전에는 행정학에서 자주 나오는 법령 부분을 다시 봤고, 석식 후에는 사회과목의 이론 부분만 보면서 공부를 마무리했다. 첫 시험이니 망쳐도 된다는 핑계가 종종 마음속에 싹이 텄지만 어떻게든 생각의 잡초들을 없애고 정신을 가다듬었다.

뭘 해도 불안하기만 하다. 각 과목 이론서를 읽으면서도 내가 제대로 공부하고 있는 것이 맞는지 의구심만 들고, 시험에 모르는 문제가 나왔을 때 어떻게 대처할지 도무지 방향이 안 잡힌다. 더군다나 시험 전에는 뜬구름 잡는 소문들이 순식간에 퍼진다. 이번 시험에 어떤 부분은 안 나올 것이니 공부할 필요가 없다, 혹은 저런 부분에서 집요하게 출제될 예정이니 어떤 강사가 만든 프린트 자료를 봐야한다는 헛소문의 바람이 불면 학생들은 갈댓잎처럼 이리저리 휘둘린다. 이제까지 해왔던 대로 뚝심을 가지고 공부하려 해도 주변 사람들이 숭어처럼 뛰면 내 마음은 망둥이가 되어 덩달아 뛴다. 혼자서 머리를 쥐어 싸고 고민에 빠져 있는데 지민이가 나를 물끄러미 바라보며 말했다.

"형, 저는 능력이 안 되어서 이제까지 한 거나 다시 볼래요. 이제 와서 새로운 거를 봐도 어차피 머리에 안 들어올 것 같아요."

시무룩해 있는 지민이가 귀여워 나는 가지고 있는 자료들 중에 핵심만을 추려서 건넸다. 지민이는 고개를 꾸벅하고는 임금님으로부터 하사품을 받듯이 두 손 모아 자료를 받았다. 지민이는 언뜻 보면 쇼트커트를 한 여자애 같다. 어깨도 좁고 다리도 얇은 것이 피부까지 새하얘서 암수 구별이 잘 안 된다. 하지 말아야할 끔찍한 상상이 들자 나는 고개를 흔들었다.

시험이 다가오자 학원은 조용한 병원이 되었다. 갑자기 감기에 걸려 책상에 엎드려 자는 학생, 화장실에 계속 들락거리는 학생, 하루 종일 각종 음료를 들이키는 학생 등 환자복만 안 입었지 질병에 걸린 사람들이랑 하는 행동거지가 똑같다.

서현이는 오늘도 학원에 나오지 않았다. 지민이가 녀석에게 핸드폰 연락을 여러 번 했으나 전부다 불발이었다고 한다. 철중이 놈 때문에 거의 확실한 합격자 한 명이 떨어지게 생겼구나. 참 다행이다. 대신 내가 붙어야지.

순간 나는 눈을 크게 뜨고 멍하니 앞을 봤다. 나는 손을 들어 내 뺨을 한 대 후려쳤다. 짝 하는 소리가 자습실에 울려 퍼졌지만 다행히 날 쳐다보는 학생은 한 명도 없었다. 늦은 시간이라 남아 있는 학생들도 몇 되지 않았다. 나는 지민이와 환이에게 먼저 들어가겠다는 인사를 남기고 학원을 빠져나왔다.

내가 점점 사악해지는 것 같다. 돈만 벌 수 있다면 파렴치한 행위도 마다하지 않는 정치가가 된 것 같다. 서현이는 내게 진심으로 잘해줬다. 자신이 가지고 있는 공시 자료를 서슴없이 나누어 주었으며, 내가 힘들어 할 때는 따뜻한 위로의 말도 건네줬다. 하지만 아까 했던 내 발언은 대체 어디서 나왔을까.

'확실한 합격자 한 명이 떨어지니 내가 대신 붙어야지.'

시험 합격 하나 때문에 이렇게까지 친구를 적으로 돌려야만 하나? 노량진역 앞 횡단보도에 서서 신호를 기다렸다. 초록불이 켜졌다. 나는 건너지 못했다. 사람들이 내 좌우를 밀치면서 횡단보도를 건넌다. 잠깐만 자취방에 들렀다 갈까.

가슴에 있는 청춘의 칼이 요동을 친다. 최근엔 있는 줄도 몰랐다. 시계를 보니 밤 9시다. 집에 가면 거의 10시가 될 것이고 빨리 취침에 들어야지 최상의 컨디션으로 내일 시험 전 마무리를 지을 수 있다. 내 마음의 그릇은 시험이란 물로 가득하다. 거기엔 뭔가 더 넣을 수 있는 여유가 부족하다. 청춘의 칼이 떨림을 멈췄다.

노량진역으로 들어가 바닥에 깔린 레일을 바라보았다. 서현이에게 너무 미안하다. 각자의 일은 알아서 처리하자니, 내가 너무 심한 말을 했다. 녀석은 원체 조심하는 성격이라 내게 전화를 걸기 전에 고민도 많이 했을 텐데…. 청춘의 칼이 떨린다. 나는 가슴 품을 부여잡고 어찌할지 몰라 멍하니 플랫폼에 섰다.

'왜 나는 시험 앞에서 사람을 포기해야 하는가?'

전철의 우렁찬 쇳소리가 귀를 때렸다. 전철이 내 앞에 멈췄다. 문이 열린다. 내가 발을 떼지 못하고 우두커니 서 있자 뒤에 있던 사람들이 날 밀치며 앞으로 지나간다. 전철 문이 닫힌다. 난 탑승하지 못한 채 안전선 밖에서 전철을 바라볼 뿐이다. 그렇다고 노량진역 밖으로 나가 철중이의 자취방으로 향할 것도 아니다. 그저 제자리에서 굳어버렸다. 그렇게 몇 번 전철을 보냈다. 이러지도 저러지도 못한다. 청춘의 칼은 떨리고 멈추기를 반복하더니 이젠 화가 났는지 심하게 발광을 한다. 나는 가슴에 손을 얹고 말했다.

"지금 내게 중요한 것은 사람이 아니라 시험이다."

나는 자판기 옆으로 숨어 청춘의 칼로 가슴을 그었다. 쓰라리고 시원한 느낌이 교차하는 가운데 입가에 미소가 퍼진다. 전철이 들어왔다. 문이 열리자 나는 100m 달리기 선수가 결승전을 통과하듯 힘차게 안으로 뛰어들었다. 시험을 위해 몸을 바치겠다. 지금 내게 가장 중요한 가치는 합격이다. 시험이 아닌 것은 다 버리자. 나는 두 주먹을 꼭 쥐고 집으로 왔다. 혹시 몰라 핸드폰을 무음으로 바꾸고 잠자리에 들었다.

6

무당들이 요란한 춤을 추며 골품의 탑에 경의를 표한다. 골품의 탑 주위로 죄수들이 벌떼처럼 모여든다. 죄수들은 골품의 탑 앞에 무릎을 꿇고 절을 올린다.

합창: 골품의 탑이여, 골품의 탑이여.
당신만을 바라보고 희망을 품었으며
오늘만을 기대하며 살아왔습니다.
자아를 잃어버린 우리에게 가치를 정해주시고
불안에 시달리는 우리에게 역할을 알려주신
골품의 탑이여, 우리는 당신 앞에서 속죄하려 합니다.
죄인들을 받아주소서.

무당들이 죄수들을 에워싸며 청춘의 칼을 빼들었다. 감옥에는 삼엄한 긴장이 감돈다. 골품의 탑에 다소곳이 앉아 있던 공주님들이 일제히 자리에서 일어났다. 죄수들은 거북이처럼 목을 길게 내밀며 골품의 탑을 바라본다. 무당들이 청춘의 칼을 높이 들고 노래를 부르자 공주님들이 춤을 춘다. 골품의 탑이 울음소리를 토해냈다. 죄인들은 자리를 박차고 일어나 골품의 탑을 향해 달려 나갔다.

합창: 죽여라. 밟아라. 쓰러뜨려라. 잔인해져라. 살아남아라.
골품의 탑에 오르기 위하여!
패자를 차별해라. 포기한 자를 무시해라. 뒤떨어진 자를 버려라.
골품의 탑에 오르기 위하여!
탑에만 오르면 우린 속죄할 수 있다네.
골품의 탑에 올라라!

열심히 골품의 탑에 오르던 다름죄가 바닥에 넘어져 뒹굴었다. 다른 죄수들은 다름죄를 짓밟고 탑에 오르려 발악을 한다. 죄수들의 발길질에 흠씬 두들겨 맞은 다름죄는 싸움을 포기하고 혼란 속에서 도망쳐 나왔다. 골품의 탑에 오르기 위한 광란의 전쟁을 지켜보던 다름죄가 말하길

다름죄: 죄수들이 자처하여 금수보다 못한 존재가 되었구나. 살인을 저지르고 웃는 범죄자, 소녀를 강간해놓고 웃는 범죄자, 물건을 훔쳐놓고 웃는 범죄자, 남을 속여 놓고 웃는 범죄자, 그리고 남을 짓밟고 탑에 올라 웃는 죄인들. 너희들은 그렇게도 골품의 탑에 오르고 싶더냐?

골품의 탑이 괴로운 울음소리를 내뱉자 공주님들이 춤을 멈췄다. 무당들은 골품의 탑을 가로막아 죄수들이 다가오지 못하도록 했다. 다름죄는 피투성이가 된 몸을 이끌고 쓸쓸히 감옥 구석으로 사라졌다.

망상죄: 다름죄여, 날 찾아온 걸 보니 탑에 오르진 못했구려.

다름죄: 잔인한 싸움이었소. 너무나도 참혹하여 차마 눈 뜨고 보지 못할 광경이었소. 탑에 오르지 못한 수많은 자들은 순식간에 모든 것을 잃었소.

망상죄가 다름죄에게 술잔을 권하며 말하길

망상죄: 그들 모두 스스로의 의지대로 움직이지 않고 타인의 눈치를 보다가 잔혹한 운명을 맞이한 것이오. 나는 영웅이오. 나는 결코 타인의 눈치를 따라 몸을 움직이지 않소. 나는 나만의 탑을 쌓고자 하오. 내가 술을 두 잔 따라 줄 테니 한 잔은 마시고 나머지 한 잔은 눈칫죄에게 전해주시오.

다름죄가 술잔을 들고 눈칫죄를 찾아 나섰다. 눈칫죄는 골품의 탑에 오르는 전투에 참석하지 못했다. 그렇다고 망상죄와 같이 자리를 지켰던 것도 아니다. 눈칫죄는 이도저도 못한 채 타인들의 눈치만 보며 자리에 멈춰서 있다. 다름죄가 술잔을 건네며 말하길

다름죄: 나는 몸이 피투성이라면 당신은 마음이 피투성이인 것 같소.

눈칫죄: 다른 죄수들은 골품을 탑을 향해 질주했고, 망상죄 형제는 탑을 등지고 자리에 엉덩이를 붙였소. 나는 움직일 수가 없었소. 나는 혼자서 판단을 내

리지 못하오.

노력죄와 외향죄가 피투성이가 된 몸으로 나타났다.

노력죄: 난 잘못하지 않았소. 내 앞에 있던 죄수가 어찌나 거칠던지 날 탑에서 떨어뜨렸소. 나는 열심히 했지만 주변 죄수들 때문에 결과가 좋지 않았소. 내 잘못은 없소.

외향죄: 저는 억울함을 하소연할 힘조차 없답니다. 절 꿔다놓은 보릿자루처럼 취급해주세요. 초라한 제 모습을 보지 말고 여러분들끼리 담소를 나누세요.

무당들이 뛰어나와 탑에 오르지 못한 죄수들에게 손가락질을 하며 말하길

무당들: 우리는 너희들에게 기회를 줬다. 허나 너희는 실패했다. 기회가 있었는데 잡지 못한 너희들이 잘못한 것이다. 골품의 탑은 언제나 공평하다. 항상 은혜를 베푸는 골품의 탑에 머리를 조아려라.

다름죄: 억울하오! 골품의 탑에는 올라설 수 있는 자리가 얼마 없었소. 시작부터 대량의 패배자가 나올 수밖에 없다는 걸 당신들은 이미 알고 있지 않았잖소! 왜 전부 다 우리 잘못인 것이오? 우리의 모습을 보시오. 피투성이가 될 때까지 싸웠는데 모든 것을 잃었소! 억울하오! 우린 억울하오!

노력죄: 조용히 하시오! 여긴 감옥이오. 노력한 자들에게 공정한 결과를 주는 유일한 곳이란 말이오.

다름죄는 화를 주체하지 못하고 노력죄에게 대들며 말하기를

다름죄: 언제까지 이렇게 잔인한 전쟁을 계속할 텐가? 골품의 탑에 오르다가 가진 것을 모두 잃은 죄수들이 너무나도 많소. 우리에겐 새로운 사상이 필요하오! 새로운 철학이 감옥 안에 꽃피어야 하오.

노력죄: 망상죄와 같이 놀더니 당신도 주제를 잊고 나대는구려. 사관의 역할이 무

엇이오? 종이 위에 역사나 기록하며 만족하는 샌님들이 아니오? 조용히 기록이나 할 것이지 무슨 새로운 사상을 찾느뇨?

다름죄: 역사는 거울과도 같소. 기록은 과거라는 빛을 비추어 어두운 미래를 밝히는 일이오.

노력죄: 그래서? 감옥 안의 죄수들을 황홀하게 만들 기록을 당신은 가지고 있소? 어두운 미래를 태양처럼 밝혀줄 기록을 당신은 가지고 있소? 아니면 그런 기록을 쓸 수 있는 능력을 당신은 가지고 있소?

다름죄는 분하지만 대답하지 못하고 자리에 앉아 눈물만 흘렸다.

시험을 하루 앞둔 오늘, 난 학원에 가지 않았다. 학원에 갔다간 서현이에게 붙들려 철중이의 자취방으로 끌려갈까봐 두렵다. 환이에게만 집에서 공부하겠다는 메시지를 남기고 핸드폰을 아예 꺼버렸다. 격투기 선수는 시합 전날 최상의 컨디션을 유지하기 위해 간단하게만 몸을 푼다. 나도 다음날 시험에서 최선을 다하기 위해 각 과목마다 핵심 개념만을 훑고 싶었지만 하다 보니 책상에 책을 만리장성처럼 쌓고 앉아있다. 어느 부분 하나 중요하지 않게 느껴지는 곳이 없다보니 책을 처음부터 끝가지 다 읽었다. 시간이 부족하다. 딱 한 달만 시간이 더 있었다면 완벽하게 준비할 수 있었을 텐데. 아니면 2주만 더 있었어도 참 좋았을 텐데. 그동안 열심히 해왔지만 중간에 낭비한 시간이 너무 아깝다. 애초부터 환이 말을 따라서 공부했다면 지금쯤 마음 편하게 마무리 정리를 할 수 있었을 것이다.

점심때도 그랬지만 저녁에도 밥을 꽤 남겼다. 먹어도 소화가 잘 안 되고 뱃속에 음식물이 쌓이는 느낌이다. 개념서를 읽어도 머릿속에 담기질 않는다. 세상이 내일 멸망했으면 좋겠다. 책상에 앉아 내일 운석이 시험장으로 떨어지거나 지진이 일어나 전국을 뒤흔드는 상상을 한다. 결국 시험은 나중으로 미뤄지고 나는 공부할 시간을 번다.

혼자 정신병자처럼 낄낄대며 웃다가 문득 핸드폰이 눈에 들어왔다. 상상이 끊기고 몸이 벽돌처럼 차가워진다. 자연스레 핸드폰에 손이 갔다. 핸드폰을 켠 뒤 책상 끝으로 던졌다. 나는 먼발치서 사람을 찾는 것 마냥 기웃거리며 핸드폰 화면을 슬쩍 살펴봤다. 부재중 전화가 4건, 문자가 2건 왔다. 나는 심호흡을 하고 핸드폰을 내 쪽으로 끌고 와 단숨에 부재중 전화를 확인했다. 전부다 환이에게서 온 것이다. 가슴이 편안해진다. 문자도 확인을 했다. 한 건은 전화를 달라는 환이의 요청이고 다른 한 건은 오늘 학원에 안 오냐는 지민이의 문자였다. 나는 환이에게 먼저 전화를 걸었다.

우리는 이제 막 고등학교에 진학한 여학생들처럼 조잘대며 한참을 떠들었다. 무려 40분 동안 통화를 했다. 둘 사이의 대화를 요약하면 다음과 같다. 환이는 긴장감을 풀기 위해 자위행위를 3번씩이나 연달아 했다고 한다. 현재 시각은 밤 10시다. 이 녀석이 몇 시부터 허튼 짓을 시작한 것인지 상상조차 하기 싫다. 아직도 긴장이 안 풀린 환이는 시험에 대한 떨림을 다른 곳으로 돌리기 위해 여자 연예인 사진을 닥치는 대로 보고 있다고 한다. 난 녀석다운 행동이라며 비꼬면서 칭찬을 했다. 혹시나 하는 마음에 오늘 서현이에게 전화가 왔냐고 물었지만 아무런 연락도 없었다고 했다. 환이와의 영양가 없는 통화를 마친 뒤 지민이에게 전화를 걸었다.

녀석은 예상대로 정신이 완전히 붕괴된 상태였다. 수화기 너머로 울먹거리는 소리가 웬만한 발라드 가수보다도 더 구슬프게 들려왔다. 자기가 군대를 다녀오지 않아서 깡이 없느니, 인생이 망했느니, 미래가 보이지 않는다는 등 지민이는 온갖 절망적인 단어들을 폐수처럼 쏟아냈다. 나는 갓난아기를 달래듯 녀석을 안정시켰다. 이번 국가직 시험에 떨어져도 두 달 뒤에 서울시와 지방직 시험이 또 있으니 다시 보면 된다고 위로를 했다. 나는 지민이를 30분 정도 달래준 뒤 전화를 끊었다.

핸드폰을 꺼둘까 켜둘까 고민한 끝에 그냥 켜두기로 마음먹었다. 지금 시간이 늦었기 때문에 이제 와서 서현이에게 전화가 온들 자취방에 갈 수도 없는 노릇이다. 나는 청춘의 칼을 품에 안고 침대에 누웠다.

'무슨 일이 생기면 이걸로 가슴을 그으면 돼. 더 이상 고민할 필요 없어.'

나는 호신용 부적처럼 청춘의 칼을 가슴에 붙이고, 탯줄이 달린 아기처럼 웅크리며 잠에 들었다.

시험 당일 날 아침. 나는 기계처럼 일어나 세안을 마치고 집을 나섰다. 나는 별 생각이 없다. 다리가 걸으니까 걷는다. 눈이 보니깐 본다. 핸드폰 앱이 지시하는 대로 길을 찾아 수험장까지 아무 생각 없이 흘러들어간다.

어제 바랐던 천재지변은 일어나지 않았다. 하늘은 맑고 공기는 시원하다. 뭘 해도 좋은 날씨다. 이 좋은 날에 나는 시험을 본다.

시험장이 가까워지자 비슷한 부류의 사람들이 모여든다. 멀리서 보든 가까이서 마주하든 공시생 티가 팍팍 나는 남녀 무리들이 학교 정문을 통과한다. 고등학교 중앙 현관에 걸린 큰 포스터에는 몇 반에서 시험을 보는지 적혀있다. 나는 3층 7반으로 배정됐다. 교실 문 앞에 붙어있는 안내장에는 내가 어느 자리에 앉아야 할지 위치가 표시되어 있다. 나는 몇 번이고 확인을 한 뒤 자리를 찾아 앉았다.

뭔가에 집중하기 위해 가방에 쑤셔 넣은 한 무더기의 책들 중 한국사를 꺼내 근현대사 부분을 펼쳤다. 나는 책을 읽으면서 주변을 살폈다. 우리 교실은 응시생이 25명이다. 9시가 되자 교실이 거의 꽉 찼다. 반 정도 안 올 줄 알았는데 2명 빼고 다 왔다. 학원 선생님이 말했던 허수 응시생은 대체 무엇이었던 것일까. 내 앞에는 20대 초반으로 보이는 여학생이, 뒷자리에는 40대가 훌쩍 넘은 아줌마가 앉았다. 왼쪽에는 스포츠머리에 뺨에 여드름이 덕지덕지 난 20대 중반 정도의 남자가 앉았다. 오른쪽 자리에는 수험생이 아직 오지 않았다.

수험생의 전체적인 연령대는 대중이 없었다. 누구는 딱 봐도 아줌마·아저씨였고, 누구는 너무 어려 보여 공무원 시험을 칠 수 있는 나이인가 의심이 들 정도였다. 대부분의 수험생들은 주변을 신경 쓰지 않고 가져온 개념서를 기계처럼 무뚝뚝하게 봤다. 각자 다른 학원에서 만든 개념서를 들고 왔는데, 나는 궁금증을 참지 못하고 곁눈질로 경쟁자들의 책이 어떤지 살펴봤다. 왠지 내가 가진 책보다 좀 더 괜찮은 것 같다. 개중에는 나와 똑같은 책을 가진 사람도 있었다. 어떤 이는 책 대신 태블릿 pc를 틀어놓고 '시험 전 5분 강의'를 듣고 있다. 모두들 마지막 순간까지 절박한 심정으로 공부를 한다.

내가 이 사람들을 이길 수 있을까. 이번 국가직 시험에 응시하는 수험생의 수는 약 23만 명이다. 내가 지원한 일반행정직의 경쟁률은 170대 1이다. 길 가는 사람을 아무렇게나 170명 정도 붙잡고 IQ테스트를 한다면 그 중에 한둘은 140이 넘을 것이다. 혹은 그 중에 명문대 출신이 있을 확률도 높다. 공시는 수능시험처럼 상위권, 중위권, 하위권으로 나눠서 점수대로 갈 수 있는 대학이 정해져 있는 시험이 아니다. 합격 아니면 불합격으로, 경쟁률이 170대 1이면 170명 중에 1등을 해야만 한다.

내가 IQ 140이 넘는 경쟁자를 물리칠 수 있을까. 내가 명문대 출신의 수험생보다 점수가 잘 나올 수 있을까. 아무리 생각해도 무리다. 난 안 된다. 한숨이 흘러나왔다.

9시 20분이 되자 감독관이 교실 문을 닫으며 말했다.

"보고 계신 거 집어넣어 주세요."

시험은 10시에 시작하는데 벌써 다 집어넣으라니, 이게 말이 되는가. 아침부터 전쟁 피난민이 짐을 싸듯이 책을 다 들고 왔는데 지금부터 보지 말라니 이게 무슨 소린가. 이럴 줄 알았으면 핵심만 정리해놓은 노트를 하나 만들 걸 잘못했다.

"OMR카드 나눠드릴게요. 뒤로 한 장씩 넘기면서 자기 거 가져가세요."

감독관은 OMR카드 작성 방법을 설명했다. 이름, 수험번호, 추가 정보 등을 쓰니 9시 30분이다. 감독관이 교실 왼쪽 벽에 걸려있는 시계를 칠판 위로 옮기고 시험 유의사항을 간단히 읊고 나니 9시 40분이 되었다.

"마지막으로 화장실 갔다 오세요. 시험 중에는 화장실에 갈 수 없습니다."

화장실에서 소변을 보는데 과거에 중학교 체육 선생님이 해주신 말씀이 기억난다.

'육상 선수들은 시합 전에 긴장한 나머지 오줌을 수십 번 쌀 것이다.'

화장실에 갔다 오니 9시 50분이다. 나는 시험을 볼 마음의 준비가 제대로 안 되어 있는데, 시험이란 녀석이 무작정 나를 향해 다가온다. 예상하지 못한 첫 경험이 너무 빨리 다가온 처녀처럼 나는 당황했다. 시간아 가지 마라. 시간아 멈춰라. 감독관이 누런색 대봉투를 뜯는다.

"시험지 나눠드릴게요. 안에 있는 내용 먼저 확인하시면 부정행위입니다. 겉 부분 인쇄상태만 확인하세요."

시험지를 넘겨준 뒤 감독관은 맨 앞에 앉은 학생부터 차례로 OMR카드에 있는 '감독관 확인란'에 사인을 한다. 9시 57분이다. 좀 있으면 시험이 시작하는데 저 빌어먹을 감독관이 신경 거슬리게 계속 돌아다닌다. 10시다. 시험 시작을 알리는 안내방송이 나오자 나는 재빨리 시험지를 펼쳤다. 국어 영역 첫 번째 문제를 풀기 시작했다. 처음부터 막힌다. 맞춤법 문제인데 어딜 봐도 다 맞는 것 같은 단어들만 쓰여 있다. 넘어가고 다음 문제를 풀자. 두 번째는 띄어쓰기 문제다. 억지로 틀린 것이 없나 하고 프로파일러처럼 의심을 해본다. 한참 고민을 하는데 이 염병할 시험감독이 내 답안지를 강제로 끌어다가 감독관 확인란에 사인을 한다. 집중력이 흐트러졌다. 난 망했다. 저 새끼 때문이다.

국어 영역 앞부분을 넘기고 내가 평소에 자신있어하는 비문학 문제부터 찾아 풀었다. 평소 같으면 1분 이내로 답을 잡아내는데 지금은 지문을 계속 다시 읽어봐도 명확하게 답이 안 떨어진다. 술 먹은 사람이 손가락 개수 구분 못하는 것처럼 나는 1개여야 할 답이 자꾸 2개로 보인다. 모르는 문제를 억지로라도 넘기며 국어영역을 겨우 풀어냈다.

한국사는 난도가 평이했다. 환이의 역사 강의가 도움이 많이 되었다. 2문제 정도가 너무 어려워서 답을 찍기는 했지만 왠지 다 맞을 것 같다는 느낌이 든다. 영어는 시간을 많이 잡아먹기에 맨 뒤에 풀도록 하고 선택과목인 행정학과 사회를 차례로 풀었다. 시간은 벌써 10시 40분이 지났다.

선택과목 문제들을 빨리 풀어서 시간을 벌어야 한다. 나는 문제와 보기를 대충 읽어 내려가며 답인 것 같은 것을 마구잡이로 골랐다. 쇼핑을 하는데 폐점시간이 촉박하게 다가와 제대로 입어보지도 못하고 눈대중으로 대충 옷을 사는 느낌이다.

내 시간은 시험을 시작한지 20분도 안 지난 것 같은데 시계는 벌써 11시 10분이다. 11시 40분에 시험이 끝난다. 30분 남았다. 분명히 화장실을 다녀왔는데도 오줌이 또 마렵다.

영어 1번 문제를 봤다. 빈칸에 알맞은 단어를 넣는 문젠데 보기에는 전부 모르는 단어만 있다. 2번은 숙어 문제다. 비슷한 숙어 4개를 보여줘 놓고 나보고 구분하란다. 네쌍둥이 모셔다놓고 누가 누군지 묻는 거랑 똑같은 꼴이다. 3번도 1번과 같은 어휘문제다. 모르겠다. 난생 처음 본 단어들만 있다. 오줌이 마렵다. 못 푸는 건 넘겨버리고 문법 문제에 손을 댔다. 문법이 틀린 문장을 골라야 한다. 이것도 모르겠다. 여자가 남자친구에게 '오빠, 나 오늘 어디 달라 보이지 않아?'라고 묻는 것 같다. 아무리 찾아봐도 잘못된 점이 없는데 문제는 계속 찾으라고 날 다그친다. 모르겠다. 오줌이나 싸고 싶다. 모르는 건 포기하고 독해부터 풀자. 지문을 읽었다. 못 알아먹겠다. 어디 동네 술 취한 아저씨가 헛소리를 해도 이것보단 명확하게 말할 것 같다. 독해지문을 붙잡고 계속 읽어봐도 의미가 머리에 와 닿지 않는다.

"시험 종료까지 15분 남았습니다."

계속 오줌을 참으니까 다리에 마비가 왔다. 나는 배꼽 아래로 힘을 꽉 주고 남은 문제라도 건지겠다는 신념으로 눈을 부릅떴다. 독해 지문을 단 몇 줄만 읽었을 뿐인데 시험 감독이 차가운 목소리로 말했다.

"10분 남았습니다. 답안지 정리하세요."

시간은 왜 이리도 빨리 흐르는가. 나는 문제도 다 못 푼 채 급하게 OMR

카드에 국어영역부터 차례로 답을 옮겨 적었다. 시험 감독관이 축구선수로 빙의를 했는지 책상 사이로 드리블을 하듯 왔다 갔다 한다. 정신 사납다. 집중이 안 된다. 거기다가 내 머리는 오줌으로 가득차서 시험이고 나발이고 일단 싸질러버리고 싶다는 마음밖에 없다. 손에는 심장이 없건만, 나는 덜덜 떨리는 손을 겨우 움직여 OMR카드에 답을 옮겼다.

"5분 남았습니다. 시험 끝나고 마킹하시면 부정행위로 간주됩니다."

답안지를 봤다. 중간에 체크하지 못한 빈칸이 너무 많다. 마킹한 부분이 다 맞는다고 해도 내 점수는 합격점에서 저 멀리 떨어져있다. 포기하자. 더 이상 의미 없는 싸움이다. 몸에서 힘을 빼니 주변이 눈에 들어온다. 다들 골인지점까지 전력질주를 한다. 나는 도중에 넘어졌다. 다시 일어나 달려도 메달은 이미 물 건너갔다. 나는 주저앉아 다른 선수들을 멀뚱히 지켜본다. 시험을 끝내는 종이 울렸다.

"자, 모두 펜 내려놓으세요. 뒤에서부터 답안지 차례로 넘겨주세요."

마음이 편안하다. 오줌이 마렵긴 하지만 아까처럼 급하지 않다. 입에서 미소가 피어오른다. OMR카드를 제출하고 핸드폰을 돌려받은 뒤 교실을 나갔다. 화장실에서 오줌을 싸고 학교를 빠져나왔다. 해방됐다. 3월의 봄바람이 꽃향기를 싣고 살랑살랑 불어온다. 햇볕이 피부에 닿자 몸에 온기가 퍼진다. 하늘을 향해 얼굴을 드니 살짝 따가운 햇살이 내 얼굴을 간지럽힌다. 숨을 깊게 들이마신다. 내 안에 봄이 있다.

집으로 돌아가는 버스를 탔다. 지금은 12시다. 버스 안은 한가롭다. 귀에 이어폰을 끼고 음악을 튼다. 창밖으로 보이는 모든 광경이 영화 속 장면 같다. 나는 촬영장에 견학 온 어린아이처럼 눈을 동그랗게 뜨고 세상 구석구석을 살폈다.

집에 도착하기 2정거장 전에 버스에서 내렸다. 예전부터 가고 싶어서 눈도장을 찍어둔 돈가스 전문점에 들어갔다. 8,500원짜리 세트 메뉴를 시켰다. 바삭하게 튀긴 돈가스와 따뜻한 우동을 번갈아가며 맛을 음미했다. 순식간에 접시를 비웠다. 배가 부르니 살짝 졸음이 몰려온다. 나는 계산을 마치고 거리로 나왔다. 소화도 시킬 겸 집까지 천천히 걸어갔다. 등과 겨드랑이에 살짝 땀이 찼지만 팔뚝은 시원했다.

"세상이 아름답구나."

등에 매달린 가방이 내 등을 살짝 친다. 온몸이 차가워진다. 나는 걸음을 멈췄다. 가방에는 시험지가 있다. 굳이 채점할 필요가 있을까. 안구에 끼어있던 낭만 필터가 꺼지고 민낯의 잔인한 현실이 다가왔다. 대체 난 무엇을 공부한 걸까. 모의고사를 몇 번이나 풀었는데도 시험은 왜 이렇게 낯설었을까.

근처에 있는 커피숍으로 들어갔다. 아메리카노를 주문하고 가장 구석진 곳에 자리를 잡아 다른 사람들의 눈에 띄지 않게 시험지를 꺼냈다. 천천히 문제를 읽어봤다. 다시 풀어도 모르는 문제가 있긴 했지만 몇몇 문제들은 지금도 충분히 맞힐 수 있었다. 무엇 때문에 난 그렇게 당황했던 것일까. 핸드폰으로 인터넷에 떠도는 가답안을 찾아 채점을 했다. 합격은 물 건너갔다. 아니다. 쓰나미에 쓸려갔다. 핸드폰이 울린다. 환이에게 전화가 왔다. 머리는 받을까 말까 고민을 하고 있는데 손가락이 제멋대로 스크린 위를 움직였다. 환이의 어두운 목소리가 들려왔다.

"난 망했어. 넌 어때?"

친구가 시험을 망쳤다는 소식에 나는 이상하게도 안도감과 기쁨을 느꼈다.

"나도 망했어. 넌 어떻게 된 거야?"

"아니, 앞에 앉은 여자애가 안이 훤히 비치는 옷을 입고 왔어. 집중이 안 되더라고. 블라우스는 왜 또 검은색으로 입어서 신경 쓰이게 만드는 건지. 젠장! 이 년 일부러 이렇게 입고 온 것 같아. 주변 남자애들 시험 망치게 하려고 작정을 했나, 왜 시험장에 꾸미고 와?"

이 녀석은 뭔가 잘못되면 여전히 여자 핑계를 댄다. 나는 비아냥거리며 말했다.

"너 어제 자위 3번 했다며? 근데도 반응이 와?"

"어제 밥 세끼 먹었다고 다음날 배가 안 고프겠냐."

폐에서 공기가 터져 나오며 입 밖으로 웃음이 흘러나왔다. 수화기 너머로 말이 오고갈 때마다 마음속에 담긴 절망감이 비워진다. 마음이 가볍다. 핸드폰이 손에 쥐기 힘들 정도로 뜨거워지자 나는 환이에게 노량진 커피숍에서 만나서 이야기하자고 제안했다. 시간 약속을 잡고 전화를 끊으려는데 환이가 급하게 말을 했다.

"내가 지민이 데리고 올게. 보나마나 얘도 시험 망쳤겠지. 네가 서현이 불러와. 좀 있다 보자."

"잠깐만!"

녀석은 바로 전화를 끊었다. 서현이에게 전화할 생각을 하니 미안해서 가슴이 답답하다. 마음이 무겁다. 나는 자리에 멈춰 서서 연락을 할까 말까 망설였다. 얼마를 우두커니 서 있었는지 잘 모르겠지만 핸드폰의 뜨거움은 아직도 가시질 않았다.

시험도 끝났으니 전화를 하기 보다는 차라리 직접 찾아가는 게 낫겠다 싶어 발길을 노량진으로 향했다. 제집 안방처럼 드나들어서인지 길치인 나조차도 딴 생각을 하면서 헤매지 않고 자취방을 찾아왔다. 자취방은 문이 잠겨있지도 않았다. 하긴 도둑이 들어도 공시생에게서 무엇을 훔쳐 가겠는가. 씁쓸한 마음으로 문을 열었다.

집은 담배냄새와 술 냄새로 가득한 아우슈비츠 수용소를 연상케 했다. 본능적으로 숨을 끊어 쉬어야 할 정도로 메케한 냄새가 코를 찔렀다. 집 안의 탁한 공기가 폐 속으로 들어간다는 생각만으로도 역겨움이 올라왔다. 숨 참기를 몇 번이나 하다가 침대에 널브러져 자고 있는 철중이를 발견했다. 녀석은 술에 취해서가 아니라 술에 절어서 자고 있는 것 같다.

바닥에는 표와 숫자가 한 가득 담긴 서류들이 흩어져 있었다. 진찰료, 입원료, 처치 및 수술료, 검사료, 치료 재료대, 전혈 및 혈액성분제제료 등 뭔가 불안감을 주는 단어들 옆으로 숫자가 큼지막하게 쓰여 있다. 진료비 총액 6,702,372원, 환자부담 총액 1,453,320원.

눈에 인상을 써가며 서류들을 유심히 살펴보는데 철중이가 귀신처럼 스르르 일어났다. 나는 얼른 서류들을 바닥에 내려놓고 아무 말 없이 철중이를 바라봤다.

"술 한 잔 할래?" 녀석은 인상을 찌푸리고 한 손으로 머리를 긁으며 말했다. "마실 거야, 안 마실 거야?"

안 마신다고 하면 밖으로 꺼지라고 할 것 같아 나는 고개를 끄덕였다. 철중이는 종이컵에 소주를 부어 차를 권하는 것처럼 나에게 자연스레 내밀었다. 나는 쉬지 않고 한 번에 마셨다. 알딸딸한 기운이 올라오면서 마음이 풍선처럼 붕 떠오른다. 철중이가 물었다.

"시험은 잘 봤어?"

순식간에 마음이 가라앉는다. 나는 대답 없이 서류들을 다시 유심히 쳐다봤다. 철중이는 빈 잔에 술을 따라주며 말했다.

"우리 엄마 진단서야."

"아…."

순간 시험 전에 서현이와 통화했던 전화내용이 머릿속에 떠오른다. 나는 뭔가 잘못했다는 느낌이 들어 입을 다물고 고개를 숙였다.

"뭘 그리 고개를 숙이고 있어? 뭐 잘못한 거 있어?"

"서현이가 그저께 전화를 줬어."

"뭐라고 하든?"

내가 대답을 못하고 술만 홀짝이자 철중이는 웃으며 말했다.

"녀석이 시험 전에 네게 민폐를 끼쳤네."

철중이는 건배를 제안하며 말을 이었다.

"하지만 그것 때문에 네가 시험을 못 봤다고 핑계를 댈 순 없겠지. 하하하!"

나는 실소를 지으며 이번에도 술을 한 방에 마셨다. 소주가 달다. 나는 취기에 용기를 내어 물었다.

"어머니 때문에 시험을 안 본 거야?"

"아니, 그 반대야. 어머니를 위해서 공시에 도전한 거야."

나는 갸우뚱 거리며 철중이를 바라봤다. 내가 호기심으로 가득한 어린 애처럼 궁금한 눈빛을 보내자 철중이는 답을 알려주는 친절한 선생님처럼 이야기를 풀었다.

"내 어머니, 아버지 둘 다 알코올 중독자였어. 만나지 말아야 할 남녀가 만났고, 그 사이에 내가 태어난 것이지. 알코올 중독자의 평균 수명이 얼마나 되는지 알아? 50대 중반이면 거의 죽는다고 보면 돼. 아버지는 평균을 벗어나지 못하고 암으로 일찍 돌아가셨어. 어머니는 홀로 남게 되었지. 능력 없는 여자가 어떻게 혼자서 세상을 살아가겠어? 이 남자 저 남자 집에 몸을 맡기면서 술로 세상을 버텨온 거지. 그러다가 간 경화로 인해서 배에 복수가 찼어. 여자 몸에 복수가 찬다는 게 무슨 의미인지 알아? 죽음이 다가왔다는 거야. 남자들도 술을 많이 마시면 배가 임신한 것처럼 복수가 차. 하지만 여자는 복수가 차는 경우가 상당히 드물거든. 길게 살아야 3개월도 못 가."

철중이는 알코올 중독자에 관해 많이 알고 있는 것 같았다. 녀석은 왜 알코올 중독자가 술을 마실 수밖에 없는지 담담히 설명을 했다.

"어쩔 수 없는 인생을 살아본 적 있냐?"

"노량진에 있는 학생들이 다 그런 인생을 살고 있는 게 아닐까? 우리 모두 어쩔 수 없이 여기서 공부하고 있는 거잖아."

철중이는 내 대답이 마음에 들었는지 고개를 끄덕이며 말했다.

"그래, 바로 그거야. 알코올 중독자도 마찬가지야. 단순히 술에 빠져서 인생을 낭비하는 게 아니야. 청년들이 일자리가 없어서 어쩔 수 없이 노량진으로 몰려오는 것처럼, 알코올 중독자들도 삶에서 고를 수 있는 선택지가 술밖에 없는 거야. 공시는 사선지 시험이지. 4개 중에 분명히 답이 있어. 하지만 인생은 그렇지 않지. 선택지가 틀린 답으로 가득할 때가 있어. 술. 무기력증. 자살 시도. 범죄. 너라면 무엇을 택하겠냐? 타인에게 피해를 끼치고 싶지도 않아. 스스로를 절망으로 몰아가고 싶지도 않아. 그래, 그때 필요한 게 술밖에 더 있겠어? 술은 어쩔 수 없는 인생에서 가질 수 있는 최선의 선택지야!"

철중이는 술잔을 들며 씨익 웃었다. 우리는 건배를 했다. 서로 격식 없이 한 손으로 편하게 술을 따라주었다. 취기가 올라 머리 안에 있는 생각들이 될 대로 되라는 식으로 돌아가고 있는 가운데 내 마음속에 있는 궁금증이 철중이에게 질문을 던졌다.

"어머니가 많이 아프신 건 알겠어. 그런데 공시에 도전한 이유는 뭐야?"

"뭐, 별로 특별한 이유 따윈 없었어. 단지, 평소에 연락도 없이 지낸 어머니가 복수로 가득찬 배를 끌고 와서 내게 공시를 봐달라고 부탁한 거야. 평생을 칠칠맞게 산 여자가 어디서 돈이 났는지 5백만 원을 내게 건네더군. 그 돈으로 지금 이 집의 보증금을 댄 거야."

내 가슴 속에 피어오른 또 다른 궁금증이 철중이에게 질문을 날렸다.

"그럼 왜 갑자기 공시를 그만둔다고 한 거야?"

철중이는 눈을 아래로 내려 깔며 대답했다.

"나도 잠시 서현이처럼 행동했어. 내 의지로 움직이지 않고 타인의 눈치로 움직였어."

녀석은 술을 한 모금 마신 뒤 입맛을 다시며 말했다.

"시험 일주일 전에 병원에서 연락이 왔어. 어머니가 중환자실에 입원해 있대. 사망가능성이 높다고 하더군. 어머니가 하늘로 가버리면 내가 공시를 볼 이유도 없지."

철중이는 잔을 내밀며 물었다.

"태수야, 다시 한 번 물을게. 네가 공시를 보려는 이유가 뭐냐?"

나는 묵묵히 철중이의 잔에 술을 따랐다. 대답은 하지 않았다. 할 말이 떠오르지 않았다. 한편으로는 그냥 이유 없이 공부만 하면 되지 뭘 그리 생각을 하는지 의문이 갔다.

철중이와 술잔을 몇 번 더 기울인 후 자취방을 빠져나왔다. 철중이는 몇몇 서류를 병원에 있는 서현이에게 전달해 달라며 내게 서류 봉투를 하나 건네줬다. 누런색 대봉투 안을 살펴보니 친숙하지 않은 서류들이 가득하다. 일반진단서, 진료비 계산서, 대한적십자 희망풍차 긴급지원 신청서, 긴급지원 실태조사서, 초상권 및 사연 사용 동의서, 부동산 임대차 계약서, 건강·장기요양 보험료 납부 확인서, 주민등록 등본 등 평소에 접할 수 없는 단어들이 보인다.

철중이가 알려준 병원의 입구에 들어서자 소독약 냄새가 풍겨온다. 나는 이 냄새가 무섭다. 원무과 데스크 앞에 늘씬한 청년이 한 명 서있다. 멀리서 등짝만 봐도 서현이라는 걸 바로 알 수 있었다.

"철중이가 이거 전달해 달래."

갑작스럽게 등 뒤로 넘어오는 내 목소리에 놀란 서현이가 눈을 보름달처럼 동그랗게 떴다.

"네가 왜 이걸 가지고 있어?"

"방금 철중이를 만나고 왔어."

"시험은 어쨌어?"

시험이란 단어에 아까 마신 술이 확 깬다. 등 뒤로 식은땀이 난다. 나는 땅을 바라보며 소리가 새어나오지 못하는 입술을 우물쭈물 움직였다.

"첫 시험이었을 텐데 고생 많이 했어."

서현이는 부드러운 웃음을 보이며 내 어깨를 토닥여줬다. 나는 죄를 지은 사람처럼 고개를 푹 숙이고는 아무런 말을 잇지 못했다. 여러모로 서현이에게 너무 미안하다. 서현이는 원무과 직원에게 내가 가져온 서류를 넘겼다.

"다 되었어요."

원무과 직원은 우릴 보지도 않으며 기계처럼 말했다.

"적십자사 후원이랑 병원 내 후원금을 합해서 지원이 들어갈 거예요. 어머니가 퇴원하시는 날까지 병원비를 계산했으니까 참고하세요."

서현이가 활짝 웃으면서 땅에 이마를 박을 듯이 인사를 했다.

"감사합니다. 정말 감사합니다."

원무과 직원이 살짝 웃는다. 나는 계속 고개를 숙이고 있는 서현이의 옷깃을 강제로 끌어당기며 말했다.

"그만하면 됐어. 가자."

나는 서현이를 데리고 환이와 약속했던 커피숍에 들어갔다. 저 멀리서 환이가 손을 들며 외친다.

"여기야! 빨리 와!"

환이 옆에는 시들어버린 꽃처럼 지민이가 늘어져있었다. 녀석도 시험을 망쳤나보다. 나와 서현이가 자리에 앉자 환이는 미리 주문해놨던 음료를 우리 앞으로 밀었다. 나는 환이의 이런 섬세함이 너무 좋다. 나는 아메리카노, 서현이는 녹차라떼. 함께 커피숍에 들락거리면서 녀석은 친구들이 어떤 음료를 자주 마시는지 다 파악한 것이다. 환이가 말했다.

"나랑 태수는 시험 망했고. 지민이는 상태보면 알겠지?"

지민이는 술에 취한 여성이 몸을 가누지 못해 골목길 구석에 쓰러진 것처럼 자리에 누워있다. 환이는 지민이의 어깨를 강제로 일으켜 세우며 말했다.

"인마, 형들이 왔는데 아는 척이라도 해야지." 환이는 지민이를 좌우로 장난감처럼 흔들며 말했다. "서현아, 우린 망했어. 너는 어떻게 됐어?"

서현이는 아무런 일도 아닌 듯 침착하게 말했다.

"나 시험 안 봤어."

"뭐?"

"철중이네 어머니가 많이 아프셔. 철중이 대신에 내가 처리할 일이 조금 있어서 시험을 놓쳤어."

친구의 어머니가 아프시다는 데도 나는 궁금함을 참지 못하고 예의에 어긋난 질문을 던졌다.

"두 달 뒤에 서울시랑 지방직 시험이 있는 건 알지? 그건 어떻게 할 거야?"

"병간호를 하루 종일 하는 건 아니니까. 시간 날 때마다 공부를 하려고. 나는 그렇게 계획을 짜놨는데 철중이는…."

환이는 비릿한 미소를 지으며 말했다.

"전부터 궁금한 건데, 너랑 철중이는 무슨 관계야? 대체 둘이 무슨 사이이기에 그렇게 옆에서 챙기는 거야? 혹시…."

서현이가 날카롭게 딱 잘라 말했다.

"나는 부모님이 없어. 두 분 다 돌아가셨어. 철중이는 아버지가 일찍 돌아가셨고 어머니는 몸이 많이 편찮으셔. 지금 철중이의 마음을 가장 잘 아는 사람은 나뿐이야. 내가 돕지 않으면 안 돼."

환이는 뭔가 아쉬운 듯 입맛을 다셨다. 나는 발로 살짝 환이의 정강이를 찼다. 잠자코 있던 지민이가 조용히 입을 열었다.

"답지랑 해설 강의가 인터넷에 올라왔어요."

나도 모르게 한숨을 쉬었다. 우리는 아무 말 없이 각자 스마트폰으로 학원 인터넷 사이트에 접속했다. 현재 시각은 오후 5시다. 시험이 끝난 지 하루도 안 지났는데 학원 사이트는 벌써 각 과목별 해설 강의와 답지를 업로드 했다. 나는 이번 시험에서 그나마 잘 본 한국사부터 강의를 들었다. 해설 강의를 하던 강사가 푸념을 늘어놓았다.

"몇몇 문제는 공부를 아무리 열심히 해도 도저히 맞힐 수가 없게끔 출제가 되었어요. 솔직히 말씀드리면 마지막 문제는 저조차도 풀 수가 없었어요. 강의를 10년 넘게 해온 학원 강사도 모르는 문제를 여러분들이 시험장에서 맞닥뜨렸을 때 얼마나 당황했겠어요? 저는 공시에서 괴상한 문제가 나올 때마다 마음이 아파요. 출제자들은 만점을 방지한다는 핑계로 난이도 조절이 전혀 안 된 문제를 내지만, 수험생들은 합격하기 위해 간절한 심정으로 그걸 풀어요. 요즘 공시는 거의 한 문제 차이로 합격과 불합격이 갈려요. 이런 식으로 찍어서 맞힐 수밖에 없는 문제가 나온다면 열심히 공부한 수험생이 합격하는 것이 아니라 운이 좋은 행운아가 당첨이 되는 거예요."

다른 강사들도 비슷한 뉘앙스의 말을 했다. 천 페이지짜리 기본서를 달달 외워도 풀 수 없는 문제가 몇몇 출제되었으니 너무 괘념치 말란다.

강의를 듣는 도중에 조용히 녹차라떼를 마시던 서현이와 눈이 마주치자 나는 얼른 고개를 돌려 시선을 회피했다. 서현이는 창밖을 보며 말했다.

"괜찮아. 두 달 뒤에 또 시험이 있잖아. 그거 잘 보면 돼. 아직 시간은 충분해."

창밖이 어둑하다. 시계를 보니 7시가 다 되어간다. 우리는 고시 식당으로 자리를 옮겨 식사를 했다. 밥은 맛있다. 내가 좋아하는 제육볶음이 반찬으로 나왔다. 빌어먹을. 잘한 거 하나 없는 내가 목구멍으로 밥은 잘도 넘기는구나. 삶이 모순되어서 슬프다. 나쁜 놈은 벌을 받고 착한 놈은 상을 받아야 한다. 그런데 시험을 망친 나쁜 놈이 맛있는 밥을 이렇게 잘 먹고 있으니 이보다 더한 모순이 어디 있으랴! 어디 가서 차에 치어 죽고 싶다. 멍청한 내 대가리에 대못이라도 박고 싶다. 씩씩거리며 식판이 뚫릴 정도로 거칠게 숟가락질을 하며 식사를 했다.

밥을 다 먹은 뒤 우리는 어디로 갈까 고민을 했다. 커피숍은 아까 갔으니 또 가기가 좀 그렇고, 철중이의 자취방에서 술을 마시자니 껄끄러워 이러지도 저러지도 못한 채 노량진 거리를 방황했다. 골목길에 있는 가게라도 들어가려는데 전부 만원이어서 자리가 없었다. 간간히 가게 밖으로 오늘 본 시험 이야기가 새어나오기도 했다. 환이가 인상을 쓰며 말했다.

"저 인간들은 시험뿐만 아니라 인생이 망해도 놀고먹을 병신들이다."

우리는 별 수확 없이 각자 집으로 뿔뿔이 흩어졌다. 앞으로 두 달 남은 시험을 위해 내일부터 굳은 마음을 먹고 열심히 공부하자는 결의를 다졌다. 집으로 가는 전철 안에서 환이가 나에게 물었다.

"시험기간에 청춘의 칼 썼어?"

"아니."

환이는 미소를 지으며 말했다.

"다행이네. 이제 네가 방황은 하지 않나보다."

"환아, 방황이란 게 뭘까?"

녀석은 준비해놓은 대사를 말하듯 이야기 했다.

"옷에 적응하지 못하는 게 방황이야. 사람은 나이를 먹을수록 성장하잖아? 어릴 적에는 작은 옷을 입고, 몸이 점차 성장해 가면서 더 큰 옷으로 갈아입잖아. 정신적인 옷도 그거랑 마찬가지야. 어릴 적에 생각할 것이 있고 어른이 되어서 생각할 것이 있지. 어린애가 너무 빨리 정신적으로 성숙해서 생각의 옷을 어른처럼 입는다면 어울리지 않겠지. 반대로 어른인데도 아직까지 정신 못 차리고 생각의 옷을 어린애처럼 입고 다닌다면 웃음거리가 되겠지. 바로 너처럼."

다른 사람이면 몰라도 환이가 충고를 하거나 지적질을 하면 가슴속에 울분이 솟아올라 사춘기 때처럼 반항심이 생긴다. 나는 재빨리 머릿속으로 생각을 다듬은 뒤 입을 열었다.

"그렇지 않아. 나는 지금 이 시대에 맞는 옷을 찾으려고 했을 뿐이야. 나는 어린애처럼 작은 생각의 옷을 입고 다니지 않았어. 우리가 지금 신라시대에 입었던 옷을 그대로 입고 다닐 수 있을까? 그럴 순 없잖아. 시대에 맞는 옷을 입어야 해. 그렇기 때문에 나는 이 시대의 흐름에 어울리는 새로운 생각의 옷을 찾기 위해 노력했을 뿐이야."

환이는 약간 짜증난다는 식으로 말했다.

"그래서 찾았어? 찾았냐고. 아니, 못 찾았지. 그렇다면 네게 이 시대에 맞는 생각의 옷을 디자인할 능력은 있냐? 아니, 새로운 생각의 옷을 찾지도 못하고 디자인할 능력도 없지."

나는 화가 나 소리쳤다.

"야! 너 혼자 묻고, 혼자서 아니라고 대답할 거면 나한테 왜 말을 거냐?"

"답답해서 그랬다 이 멍청아!"

나는 화를 참지 못해 자리를 박차고 일어나 다음 칸으로 걸어갔다. 오늘만큼은 환이랑 같이 있기가 싫다. 시험은 망치고. 친구랑은 싸우고. 아까 먹은 제육볶음이 싸구려였는지 속도 더부룩하다.

내 옆에 서 있는 아저씨는 좀 씻고 다니지 역겨운 냄새가 여기까지 풍기네. 할머니는 하필 왜 일반석에 앉아있는 거야. 저기 노약자석이 텅텅 비어있는데! 3월인데도 날씨가 벌써 덥네. 지하철 기사 양반은 환풍기도 켜지 않고 대체 뭐하는 거야? 어찌된 것이 오늘은 제대로 된 인간들이 아무도 없네.

가슴이 용암처럼 부글부글 끓어올라 어디다 토할 데가 없어 이를 꽉 물었다. 바지 주머니에 넣어둔 핸드폰이 손에 스치자 이거라도 바닥에 던지며 소리칠까 하다가 단말기 할부금이 아직 남았다는 생각에 숨을 길게 내쉬며 화를 참았다.

다음날 학원 자습실에서 공부를 하고 있는데 환이가 내 책상 위에 바나나 우유 하나를 놓고 가며 말했다.

"원 플러스 원 행사여서 하나 두고 간다. 마셔라."

입가에 미소가 번진다. 환이가 바나나 우유를 마시고 싶어서 샀겠는가. 아니면 아까 말한 대로 하나 더 주는 사은품이어서 날 주는 것이겠는가. 둘 다 아니다. 먼저 사과하고 싶은데 구실이 없으니 이리저리 생각하다가 내가 매일 아침에 우유를 마시는 걸 알고 이걸 사온 거겠지. 우리는 아무리 크게 싸워도 작은 이벤트를 계기로 쉽게 화해를 한다. 나와 환이의 관계는 항상 이런 식으로 이어졌고 앞으로도 계속될 거라고 믿고 싶다.

7

골품의 탑에 오르기 위한 전쟁으로 지친 죄수들이 바닥에 누워 고통스러워하고 있다. 이를 지켜보던 외향죄가 말하길

외향죄: 이게 다 무슨 의미가 있을까요? 저희 가문은 대대로 병들고 노쇠해진 죄수들을 보살펴왔어요. 골품의 탑에 오르든, 오르지 못하든 죄수는 언젠가 다 죽음을 맞이합니다. 수많은 죽음을 봐 온 저는 삶의 유한함을 일찍 깨달았답니다.

다름죄: 외향죄여, 당신은 왜 방황하는가?

외향죄: 탑에 오르는 방식이 마음에 들지 않아요.

다름죄: 다른 생각을 품지 말게. 방황할 때마다 칼에 찢겨 흉해진 내 가슴을 보게. 다르게 행동한 결과가 이것일세. 당신도 가슴에 흉터를 남기고 싶은가?

외향죄: 알겠어요. 헌데 당신은 탑에 오르는 이유가 뭔가요? 올라서서 뭘 하려는 셈이죠?

다름죄: 쓸데없는 질문 말게나. 골품의 탑 앞에서 의문을 품어선 안 되네. 그냥 오르는 것만 생각해야 하네.

외향죄: 알겠어요.

외향죄가 차갑게 돌아서서 퇴장한다.

노력죄: 다름죄여, 이제야 정신을 차리고 골품의 탑에 오르려는 마음을 먹었구나.

다름죄: 같은 편이라고 생각지 말게나. 당신과 나는 엄연히 다른 사람일세.

노력죄: 흥, 함께 탑에 올라 명예를 나누려 했건만 아쉽게 되었군.

다름죄: 네놈이 명예를 아느냐? 자부심과 수치심도 모르는 놈이 잘도 지껄이는구나!

노력죄: 그럼 네 녀석은 한 번이라도 성공한 적이 있느냐? 이룬 것이 없어서 감옥으로 굴러들어온 죄수 주제에 입만 살아서 움직이는구나!

감옥 한구석에 있던 망상죄가 등장하여 외치길

망상죄: 자자, 둘 다 싸움을 멈추고 술을 마셔 보세나. 술을 마시고 취하면 어제의 적이 오늘의 친구가 될 수 있다네.

눈칫죄가 술상을 펼치자 죄수들이 모두 앉아 술을 나눠 마셨다.

망상죄: 우리는 끼인 죄수라네. 골품의 탑에 올라 속죄하기엔 기회가 적어서 힘들고, 감옥 밖으로 나가 도전하자니 두려워서 이러지도 저러지도 못한 채 발이 묶인 상태지. 죄수들은 속죄와 도전 사이에 있는 고민에 꽉 끼어서 세월을 낭비하고 있다네.

노력죄: 당신은 입만 살아 움직이는구려. 그래서 앞으로 어쩔 셈인가?

망상죄: 끼어서 고민만 하다가는 좋은 시절이 다 끝날 걸세. 난 감옥 밖으로 나가겠네.

노력죄가 망상죄를 크게 비웃었다. 감옥 안에서 불온한 대화가 오가자 무당들이 눈치를 채고 소리를 지르며 달려 나왔다. 무당들이 청춘의 칼로 죄수들을 위협하며 말하길

무당들: 망상죄, 네 이 녀석! 네 죄를 네가 알렸다! 너 같은 죄수는 감옥에 있을 자격이 없다. 주제를 알고 소박한 꿈을 꿔야 하거늘, 네 녀석은 시종일관 헛된 꿈을 품으며 다른 죄수들을 선동하는구나! 썩 꺼져라!

망상죄: 하하하! 무당들이여, 당신들이 칼로 내 가슴을 몇 번이나 갈라봐서 알잖소? 내겐 청춘의 칼이 통하지 않소. 당신들이 나서지 않아도 나는 스스로 이 감옥에서 나가겠소. 나는 죄인이 아니오. 다름죄여, 나와 함께 하시겠소?

다름죄가 시원한 대답을 못하자 망상죄가 못내 아쉬워서 말하길

망상죄: 내일까지 시간을 주겠소. 내 제안을 마음속에 품어 키워보시오.

술자리를 파한 뒤 다름죄는 골품의 탑 주위를 걸으며 고민했다. 다름죄가 빨간 피로 물든 자신의 죄수복을 어루만지며 말하길

다름죄: 남들과 다른 선택을 했더니 흰 죄수복이 붉게 물들었구나. 가슴에 난 상처가 쓰라려 고통스럽기 그지없구나. 용한 어의가 와서 영험한 약초를 사용해도 상처는 아물지 않을 것 같다. 세월이 약이라지만 갈라진 내 가슴은 긴 시간으로도 메울 수가 없는 틈이 생겼다. 이젠 청춘의 칼만 보아도 두렵다. 내 사전엔 희망과 야심이란 단어가 오래전에 사라졌다.

다름죄가 망상죄를 다시 찾아 만나 말하길

다름죄: 당신이나 밖으로 가시오. 난 감옥 안에 남겠소.

망상죄는 아쉬워하며 다름죄와 술을 나눠 마셨다.

망상죄: 태양이 가장 밝게 뜨는 날, 난 감옥 밖으로 나갈 것이오.
눈칫죄: 달이 가장 밝게 뜨는 날, 나도 감옥 밖으로 나갈 것이오.
망상죄: 다름죄여, 골품의 탑에 오르다 지치면 감옥 구석으로 찾아오시오. 내 언제든지 술과 음식을 대접하리라.

상황을 엿보며 꾸물거리던 외향죄가 나타나 망상죄와 눈칫죄를 붙잡고 말하길

외향죄: 해와 달이 하늘에 가장 높게 뜰 때까지 제가 당신들을 돌볼 수 있도록 해주세요. 저희 가문은 대대로 상처 입은 죄수들을 도와주며 덕을 쌓아왔답니다. 저의 선행을 거부하지 말고 받아 주시어요.

망상죄와 눈칫죄가 외향죄의 손을 잡으며 고마움을 표했다. 감옥 구석으로 사라지는 죄수들을 보며 노력죄가 말하길

노력죄: 흥, 경쟁자들이 알아서 떠나가는군! 죄수들이 떠나갈수록 내가 탑에 오를
확률이 높아지니, 기뻐할 일일세.

나는 집이 서울에 있기 때문에 서울시와 지방직 시험 중에서 전자를 택했다. 서울시 시험이 한 달 정도 남은 지금, 맨 처음에 열심히 하자고 결의까지 맺었던 마음은 온데간데없고 창밖으로 들어오는 봄 냄새에 엉덩이가 들썩인다. 공부에 집중도 안 되고 누군가 잡아줄 만한 사람도 이제 없다. 서현이가 학원에 또 나오질 않는다.

걱정이 되어서 전화통화를 했는데, 녀석은 자신보다 철중이 걱정을 더 많이 했다. 최근에 철중이 어머니의 병이 호전되어 많이 괜찮아지셨다고 한다. '그럼 다행이니, 너는 이제 학원에 나와도 되지 않냐.'고 물었지만, 서현이는 어머니의 몸이 괜찮아지시니 철중이와 언성을 높이며 싸우는 경우가 많아져 중간에 둘 사이를 말리느라고 바쁘단다. 이렇다보니 서현이가 학원에 자주 오질 못하고 있는 실정이다. 그나마 서현이를 보면서 흔들리는 마음을 붙잡고 나도 열심히 하겠다는 생각을 다졌는데, 근래 들어 얼굴을 통 볼 수 없으니…. 나는 마치 담임 선생님 없는 교실 속의 장난꾸러기 학생이 된 듯 머릿속으로 자꾸 딴 생각을 하거나 핸드폰으로 웹서핑을 자주하게 되었다.

환이도 몸이 많이 늘어졌다. 녀석은 수면관리를 제대로 못해서인지 내가 슬쩍 볼 때마다 책상에 엎으려 잠을 자고 있다. 한 번은 내가 뭐라고 걱정을 하니 녀석은 도리어 화를 내며 '왜 내가 잠깐 잘 때만 보는 건데!'라고 말한다. 지민이는 뭔가 고민이 있는 것 같다. 책을 펴놓고 멍하니 앞만 바라본다. 한 번은 지민이를 자습실 밖 복도 쪽으로 불러내어 정수기 물을 마시며 대화를 나눴다.

"지민아, 뭔 고민 있니? 아니면 저번 시험의 충격이 덜 가신 거야?"

"아니에요…."

그동안 같이 지내면서 많이 친해졌다고 생각하지만 여전히 말수가 별로 없다. 옆에 있으면 잘 모르고, 없으면 티가 나는 귀여운 녀석이다. 나는 힘내라는 차원에서 지민이의 어깨를 주물러줬다. 저번에도 오늘과 비슷하게 이상한 생각이 잠깐 들었는데, 지민이는 혹시 여자가 아닌가 싶다. 단지 곱상하게 생긴 외모만 가지고 판단하는 것이 아니라 몸 전체가 풍기는 느낌이 여자 같을 때가 있다. 특히나 가까이서 어깨를 주무르는 지금은 더욱 그렇다. 나는 입술을 씹으며 고개를 한 바퀴 돌렸다.

'내가 이 나이 먹도록 여자를 못 사귀니 드디어 미쳤구나.'

"이게 다 무슨 의미가 있나 싶어요."

"응?"

나는 어깨 안마를 멈추고 지민에게 다시 물었다.

"뭐라고?"

"이런 쓸데없는 공부가 올바른 평가 방식일까요? 인터넷으로 조금만 조사하면 답이 다 나오는 시험 문제를 풀려고 책을 몇 권씩 외워야 하는데, 이건 너무 시간낭비 같아요."

"조금만 더 힘내자."

나는 안마를 다시 시작하며 말했다.

"지금은 허무할지도 모르지만 나중에 합격하면 값진 시간으로 남게 될 거야."

"형, 제가 쉬는 시간 동안 좋은 프로그램을 하나 생각해봤어요. 문제를 인식하면 자동으로 인터넷에서 답을 검색하는 프로그램이에요. 이걸 이용하면…"

내 가슴속에 침묵하고 있던 청춘의 칼이 떨린다. 나는 놀란 나머지 왼손으로 품을 움켜잡았다. 지민이를 내 쪽으로 거칠게 돌려 세우며 말했다.

"쓸데없는 짓 하고 있을 시간이 없어. 프로그램 따위는 시험이 끝난 뒤에 만들면 돼. 알겠어?"

지민이는 아무 말 없이 고개를 숙인다. 나는 빌린 돈을 갚으라고 협박하는 사체업자처럼 말했다.

"알겠어 모르겠어? 왜 대답을 안 해. 여기서 시간 낭비하면 너 나처럼 되는 거야. 쓸데없는 일에 인생 투자하면 순식간에 젊음을 잃게 돼."

"그러면 형은 이제까지 살아왔던 인생이 전부 무의미하다고 생각하나요?"

나는 질문에 대답하지 못하고 가슴 품에 떨고 있는 청춘의 칼을 꽉 잡은 채 가만히 서 있었다. 한숨을 길게 내쉬니 요동을 치던 청춘의 칼이 이제 잠잠하다. 나는 천천히 말했다.

"그래, 난 쓸모없는 인생을 살아왔어. 내 모습을 봐. 네 눈에 내가 어떻게 비치니? 나이는 30살이 다 되어 가는데 집은커녕 차도 없어. 심지어 운전면허도 없어. 시험을 망치면 틀린 개수 세는 것보다 맞은 개수 세는 게 더 빠를 때가 있잖아? 망해버린 내 인생도 마찬가지야. 없는 것을 세는 것보다 그나마 가지고 있는 걸 세는 게 더 빨라. 너도 나처럼 살고 싶어? 솔직히 그건 아니잖아."

지민이는 고개를 돌리며 말했다.

"네, 알겠어요."

나는 다시 지민이의 어깨를 주물러주며 말했다.

"시험기간이 다가오니까 자꾸 딴 생각이 드는 것뿐이야. 시험기간만 되면 공부 빼고 세상 모든 것이 다 흥미롭게 다가오잖아? 나도 요즘에 몸과 마음이 늘어져 있었는데 다시 정신 차리고 해야겠다. 서로 힘내자."

"근데 형. 가끔 드는 생각인데, 공무원 돼서 뭐하게요? 왜 하려는 거예요?"

"그건 같이 모여서 공부할 때 여러 번 말했잖아. 우리는 공무원 말고 할 수 있는 게 없어. 마을에 올라갈 수 있는 산이 하나밖에 없는 거랑 같아. 아직도 이런 걸로 고민하면서 시간을 보내는 거야?"

"아뇨…. 그냥 궁금해서 물어본 거예요. 신경 쓰지 마세요."

휙 돌아서서 가버리는 지민이의 어깨가 너무나도 차가워 보인다. 내가 아무리 주물러줘도 따뜻해지지 않을 것 같다. 차갑게 등을 보이고 걸어가는 저 모습은 내가 말이 통하지 않는 상대방에게 자주 썼던 방법이다. 도저히 말을 해도 알아듣질 못하니 대화 자체가 짜증나 고개를 돌리고 자리를 뜬다. 특히 내가 어머니께 자주 보였던 모습이기도 하다. 어머니와의 대화는 항상 같은 패턴이었다.

'너는 말하지 마. 나만 말할 거야. 너는 이렇게 해야 돼. 저렇게 해야 돼. 이거 해. 저거 해. 만약에 안 하면 나 미치는 꼴을 보게 될 거야.'

나 자신의 의견은 필사적으로 묵살하고 어머니의 말은 헌법처럼 지켜야만 했다. 처음에는 싸워서라도 내 의견을 제시해 보려고 했지만, 어머니의 히스테리를 몇 번 보고난 뒤에는 대화 자체를 거부하고 지민이처럼 등을 돌려 차갑게 돌아섰다. 가슴 품에 있는 청춘의 칼이 조용하다. 이 녀석이 날뛰지 않는 한 나는 옳게 행동하고 있는 것이다. 나는 기지개를 펴며 자습실로 돌아갔다. 혹시나 하는 마음에 환이를 봤는데 역시나 자고 있다. 녀석을 흔들어 깨운 뒤 자리에 앉았다.

주위를 둘러봤다. 노량진의 청춘들은 전쟁을 대비하는 병사처럼 굳은 표정으로 공부를 하고 있다. 시험이 코앞이라 그런지 평소처럼 딴짓을 하는 학생들은 별로 눈에 띄지 않는다. 나도 속으로 기합을 넣고 전쟁을 위한 대비를 시작해본다.

시험 직전까지 모의고사를 총 3번 보았다. 첫 번째는 학원 자체 모의고사로 서울시 문제 스타일에 맞게 강사들이 직접 출제한 시험이었다. 결과는 참담했다. 시간이 모자라지는 않았지만 풀자마자 '난 망했구나.'라는 생각이 들게끔 하는 시험이었다. 두 번째, 세 번째 시험은 타 학원 모의고사 시험이었다. 문제 스타일이 다르고 장소도 익숙하지 않아 실력 발휘가 제대로 안 되었다고 변명하고 싶지만, 사실은 내 실력이 모자라 시험을 망쳤다. 공부는 분명히 하고 있는데 점수가 잘 안 오른다. 점수가 아예 안 나오면 속 시원히 책을 불사르고 학원 밖으로 뛰어내려 자살이라도 하겠지만, 결과가 완전히 망한 수준까지는 아니어서 쉽사리 목숨을 끊지는 못하고 있다.

도대체 몇 번의 좌절을 이겨내야 희망이 오는 것일까. 시험이 이제 일주일 앞으로 다가온 시점에, 나는 책상 앞에 멍하니 3시간 넘게 앉아있다. 책은 한 페이지도 못 본 채 머릿속으로 걱정만 하고 있다. 책을 볼 용기가 나질 않는다. 생각은 항상 극단적으로 흐른다. 천국과 지옥을 급행열차로 오가는 느낌이다. 시험 하나 때문에 하루에도 자살을 3번 이상 생각한다. 자꾸 머릿속으로 시험에 실패했을 때 어떤 일이 벌어질지 상상을 한다. 어머니가 가장 먼저 떠오른다. 어머니는 욕을 하고 소리치며 물건을 집어던진다. 생각의 여드름은 곪을 대로 곪아 터지기 일보직전까지 간다. 어렸을 적에 날 괴롭히던 나쁜 놈들, 학교 선생님한테 받았던 모욕, 군대에서의 더러운 추억, 부모님한테 받았던 마음의 상처 등 평소에는 생각도 하지 않을 기억들이 이제는 연합군 세력을 형성하여 폭풍처럼 내 머리를 휘젓는다.

도저히 버틸 수가 없어서 나는 허리를 뒤로 젖히며 숨을 길게 내뿜었다. 이렇게 하면 잠시나마 마음이 안정된다. 갑자기 천장에 도장이 찍히듯이 불쑥 환이의 얼굴이 나타났다.

"태수야, 잠깐 쉬러 나갔다 오자."

"그래."

지민이도 데려갈까 했지만 뭔가 바빠 보이기에 나와 환이만 학원 옥상으로 빠져나왔다. 지나가는 길에 눈에 익은 공시생 몇 명이 스쳐지나간다. 우리는 눈을 마주쳤지만 인사는 하지 않았다. 괜히 지나치다가 인사라도 한 번 하게 되면 다음부터 계속 아는 척을 해야 하는데, 이 작은 배려와 인간관계마저도 공시생에게는 큰 부담으로 다가온다.

공시 공부를 하면 마음이 굉장히 민감해진다. 평소 같으면 그냥 넘어갈 아주 작은 자극들에도 공시생들은 극단적으로 반응하는 경우가 많다. 공시생들은 몸으로 이 사실을 알기 때문에 서로에게 크게 관여를 하지 않으려고 한다. 수험생의 정신 상태는 무너지기 직전의 젠가 게임과 같다. 단 하나의 자극이 탑 전체를 무너뜨린다. 서로에게 상처를 덜 주기 위해 우리는 무관심 속에 지나쳐 간다. 이게 바로 공시생들 간의 배려다. 만약 내 설명이 이해가 가지 않는다면 물 컵이 여러 개 담긴 쟁반을 한 손으로 들고 사람이 많은 복도를 걷는다고 생각하라. 물 컵을 엎지르지 않기 위해서는 최대한 사람을 피하면서 걸어야 하는데, 그 느낌이 바로 공시생의 감정이다.

옥상에 도착하자마자 환이가 바지 주머니에서 담배를 꺼냈다. 나는 환이의 눈을 빤히 쳐다보며 말했다.

"언제부터 다시 피우기 시작한 거야?"

"저번 시험 끝나고 나서."

"그만 피워. 피부 안 좋아져."

"됐어. 나 같은 새끼를 누가 좋아하겠냐. 어차피 주변에 여자도 없는데 담배라도 즐겨야지."

평소에도 이 새끼가 스스로를 비하하는 언행을 일삼았던 건 사실인데, 오늘따라 이게 왜 이렇게 듣지 싫은지 모르겠다. 나는 녀석의 담배를 빼앗아 재떨이 통에 버렸다.

"에이 시발. 담배 하나 마음대로 못 피우네."

환이는 짜증이 듬뿍 섞인 목소리로 소리쳤다.

"담배 하나 피우는 것 가지고 뭐라 하지 좀 마라. 내가 피우겠다는데 뭐가 잘못 됐어? 내가 미성년자야?"

"그럼 곱게 피우든가. 옆에서 꼭 좆같은 소리를 해야지 속이 시원하냐?"

"좆같은 소리는 네가 먼저 했잖아. 옆에서 피부가 어쩌네 저쩌네 하면 기분 좋겠어?"

"아, 마음대로 해. 병신아. 걱정해줬더니 별 지랄을 다하네."

환이는 주머니에서 다시 담배 한가치를 빼서 불을 붙인다. 환이가 담배를 입에 넣고 한 모금 빨아들이는 장면까지 나는 두 눈을 똑바로 뜨고 응시했다. 내 시선을 느낀 환이는 인상을 쓰며 끝부분만 타버린 담배를 바닥에 던졌다.

"담배 맛도 더럽게 없네."

환이는 담배를 자주 태우지 않는다. 녀석은 아주 특별히 뭔가 잘 안 될 때만 입에 담배를 문다. 여자한테 고백하다가 차였을 때 환이는 담배를 피웠다. 환이는 취직이 안 되었을 때도 담배를 피웠다. 우리는 아무 것도 안 하고 멍하니 서서 하늘을 봤다. 나와 환이 둘 다 미간에 주름이 크게 잡혔다.

"공부는 어때?"

나는 환이와 등을 지고 서서 말했다.

"잘 돼?"

"아, 몰라 말시키지 마."

환이의 퉁명스런 대답에 나는 울컥 화가 났다.

"왜 그딴 식으로 말하는데? 네가 먼저 같이 쉬자고 불러냈잖아!"

"그럼 가만히 쉬든가. 왜 자꾸 짜증나는 말만 해!"

"내가 언제 짜증나는 말을 했어?"

"됐어! 시끄러워. 나 혼자 쉴 테니까 넌 내려가!"

우리 둘 다 대화가 비정상적으로 흐르고 있다는 걸 잘 안다. 머리로는 아는데 몸이 반대로 움직일 때가 있다. 공부를 열심히 해야 하지만 몸이 거부하여 못 한다. 운동을 열심히 해야 하지만 몸이 움직이질 않는다. 컴퓨터를 그만하고 자야하지만 몸이 말을 안 듣는다. 수험 때문에 스트레스를 받은 환이에게 잘 대해줘야 하지만 몸이 안 따라준다. 감정이 상해서 뭐라 말도 못한 채 우리 둘은 서로 등을 지고 서 있다. 먼저 말을 걸거나 몸을 돌리면 왠지 질 것 같은 느낌이 들어서 둘 다 가만히, 뻣뻣하게 서 있다.

"왜들 싸우고 그래. 정말로 싸우고 싶으면 바지 벗고 팬티 내린 다음에 꼬추 가지고 칼싸움을 해."

나는 고개를 돌려 소리가 들렸던 복도 쪽을 보았다. 키가 큰 호남이 성큼성큼 걸어온다. 철중이다. 단순히 햇빛을 받으며 걸어오는 것일 뿐인데 마치 영화배우가 시사회장에 들어오는 것 같다. 철중이는 수염을 깎고 머리를 깔끔하게 빗어 오른쪽으로 약간 가르마를 탔다. 남자지만 질투가 날 정도로 멋있다. 나와 환이는 언제 그랬냐는 듯이 싸움을 멈추고 반갑게 철중이를 맞았다. 철중이는 래퍼처럼 우리들의 손을 맞잡으며 인사를 했다. 서현이와 지민이가 차례로 옥상에 왔다. 지민이는 이미 철중이와 인사를 나눈 것 같았다. 옥상에 스터디원이 다 모였다. 아까까지 쌓였던 짜증이 순식간에 증발했다. 철중이가 말했다.

"저녁에 돼지수육 먹을래? 공부 끝나면 자취방에 꼭 들러줘."

철중이는 우리에게 대뜸 파티를 제안했다. 시험이 일주일도 안 남은 상황에서 철중이의 자취방에 방문하는 건 자살행위나 다름없다. 돼지수육을 먹는다지만 조금만 시간이 지나면 분명히 술을 마시게 될 테고, 다음날은 숙취 때문에 공부에 집중을 못할 것이다. 하루의 1분이라도 헛되이 보내지 말아야할 수험생이라면 당연히 철중이의 초대를 거절해야하지만, 내 이성은 단 1초도 저항하지 못하고 예스를 크게 외쳤다. 아까도 말했지만 머리로는 'No'여도 몸으로는 'Yes'라고 하는 경우가 많지 않은가? 이해가 안 되는가? 그래, 쉽게 설명하자면 머리로는 야동을 보면 안 된다고 매번 외치지만 몸의 승리로 끝난 적이 어디 한두 번인가?

이날 우리는 공부를 빨리 접고 철중이네 자취방에 방문했다. 방은 이전과 달리 깔끔했다. 바닥부터 침대시트 그리고 가구에 쌓인 먼지까지 모두 깨끗이 청소가 되어있었다. 나뒹굴던 술병과 역한 냄새는 사라졌고 대신에 향긋한 방향제가 우릴 반겼다. 자그마한 직사각형 상에 다섯 남자가 둘러앉았다. 처음에는 목구멍으로 돼지 수육과 맛깔 나는 김치가 넘어갔지만 나중에는 막걸리가 넘어가고 있었다. 좋은 음식에 좋은 술은 걱정을 잊게 만든다. 시험이 코앞이지만 우린 내일이 오지 않을 것처럼 술을 마셨다.

"너희들은 왜 공시를 보냐?"

철중이의 목소리에 침묵이 찾아왔다.

"또 그 소리냐?"

환이가 대접에 있는 막걸리를 쭉 들이켠 후 말했다.

"그건 저번에 다 이야기 했잖아. 우린 이거 말고는 할 게 없어."

지민이가 두 손을 꼭 쥐고 조용하지만 강한 어조로 말했다.

"전 공무원 시험이 인생의 전부가 아니라고 생각해요. 분명히 다른 길이…."

환이는 지민이의 말을 끊었다.

"그래 맞아. 전부는 아니야. 자꾸 한 말 반복하기는 싫은데 능력 있는 놈들은 공시 말고도 할 것이 많겠지만 우린 할 수 있는 게 없어. 이 나이 먹고 어디 가서 번듯한 곳에 취직을 하겠어? 여자들도 왜 결혼을 안 하겠냐. 솔직히 말해서 결혼 한다 하면 좆같은 남자랑 할 수도 있는데, 그랬다간 자기 인생 파탄 나니깐 안 하는 거 아니겠냐. 우리도 마찬가지야. 이 상태로 공장에 가면 받아주는 곳이 있겠지. 몸 굴려가며 일할 곳은 분명히 있어, 하지만 갈 수가 없잖아. 지금 당장 일은 할 수 있겠지만 미래가 없잖아."

잠자코 듣고 있던 철중이가 불쑥 말을 꺼냈다.

"우린 끼인 세대야."

나는 잘못 들었나 싶어 철중이에게 다시 물었다.

"끼인 세대? 어디에 끼어 있는데?"

"과거와 미래에 끼어 있지."

철중이는 입에 담배를 물며 말했다.

"문짝에 걸린 것처럼 앞으로 나아가지도 뒤로 물러설 수도 없어. 과거처럼 노력을 통해 성장할 수가 없고 그렇다고 미래를 향해 달려 나가기에는 불안해서 발걸음이 멈춘 상태지. 앞으로도 뒤로도 움직이질 못하니 단지 생존이라는 현재에 꽉 끼어서 될 대로 되라는 식으로 휩쓸려 사는 수밖에."

모두들 침묵했다. 형광등이 지지직거리며 울리는 소리가 방안을 메웠다. 나는 대접에 남은 막걸리를 마셨다. 서현이는 시작부터 지금까지 아무 말 없이 빈 대접에 막걸리를 따라줬다.

정적을 헤치며 철중이가 말했다.

"난 더 이상 끼어 살지 않을 거야."

환이가 비웃으면서 말했다.

"그럼 어쩔 건데? 네가 뭘 할 수 있는데?"

"반항해야지. 끼인 곳에서 벗어나기 위해서 발악해야지."

철중이는 담배에 불을 붙이며 말했다.

"난 공시를 보지 않겠어. 여기서 그만두겠어."

"하하하!"

환이가 뒤로 나자빠지면서 웃으며 말했다.

"이놈 말하는 거 보소. 공시 안 하면 이제 뭐 할 건데?"

철중이가 웃으면서 대답했다.

"글쎄, 뭐라도 하겠지. 그나저나 우리 청춘이 처한 세태에 대해 혜안을 가진 선생님의 강의를 듣고 싶은데. 한 마디 해주실 수 있을까요?"

선생님이 누군가 싫어서 고개를 두리번거렸는데 모든 사람의 시선이 나에게 쏠렸다. 나는 젓가락을 만지작거리며 말했다.

"난 아는 게 없어. 할 말도 없고."

철중이가 웃음기 가득한 얼굴로 말했다.

"품속에 있는 묵직한 물건만 없으면 입이 열리지 않겠어? 그 물건 좀 속 시원히 꺼내봐."

나는 서현이를 쳐다봤다. 서현이는 작은 목소리로 '미안해.'라고 말했다. 친구들 모두 내 가슴을 바라본다. 나는 당황하여 청춘의 칼을 붙잡았다. 친구들의 눈빛은 궁금함으로 더욱 반짝였다. 나는 어쩔 수 없이 품속에 넣어둔 청춘의 칼을 꺼내어 내밀었다. 모두들 칼에서 눈을 떼지 못했다. 나는 칼을 지민이에게 넘기면서 말했다.

"만져봐. 사람을 죽일 순 없어. 하지만 청춘을 벨 수 있는 칼이야."

철중이가 굵은 팔뚝을 내밀며 말했다.

"지민아, 칼 좀 줘봐."

지민이는 공손히 두 손으로 칼을 넘겼다. 철중이는 칼을 잡고 이리저리 살펴보았다. 마치 로마의 장군이 전쟁에 나가기 전에 무기를 점검하는 것 같았다. 철중이가 한숨을 내쉬며 입을 열었다.

"총보다도 위험한 물건이군."

"그렇지 않아. 총은 사람을 죽일 수 있지만 청춘의 칼은 무뎌서 타인에게 피해를 입힐 수 없어."

나의 반박에도 아랑곳하지 않고 철중이는 혼잣말을 이어갔다.

"청춘을 버리고 살아가는 것이 의미가 있을까?"

철중이는 칼을 빙글빙글 돌리면서 나에게 물었다.

"내가 이 칼로 가슴을 가르면 어떻게 될 것 같아?"

"공시를 보지 않겠다던 헛소리를 취소하고 내일부터 학원에 착실히 나오겠다고 말하겠지."

"그래, 맞아. 그렇기 때문에 나는 더더욱 이 칼을 멀리 해야 돼. 나는 끼인 세대에서 탈출할 거야. 청춘의 칼을 무서워했다간 과거와 미래 사이에 끼어서 질식사 하게 될 거야. 태수야, 이 칼을 버리고 나와 함께 가지 않을래?"

철중이의 제안에 나도 모르게 가슴 품을 움켜잡았다. 하지만 거기엔 아무 것도 없었다. 청춘의 칼은 지금 철중이의 손에 넘어가 있다. 스스로 뭐라고 말해야할지 몰라서 본능적으로 고개를 환이 쪽으로 돌렸다. 환이는 웃으면서 좌우로 고개를 흔들었다. 옆에 앉은 지민이를 바라봤다. 녀석은 큰 두 눈을 끔뻑거리며 위아래로 고개를 흔들었다. 서현이는 묵묵히 주변 사람들의 눈치를 보며 가만히 앉아있었다. 내가 결정을 못 내리자 철중이가 칼을 자신의 품에 넣으며 말했다.

"칼을 버리고 나와 함께 할 건지, 아니면 칼을 품고 현재에 끼어 살 건지 내일까지 생각할 시간을 줄게."

나는 내심 환이가 철중이랑 싸워서 칼을 대신 받아주길 바랐다. 하지만 녀석은 뭔가 자신이 있다는 듯 웃으면서 막걸리를 마실 뿐이다. 파티가 끝나고 휘청거리는 몸을 겨우 이끌어 소요산행 열차에 탔다. 창동역까지 가는 중에 환이가 옆에서 뭐라고 중얼거리며 훈계를 한 것 같은데 자세한 내용은 기억나지 않는다. 나는 그저 허전하고 불안한 마음을 달래기 위해 집에 도착할 때까지 한 손으로 가슴 품을 계속 부여잡았다.

자율주행 자동차가 알아서 목적지까지 찾아가는 것과 같이 내 두 다리는 절뚝거리면서 집까지 나를 안내했고, 내 두 손은 하인처럼 도어락 비밀번호를 누르고 문을 열어 집 안으로 나를 들여보내주었다. 씻지도 않고 침대에 누워 바로 잠을 청했다. 보통 잠에 빠지는데 1시간이 넘게 걸리지만 술만 마시면 눕자마자 금방 잘 수가 있다.

아침에 눈을 뜨니 숙취가 전혀 없고 피로감이 말끔히 씻겨나간 느낌이다. 하지만 마음이 불안하다. 시계를 보니 12시 30분이다. 점심시간이 훌쩍 넘었다. 젠장, 늦잠을 잤다. 침대에서 일어나 화장실에 가려고 방문을 열었는데 식탁에 식사가 준비되어 있었다. 차갑게 식은 미역국과 어묵, 그리고 장조림이 있다. 이게 웬 횡재일까. 어머니가 웬일로 밥상을 차려놓고 나가셨을까. 나는 허겁지겁 식사를 했다.

나는 장조림을 좋아한다. 어렸을 적에 입맛이 없으면 어머니께 매번 장조림을 해달라고 졸랐다. 짜면서도 달콤한 장조림의 향이 입안을 가득 메우자 얼굴 전체에 미소가 절로 퍼진다. 얼마 안 남은 밥을 미역국에 말았는데 고기가 수북이 쌓여있다. 뭔가 이상하다 싶어 달력을 봤다. 난 수저를 놓고 고개를 뒤로 젖혔다. 어머니의 생일은 5월 1일이다. 문제는 양력이 아니라 음력이기 때문에 생일이 항상 헷갈린다. 매년 5월이 올 때마다 어머니의 생일이 언제인지 음력으로 계산해 놓지만 막상 그 날짜가 다가오면 매번 까먹기 일쑤였다.

그릇에 담긴 미역국에 고기가 많다. 분명 어머니는 문자 그대로 미역국만 먹고 고기를 내게 몰아줬을 것이다. 어머니의 생일을 챙겨주지 못할 때마다 난 항상 음력이어서 헷갈린다는 핑계를 댔다. 그런 놈이 뭐가 예쁘다고 미역국에 고기를 이렇게도 많이 넣어주셨을까.

끼인 세대? 탈출? 희망과 야심? 그런 소리 해대는 새끼들 치고 자기 인생을 제대로 책임지는 꼴을 못 봤다. 반면에 현실에 대한 순응, 강자에 대한 복종, 자기 이익만 챙기는 파렴치함으로 정신을 무장한 인물들은 남들에게 무시당하지 않고 인간다운 삶을 살았다. 이는 역사가 증명한다. 가슴품이 허전하다. 내 청춘의 칼은 어디에 있는가? 나는 방문을 열고 집밖으로 뛰쳐나갔다.

전철을 타고 노량진역에서 내리자마자 바로 철중이네 자취방으로 달렸다. 나는 씩씩거리며 자취방 현관문을 두들겼다.

"나야! 문 열어줘."

문이 열리니 서현이의 얼굴이 보였다. 집 안은 짐 꾸러미가 바닥 곳곳에 쌓여있다. 철중이가 날 보자마자 웃으면서 말했다.

"뭐가 그리 급해?"

"칼 내놔!"

철중이는 내 단호한 목소리를 듣는 둥 마는 둥 하면서 자기 이야기를 늘어놓았다.

"이사를 가려고 해. 수유역 쪽에 방을 잡았어. 월세는 똑같은데 시설은 2배 더 좋은 곳이야. 하긴, 노량진은 나 말고도 오겠다는 사람이 천지이니까 이 따위 집으로도 장사가 계속 되겠지. 이삿짐은 내 차량에 실어서 옮길 거야. 참, 내 차를 보여준 적이 있었나?"

"없어. 내 칼…."

"돌아가신 아버지께 물려받은 거야. 유일한 유품이지. 마침 잘 왔어. 가만히 서 있지 말고 거기 짐 좀 들어줘. 지금 막 짐을 옮기려던 참이었거든."

나는 별 저항도 못하고 철중이가 지시한 대로 이삿짐을 들고 자취방 밖으로 나갔다. 조그마한 집에 의외로 짐이 가득하다. 나는 무거운 박스들을 옮기기 위해 여러 번 자취방을 왔다 갔다 했다. 짐을 다 밖으로 드러내자 철중이는 골목길 한 편에 세워져 있는 구형 승용차를 끌고 왔다. 나는 승용차 트렁크와 뒷좌석에 짐을 실었다. 오랜만에 힘을 쓰면서 몸을 움직였더니 개운한 느낌이 든다. 일이 끝나자 철중이가 나에게 청춘의 칼을 넘기며 말했다.

“수고했어. 도와줬으니 뭐라도 멕여야겠지. 뒤에 타.”

뭔가 일이 이상하게 진행되는 것 같아 머릿속이 혼란하다. 나는 철중이와 대판 말싸움을 벌인 뒤 청춘의 칼을 겨우 넘겨받으리라고 생각했건만, 이렇게 쉽게 다시 돌려받을 줄은 몰랐다. 뒷좌석에서 운전을 하는 철중이의 넓은 어깨를 봤다. 나와 다르다. 철중이가 어른 같아 보였다. 굵은 팔뚝을 드러내며 한손으로 멋지게 운전을 하는 철중이의 모습에 나는 이제껏 뭘 해왔나 자책을 했다. 나는 운전면허가 없다. 남들은 장롱면허라도 있지만 돈이 항상 부족한 나에게는 운전면허 시험 비용조차 사치로 다가왔다. 차를 살 수 없으니 면허가 있어봤자 신분증이 하나 더 생기는 것뿐이라고 스스로를 위로해 왔다. 나는 괜히 서현이에게 질문을 던졌다.

“서현아, 너도 운전할 줄 알아?”

“당연하지. 너 운전면허 없어?”

나는 대답하지 못했다. 철중이가 갑자기 큰 소리로 말했다.

“인마! 나이를 어디로 처먹은 거야? 아직도 운전면허가 없어?”

“운전하면 위험하니까…. 운전하면 가는데 순서가 없으니까….”

별 시답잖은 변명을 대자 철중이와 서현이가 크게 웃는다. 특히 서현이가 저렇게 입이 찢어져라 웃는 모습을 처음 본다. 내가 생각해도 정말 최악의 변명이었다. 철중이가 말했다.

“뭐 먹을래?”

서현이는 머리를 쓸어 넘기며 말했다.

“태수가 먹고 싶은 거 먹자.”

선택권이 나에게 넘어오자 나는 어쩔 줄 몰라 말을 더듬었다. 철중이가 웃으면서 말했다.

“내가 남자였으니까 다행이지 여자였으면 바로 여기서 찼어. 운전 못해,

맛집도 못 찾아, 말도 더듬어."

장난스런 철중이의 말에 난 멋쩍게 웃으며 머리만 긁적였다. 결국 우리는 서현이가 잘 아는 떡볶이 집으로 갔다. 그곳은 건물 2층을 통으로 쓰는 큰 가게였다. 점심시간이 지나서인지 손님은 우리밖에 없었다. 메뉴판을 보니 가격은 노량진 물가와 비교하여 꽤나 비쌌다. 모둠튀김 3인분, 군만두 2인분, 떡볶이 2인분, 음료 1개를 주문했을 뿐인데 3만5천 원이 나왔다. 계산은 철중이가 했다. 맨날 고시식당에서 밥을 먹다가 나름 유명한 맛집에서 떡볶이를 먹으니 나도 모르게 과식을 해버렸다. 배가 부르니 마음이 편하다. 내가 의자에 기대어 음료수를 빨고 있는데 철중이가 말했다.

"이번 시험은 어디서 보냐?"

나는 자세를 고쳐 앉고 말했다.

"도봉역 쪽에 있는 고등학교에서 봐. 집에서 가깝기 때문에 너무 일찍 일어날 필요는 없을 것 같아."

"자신 있어?"

나는 대답은 못한 채 빨대로 음료수만 쪽쪽 빨아먹었다.

"고마워."

철중이가 따뜻한 미소를 지으며 말했다.

"노량진을 떠나기 전에 같이 있던 친구들에게 인사를 하고 싶었어."

갑작스런 말에 나는 눈을 크게 떴다.

"그래서 그 비싼 돼지 수육을 어제 대접한 거였구나."

친구가 주는 무언의 메시지를 읽지도 못하고 나는 입에 수육을 넣기 바빴다. 미역국의 고기도 그렇고 나는 정말 눈치가 없다. 이별을 받아들이지 못한 나는 철중이를 붙잡는 심정으로 말했다.

"진짜로 떠나는 거야? 공시는 정말로 아예 포기했어?"

"응. 나는 설령 불효자식이라고 불리는 한이 있더라도 어머니가 원하는 대로 살지 않을 거야."

'어머니'라는 단어에 나는 손에 주먹을 쥐고 철중이에게 질문을 날렸다.

"어머니가 공시 공부 하라고 피땀 흘려 모은 5백만 원을 주신 거잖아. 그런데도 안 하겠다는 거야?"

나의 거친 질문에도 철중이의 얼굴에는 잔잔한 미소가 떠나지 않았다.

"안 해. 못 해. 공무원 시험을 계속 봤다간 정말로 부모님을 미워할까봐 겁나. 자아를 잊는 공부를 계속하다 보니 어느새 난 주변 사람들과 세상을 증오하고 있었어. 소중한 사람을 미워하고 세상을 적으로 돌리면서까지 이 시험을 보고 싶진 않아. 평생을 기생처럼 살다가 누구한테 공무원이 최고라는 소리를 듣고 나에게 쌈짓돈을 내민 어머니의 정성을 생각하면 가슴이 아프지만 어쩔 수 없어. 나 김철중은 나답게 살아야 돼."

철중이의 발언 하나하나가 내 가슴을 찌른다. 나는 눈을 내려 깔고 철중이에게 물었다.

"부모님께 죄송하지 않아?"

"상대방에게 미안해서 하기 싫은 짓을 한다는 것만큼 멍청한 게 또 없어. 자기 인생은 자기가 결정하는 거야. 타인을 보고 결정하는 것이 아니야. 효도하는 방법이 공무원이 되는 길밖에 없다고 생각한다면, 이건 마치 여자랑 사귀는 방법이 돈밖에 없다고 믿는 패배자랑 다를 바가 없어. 나에겐 공시 말고 다른 길이 있다고 믿어. 그리고 그 길을 당당히 걸으면서 어머니를 사랑해야지."

청춘의 칼이 떨린다. 나는 가슴을 붙잡았다. 철중이는 남은 음료수를 다 마신 뒤 말을 이었다.

"스터디셀을 박차고 나갔을 때 난 너에게 특별함을 느꼈어. 그래서 어제 내가 욕심을 좀 부린 것 같아. 내가 공시를 포기하는 김에 너도 데려가고 싶었거든. 미안하다. 내가 주제 넘는 짓을 한 것 같아. 청춘의 칼을 뺏어간 것도 사과할게. 공부 열심히 해라."

나는 자리에서 일어나려는 철중이를 붙잡듯이 물었다.

"두렵지 않아? 우린 더 이상 젊지 않아. 좀 있으면 서른 살이야."

"당연히 두렵지. 미래가 불투명한데 왜 무섭지 않겠어."

용맹한 장군처럼 생겨서 두려움 따윈 모르는 남자인줄 알았는데, 저 녀석도 알 수 없는 미래를 무서워하는구나. 철중이는 자리를 뜨려고 했지만 내가 자꾸 질문을 해댔다.

"앞으로 뭐 할 거야?"

"잠시 편의점 알바를 해서 돈을 모을 거야. 약간의 돈이 모이면 바로 중국으로 가겠어."

옆에 있던 서현이가 말했다.

"나도 철중이를 도와서 편의점 알바로 돈을 모은 다음에 일본으로 유학을 갈 거야. 못다 한 공부를 하고 싶어."

서현이는 자리를 정리하며 말을 이었다.

"네 집이 쌍문역에 있다고 했었나? 우린 수유역에 방을 얻었어. 버스를 타면 5분 만에 올 수 있는 곳이니까, 공부하다가 머리가 아프면 놀러와."

철중이가 입에 담배를 물며 말했다.

"술 마시고 싶으면 언제든지 환영이야. 이제 나가자."

밖으로 나가자 서현이가 핸드폰을 보며 말했다.

"철중아, 지민이한테 연락이 왔어. 맨날 가던 커피숍에서 잠깐 보자고 하네."

우리는 차를 몰고 노량진역으로 나왔다. 나와 서현이가 먼저 내려 커피숍에 들어갔고 철중이는 주차를 위해 동작구청으로 갔다.

"형!"

구석진 테이블에 앉은 하얀 밀가루 인형이 활짝 웃으며 손을 흔든다.

나는 아메리카노, 서현이는 녹차라떼로 주문을 넣고 각자 자리에 앉았다. 서현이가 말했다.

"지민아, 공부는 잘 되가?"

"아니요, 형. 오후에 문자 받고 깜짝 놀랐어요. 갑자기 간다니…."

"미안, 네 공부에 지장을 줄까봐 짧게 인사만 남겨놓으려고 한 거야."

지민이의 얼굴에는 실망한 기색이 역력했다. 늘 붙어 다니던 형이 하루 아침에 떠나니 많이 속상한가보다. 서현이는 공시를 그만두고 철중이와 앞으로 어떻게 살아갈지 지민이에게 상세히 이야기해줬다. 이들은 더 이상 삶이 아닌 것들을 버리고 있었다. 듣는 내내 나는 마음속으로 혼란했다. 하기 싫은 공부 대신 진정으로 원했던 공부, 시험 때만 쓰이는 지식이 아닌 앞으로 살아가기 위한 지식을 얻기 위해 노력하는 이들이 마냥 부러웠다. 주차를 마친 철중이가 커피숍으로 들어왔다. 녀석은 오자마자 지민이의 머리를 쓰다듬으며 말했다.

"왜? 형들이 간다니까 속상해?"

지민이는 아무 말도 못한 채 애꿎은 휴지만 만지작거렸다. 철중이가 일부러 화내는 척하며 말했다.

"야, 형들을 불렀으면 남자답게 뭐라도 말을 해야 할 거 아냐?"

지민이는 작은 두 손으로 휴지를 꼭 쥐며 말했다.

"형들 잠시 동안 편의점 알바 하신다고 했죠? 그거 주중에 하는 건가요? 아니면 주말에 하는 건가요?"

서현이가 대답했다.

"우리 둘 다 주중에만 할 거야. 왜?"

지민이는 손가락을 꼼지락거리며 말했다.

"저번에 말씀드렸다시피, 저희 집이 요양원 운영하는 거 아시죠? 요즘에 요양원에 일손이 부족해서요. 주말에 괜찮으시다면 저희 요양원에서 일해

보시는 게 어떨까요? 하는 일은 별로 없어요. 요양보호사 선생님들 도와서 어르신들 케어만 하면 돼요. 정말 괜찮은 일이에요. 힘들지 않아요. 좋아요."

철중이와 서현이는 서로 얼굴을 마주보더니 자기들만 들리는 목소리로 작게 이야기를 나눈 뒤 둘 다 고개를 끄덕였다. 서현이가 지민이의 손을 잡아주며 말했다.

"도와줘서 고맙다. 네가 제안해준 일자리인 만큼 우리도 열심히 일 할게."

지민이의 얼굴에 웃음이 떠나질 않는다. 녀석은 마치 바이어와 큰 계약을 맺은 듯이 서현이와 힘껏 악수를 했다. 커피숍에서 차를 마신 뒤 철중이와 서현이는 차를 타고 수유역으로 떠났다. 중간에 잠깐 환이 이야기가 나왔는데, 철중이는 녀석에게 별다른 작별 인사를 남기고 싶지 않다고 했다. 술 마실 때는 서로 그렇게 대화가 잘 통하는 것처럼 보이더니 정작 중요한 순간에는 할 말이 없나보다. 지민이와 함께 학원 자습실로 돌아왔다. 환이는 우리를 곁눈질로 힐끗 보더니 다시 책에 시선을 고정했다. 나는 환이에게 쪽지로 철중이와 서현이가 공시를 그만뒀다는 소식을 전했다. 환이는 쪽지를 잠깐 읽더니 뒤로 던지며 말했다.

"잘 됐군. 경쟁자가 둘이나 줄었어."

환이는 짧은 말을 마치고 다시 책을 읽어 내려갔다. 미움을 많이 받은 사람은 타인을 쉽게 미워한다. 욕을 많이 먹은 사람은 무슨 일만 했다하면 입으로 욕을 내뱉는다. 반년 동안 같이 지낸 친구에게 경쟁자라는 말을 무심코 던지는 환이는 대학 시절 주변 사람들에게 버림을 많이 받았다. 그리고 환이도 타인을 버리는 것에 익숙하다. 인연을 끊는 것에 상처를 받지 않는다.

난 책을 펴놓고 멍하니 앞만 봤다. 머릿속은 어머니의 미역국과 철중이의 수육이 테니스 선수처럼 싸웠다.

시험이 내일 모레라 이제 와서 공부를 해도 티가 잘 안 난다. 그렇다고 안 하자니 불안하다. 결국 술에 물탄 듯 물에 술탄 듯 지지부진하게 공부를 마친 뒤 힘없이 집으로 돌아갔다. 물론 집에 바로 들어가진 않고 마을 주변 산책길을 열 바퀴 정도 정처 없이 걸었다. 집에 빨리 들어가도 안 되고 너무 늦어서도 안 된다. 빨리 들어가면 열심히 공부를 안 한 것처럼 보이고, 늦게 들어가면 내일이 힘들다.

나는 어머니가 몇 시에 출근을 하고 몇 시에 퇴근을 하는지 정확히 알고 있다. 그리고 어머니가 잠자리에 드는 시간도 외우고 있다. 나는 어머니가 활동하는 시간을 최대한 피해서 움직인다. 내가 이상한 사람 같은가? 아니다. 이렇게 하는 것이 내가 어머니를 사랑하는 방법이다. 어머니는 내게 고슴도치 같은 존재라서 가까이 다가오면 꽤나 아프다.

아버지는 다른 곳에 홀로 살고 계시며 2달에 한 번씩 가끔 집에 들르신다. 그때마다 나는 핑계거리를 만들어 밖으로 나가서 들어오지 않는다. 아버지는 은행에 빚을 많이 지는 바람에 어머니와 어쩔 수 없이 위장 이혼을 하셨다. 우리 집은 돈에 쫓겨 살았다.

나는 가난의 의미를 안다. 가난하면 선택할 수 없다.

군대를 갓 전역한 20대 초반 시절, 나와 환이는 같이 대형마트에서 계란 장사 아르바이트를 했다. 다른 파트 직원들은 7시 30분까지 출근하면 되는데 우리는 6시 30분까지 마트에 도착해야만 했다. 닭이 새벽부터 알을 낳고, 고객들은 이 신선한 계란을 원하기 때문에 우리는 다른 직원들보다 1시간 일찍 움직여야 했다. 나와 환이는 아침도 못 먹은 공복 상태에서 카트에 계란을 아파트 1층 높이까지 쌓고 낑낑 거리면서 옮겼다. 계란을 창고에 옮기고 마트 판매대에 세팅을 하면 오전 시간이 훌쩍 지나간다. 점심도 20분 내외로 해치우고 바로 판매대로 달려가 물품 정리 및 고객 응대를 했다.

근무가 끝날 때쯤 되면 몸에 힘이 빠져 집에 가서 잠을 자기 바빴다.

이렇게 바쁜 나날을 보내고 있던 어느 날 군대 후임한테 전화가 왔다. 녀석은 말년 휴가를 받아서 이제 곧 민간인이 될 예정인데 내 생각이 나서 전화를 했단다.

"박태수 병장님. 아니, 이제 형이라고 불러도 되나요?"

이등병 때부터 같이 동고동락을 했던 후임이 날 잊지 않고 전화를 준 것도 고마운데 자기가 이제 막 20살이 된 여자를 소개해 주겠다고 말했을 때 내가 정말 군생활을 잘했다는 생각이 들었다.

"형, 더도 말고 덜도 말고 딱 10만 원만 들고 오세요."

"응!"

후임과 통화 후 발등에 불똥이 튄 것처럼 마음이 급해졌다. 나는 당장 지갑을 뒤졌다. 아직도 생생하게 기억난다. 5,000원짜리 푸드코트 식권 3장이랑 현금 4만 3천 원이 내 지갑 속의 전부였다. 알바를 한 지 한 달도 안 되었기 때문에 통장에 월급도 안 들어온 상태였다. 나는 머리를 빨리 굴렸다. 일단 식권 3장을 환불하고, 모자란 금액은 환이에게 빌리자. 환이라면 돈을 빌려줄 것이다.

나는 환이를 찾기 위해 계란 창고로 들어갔다. 녀석은 시간이 날 때마다 창고 구석진 곳에서 도둑잠을 잤다. 하지만 그날 환이는 자고 있지 않았다. 뭔가를 먹고 있었다. 삶은 계란 2개와 요구르트였다. 녀석은 허겁지겁 먹다가 날 보더니 깨진 계란 하나를 내밀며 말했다.

"너도 먹을래?"

나는 환이 옆에 쭈그려 앉아 계란을 먹었다. 껍질이 덜 벗겨져서 돌 씹는 소리가 머리에 울렸다. 이쯤에 내가 울어주면 아주 훌륭한 3류 드라마의 한 장면이 탄생했을 텐데 놀랍게도 난 당시에 슬픈 감정이 들지 않았다. 단지 핸드폰 문자로 후임에게 다른 급한 일이 생겨서 소개팅에 못 간다는 거짓 메시지를 보냈을 뿐이다. 간단하게 간식을 해치운 다음 나와 환이는 판매대로 돌아가서 다시 고객 응대를 열심히 했다. 후에 전화를 준 후임과는 연락이 끊겼다. 더 이상의 소개팅은 없었다.

나는 가난의 의미를 안다. 가난하면 선택할 수 없다. 생존이라는 단어 이외에 눈을 한 치도 다른 곳으로 돌릴 수 없다.

정처 없는 산책을 마친 뒤 집 대문을 조용히 열고 들어왔다. 빙고! 어머니는 주무시고 계신다. 화장실에서 간단히 세안만 마친 후 침대에 털썩 누웠다. 자꾸 옛날 생각이 난다. 의미 없이 추억을 회상하고 또 반복 재생한다. 대게는 안 좋은 기억을 끄집어내 내 자신을 괴롭힌다. 내 자신을 못살게 굴었던 사람의 순위를 매기면 부동의 1위가 나 자신이다. 초등학교 때 날 괴롭혔던 그 빌어먹을 돼지도, 고등학교 때 날 무시했던 선생도, 군대의 악질 고참도 아닌 나 자신이다. 나한테 실컷 화풀이를 하고 나면 기분이 조금 풀린다. 그러고 나면 상상의 세계로 빠진다. 절대 이룰 수 없는 현실을 머릿속에 위로삼아 그리며 잠에 든다.

감옥의 공기가 뜨겁다. 골품의 탑은 진한 울음소리를 토해내고 죄수들은 먼지바람을 일으키며 사방을 뛰어다닌다. 무당들은 춤을 추며 골품의 탑을 찬양하는 노래를 부른다. 광기로 가득한 감옥 한가운데서 다름죄가 말하길

다름죄: 골품의 탑에 길들여진 자들로 가득한 감옥에서 난 너무나도 다른 존재이자 틀린 존재이다. 타인들의 눈에는 내가 한심한 놈으로 보여질 뿐이다.

다름죄는 바닥에 붓질을 했다. 바닥에는 글씨를 써도 흔적이 남지 않았다. 아무도 다름죄의 뜻을 알아주지 않았다. 다름죄는 외로움을 견디지 못하고 감옥 구석으로 갔다. 망상죄와 외향죄가 반갑게 맞이하여 극진한 대접을 했다. 다름죄가 기운이 없어 힘겨워하자 망상죄가 말하길

망상죄: 타인에게 이해받기 위해 노력하지 마세. 드넓은 바다에 양동이로 물을 퍼다 부어도 바다는 조금도 변함이 없네. 허무한 노력은 그만 두고 술잔이나 들게나.

다름죄: 허나 나는 답답하오. 이 내 마음을 알아주는 이가 없어 너무 고독하오.

망상죄가 술을 권하자 다름죄는 모두 받아 마시고 취해버린다. 흥이 오른 다름죄는 외향죄를 불러 같이 놀자고 청한다.

다름죄: 하하하, 술은 화가와도 같다네. 세상이 마음에 안 드는가? 술을 마시보세. 뛰어난 화가들이 눈앞에 나타나 즐거운 세상을 그려준다네. 눈이 핑핑 돌고 머리가 어질어질할 제, 친구들이 덩실덩실 춤을 추니 세상에 무서울 것이 하나도 없도다! 무당들이여, 내가 사관으로서 멋진 기록을 남길 테니 나를 기념하는 탑 하나만 세워주시구려. '다름탑'이라고 저 드높은 골품의 탑과 똑같은 높이로 쌓아 나를 꼭대기에 앉혀주시오!

노력죄가 노여움으로 가득한 눈빛으로 난장판이 된 술판을 엿보면서 말하길

노력죄: 흥! 멍청이들끼리 모여서 축제를 여는구나. 나는 남이 즐거우면 배가 아파서 견딜 수가 없다. 무당들한테 일러야지.

노력죄가 무당들에게 골품의 탑을 거부한 죄수들이 술잔치를 벌였다고 이르자, 무당들이 크게 노하여 번쩍이는 청춘의 칼을 빼들며 달려 나갔다. 다름죄가 술에 취해 몸을 가누지 못하자 무당이 이를 크게 꾸짖어 말하길

무당들: 네 이놈, 다름죄야! 너는 매번 일탈을 하는 상습범이구나. 가슴을 빨갛게 물들이고도 아직 정신을 못 차렸단 말이냐!

다름죄가 겁을 먹고 바닥에 엎드려 머리를 조아렸다.

무당들: 더러운 네 모습을 보아라. 다른 죄수들은 탑에 올라 관복을 얻기 위해 최선을 다하고 있거늘, 너는 사관 행세를 부리며 게으름이나 피우고 있구나. 누가 네 녀석의 기록을 읽어줄까? 너는 기록을 남길 자격조차 없도다. 흰색 죄수복을 새빨간 피로 물들인 너는 이제 죄인이 아니라 괴물이다. 보기 흉하도다!

다름죄가 엎드려 추하게 눈물을 흘릴 적에 외향죄가 나타나 무릎을 꿇으며 빌기를

외향죄: 무당님들 죄송합니다. 드높은 아량을 베풀어 저희를 한 번만 더 용서하여 주십시오. 저희 가문은 대대로 감옥을 수호하며 죄수들을 돌봤습니다. 다름죄로 하여금 우리 가문의 일을 도와 무당님들의 노여움을 풀 기회를 주소서.

무당들이 일제히 청춘의 칼을 집어넣고 고개를 끄덕이자 외향죄는 절을 한 번 올렸다.

다름죄: 창피하다. 수치스럽다. 옷을 홀라당 벗고 거리를 뛰는 것 같구나. 외향죄여 신세를 지게 되어 미안하오. 술상을 봐온 눈칫죄여, 술을 권해준 망상죄여, 그대들은 잘못이 없소. 다 내 잘못이오. 다 내 잘못이오. 나를 욕해주오.

뜬 눈으로 밤을 지새웠다. 머릿속에 이끼가 낀 것 같아 답답하다. 오늘은 시험 전날이다. 머리는 가만히 있는데 몸이 알아서 움직인다. 이 닦고 세수하고 머리를 감는다. 드라이기로 물기를 말린 뒤 양말을 신는다. 바지를 입은 다음에 윗도리를 입는다. 일어나서 나갈 준비를 마치기까지 정확히 23분이 걸린다. 현관문을 나선다. 대문에서 한 발자국 내딛은 뒤 창동역에서 전철을 타기까지 정확히 17분이 걸린다. 시험기간에는 시험 외에 모든 것이 흥미롭게 다가온다고 지민이에게 말했다. 내일이 시험인데 나는 정리해둔 필기노트를 보기는커녕 지하철에 탄 사람들을 관찰하고 있다.

나는 남들과 다른 인생을 살아왔다고 믿고 싶지만 지하철 유리창에 비친 내 모습을 마주할 때면 지금까지 틀린 인생을 걸어온 것 같다. 오늘은 깜빡하고 면도를 안 했다. 사실 별 상관없다. 서구권 배우처럼 멋진 턱수염이 나는 것이 아니라 얌생이처럼 염소수염이 자라기 때문에 굳이 관리해줄 필요 따윈 없다. 거기다가 누가 내 얼굴을 자세히 살펴가면서 면도를 했는지 안 했는지 찾아보겠는가.

이제 29살이다. 곧 있으면 서른이다. 시험 준비 때문에 크리스마스와 연말을 아예 잊고 지냈다. 이렇게 치열하게 살아왔는데 내 손엔 아무 것도 없다. 젊음은 책임질 것이 없기 때문에 무엇이든지 할 수 있다고 한다. 하지만 책임질 일이 너무 없는 것도 서운하다. 지금의 난 불알 두 쪽 멀쩡히 관리하는 것 빼고는 책임이 없다. 아니다. 이것도 쓸모없기 때문에 사실상 무소유라고 봐도 무방하다.

여대생 몇 명이 전철에 탄다. 가슴이 설렌다. 저 아가씨들한테 나는 그냥 나이 먹은 아저씨에 불과하겠지. 내가 아무리 잘 보여도 눈 하나 깜짝 안 하겠지. 갑자기 여학생들이 미워진다. 여자만 보면 욕했던 환이의 마음이 조금은 이해가 간다. 내 옆에 선 직장 여성은 핸드폰으로 바쁘게 메시지를 보내고 있다. 몰래 훔쳐보지 않으려고 노력했지만 눈이 멋대로 움직였다. 상대방 이름 끝에 하트가 붙어 있는 걸로 봐선 남자친구에게 메시지를 보내는 것 같다. 노약자석에 엄마와 어린애 한 명이 다소곳이 앉아있다. 아이 엄마는 배가 불렀다. 임신을 했나보다. 반대편 노약자석에 앉아 있는 할머니의 핸드폰이 울렸다. 할머니는 큰 소리로 통화를 한다. 어르신들은 주변 사람을 신경 쓰지 않고 크게 통화하는 경우가 많다. 나는 눈살을 찌푸렸지만 할머니의 통화 상대가 손주라는 것을 알게 되자 이내 얼굴에 힘을 풀었다. 할머니는 노인 특유의 나긋한 목소리로 손주를 칭찬하며 즐겁게 통화를 한다.

어여쁜 여대생을 바라본다. 연애. 남자친구에게 메시지를 보내는 직장여성을 본다. 결혼. 귀엽게 앉아 있는 아이와 임산부를 본다. 육아. 전화기를 붙잡고 눈웃음을 짓는 할머니를 본다. 노후.

나는 대체 이 나이 먹도록 무엇을 했는가. 책임질 일도 없고 이뤄놓은 것도 없구나. 이래도 내가 남들과 다르게 살았다고 자신 있게 말할 수 있을까. 이젠 인정해야 하지 않을까. 나는 틀린 인생을 살아왔다고.

딴 생각을 얼마나 했으면 노량진역을 지나쳤을까. 어차피 자습실에 가봤자 공부도 안 할 것 같은데 이대로 쭉 자리에 눌러앉아볼까. 종점역인 인천역까지 가려다가 엉덩이와 허리가 아파서 구로역에서 내려 반대방향 1호선을 탔다.

가방에서 종이 쪼가리를 꺼내 펜을 끼적여본다. 청춘의 칼이 살짝 떨려오지만 무시하고 계속 써내려간다. 억울한 사람일수록 할 말이 많다. 마음이 아픈 사람일수록 눈물이 많다. 삶이 비참한 사람일수록 글이 잘 써진다. 종이 쪼가리가 검은 글씨로 덮이자 나는 필기노트를 꺼냈다. 중요하다고 적어놓은 내용 위에 무차별적으로 펜을 갈겼다. 속이 후련하다.

탑 이름과 책 제목을 외워서 뭐하랴. 맞춤법 좀 틀린다고 대화가 안 통하랴. 글 주제를 파악 좀 못한다고 바보 소리 들으랴. 영어를 못하면 나를 덧하지 말고 한국어 못하는 외국인 좀 탓하자.

썩어서 냄새 나는 지식 위에 내 글을 덮어쓴다. 구닥다리 군사들이 내 용병의 칼에 맞고 뒈지는구나. 펜을 굴리는 속도가 빨라진다. 청춘의 칼이 요동을 친다. 칼이 떨어서 어쩌겠느냐. 내가 지금 이렇게 행복한데!

"창동역, 창동역입니다. 내리실 문은…."

노량진역에 내리지 못하고 다시 제자리로 돌아왔다. 다시 반대 방향 1호선을 타려다가 발걸음을 멈췄다.

'의미 없는 짓이다. 난 지하철을 몇 번이나 갈아타도 결국 제자리로 돌아올 것이다.'

원래 성격이 이런가 보다. 고칠 수 없나보다. 바꿀 수 없나보다. 호박에 줄긋는다고 수박이 되는 것도 아니다. 미운 오리 새끼가 노력한다고 진짜 오리가 될 순 없다. 호랑이는 호랑이의 삶을 살아야 한다.

나는 4호선으로 갈아타 수유역으로 향했다. 수유역에는 철중이와 서현이가 있다. 손에 들린 필기노트가 너덜거려 찢어지기 일보 직전이다. 전철이 수유역에 도착했다. 청춘의 칼이 품안에서 난리를 쳤지만 나는 전철에서 내렸다.

메시지에 적힌 주소를 내비에 입력하여 길안내를 시작했다. 나는 길치여서 모르는 길을 찾을 때마다 항상 내비를 사용한다. 안 그러면 중요한 순간에 꼭 반대로 걸어서 시간을 낭비한다. 핸드폰만 보면서 쭉 걷다보니 4층짜리 건물이 나왔다. 302호. 녀석들이 전에 살던 곳이랑 호수가 똑같다. 원룸 복도는 대리석으로 되어 있어 빛을 반사할 정도로 깔끔했고 현관문은 녹슨 곳 없이 깨끗했다. 문을 두들겼다. 문이 열린다.

"어?"

서현이가 놀란 표정으로 날 반겼다.

"안녕? 공짜 술 마시러 왔어."

철중이가 현관 쪽으로 걸어 나오며 말했다.

"올 줄 알았어. 어서 와."

집 안이 전보다 2배는 더 넓어보였다. 사람 네다섯 명이 눌러앉아도 충분할 것 같다. 내가 4인용 테이블에 앉자마자 철중이가 커다란 와인 병을 하나 꺼내오며 말했다.

"일단 마시자."

서현이는 별 말 없이 냉장고에서 샐러드와 과일을 안주로 꺼내왔다. 현관문을 열고 들어온 지 3분도 안 되어서 술판이 벌어졌다. 뭐, 어차피 수유역에 내렸을 때부터 시험 볼 생각은 접었으니까 괜찮겠지. 가슴 품에서 요동을 치는 청춘의 칼을 꺼내 가방 속에 처박아버렸다. 속이 시원하다. 서현이가 잔에 와인을 따라주는 동안 나는 머릿속으로 어떤 발언을 해야 할지 정리를 했다. 잘은 설명할 수 없지만 그래도 내가 왜 이런 결심을 내렸는지 말 한 마디라도 해야 할 것 같다.

"내일 시험이야. 난…."

"됐어. 더 이상 말 할 필요 없어. 어차피 시험은 안 볼 거잖아."

철중이가 손사래를 치며 내 말을 끊었다.

"구태여 변명하지 않아도 돼. 자, 첫 잔이야. 우아하게 건배하자고."

나름 차려놓은 안주에 와인 잔을 기울이니 뭔가 드라마에 나오는 한 장면 같았다. 물론 외모로 보자면 철중이와 서현이는 주연급이고 나는 세트장을 청소하는 스태프에 불과하겠지만. 술자리의 흐름은 어딜 가나 대부분 비슷하다. 처음에는 별다른 말이 없이 안주를 먹고 술잔을 기울이다가 취기가 오르는 것에 비례해 많은 대화가 오고간다. 입이 가렵다. 나는 하고 싶은 말이 있다. 되든 안 되든 왜 내가 시험을 보지 않으려는지 혀를 움직여 설명하고 싶다. 내가 엉덩이를 가만히 두기 못하고 가시방석에 앉은 것 마냥 꿈틀거리자 철중이는 이를 눈치 채고 입을 열었다.

"감정의 과정은 아무도 알아주지 않아."

녀석은 드라마에 나오는 주인공처럼 와인을 한 모금 음미 한 뒤 말했다.

"내가 고등학생 때 옆 학교 남학생이 자신의 아버지를 죽인 사건이 있었어. 살해 이유도 참 기가 막혔지. 분식집에서 식사를 하고 있는 도중에 아버지가 김밥 하나를 뺏어 먹자, 아들이 화가 나서 젓가락으로 아버지의 눈을 찌른 거야. 이 이야기를 들었을 때 난 뭐랄까… 세상엔 참 병신들이 많다고 생각했어. 김밥 하나 때문에 아버지를 죽이다니 당최 이해가 되질 않았어. 어떤 이유에서인지는 모르겠는데 이 사건이 내 머리를 떠나질 않아서 수업시간 내내 집중하질 못했어. 그때가 영어 시간이었는데, 오해는 하지 말아줘. 영어가 싫어서 일부러 이 생각을 붙잡고 늘어진 건 아니니까. 한창 이런저런 생각을 하고 있는데 갑자기 영어 선생님이 그 살인 사건 이야기를 꺼내는 거야. 그때 선생님이 했던 말이 아직도 기억이 나."

"뭐라고 했는데?"

철중이는 영어선생님의 성대모사를 하면서 말했다.

"우리는 과정을 알 순 없어. 결과만 알 뿐이야. 남학생이 괜히 아버지를 찔러 죽인 건 아닐 거야. 같이 살아온 기간 동안 쌓여있는 게 많았을 것이고, 그게 만약 부정적인 감정이었다면 김밥이라는 트리거 하나 때문에 폭탄이 폭발하듯이 살인을 부추긴 것이겠지. 우리 눈에는 자식이 부모를 죽인 엽기적인 사건으로만 기억되겠지만, 당사자들 사이에는 말할 수 없는 안타까운 사연이 있었을 거야. 그러니 함부로 판단하지 마."

철중이는 열심히 말했지만 난 별 감흥이 없었다. 내 반응이 약간 시큰둥하자 철중이는 와인을 살짝 입에 묻힌 뒤 말을 이었다.

"환이 주변엔 친구가 없지. 누가 그런 녀석과 같이 지내고 싶겠어. 이놈의 현재 모습을 보면 한심하기 짝이 없을 때가 많아."

내가 약간 인상을 찌푸리자 철중이가 웃으며 말했다.

"하지만 너에게는 다르잖아. 네가 계속 환이 옆에 붙어 다니는 이유가 있을 거 아냐. 너는 그 과정을 봤으니까."

나는 와인 잔을 내려놓았다. 와인 잔에 비친 내 모습을 보았다. 거기엔 박태수가 아니라 환이가 있었다. 나는 아기의 뺨을 부드럽게 쓰다듬듯이 와인 잔을 엄지손가락으로 문질렀다.

처음부터 환이가 지금과 같은 모습이었던 것은 아니다. 나는 와인을 급하게 비운 뒤 철중이를 향해 말했다.

"환이도 대학교 1학년 때는 정말 괜찮은 남자였어. 그런데…."

"됐어. 뒤는 말할 필요 없어. 말해봤자 헛수고니까. 지금 내가 너와 와인 잔을 기울이고 있다고 해서 한 몸인 건 아니야. 네가 느끼는 감정을 내가 고스란히 가져갈 순 없어. 말로 표현할 수 없는 답답함을 아무리 외쳐봤자 허공에 삽질하는 꼴이야. 사람들이 기억하는 건 오직 결과야. 현재의 모습이야. 환이가 과거에 괜찮은 남자였든 아니었든 간에 타인들은 지금의 모습만을 볼 뿐이야. 감정의 과정은 아무도 알아주지 않아."

서현이는 말없이 나와 철중이의 빈 잔을 채워줬다. 벌써 와인 한 병을 거의 다 비워간다. 철중이가 말했다.

"이 쓸모없는 이야기를 하는 이유는 너와 나를 합리화하기 위해서야. 시험이 당장 내일인데 넌 우리 자취방에 와 있지. 이걸 다른 사람한테 설명해서 이해시킬 수 있는 문제라고 생각해? 아니야. 아무도 이해해주지 않을 거야. 모두다 시험 전에는 자습실에서 공부하는 게 옳다고 생각하겠지. 마치 아들이 아버지를 찔러 죽이면 안 되는 것처럼, 환이의 현재 모습은 볼품이 없다고 판단하는 것처럼 말이야. 안타까운 건 그 누구도 아들이 왜 갑자기 아버지를 찔러 죽였는지 그 이유를 알고 싶어 하지 않아. 환이가 왜 저렇게 망가졌는지 알고 싶어 하지 않아. 너와 내가 왜 공무원 시험을 보지 않으려는지 그 이유를 아무도 알고 싶어 하지 않아. 아무도 감정의 과정을 알려고 하지 않아. 오직 결과만 볼 뿐이야. 심지어 술잔을 기울이고 있는 너와 나도, 바로 옆에서 술을 따르고 있는 서현이도 서로 간의 감정을 완벽히 이해할 순 없어. 하지만!"

철중이가 나에게 와인을 따라주며 말했다.

"방법이 아예 없는 건 아니야. 이렇게 술에 취하다보면 내가 남을 이해한다는 착각을 불러올 수 있지. 이것 참! 이래서 내가 알코올 중독자가 될 수밖에 없다니까. 아버지가 술로 죽었는데 자식도 술로 죽을 판일세! 하하하!"

맞는 이야기다. 내가 아무리 멋들어진 이유를 가지고 설명해 봤자 무슨 소용이 있을까. 타인의 눈에는 그저 공시에서 도망쳐 술판을 벌인 낙오자로만 보일 텐데. 곰과 호랑이는 굴에 갇혀 100일 동안 마늘과 쑥만 먹었다. 호랑이는 버티지 못하고 굴에서 도망쳤다. 타인의 눈에는 그저 호랑이가 참을성 없는 녀석으로 보일 뿐이다. 사실은 그게 다가 아닌데. 호랑이도 마음속으로 많은 생각을 했을 것이다. 인간이 될 수 있는 딱 한 번의 기회를 붙잡고 버티고 버티다가 도망친 것이다. 난 호랑이의 마음이 이해가 간다. 어떻게 이해했냐고? 철중이의 말대로 난 지금 술에 취했으니까.

커다란 와인 병이 바닥을 드러냈다. 서현이는 다른 와인을 꺼내 따르며 말했다.

"결과에 대한 책임은 져야 돼."

취기가 많이 오른 상태라 서현이의 말이 뭔 소리인가 싶다. 바지춤이 간지러워 눈을 돌리니 핸드폰이 울리고 있었다. 환이에게 전화가 왔다. 순간 나는 몸이 떨리며 경찰에 쫓기는 죄인처럼 두려워했다. 그러다가 갑자기 울화가 치밀었다. 내가 뭐 크게 잘못한 것도 아닌데 왜 무서워해야 하지? 하지만 전화를 받을 용기가 나진 않았다. 내버려두자. 어차피 한 소리 들을 거면 술이 깬 다음에 들어도 늦진 않겠지. 얼마 안 있다가 이번에는 지민이에게 전화가 왔다. 분명 환이가 시켜서 전화를 했을 것이다. 무시하고 와인 잔이나 기울이고 있는데, 녀석이 정말 끈질기게 전화를 해대서 결국 받았다. 나는 일부러 화를 내는 것처럼 말했다.

"뭐야?"

"태수 형? 형 지금 어디예요?"

"알 거 없어. 환이가 시켜서 전화한 거냐?"

"아니에요. 저도 환이 형 피해서 몰래 전화하는 거예요. 혹시 서현이 형 집이에요? 거기 계시면 저도 갈게요."

이 녀석도 공부가 어지간히 하고 싶지 않았나보구나. 나는 의례상 겉치레로 말했다.

"내일 시험 봐야지. 여긴 오면 안 돼."

"어차피 봐도 안 돼요."

나는 괜히 소곤거리며 말했다.

"그러면 환이 몰래 와. 내가 문자로 주소 보내줄게."

잠시 후. 막내 지민이까지 합세하여 술판을 벌였다. 어떻게 보면 이게 집들이 아닌 집들이겠지. 점잖은 서현이마저도 얼굴에 홍조를 띨 때까지 와인 잔을 비웠다. 아침부터 저녁까지 신나게 웃고 떠들다가 밤이 되어서야 자취방을 나왔다. 지민이를 수유역까지 바래다주고 난 술이 깰 겸 집까지 걸어갔다.

예전에 봤던 드라마의 한 장면이 떠오른다. 회사에서 명예퇴직을 강요당한 아저씨가 찜질방에서 하루를 보내다가 퇴근 시간에 맞춰 집에 들어갔다. 가족들은 아무 것도 모른 채 집에 온 아버지를 반긴다. 술을 마실 때는 즐거웠는데, 집에 가려니 죄책감이 어깨를 누른다.

핸드폰을 봤다. 환이에게 어떤 메시지도 오지 않았다. 녀석은 내가 어디 가서 무슨 짓을 하고 있는지 다 알겠지. 10년 가까이 같이 지냈으니 친구가 일탈을 해도 어느 정도 예측이 가능할 것이다.

시험 당일에는 아침부터 바쁜 것처럼 꾸며대고 집을 나왔다. 어머니는 따뜻한 순두부찌개라도 먹고 가라며 바짓가랑이를 붙잡았지만 난 시험장에 일찍 도착해 책을 봐야한다는 말도 안 되는 핑계를 대고 집을 빠져나왔다. 가방 속에는 커피숍에서 읽을 단편 소설 한 편만 들어있을 뿐이다. 도봉역 근처에 있는 커피숍에 들어가 밖이 훤히 보이는 창가 쪽에 자리를 잡았다. 아메리카노를 주문하고 가방에서 프린트를 꺼냈다. 이상 선생님의 단편소설 '날개'다. 이상 선생님은 1910년이라는 가장 힘든 시기에 태어나 1930년대라는 가장 절망적인 시기에 돌아가신 분이다. 이 분은 나보다도 나이가 어렸을 때 '날개'라는 소설을 완성했다.

기독교인들이 힘들 때마다 성경을 읽듯, 나도 인생에서 좌절감을 맛볼 때마다 날개를 읽었다. 문장 하나를 읽고 멈추기를 반복하면서 안에 담긴 깊은 뜻이 무엇일까 고민을 하며 사색에 잠겨본다. 너무 천천히 읽었을까. 소설은 아직 초반부인데 시간은 벌써 9시 20분이다. 이제 수험생들은 보고 있던 책을 다 집어넣고 시험을 기다리고 있겠지. 9시 40분 정도에 마지막으로 화장실에 갈 수 있고 50분에는 시험 유의 사항을 다시 듣는다. 그리고 10시가 되면 시험이 시작된다. 보지도 않을 시험장 풍경을 머릿속에 그릴 필요가 있을까. 나는 헛웃음을 지으며 눈을 다시 소설로 옮기려다가 괴상한 물체를 보았다.

나는 놀란 나머지 자리에서 얼음처럼 차갑게 굳었다. 환이다. 환이가 내 옆자리에 앉아있다. 녀석은 날카로운 눈을 창밖에 고정한 채 무표정한 석고상처럼 굳어있다. 항상 응석을 받아주던 인심 좋은 할머니가 어느 날 갑자기 화를 내고나면 다음부터 말 걸기가 힘든 것처럼 난 환이에게 아무런 소리도 낼 수 없었다. 10시가 되자 환이가 말했다.

"시험 시작이군."

그 뒤로 환이는 한 마디도 하지 않았다. 나는 소설 읽기는 고사하고 식은땀만 질질 흘리면서 환이 눈치만 봤다. 후루룩. 빨대로 빈 잔을 빨아들이는 소리가 카페 전체를 메운다. 나는 매 맞기 전에 떠는 아이처럼 마음이 불안했다. 아무 것도 안했는데도 시간이 꽤 빨리 갔다.

11시 40분이 되자 환이가 말했다.

"시험 끝. 밖으로 나와."

나는 불량배에게 끌려가는 초등학생처럼 종종걸음으로 환이를 따라 커피숍을 나왔다. 환이는 카페 뒷골목의 한적한 주차장으로 날 몰고 갔다. 환이는 주변에 사람이 없는 걸 확인하고 조용히 입을 열었다.

"너 왜 시험 안 봤어?"

내가 반대로 환이에게 묻고 싶은 질문이다. 내가 여기에 있는 건 어떻게 알았는지부터 정작 본인은 왜 시험을 안 봤는지까지 알고 싶다. 나는 환이의 눈을 마주치지 못하고 발끝으로 땅을 긁으면서 말했다.

"그냥…. 보기 싫어서…."

"지민이는? 어제 보니까 나 몰래 자습실을 빠져 나가려고 애를 쓰더라."

"걔도 아마 안 봤을 거야. 아마…."

만만한 친구한테 혼나는 느낌이 싫어서 나는 일부러 큰 목소리로 말했다.

"하고 싶은 말이 뭔데? 욕하고 싶으면 빨리 욕 해!"

환이는 거만하게 고개를 약간 삐뚤게 기울이며 말했다.

"너 시험 관두고 뭐 할 거야?"

"소설을 쓸 거야!"

"소설을 쓰겠다고? 네가…."

나는 환이의 말을 끊고 목소리를 한 층 더 높여 말했다.

"안 된다는 소리 좀 하지 마! 글을 써서 세계적으로 성공한 사람들이 얼마나 많은데, 그 중에 나는 왜 안 된다는 거야? 나도 할 수 있어! 나도 할 거야!"

환이가 고개를 바로하고 말했다.

"소설을 써서 성공을 하고 안 하고의 문제가 아니야. 소설을 쓰는 네 정신 상태를 지적하는 거야. 네가 타인의 눈에는 어떻게 보이는 줄 알아? 공무원 시험을 통과할 정도로 열심히 공부하고 싶진 않고, 밖에 나가서 힘들게 일하는 건 싫어서, 방바닥에 편히 앉아 글이나 쓰면서 쉽게 돈 벌고 싶은 게으름뱅이로밖에 안 보여. 그런 글을 누가 읽어줄까? 네가 거의 30년 가까이 살면서 해낸 게 뭐가 있어? 쌓아온 게 있어야 감동적인 글이라도 쓰지 않겠어? 좋아, 좋아, 좋아. 백번 양보해서 네가 지금 하고 싶은 일을 한다고 쳐. 신나게 소설 써. 그렇다면 한 명의 소설가로서 네 글에 책임을 질 수 있겠어? 네 손에서 탄생한 글이라면 너의 자식과도 같은데, 그 글을 평생 품에 안고 갈 수 있겠어? 힘든 거 다 포기하고 도망쳐 놓고선 책임감 하나도 없는 정신 상태로 꿈에 도전하는 네 모습이 얼마나 추해 보이는 줄 알아?"

환이는 내게 가까이 다가오며 말했다.

"내가 왜 오늘 시험을 안 본 줄 알아? 너에게 책임감이 무엇인지 알려주기 위해서야! 너 때문에 지민이랑 내가 공무원 시험을 못 봤어. 지민이는 어제 네가 불러서 같이 노느냐고 시험을 놓쳤고, 나는 너 붙잡으려고 여기까지 오느냐고 시험을 날렸어. 지금은 네가 책임질 게 몇 개 없으니까 나랑 지민이만 피해를 봤지만 나중에 펜을 들고 소설을 쓰면 수많은 독자들에게 미칠 영향을 고민해야 돼. 그런 생각을 조금이라도 해봤어?"

등짝이 차갑다. 친구한테 한 소리 듣는데도 팔과 다리가 떨린다. 환이가 말했다.

"날 설득해봐. 왜 공무원 시험을 포기하면서까지 하고 싶은 일을 하려는지 날 설득해봐. 옆에서 10년 가까이 널 지켜본 친구조차도 설득할 수 없다면, 넌 꿈을 추구할 자격이 없어."

나는 입 밖으로 소리를 내뱉을 수 없었다. 지금 내 기분이 어떤지 아는가? 창피하다. 초등학교 때 난 신체검사 시간이 싫었다. 키와 몸무게를 재면 내 실체가 밝혀지는 것 같았다. 키를 안 잰다고 짜리몽땅한 내 모습을 숨기고 다닐 수도 없는 건데 왜 그리도 현실을 두 눈으로 확인하는 게 싫었을까. 어차피 다 아는 사실인데. 내 속마음이 낱낱이 밝혀져서 창피하다. 좀 더 쉬운 비유를 들자면, 책가방이 열린 채로 여학생들 사이를 비집고 다니는 것보다 10배 더 창피하다.

환이는 아무 말도 못하고 고개 숙인 나를 붙잡고 근처 중식당에 들어갔다. 짜장 2개에 탕수육 소자 하나를 시켰다. 대화 없이 식사를 했다. 내 빌어먹을 목구멍은 사시사철 잘도 처먹는다. 1만 3천 원이 나왔다. 계산은 환이가 했다. 도봉역에서 버스를 타고 방학역에 내려 산책길을 걸었다. 환이와 나란히 서서 중랑천을 따라 올라갔다. 산책길을 쭉 따라 걸어가니 우뚝 솟아오른 도봉구청 건물이 보인다. 환이와 나는 도봉구청을 등지고 산책길 벤치에 앉았다. 환이가 차분한 목소리로 말했다.

"모아둔 돈은 얼마 남았어?"

"백만 원 조금 넘게 있어."

"앞으로 어떻게 할 거야?"

오늘 따라 대답 못 할 질문을 너무 많이 받아서 머리가 지끈거린다. 내가 무릎에 얼굴을 파묻자 환이는 입에 담배를 물면서 말했다.

"소설은 커녕 자기 인생에 대한 책임도 못 지는구나."

이젠 창피함을 못 느낄 정도로 얼굴 피부가 빳빳하게 굳었다. 환이의 한숨소리에 서현이가 스쳐 지나가며 했던 말이 떠올랐다. 결과에 대한 책임을 져야한다. 환이가 담배에 불이 붙이며 말했다.

"오늘 아침에 지민이랑 통화를 했어. 자기 부모님의 요양원에서 일을 해보는 게 어떻겠냐고 묻더라. 주말은 철중이랑 서현이가 일하기로 했고, 주중은 너와 내가 맡기로 결정했어. 설마 백수 새끼가 이것도 하기 싫은 건 아니겠지?"

환이는 내가 술에 취해 집에서 뻗어 자고 있을 때 많은 고민을 했을 것이다. 내일 시험을 볼 것인가 아니면 친구 녀석 정신 차리게 따끔한 소리 한마디 하고 시험을 포기할 것인가. 녀석은 날 선택했다. 뿐만 아니라 녀석은 아침에 지민이에게 연락까지 하여 일자리도 구해놓았다. 난 아침에 어머니가 차려주신 아침상 걷어차고 커피숍에서 놀 생각이나 했는데 말이다. 친구를 볼 면목이 없다. 나는 두 손으로 얼굴을 가리고 대답했다.

"할게."

"너 청춘의 칼, 어디다 놔뒀어?"

난 한 손으로 가방 앞주머니를 가리켰다. 환이는 가방에서 칼을 꺼내 손잡이에 줄을 묶어 목걸이를 만들었다. 녀석은 칼을 내밀며 말했다.

"꼭 지니고 다녀."

"응."

환이가 시키는 대로 할 수밖에 없다. 나는 반항할 수 없다. 환이는 불합격 소식을 전할 때 부모님께 어떤 변명을 대야 하는지도 알려줬다.

"무조건 아쉽게 떨어졌다고 어필해. 몇 문제를 실수로 틀려서 불합격 되었다고 말씀드려."

마치 얼굴에 화상을 입은 환자가 자신의 얼굴을 드러내지 않으려고 노력하듯이 나는 두 손으로 얼굴을 붙잡고 고개만 계속 끄덕였다. 환이는 내심 뭔가 미안했는지 어느새 내 어깨에 손을 올리고 위로의 말을 해줬다.

바지춤이 뜨끈해서 쳐다보니 지민이에게 전화가 왔다. 시험 보기 이틀 전 나는 지민이에게 꼰대 같은 소리를 해놓고 정작 본인은 글이나 쓰겠다며 한심한 짓을 하다가 친구에게 붙잡혔다. 나는 핸드폰 화면을 긁은 뒤 환이에게 넘겼다. 환이는 지민이와 이런저런 이야기를 한 뒤 전화를 끊으며 말했다.

"지민이가 이리로 온데. 기다리자."

나는 얼굴을 가리고 있던 두 손을 떼고 중랑천을 바라봤다. 지민이에게 뭐라 말해야할지 생각하다가 흘러가는 물줄기에 정신도 같이 떠내려 보냈다. 집중이 안 된다. 벤치에 앉은 엉덩이 살의 감각이 무뎌질 무렵 지민이가 왔다. 허리를 굽혀 인사를 하는 지민이에게 난 고개만 살짝 끄덕인 뒤 다른 곳을 보았다. 지민이는 환이와 나란히 앉아 요양원 일에 관한 대화를 나눴다. 나는 관심이 없는 척 하면서 귀를 기울였다.

첫째 주는 내가 월·화·수, 환이가 목·금을 일하고, 격주로 근무 요일을 바꾼다. 월급은 사대보험 가입 없이 65만 원에서 70만 원 사이이며, 시험 공부에 방해되지 않는 선에서 근무 강도를 정하기로 했다. 다음 주 월요일부터 일을 시작하기로 약속하고 대화를 마무리했다. 지민이가 일어나 돌아가려 할 때 나는 지나가는 소리로 말했다.

"미안하다. 나 때문에 너까지 시험을 못 봤구나."

지민이는 시험을 안 본 건 자기 잘못이니 신경 쓰지 말라며 인사를 크게 한 번 더 하고는 자리를 떴다. 나는 환이랑 헤어지고 집으로 돌아가기 전, 근처에 있는 발바닥 공원에 들렀다. 여긴 아무 생각 없이 걷기에 참 좋은 장소다. 나는 증기기관 기차가 연기를 내뿜듯이 한숨을 푹푹 쉬며 발바닥 공원을 쉼 없이 걸었다. 마음속으로 철중이와 서현이에게까지 미안하다는 사과를 했다. 내가 스터디셀을 박차고 나가지 않았더라면 철중이는 지금까지 공시 공부를 꾸준히 했을 수도 있다. 그러면 서현이도 따라서 계속 공부를 했을 것이고 둘 다 좋은 시험 점수를 받아 지금쯤 면접 준비를 했을지도 모른다. 내가 무심코 했던 행동들이 생각지도 못한 영향을 미치고 있다. 결과에 대한 책임을 져야 한다. 친구들의 이름을 마음속으로 불러본다.

환이, 철중이, 서현이, 지민이.

다음 주부터는 요양원에서 일을 시작한다. 내가 노인들의 수발을 들면서 돈을 벌게 될 줄은 꿈에도 생각지 못했다. 인생은 정말로 한 치 앞도 알 수가 없구나. 앞으로도 어떤 일이 벌어질지 궁금하다.

나는 밤공기를 폐 속에 가득 담고 집으로 돌아갔다.

9

골품의 탑 뒤로 그림자가 길게 드리워진 어둑한 바닥에 죄수들이 널브러져 있다. 다름죄는 수호자를 도와 쓰러진 죄수들을 돌보았다.

수호자: 쓰러진 자들에 대해 존경심을 가지시오. 이들은 한때 골품의 탑을 위해 온몸을 던져 희생하신 분들이오. 단지 몸이 늙고 쇠해져 탑 뒤편으로 들어와 죄수복을 입고 누워있는 것뿐이오. 혹자는 이분들을 '늙음죄'라고 칭하기도 하오. 하지만 그건 죽을힘을 다해 한평생을 살아온 자들에 대한 모독에 가깝소. 쓰러진 자들의 과거를 살피어 현재를 너그럽게 여겨주시게나.

다름죄: 명심하겠나이다.

멀리서 몰래 훔쳐보던 노력죄가 나타나 말하길

노력죄: 탑에 오르지 못하니 그림자에 갇힌 죄수들의 똥이나 치우면서 지내는구나. 다름죄여, 네 모습이 참으로 처량하도다.

다름죄: 닥쳐라! 계속 더러운 소리를 지껄인다면 흠씬 두들겨 패주겠다.

다름죄의 으름장에 놀란 노력죄가 바람처럼 재빨리 달아났다. 노력죄를 쫓아낸 뒤 다름죄는 누워있는 늙은 죄수들을 정성껏 돌보았다. 허나 늙은 죄수들은 다름죄를 함부로 대하였으니, 그에게 침을 뱉고 욕을 하며 심지어는 오물을 던지기도 했다. 골품의 탑에 앉아 이를 지켜보던 공주들이 크게 웃는다. 창피한 다름죄는 골품의 탑을 향하여 소리쳤다.

다름죄: 나는 죄수가 아니다! 나를 봐 달라. 죄수복에 갇혀서 뜻을 펼치지 못해 답답하여 미치겠다. 나는 사자 같은 기개를 가진 용사가 아니다. 눈처럼 뽀얀 뺨을 가진 화랑도 아니다. 허나 가슴에 뜨거움이 가득하여 얼마든지 붉은 피를 쏟아낼 수 있는 사관이다. 나는 칼보다 강한 붓을 놀리며 흰 얼굴보다도 아름다운 글을 쓸 줄 안다. 나 좀 봐 달라! 나 좀 봐 달라! 제발, 나를 인정해 달라!

탑 위의 공주들이 다름죄를 향하여 야유를 퍼붓는다.

공주1: 네놈은 말로만 큰소리를 쳐대고 무당이 나타나면 무릎이 벗겨져라 용서를 비는 소인배에 불과하니 공주를 품에 안기에는 그릇이 작다. 누가 너 같은 놈의 품안에 안기고 싶어 하겠느냐?

공주2: 가진 것이라고는 빨간 피로 더럽혀진 죄수복 하나밖에 없는 네가 우리와 어울린다고 생각하느냐? 주제를 알지어다.

공주 합창: 죄수들은 우리와 손잡을 수 없다네. 우린 관복을 입은 왕자님을 기다린다네. 골품의 탑에 오르기 전까지 우릴 넘보지 말지어다.

하얀공주: 왕자님, 왕자님, 저를 구해주시어요. 저는 끝까지 당신을 기다릴게요.

다름죄: 하얀 옷을 입은 공주여! 내 비록 왕자님은 아니나 흰 종이만큼이나 무한한 가능성을 가지고 있소. 나는 어떻소?

하얀공주는 다름죄를 무시했다. 그녀는 초점을 잃은 눈으로 골품의 탑 아래를 내려다볼 뿐이었다. 다른 공주들이 다름죄에게 손가락질을 하며 깔깔 웃어댔다.

공주 합창: 하얀공주는 탑에서 가장 새침데기인 여자. 황색 관복을 얻은 수많은 왕자들이 무릎을 꿇어보았으나 그녀는 반응조차 없지.

누구에게도 인정받지 못한 다름죄가 좌절하여 무릎을 꿇고 눈물을 흘릴 적에 빨간 비단옷을 입은 공주가 말하길

빨간공주: 다름죄 님, 고개를 드시어요. 저는 관복 색깔 따윈 신경 쓰지 않는답니다. 설령 당신이 탑에 오르지 못한 자라 할지라도 저는 상관하지 않는답니다. 저는 선한 사람을 좋아해요. 저를 봐주세요.

빨간공주의 아름다운 자태를 보자 다름죄는 바로 사랑에 빠졌다. 황홀함에 정신이 몽롱해진 다름죄는 빨간공주를 위한 시를 지어 올렸다.

다름죄: 하늘이 그대에게 반해 구름을 던져 여름에 눈이 내렸다네.
땅이 그대에게 반해 뜨겁게 달아올라 겨울에 새순이 솟아나네.
그대가 발걸음을 옮길 적마다 자연의 순리가 뒤집어질 정도니
당신의 아름다움에 나라가 아닌 온 세상이 기울지어다.

빨간공주가 만족스런 표정을 지으며 다름죄에게 손을 흔들어줬다. 다름죄는 신이 나 자리에서 오두방정을 떨며 즐거워했다.

청춘의 칼로 가슴을 긋고 하루를 시작한다. 오늘은 단순한 월요일이 아니다. 한 주의 시작이자 내 인생의 새로운 출발점이다. 노량진에서 현장 강의를 들을 정도의 자금은 없기 때문에 인터넷 강의로 공부 방향을 돌렸다. '프리패스'라고 1년 동안 국어, 영어, 한국사, 그리고 선택과목 2개에 한하여 강의를 자유롭게 선택해서 들을 수 있는 수강 방법이 있는데, 예전에는 약 60만 원 정도 했던 가격이 이제는 80만 원 후반까지 올랐다. 만약에 프리패스의 수강 기간을 늘이고 각종 옵션을 추가하면 가격은 100만 원이 훌쩍 넘어가버린다. 내가 등록한 학원 사이트뿐만 아니라 다른 학원도 수강료가 올랐다.

최악의 실업률. 법으로만 존재하는 정년. 기업의 살인적인 노동 강도. 애를 낳고 출산휴가를 달라고 하면 책상을 빼버리는 냉혹함. 저녁이 말살되고 주말을 반납해야하는 삶. 인생을 통째로 회사에 갈아 넣어도 버림을 받는 극악의 노동환경에서 공무원이란 직업은 일과 삶을 모두 지킬 수 있는 유일한 해결책이다.

자비롭게도, 공시는 나처럼 스펙이 떨어지고 나이를 먹어 오갈 데가 없는 사람들에게도 도전할 수 있는 공평한 기회를 준다. 이렇다보니 매년 공시에 유입되는 사람들이 많아졌고, 아예 대학을 포기하면서까지 공무원을 목표로 공부하는 어린 학생들도 늘어나고 있다. 이러니 인터넷 수강료가 1년 사이에 20만 원씩 올라도 뭐라 항의도 못한다. 약간의 부정행위이지만 나는 환이와 수강료를 반반씩 부담하고 서로 겹치지 않는 시간 때에 강의를 듣기로 했다. 예를 들면, 내가 월·화·수에 일을 하면 환이가 오전에 강의를 듣고 내가 오후에 수강을 한다. 근무 요일이 바뀌면 마찬가지로 오전과 오후를 바꿔 인터넷 강의를 듣는다.

독서실 이용권도 하나 새로 끊었다. 한 달에 12만 원하는 곳인데 구조가 참 특이하다. 독서실은 총 8개의 방이 있고, 방을 칸막이로 가려놔 1인실로 꾸며놓았다. 방문을 열고 들어가면 딱 나 혼자 들어가 공부할 수 있는 공간만 있다. 이런 식으로 각 방마다 8개의 1인 좌석이 있다. 방 안은 어둡다. 창문도 없다. 불빛이라고는 책상 위에 붙어 있는 스탠드 조명 하나뿐이다.

처음 독서실에 방문했을 때 사방에서 지지직거리는 소리가 너무 신경 쓰여 사장님께 불만을 털어놓았다. 이는 마치 신호가 나오지 않는 TV채널을 틀었을 때 터져 나오는 소음 같았다. 사장님은 배가 불룩 나오고 얼굴이 동그란 아주머니였는데 웃는 모습이 참 편하고 보기 좋았다. 사장님은 천장 스피커에서 나오는 소리가 백색소음이라며 지금은 시끄럽게 들리겠지만 적응하면 공부에 더 집중할 수 있게 만들어준다고 했다. 나는 환이와 같이 독서실에 다니고 싶었지만 녀석은 이용권을 끊지 않았다. 한 달에 12만 원씩이나 독서실에 쏟아 붓느니 차라리 집에서 공부하겠다고 말했다.

공부하는 방법, 장소가 급변하니 기분이 새롭다. 굳은 다짐을 하고 노량진에 막 상륙했던 때의 기억이 떠오른다. 지금은 청춘의 칼이 떨지 않는다. 대신 가슴이 떨린다.

월요일인 오늘, 환이와 같이 요양원에 첫 출근을 한다. 환이는 근무일이 아니지만 요양원에 계신 분들께 인사차 방문한다. 요양원은 우리 집에서 15분 거리에 있다. 조금 빨리 걸으면 13분, 뛰면 7분 내에 도착할 수 있다. 첫 출근이니 너무 늦지도 빠르지도 않게 15분 전에 도착하기로 마음먹고 집을 나섰다. 우산을 쓰자니 팔이 아프고 안 쓰자니 머리가 촉촉하게 젖는 가랑비가 내린다. 바지 주머니에 손을 넣고 터덜터덜 길을 걷는다.

저번 주말에 나는 오스카 남우주연상을 위협하는 연기를 펼쳤다. 어머니 앞에서 정말 아깝게 공시에 떨어진 것처럼 거짓말을 했다. 두 번이나 시험에 낙방했으니 어머니가 폭발하는 화산처럼 울컥 화를 터뜨릴 것을 각오하고 있었지만 의외로 조용히 넘어갔다.

요양원은 소방서 맞은편 건물 2층에 있다. 1층 입구에 익숙한 모습의 녀석이 핸드폰을 보고 있다. 환이다. 나는 미소와 함께 손을 흔들었다. 녀석도 웃어준다. 우리 사이는 이렇다. 아무리 싸우고 서로 자존심을 상하게 해도 다음 번에 만날 때는 웃으며 손을 흔들어 인사를 한다. 환이와 함께 나란히 건물 입구로 들어갔다. 1층 홀 좌측으로는 뼈다귀 해장국 집이 들어서 있고 우측으로는 약국이 있다. 비 냄새, 약 냄새, 돼지고기 냄새가 한데 섞여 내 코끝을 건드리자 약간 헛구역질이 올라왔다. 2층으로 올라가자 좌측으로 요양원 간판과 함께 도어락 유리문이 있었다. 나와 환이가 유리문 너머로 기웃거리자 안에 있던 한 중년의 여성이 문을 열어주며 말했다.

"어서 오세요."

피부가 새 하얗고 눈이 반짝이는 분이었다. 나이가 먹은 것이 피부결에 살짝 보이긴 했지만 충분히 여자로 느껴질 만큼 매력적이었다.

"안녕하세요. 지민이의 소개를 받고 온 박태수입니다. 내일 일하게 될 환이랑 같이 방문 했습니다."

"네, 이야기 많이 들었어요. 직원용 슬리퍼로 갈아 신고 사무실로 들어오세요."

슬리퍼로 갈아 신으면서도 우리는 주변에서 일하고 계신 분들께 계속 고개를 숙이며 인사를 드렸다. 군대에서 이등병 시절 때 일을 하다가도 선임이 지나가면 일단 경례부터 했던 기억이 떠올랐다. 홀에 앉아 계신 할머니들은 우리가 신기했는지 눈을 끔뻑이며 계속 쳐다봤다.

현관 유리문 바로 옆으로 난 작은 사무실에 들어가자 피부가 검고 탄탄한 중년의 여성이 또 한 분 계셨다. 그 분은 머리에 선글라스를 헤어핀처럼 꽂고 있고 눈매가 날카로운 것이 왠지 기가 엄청 세 보였다. 나와 환이는 또 큰 목소리로 인사를 했다.

"안녕하세요."

"어머, 안녕하세요."

인사를 하며 악수를 나누는데 악력이 굉장했다. 우린 사무실 탁자에 둘러앉아 녹차를 마시며 업무에 관해 간단한 설명을 들었다. 피부가 새하얀 선생님은 유치원생을 대하듯이 말했다.

"저하고 옆에 계신 분은 사회복지사라고 해요. 저희는 여기 요양시설과 어르신들을 관리하고 있어요. 밖에 계신 분들은 간호조무사와 요양보호사 분들이세요. 태수 씨와 환이 씨는 주로 저분들을 도와서 일을 할 거예요. 요양원 청소, 식사 도우미, 행사 진행 등에 보조 역할을 맡는다고 생각하면 될 거예요."

환이가 손을 들며 조심히 물었다.

"혹시 지민이 부모님은 여기 안 계신가요?"

"그분들은 본관에 계셔요. 여기는 별관이에요. 본관은 파주시 금촌동에 있어요. 거기는 여기보다 훨씬 커요. 이곳은 한 층만 요양시설로 꾸몄는데 본관은 건물 전체가 어르신을 수용할 수 있어요. 나중에 시간이 되면 한번 찾아가서 인사를 드리세요."

세상에 요양시설을 2개씩이나 가지고 있다니. 이지민 이 녀석 금수저였구나. 앞으로 지민이에게 좀 더 잘해줘야겠다는 싸구려 마음을 먹었다.

피부가 새하얀 사회복지사의 이름은 고은혜 씨이고 피부가 까만 분은 황정숙 씨이다. 빨리 이름을 외워야겠다는 생각에 고은혜 씨를 보며 '피부가 새하얗게 곱네요.'라고 머릿속으로 되뇌었고, 황정숙 씨를 보며 '피부색이 진한 황색이네요.'라고 조용히 입술을 움직이며 중얼거렸다. 피부색과 겉모습만 보면 성격이 서로 극과 극일 것 같지만 잠시 동안 이야기를 나눠보니 두 분 다 굉장히 친절하시다. 고은혜 선생님은 일손을 도우면서 주의해야할 몇 가지 사항을 알려주셨다.

"여기 계신 어르신들은 대부분 치매를 앓고 있어요. 여러분이 알고 있는 일반적인 노인 분들이 아니에요. 사람은 애로 태어나서 애로 죽어요. 어르신이 이성을 잃고 험한 소리나 행동을 해도 어린애가 어리광을 부린다고 생각하면 마음이 편할 거예요."

고은혜 선생님은 어린 우리에게 존댓말을 써가면서 요양원 생활에 대해 알려주셨다. 나와 환이는 열심히 수업을 듣는 모범생처럼 고개를 끄덕이며 필요한 내용이 있으면 메모장에 적어놓았다. 대략적인 이론 설명이 끝나자 황정숙 선생님이 우릴 이끌고 요양원에 계신 어르신들을 소개했다. 몸을 움직일 수 있는 분들은 우리의 인사를 받아줬지만, 누워서 생활을 하시는 분들은 눈만 움직이면서 알 수 없는 신호를 보낼 뿐이었다.

요양원을 한 바퀴 도는데 나는 무엇보다도 냄새에 적응하기 힘들었다. 노인들에게서 나는 특유의 체취가 내 머리를 아프게 했다. 삶을 시작하는 자가 아닌 삶을 마치는 자가 빚어내는 냄새는 주변 공기 자체를 탁하게 만들었다. 황정숙 선생님이 말했다.

"우리는 어르신들을 클라이언트라고 불러요. 태수 씨랑 이환 씨가 여기서 얼마나 일을 할지는 모르겠지만, 클라이언트의 이름은 꼭 외우도록하세요. 관심 있게 본다면 일주일 안에 다 외울 수 있을 거예요."

어르신들께 인사를 마친 후 환이와 요양원 밖으로 나와 잠시 쉬는 시간을 가졌다. 환이가 말했다.

"공부 못하면 이런 곳에 와서 일하는 거야. 이제 공시 떨어지면 새우잡이 배를 타든가 아니면 평생 노인들 기저귀나 갈면서 사는 거야."

이 녀석은 밖으로 나오자마자 더러운 소리를 내뱉는다. 나는 화가 치밀어 올라 말했다.

"무슨 말을 그렇게 하냐? 어르신들에게 필요한 도움을 주는 것이 어디가 어때서!"

"그럼 너는 열심히 공부해서 대기업 갈래 아니면 요양원에 와서 골골대는 노인들이랑 붙어있을래?"

환이의 말은 항상 반박하기가 힘들다. 분명히 틀린 말인데 시원하게 한소리 지르지 못하는 내가 밉다. 환이는 씩씩거리는 나를 뒤로하고 집으로 돌아갔다. 나는 다시 요양원으로 들어가 행사를 준비했다. 10시 30분부터 시작하는 치매예방 보드게임을 위해 난 각 방마다 침대에 누워 계신 어르신들을 휠체어에 옮겨 태웠다. 요양보호사들이 다리를 잡았고 내가 어르신들의 겨드랑이 사이로 손을 넣어 번쩍 들어올렸다. 요양보호사들은 힘이 센 남자가 왔다며 좋아했다. 오랜만에 어른들로부터 칭찬을 들으니 기분이 좋다. 생각해보니 마지막으로 칭찬을 들었던 적이 언제였는지 기억이 가물가물하다.

나는 땀을 흘리며 일했다. 어르신들을 전부 휠체어에 태워 중앙 메인 홀로 옮기고 나니 보드게임 선생님이 오셔서 행사를 진행했다. 뒤에 멀뚱히 서서 지켜보는 가운데 눈에 띄는 어르신이 한 분 계셨다. 그 분은 얼굴뿐만 아니라 온 몸에 종기가 올라서 전염병에 걸린 것 같았다. 그 어르신은 친구가 없는지 혼자서 게임을 하고 있었다. 내가 도와주고 싶었지만 종기가 나한테 옮을까봐 두려워 쉽사리 발을 움직일 수 없었다. 곁에서 지켜보고 있던 요양보호사 한 분이 어르신의 울퉁불퉁한 손을 정답게 쥐어주면서 말했다.

"어르신, 저랑 같이 게임 하실래요?"

어르신은 종기로 뒤덮인 얼굴을 붉히며 고개를 끄덕였다. 요양보호사가 쉽사리 만지는 걸 보니 전염병은 아니구나. 하긴 애초에 위험한 질병을 가진 사람을 병원이 아닌 요양원에 둘 리가 없지. 하지만 나는 못하겠다. 돈을 받아도 저건 못하겠다. 아까 환이가 저질스럽게 내뱉은 말이 내 뇌리를 스쳤다. 어차피 아르바이트로 일하는 거니까 대충하고 꼭 공시에 합격하

자. 만약에 합격하지 못하면…. 나는 눈을 들어 웃으면서 어르신과 같이 게임을 하는 요양보호사를 보았다. 요양보호사는 팔에 솟아난 어르신의 종기를 아무렇지도 않게 만졌다. 나는 몸을 부르르 떨면서 속으로 다짐했다.

'시험에 꼭 합격하자.'

점심시간에 이르러서 게임이 끝났다. 나는 요양보호사들을 도와 어르신들을 휠체어에서 침대로 도로 옮겨 놨다. 점심시간에는 어르신 식사 도우미 역할을 맡았다. 침대 밑에 있는 버튼을 누르면 머리 부분의 매트리스가 올라와 의자처럼 변해 어르신들이 앉을 수 있게 된다. 이 상태에서 침대 발끝 부분에 달린 간이 식탁을 올리면 식사 준비가 완료된다. 나는 팔다리를 쓸 수 없는 어르신 옆에 의자를 갖다놓고 앉아 식사를 챙겨드리기로 했다. 침대 옆 이름 카드에는 '송태화, 81세'라고 적혀있다. 이 분은 눈빛이 초롱초롱한데 말 한마디 제대로 못한다. 내가 어떻게 해야 할지 모르자 옆에 있던 요양보호사 한 분이 말씀하셨다.

"송태화 할머니는 예전에 제주도 해녀셨어요. 해녀 생활을 몇 십 년 동안 해서 자식을 다 대학에 보내신 분이에요."

누워서 꼼짝 못하고 입만 뻥긋거리는 할머니가 옛날에는 물길을 헤집고 다니던 해녀였다는 사실이 믿기지 않는다.

"이분이 말을 못하시고 팔다리도 못 쓰시지만 반찬투정은 아주 잘 하세요. 먹기 싫은 거는 안 먹으려고 아주 안달을 하세요. 그런데 간식 같은 거는 족제비 마냥 잘도 잡수셔요."

오늘 점심메뉴는 된장국과 묽은 야채죽이다. 송태화 어르신은 이가 다 빠져 제대로 씹을 수가 없기 때문에 죽밖에 먹을 수가 없다고 한다. 나는 죽이 뜨거울까봐 후후 불어 먹여드리려는데 어찌나 입을 열지 않는지 속이 답답해 죽는 줄 알았다.

"송태화 어르신, 이거 드셔야 돼요. 할머니가 빨리 드셔야 저도 밥을 먹죠."

순갈을 어르신 입에 대어 보지만 고개를 비오는 날 자동차 와이퍼처럼 움직여 온몸으로 식사를 거부한다. 결국 야채 죽을 입가 주변에만 묻히고 먹이진 못했다. 주변 어르신들은 식사가 거의 다 끝나갔기에 나는 급한 마음에 억지로 숟가락을 할머니 입에 밀어 넣었다.

"퉤! 콜록콜록."

송태화 할머니가 내 얼굴에 죽을 뱉었다. 물컹한 죽이 내 얼굴에 튀면서 시큼한 침 냄새가 풍겨왔다. 밥그릇을 정리하던 요양보호사 한 분이 나에게 다가와 말했다.

"총각이 처음 해봐서 그래요. 이게 다 먹이는 방법이 있어요. 제가 할 테니까 총각은 어서 가서 씻어요."

나는 가볍게 묵례를 하고 자리에서 일어나 남자 화장실로 갔다. 화장실에 가니 웬 할아버지 한 분이 변기에 앉아 똥을 싸면서 날 멍하니 쳐다본다. 역겨운 똥 냄새가 내 코끝으로 들어온다. 얼굴에 묻은 물컹한 밥알, 침 냄새, 똥 냄새가 모여 내 비위를 건드린다. 나는 헛구역질을 하면서 간단히 세수만 한 뒤 요양원 건물 밖으로 나왔다.

"젠장!"

하늘을 우러러 부끄러운 욕을 내뱉었다. 이게 내 현실이다. 요양원에 온 지 4시간 만에 참을 수 없는 분노가 터져 나왔다. 어느 싸구려 드라마에서 어머니가 어린 아이에게 '너 공부 못하면 길거리에서 청소나 하는 아저씨가 될 거야.'라고 말했던 장면을 보며 난 두 주먹을 불끈 쥐었던 적이 있었다. 직업의 귀천을 갈라 평가하는 못된 어른에 대한 분노였다. 하지만 지금의 난 그 어머니의 마음이 이해가 된다.

영문학 따윈 집어치우고 외고를 갔어야 했다. 세계문학전집 따윈 불사르고 명문대를 갔어야 했다. 소설 집필 따윈 가슴에 묻고 대기업에 입사를 했어야 했다. 글쓰기 따윈 펜을 꺾어버려서라도 포기하고 공무원 시험에 모든 것을 걸어야 했다. 매번 중요한 순간마다 남들과 다른 생각으로 다른 선택을 했다. 그리고 그 다른 선택에 대한 비참한 결과가 바로 지금 내 모습이다. 송태화 어르신의 침 냄새가 아직도 얼굴 주위를 맴도는 것 같다. 역겹다. 핸드폰이 울린다. 고은혜 선생님께 문자가 왔다.

'태수 씨, 수고했어요. 처음이라서 힘들죠? 밖에서 식사하고 오세요.'

나는 길 건너 대형마트로 힘없이 걸어 들어갔다. 푸드 코트에서 메뉴를 확인하는데 가격이 마음에 걸린다. 노량진과 달리 죄다 고가여서 먹기가 두렵다. 나는 먹고 싶은 것보다는 제일 싸고 양도 많아 보이는 돌솥비빔밥을 선택했다. 식권을 끊고 자리에 앉아 대기하는데, 아직까지도 침 냄새와 똥 냄새가 코 주위로 아른거린다. 밥을 남겼다. 어느 순간에나 내 목구멍은 일을 열심히 해왔는데 오늘만큼은 휴업하고 싶은가 보다.

주위를 둘러봤다. 나만 혼자서 밥을 먹는다. 회사 직원들, 아이랑 같이 쇼핑을 온 부인들이 재잘거리며 즐겁게 식사를 한다. 혼밥이 어색한 건 아니다. 노량진에서도 자주 혼자 먹었다. 다만 노량진에서는 나만 혼자인 게 아니라 전부 혼자였다. 하지만 여기서는 나만 혼자다. 나는 숟가락을 놓고 자리를 떴다. 식기를 반납하려는데 내가 너무 많이 남겼는지 음식점 직원이 물었다.

"맛이 이상했나요?"

"아니요, 맛있었어요. 제가 지금 급히 가볼 곳이 있어서…."

식기를 반납하고 도망치듯 푸드 코트에서 나왔다. 전쟁에서 패배한 병사처럼 걸어 요양원 건물 앞까지 왔다. 도저히 안으로 걸어 들어갈 기분이 나질 않는다. 지민이에겐 미안하지만 그만둔다고 말하자. 나는 바지춤에서 핸드폰을 꺼냈다. 전화를 걸기 전 폰뱅킹으로 통장에 잔액이 얼마 남았다 확인했다. 20만 8천 원.

"젠장!"

이번에는 바닥에다 대고 부끄러운 단어를 뱉었다. 이제까지 살아온 인생이 한심스럽다. 대체 무슨 겉멋이 들어서 가장 중요한 순간에 가장 멍청한 선택을 해 온 걸까. 나는 가슴 품을 움켜잡았다. 묵직한 청춘의 칼이 손 안에 잡힌다. 칼은 조용하다. 떨림이 없다.

"어쩔 수 없구나."

나는 천천히 계단을 밟아 2층으로 올라갔다. 오후에는 특별한 일이 없었다. 거실에 있는 큰 탁자에 어르신들과 둘러앉아 좀비가 되어 멍하니 TV를 봤다. TV에는 중년의 신사들이 나와 트로트를 열창했다. 빌보드 음악만을 듣는 나에겐 트로트가 고문으로 다가왔다. 점심 먹은 게 소화가 잘 안 되어 속은 쓰리고, 귀로는 듣기 싫은 음악이 흘러 들어오고, 코에는 아까 맡았던 할머니의 침 냄새가 아직도 남아있다. 모든 것이 짜증난다.

오후 3시는 간식시간이다. 나는 아까 맡은 송태화 할머니를 또 담당하게 되었다. 이번에는 먹이기 쉬웠다. 죽은 죽어라고 안 먹더니 간식은 족제비처럼 주는 족족 잘도 받아먹는다. 메뉴는 잘게 썬 참외와 달콤한 빵과자였는데, 송태화 할머니는 5분도 안 되어 다 먹어치웠다. 문제는 여기서부터 시작됐다. 오후 5시에 어르신들이 저녁식사를 하는데, 송태화 할머니가 간식을 너무 많이 먹어버린 나머지 입안으로 들어오는 숟갈을 아예 거부했다. 속이 답답해 한숨을 쉬는 와중에 할머니가 방구를 뀌었다. 침대를 떨리게 하는 약한 진동과 함께 토가 쏠리는 역겨운 냄새가 났다. 나는 바퀴벌레를 발견한 처녀처럼 놀라 황급히 뒤로 물러났다.

"이런 젠장!"

내가 그릇을 들고 허둥지둥 거리자 방 밖에서 요양보호사 아주머니가 들어오시며 말했다.

"총각, 내가 할게요."

나는 가볍게 고개를 끄덕이고 요양원 건물 밖으로 뛰어나가 숨을 크게 들이마셨다가 내뱉었다.

"후아, 젠장."

폐 속에 들어있는 더러운 공기를 밖으로 빼내면서 나도 모르게 상스러운 단어가 나왔다. 심호흡을 하고 있는데 전화가 왔다. 고은혜 선생님이 지하에 가서 택배 좀 받아달란다. 지하 주차장에서 택배 박스를 받고 2층으로 올라오니 또 역한 냄새가 내 몸으로 파고든다. 나는 인상을 찡그리며 요양원으로 들어갔다. 어르신들은 저녁 식사를 거의 마무리했다. 오늘 하루는 이렇게 끝이 났다.

황정숙 선생님은 머리에 붙은 선글라스를 만지작거리며 첫날에 이 정도면 잘했다고 칭찬을 해줬다. 나는 거짓 웃음을 지으며 감사의 인사를 드리고 바로 퇴근했다.

집에 오자마자 샤워를 했다. 샤워 타월로 피부가 벗겨져라 밀어보지만 몸에 베인 요양원의 냄새가 사라지지 않는다. 수건으로 물기를 털고 침대에 누워 베개에 얼굴을 파묻었다. 아직까지도 할머니의 침 냄새가 나는 것 같다. 한 것도 없는데 몸은 피곤에 절어 손가락 하나 움직일 힘이 없다. 책이라도 몇 자 봐야하는데 도통 공부할 생각이 머리에 들지 않는다. 나는 노친네들 뒷바라지만 하다가 죽을 운명인가?

"젠장."

믿기지 않겠지만 난 욕을 별로 하지 않는다. 아무리 화가 나도 말은 가려서 한다. 그런 내가 오늘 몇 번이나 상스러운 말을 뱉었는가. 세기도 귀찮다. 잠이나 자자.

다음날 아침에 눈을 뜨자마자 입을 열었다.

"젠장, 출근이네."

청춘의 칼로 가슴을 긋고 하루를 시작한다. 집에서 출발은 일찍 했는데 지각을 했다. 요양원에 들어가기가 싫어서 주변에 있는 놀이터를 빙글빙글 돌며 시간을 보냈기 때문이다. 한 3분 정도 지각을 했는데 주위에서 아무도 뭐라 하지 않았다. 고은혜 선생님은 나이보다 훨씬 어려 보인다. 형광등 빛이 얼굴에 반사되어 가뜩이나 하얀 피부가 더욱 더 빛이 났다. 피부가 정말 고운 고은혜 선생님이다.

"태수 씨, 어제 1호실 어르신들이 조금 힘들게 했나요?"

보통 어른이 걱정을 해주면 괜찮다고 말하는 미덕이 필요하지만 나는 단호하게 힘들다고 고백했다. 고은혜 선생님은 고심 끝에 나를 2호실에 배정해줬다. 어제 있던 1호실에는 나에게 죽을 뱉었던 송태화 할머니와 온몸에 종기가 난 할머니가 있었다. 2호실에 계신 분들은 훨씬 괜찮겠지, 라고 생각하며 방문을 열었다. 한 할머니가 갑자기 고함을 쳤다.

"여보세요! 여보세요! 여기로 좀 와줘요."

다급한 목소리에 나는 무슨 일이라도 났나 싶어서 달려갔다. 내가 오자 할머니는 갑자기 조용해졌다. 침대 옆 이름 카드에는 '허정란, 89세'라고 쓰여 있다.

"할머니, 괜찮으세요?"

"엉덩이가 아파요."

나는 침대 아래에 있는 버튼을 눌러 매트리스를 의자처럼 세웠다. 이렇게 하면 괜찮아지겠지.

"허리가 아파요. 내려줘요."

나는 버튼을 눌러 다시 매트리스를 내렸다.

"엉덩이가 아파요. 올려줘요."

버튼을 눌러 매트리스를 올렸다.

"허리가 아파요. 내려줘요."

"젠장, 어쩌란 거야…."

나는 버튼을 눌러 매트리스를 올린 것도 내린 것도 아닌 애매모호한 상태로 세팅해 놓고 방 밖으로 나왔다. 짜증이 치민다. 방 안이 무너질 정도로 허정란 어르신의 큰 목소리가 터져 나왔다. 대체 누워있는 할머니가 어디서 저런 힘이 남아 큰 소리를 지르는지 요양원 유리가 덜덜 떨릴 정도였다.

"여보세요! 여보세요! 여기로 좀 와줘요! 여보세요!"

나는 황급히 방 안으로 다시 들어갔다. 허정란 할머니가 말했다.

"엉덩이가 아파요."

"아…. 젠장."

나는 허정란 어르신의 말장난에 맞춰 매트리스를 올렸다 내리기를 반복했다. 어느 정도 시간이 지나자 할머니는 눈을 감고 말없이 잠에 들었다. 어린 아이를 키우는 어머니들은 애가 잘 때 가장 예쁘다고 한다. 나도 그렇다. 늙은이들은 잘 때가 가장 예쁘다. 의자에 걸터앉아 허리를 힘껏 뒤로 꺾어 기지개를 폈다. 내 뒤에 있는 다른 어르신은 하루 종일 잠만 자는 것 같다. 내가 아침에 왔을 때부터 지금까지 눈을 감고 있다. 침대 옆에 붙은 카드를 보니 나이가 93세다. 어제 각 방을 돌아다니며 인사를 드렸을 때 가만히 죽은 것처럼 누워만 있는 어르신들이 꽤 많았다.

'죽지 못해 억지로 사는 인생이 의미가 있을까?'

스스로에게 의문을 던져보았다. 마음속 깊숙한 곳에서는 빨리 죽는 것이 낫다고 외치지만 머리로는 살 때까지는 어떻게 해서라도 살아야 된다고 말한다. 쓸데없는 생각을 하다 보니 잠이 온다. 잠시 눈을 감다가 머리 주위를 도는 파리 때문에 몸을 움찔했더니 의자가 삐걱거리는 소리를 냈다. 허정란 어르신이 눈을 떴다.

'아, 젠장.'

"여보세요! 여보세요! 여기로 좀 누가 와 줘요!"

"어르신 제가 옆에 있잖아요. 저 옆에 있어요."

할머니는 잠시 조용해지더니 다시 작은 입을 우물거리며 말했다.

"엉덩이가 아파요."

짜증이 치밀어 이제는 할머니가 아프다고 말해도 난 이를 악물고 무시했다. 어르신의 목소리가 점점 커지더니 요양원 유리창이 출렁거린다.

"허리 아파요! 허리 아파요! 누가 좀 여기로 와줘요!"

고함을 들은 요양보호사 한 분이 들어오더니 허정란 어르신의 손을 잡아주며 말했다.

"어르신 괜찮아요?"

"허리가 아파요."

요양보호사는 웃으면서 어르신의 허리를 주물러줬다. 요양보호사 아주머니가 말했다.

"총각, 이분은 옛날에 해군 장교의 아내였대요. 처음 이곳에 왔을 때는 워낙에 자존심이 강해서 가까이 다가가기가 힘들었어요. 지금은 정신이 오락가락 하지만 예전에는 말귀를 조금은 알아들었어요. 한 번은 밤에 잠이 오질 않았는지 저한테 신세한탄을 했어요. 자기가 남편이랑 이혼하고 나서 보험 영업으로 자식들을 전부 먹여 살렸는데 이놈들이 찾으러 오지도 않는다며 그날 눈물을 왈칵 쏟더라고요. 나이 먹은 사람들은 눈물이 없을 거라고 생각했는데…. 허정란 어르신은 아주 외로우신 분이에요."

그래서 어쩌라고? 나보고 어쩌란 말이냐? 이 시답잖은 이야기를 나한테 하는 이유가 뭔데? 늙은이가 나이를 곱게 먹어야지, 정신줄 놓고 하루 종일 사람 귀찮게 붙잡는데 좋게 봐줄 필요가 있을까. 요양보호사 아주머니가 내 손을 붙잡으며 말했다.

"자, 이제 총각이 주물러보세요. 나는 다른 분 보러 가볼게요."

시키니까 한다. 안 시켰으면 안 했다. 나는 건성으로 할머니의 허리를 주물렀다. 탄력 없는 물컹한 살이 손끝에 닿는 게 너무 싫었다. 할머니는 초점을 잃은 눈으로 앞을 바라봤다. 내가 안마를 해줘서 시원한지 아닌지 인식조차 못하는 것 같다. 방문 앞으로 한 번도 본적이 없는 할머니가 서성거리며 나를 훔쳐본다. 나랑 눈을 마주치자 시키지도 않은 자기소개를 한다.

"안녕하세요? 나는 하점순이라고 해요. 얼굴에 점이 있어서 점순이에요."

"네."

나는 짧게 대답하고 계속 허정란 어르신의 허리를 주물렀다. 점순이 할머니가 얼굴에 난 점을 긁적이며 방문 앞을 계속 맴돈다. 감시를 당하는 것 같아 나는 짜증을 내며 말했다.

"거 뭔 일 있으세요?"

"아니에요. 아니에요. 저는 점순이에요."

할머니는 점을 긁던 손을 황급히 내리고 자리를 떴다. 나는 안마를 멈추고 손을 먼지 털듯이 흔들었다. 아무도 안 보니까 안 해도 되겠지. 손끝에 닿았던 물렁한 감촉을 떨쳐버리고 싶다. 입술 양끝이 축 늘어지며 몸이 부르르 떨린다. 앉아서 잠시 쉬려는데 어르신이 입을 열었다.

"여보세요. 여보세요. 허리가 아파요. 허리가 아파요."

"아, 젠장."

나는 한숨을 푹 내쉬며 다시 허리 안마를 시작했다. 허정란 어르신은 내가 자리를 비우면 방 유리 창문이 깨질 때까지 옆에 있어 달라고 소리를 질렀고, 막상 옆에 있어주면 허리랑 엉덩이가 아프다며 골골댔다. 이 분도 팔다리를 거의 쓸 수가 없는 상태여서 내가 밥을 먹여줘야 했는데, 다행히 주는 대로 가리지 않고 잘 먹었다.

하루 종일 어르신 옆에서 시달리다가 기가 다 빨린 상태로 퇴근을 했다. 집으로 가는 길에 편의점에 들러 참치 캔 하나랑 맥주 한 병을 골랐다. 계산을 하려고 편의점 직원 아저씨에게 카드를 넘겨주다가 손끝이 서로 닿았는데 안마 했을 때 느꼈던 촉감이 떠올라 나는 그만 짧게 비명을 질렀다. 직원 아저씨가 많이 놀랐다. 나는 사과를 하고 얼른 집으로 걸어왔다. 참치와 술로 배를 채운 후 술김에 잠을 청했다.

아침에 일어나자마자 청춘의 칼로 가슴을 그었다. 양치를 하는 것만큼 이젠 당연한 일과다. 집에서 일찍 나와 요양원 주변을 서성이다가 일부러 지각을 했다. 누가 뭐라고 하지 않으니까 괜찮겠지. 사무실에 가방을 놓고 나오는데, 어제 봤던 점순이 할머니가 손가락으로 나를 가리키며 크게 말했다.

"선생님들, 선생님들, 저 남자가 성추했을 했어요. 어제 제가 봤는데 할머니 엉덩이를 주무르고 있더라고요."

나는 깜짝 놀라 크게 소리쳤다.

"뭐야? 당신 뭔데? 난 아니야! 아니라고!"

나는 다리가 떨려 허둥지둥 거리면서 사방을 향해 손사래를 쳤다.

"전 아니에요! 어제 요양보호사가 알려준 대로 안마를 했어요!"

직원들이 달려와 내 어깨를 붙잡았다. 나는 더 크게 소리를 치며 무죄라고 외쳤다. 고은혜 선생님이 내 손을 붙잡으며 말했다.

"알아요, 알아. 태수 씨 알겠어요. 진정해요. 사무실로 들어가서 얘기해요."

마음을 가라앉히고 주변을 보다가 점순이 할머니와 눈이 마주쳤다. 할머니는 인상을 찌푸리며 말했다.

"봤다니까. 저 사람이 이상한 짓 했다니까."

고은혜 선생님이 내 손을 잡아 주지 않았더라면 지금 당장 달려가 저 노친네의 아가리를 찢어버렸을 것이다. 사무실에 오자 황정숙 선생님이 자기 피부색이랑 똑같은 커피를 타주며 말했다.

"저분이 예전에도 헛소리를 많이 하셨어요. 남자가 오면 무조건 성추행범이다, 내 몸을 만지려 한다, 등등 없는 헛소문을 만들어냈어요. 처음엔 저희도 진짜인가 믿었다가 나중엔 다 거짓말이라는 걸 알게 되었죠. 태수 씨랑 이환 씨가 처음 왔을 때도 행여나 헛소문을 낼까봐 저분은 일부러 소개를 안 했어요. 하도 없는 소리를 만들어내는데 도가 터서 다른 어르신들도 피해요. 참고로 점순이 어르신은 독방을 쓰고 있어요. 저런 분은 최대한 다른 사람과 접촉을 못하도록 막아야 해요. 다른 방도가 없어요."

다행이다. 누명을 벗었다. 커피를 마시고 숨을 길게 몇 번 쉬고 나니 뜨거웠던 얼굴이 가라앉았다. 사무실 문틈 밖으로 점순이 할머니가 왔다 갔다 하는 것이 보인다. 먹었던 커피가 위 속에서 부글부글 끓는다. 고은혜 선생님이 걱정스런 표정으로 말했다.

"태수 씨가 젊다보니까 어르신들을 못 모셔봐서 일이 많이 힘들 거예요. 저희도 걱정을 많이 했어요. 지민 도련님 친구인데 여기서 일을 하게 하는 것이 맞나…. 오늘은 3호실에서 지내봐요. 거기는 그나마 괜찮을 거예요."

시키면 시키는 대로 해야지 별 다른 방법이 있겠는가. 나는 터덜터덜 걸으며 3호실로 들어갔다. 조용하다. 세 분이 계시는데 다들 관 속에 누워있는 미라처럼 말이 없다. 그 중에 한 분이 눈에 띄었다. 침대 옆 이름 카드에는 '박도심, 87세'라고 쓰여 있는데, 이 할머니의 양손에는 장갑 대신 흰 양말이 씌어있다. 눈꺼풀은 힘이 없어 뜨기 어려워 보인다. 할머니는 팔을 엑스자로 겹쳐 가슴에 얹어놓고는 입으로 알 수 없는 말을 중얼거렸다.

"새말 오빠, 새말 오빠, 새말 오빠."

나는 의자에 앉아 기지개를 쭉 폈다. 그나마 여기는 천국이다. 분위기가 독서실처럼 조용한 게 아니라 묘지처럼 조용해서 약간 무섭지만 스트레스 받게 하는 사람이 없으니까 참 좋다. 마침 한가한 시간대여서 자리에 앉아 눈 좀 붙이려는데 귀에 거슬리는 소리가 자꾸 들려온다.

"새말 오빠, 새말 오빠, 새말 오빠."

잠 잘 때는 시계바늘 초침 돌아가는 소리조차도 짜증난다. 억지로라도 잠시 눈을 감으려는데 옆에서 이 할망구가 자꾸 내 신경을 건드린다.

"새말 오빠, 새말 오빠, 새말…."

나는 인상을 찌푸리며 말했다.

"여기 새말 오빠 없어요!"

"저 새말에 살아요. 전 새말 감옥에 갇혔어요. 저 좀 구해주세요. 새말 오빠. 새말 오빠."

내 생각에 여긴 요양원이 아니라 정신병원인 것 같다. 움직일 힘이 없는 노인들은 자리에 누워 있고, 그나마 힘이 남아 있는 노인들은 헛소리나 해댄다. 젠장, 다 내 잘못이다. 다른 선택을 하지 않았더라면 이딴 곳은 전혀 모른 채 멋진 삶을 살았을 것이다. 박도심 어르신은 한참 동안 새말 오빠한테 구해달라고 외치다가 제 풀에 지쳤는지 고개를 돌리고 잠에 들었다. 나도 이제 쉬려는데 환이에게서 전화가 왔다. 잘 됐다. 얘한테 하소연이라도 해야지. 수화기 너머로 환이의 목소리가 흘러나온다.

"어때, 박태수? 할만 해?"

"익스트림한 생활이야. 딱 3일 근무했는데, 3년 치의 불행이 몰려왔어. 너도 내일 각오하고 출근하는 게 좋을 거야."

나는 3일 동안 있었던 일을 3년 치로 부풀려서 이야기했다. 우리는 볼에 닿은 핸드폰이 뜨거워질 때까지 재밌게 통화를 했다. 친구에게 힘든 점을 다 털어놓으니 마음이 한결 가볍다. 점심, 간식, 저녁 식사 때까지 특별한 문제없이 시간이 지나갔다. 3호실에 계신 어르신들은 시종일관 조용했다. 다만 퇴근 때까지 박도심 어르신이 계속 새말 오빠를 애타게 찾았기에 나는 대충 꾸며서 둘러댔다.

"여기는 새말이 아니에요. 새말 오빠도 없어요."

"아니에요. 여기는 새말 감옥이에요. 저 새말에 살아요. 오빠가 저 구하러 온다고 했어요. 새말 오빠. 새말 오빠!"

"새말 오빠는 없지만 여기 못생기고 능력 없는 쌍문동 오빠는 있답니다. 싸게 팔고 있는 중이니 유통기한 지나기 전에 사가슈."

나는 쌍문동에 25년 가까이 살았다. 내가 태어난 곳은 경기도 파주시이다. 파주에서 5년간 살다가 서울시 도봉구 쌍문동으로 이사 왔다. 경기도에 거주한 경력 덕분에 서울시와 지방직 시험을 모두 볼 수 있지만, 최근 들어서 두 시험이 동시에 치러지기 때문에 어느 한쪽만을 선택해야 한다. 저번에는 집에서 가까운 서울시 시험을 봤었다.

쌍문동은 아기공룡 둘리의 고향이며 서울에서 가장 집값이 싼 곳이다. 그리고 전태일 선생님께서 머물렀던 지역이기도 하다. 싸고 좋은 오빠 사가라는데도 박도심 어르신은 어째 대답이 없다. 나는 다 죽어가는 할머니도 구매하고 싶지 않은 불량품인가보다. 발꿈치로 바닥을 탁탁 차고 앉아 있는데 고은혜 선생님이 방으로 들어왔다.

"태수 씨, 미안한데 밤 9시까지 요양원에 있어줄 수 있나요? 야간조 남자 요양보호사 선생님이 오늘 약간 늦으실 것 같다고 연락이 왔어요. 정말 미안해요. 특별히 할 일은 없을 거예요. 어르신들이랑 같이 거실에서 TV 보면 돼요. 물론 야근 수당도 챙겨줄게요."

단 1분이라도 요양원에 발을 담가 놓고 싶진 않지만 비어가는 통간 잔고를 생각하면 한 푼이라도 더 버는 수밖에 없다. 나는 야근 수당이라는 단어에 영혼이 팔려 늦게까지 요양원에 남기로 했다.

손쉽게 저녁을 해치우기 위해 요양원 근처에 있는 편의점에 들러 도시락을 하나 골랐다. 요즘은 도시락의 종류가 다양하고 질이 좋아서 뭘 선택해도 다 맛있다. 도시락을 고를 때 나는 한 가지를 꽤나 신중하게 고려하는데, 그것은 바로 가격이다. 내가 자주 가는 편의점 브랜드는 3천8백 원에서 1만 원까지의 도시락을 제공하는데, 돈이 급할 때는 최저 가격을 선택하고, 기분이 좋을 땐 용기를 내어 4천5백 원짜리 도시락을 고르기도 한다. 정말로 배만 부르게 하고 싶을 땐 가장 싼 도시락과 9백 원짜리 미니 컵라면을 구매한다. 오늘은 자그마한 용기를 내어 4천5백 원짜리 돈가스 도시락을 샀다.

요양원 주방에 있는 전자레인지에 2분 30초를 설정하고 시작버튼을 눌렀다. 시간이 안 간다. 시험이나 모의고사를 볼 때는 1분이 1초 같지만, 지금은 1분이 1시간 같다. 공시 문제는 1분에 한 문제씩 풀어야하는데 시간이 정말 빨리 간다. 하지만 지금과 같이 시간이 느리게 흘러간다면 2분 30초 안에 다섯 과목 다 풀고 검토까지 할 수 있겠다. 기나긴 기다림 끝에 도시락이 따뜻하게 데워졌다. 홀에는 아무도 없었다. 어르신들 모두 각자 방 안에서 TV를 보고 있는 것 같다. 나는 넓은 탁자를 혼자 편안히 쓰며 도시락을 먹었다. 노량진에서 혼밥을 했던 것처럼 왼손으로 핸드폰을 잡고 오른손으로 젓가락을 놀렸다. 인터넷에 마땅히 재밌는 것이 없어서 메신저에 접속하여 친구로 저장된 사람들의 근황을 살폈다. 말이 친구지 사실은 연락도 안 하는 사이다.

몇 명은 메신저 배경화면을 결혼사진으로 바꿨다. 아름답게 꾸며진 세트장 안에서 신랑과 신부가 모두 웃고 있다. 결혼하면 그날부터 고생인데, 헬게이트 열린 것을 축하한다.

다른 사람들의 사진도 봤다.

우아한 주황색 불빛 아래서 멋진 저녁식사를 하고 있으니까 제발 좀 봐달라는 사진. 여행지에서 할리우드 배우처럼 선글라스를 쓰고 멋을 냈지만 못생긴 얼굴을 다 가리지 못해 보는 사람으로 하여금 안타까움을 유발하는 사진. 자기 얼굴에 자신이 없으니까 고급스런 카페에서 음료 사진만 달랑 찍어 올려놓는 사진. 평소보다 예쁘게 찍히기 위해 지랄 발광을 한

티가 팍팍 나는 사진. 자식이 얼마나 잘 크고 있는지 세상 사람들한테 백과사전 형식으로 올린 사진. 참고로 백과사전은 사놓고 보질 않는 대표적인 책 중에 하나다. 자기가 행복하다고 자랑을 못해서 안달이 난 병신새끼들. 볼 때마다 역겹다. 나는 핸드폰을 뒤집어 엎었다.

도시락을 젓가락으로 몇 번 헤집다가 손을 멈췄다. 나만 이렇게 사는구나. 나이가 들어 정규직이 못 되니 요양원에서 다 죽어가는 노인들이랑 지내는구나. 야근수당이라는 푼돈 때문에 집에 가질 못하고, 분위기 낸답시고 몇 백 원 더 비싼 도시락 먹으면서 만족하는 패배자 인생.

나라고 결혼하기 싫겠느냐. 멋진 식사를 모르겠느냐. 여행을 안 가고 싶겠느냐. 멋진 곳에서 시간을 보내는 걸 마다하겠느냐. 예쁘게 꾸미고 싶지 않겠느냐. 평생을 통틀어 자랑할 만한 모습을 남기고 싶지 않겠느냐. 자식 자랑을 이해 못하겠느냐.

다 하고 싶은데 못 하니까 비꼬아 욕이라도 하는 거지.

다 필요 없다. 인생무상이다. 머릿속의 뇌를 비우고 싶다. 거실에 아무도 없으니 트로트 무대를 볼 필요가 있을까. 나는 리모컨을 들어 채널을 바꿨다. 생각 없이 있고 싶을 땐 옷이나 벗어던지는 삼류 아이돌이나 보자.

음악방송 채널을 틀자 어느 여자 아이돌 그룹이 하나 나왔다. 이제 막 데뷔한 신인 그룹인데 노래는 안 부르고 자기네들이 묵고 있는 숙소나 소개하고 있다. 별 쓰레기 같은 예능 프로그램이 다 있네. 이제 막 데뷔 했으면 보일락말락 한 옷을 입고 춤이나 추지 뭣 하러 사생활을 공개 하느냐. 하지만 이거 말고는 볼 방송이 없어서 난 TV소리를 배경음으로 삼아 도시락이나 묵묵히 먹었다. 소시지를 한 입 베어 먹는데 귓가에 아련한 목소리가 꽂혔다.

"저희 가난해요. 수익이 안 나요."

나는 식사를 멈추고 고개를 들었다. 화면에는 긴 생머리에 순수한 얼굴을 한 여자아이돌이 눈물을 찔끔 흘리며 말했다.

"저희 100만 원도 벌어본 적이 없어요. 앞으로 더 열심히 하겠습니다."

나는 젓가락을 놓고 정자세로 바로 앉아 TV를 봤다. 화면이 전환되면서 해변이 나왔다. 아까 울먹거렸던 여자 아이돌이 속한 그룹이 단체로 나와 해변을 즐겁게 뛰논다. 갑자기 음악이 깔리자 자신들이 준비해온 춤을 귀엽게 춘다. 내 눈은 아까 눈물을 흘렸던 여자 아이돌만 바라본다. 춤이 끝나자 자기네들끼리 대화를 나눈다. 나는 그 여자 아이돌이 언제 말하나만 기다리고 있다. 옆에 있던 왈가닥 같은 소녀가 말했다.

"언니는 왜 래시가드 입었어요? 온 몸을 아예 꽁꽁 싸매 부렸네."

"나는 보수적인 여자라서 노출하는 거 안 입어."

경박하지 않다. 싸구려 티가 안 난다. 성격이 드세지도 않다. 얌전하다. 저런 여자라면 마음 놓고 좋아할 수 있겠다. 무엇보다도 가난한데 예쁘다. 나는 식사를 잊은 채 TV에 눈을 고정했다. 이번에는 자기네들끼리 해변에 의자를 놓고 토크쇼를 펼치는데 이상형에 관한 질문이 나왔다. 다른 여자 아이돌의 말은 듣지도 않았다. 들을 필요도 없었다. 나는 주먹을 꽉 쥐고 마음을 졸이면서 눈물짓던 아이돌의 차례를 기다렸다.

왈가닥 소녀가 말했다.

"언니는 어떤 남자 좋아해요?"

그 아이돌은 뾰로통하게 대답했다.

"나 얼굴 안 봐."

"그럼 이상형이 어떻게 돼요?

"나는 자상하고, 친절하고, 특히 예의 바른 남자가 좋아."

프리미어리그 골 장면을 보는 것처럼 가슴이 후련하다. 정말로 사람의 내적인 것을 봐주는 여자가 나타났다. 내 눈은 벽에 박힌 못처럼 TV를 떠나지 않았다. 엎어놓았던 핸드폰이 진동했다. 안 받으려고 안간 힘을 쓰는데 핸드폰이 끈질기게 탁자를 흔들어대는 바람에 어쩔 수 없이 손가락으로 핸드폰을 긁었다. 서현이다.

"태수야, 잘 지내?"

"어… 어어…."

"일은 할 만해?"

"그저 그래…. 응. 할만 해."

"시간 괜찮으면 10시까지 자취방에 놀러와."

"어…."

내가 뭐라고 대답한지도 모른 채 전화를 끊었다. 나는 시간 가는 줄 모르고 예능프로그램을 끝까지 다 봤다. 감동적인 영화 한 편을 보고난 것 같은 후련함이 가슴에 남아 울렁거린다.

도어락 유리문이 열렸다. 조용한 분위기를 깨며 요양원 입구로 키가 큰 아저씨 한 분이 들어왔다.

"안녕하세요. 혹시 박태수 씨 인가요?"

"네. 저 맞습니다."

"죄송합니다. 늦게까지 남느라 수고하셨어요. 이제 가보시면 됩니다."

이 사람이 오늘 늦는다고 말했던 남자 요양보호사인 것 같다. 약간 벗겨진 머리에 볼에는 개기름이 흘렀고 회색 양말이 훤히 드러나는 샌들을 신었다. 아저씨 몸에서 술 냄새가 풍겨온다. 단 1초도 옆에 두고 싶지 않은 남자다. 나는 허리를 숙여 짧게 인사만 하고 재빨리 요양원을 탈출했다.

시간은 벌써 9시 40분이다. 철중이와 서현이가 나를 기다릴까봐 택시를 잡아탔다. 버스보다 택시 요금이 비싸긴 하지만 약속 시간에 늦는 건 정말 내 체질에 안 맞다. 손을 덜덜 떨며 택시비를 지불한 뒤 자취방까지 헐레벌떡 뛰어오니 10시 5분 전이다. 안도감과 함께 숨을 고르는데 골목길 구석에 있는 진한 주황색 가로등 아래서 담소를 나누는 남녀가 한 쌍 보였다. 혹시나 해서 눈살을 찌푸리고 자세히 보니 서현이와 처음 보는 여자애가 서 있다. 양 갈래 머리를 한 그녀는 고양이 같은 눈으로 서현이에게 계속 유혹하는 미소를 보냈다. 서현이와 여자애 모두 편의점 유니폼을 입고 있는 걸로 보아, 둘은 아르바이트를 하면서 만난 사이 같다. 내가 헛기침을 하면서 걸어오자 서현이가 웃으며 나를 반겼다.

"태수야, 왔구나. 여긴 나랑 같이 일하는 알바생이야."

조금 전까지 활짝 웃고 있었던 여자애가 날 보자마자 차가운 무표정으로 바뀐다. 어색한 기운을 없애보려고 나는 최대한 상대방의 눈을 보며 적극적으로 내 소개를 하는데, 그 여자애는 땅만 보며 대충 대답한다. 나를 향한 말투는 자동응답기, 서현이를 향한 말투는 꽃향기다. 익숙하다. 조금 더 상상력을 발휘해 뒤를 넘겨짚어 볼 수도 있다. 만약 내가 저 여자애에게 문자를 보내면 단문 답장, 서현이가 보내면 장문 답장. 내가 전화를 걸면 부재중, 서현이가 전화하면 썸 타는 중. 여자가 날 대할 때의 태도는 다 똑같다. 익숙하다. 나를 남자취급 해주는 여자는 이제까지 한 명도 없었다.

서현이는 수고했다며 그녀의 머리를 쓰다듬어줬다. 여자애는 일부러 혀를 꼬아 귀여운 목소리를 내며 서현이에게 작별인사를 했다. 나는 평생을 노력해도 얻을 수 없는 것을 서현이나 철중이는 쉽게 가질 수 있다. 공시생 신분이니까 이런 친구들과 어울릴 수 있었지, 만약에 클럽 같은 곳에서 만났더라면 한 테이블에 같이 앉지도 못했을 것이다.

입 안이 씁쓸하다. 나는 술 마실 생각이 싹 가셔서 그냥 집으로 향했다. 서현이가 와인 한 잔만이라도 꼭 하고 가라며 붙잡았지만 난 야근을 해서 피곤하니 철중이 얼굴만 보고 가겠다는 구차한 핑계를 댔다. 그리고 자취방에 있던 철중이에게 정말로 인사만 하고 나왔다.

수유역에서 집까지 천천히 걸어가면 정확하게 33분이 걸린다. 33분 동안 땅만 보며 걸었다. 집에 도착하니 10시 45분. 컴퓨터를 켰다. 게임을 하기에는 체력이 모자라다. 그렇다고 바로 잠에 들기는 싫다. 나는 인터넷을 켜놓고 표류하는 난민처럼 여러 사이트를 이리저리 돌아다녔다.

요양원에서 봤던 여자 아이돌 그룹이 포털사이트 메인 화면에 떴다. 나는 국어 문제를 풀듯이 기사를 자세히 읽었다. 새로운 예능 방송을 시작한다는 내용과 함께 최근에 찍은 화보 사진이 올라왔다. 멤버들 중에서 가난하다고 눈물짓던 그녀가 가장 아름다웠다. 그녀의 이름도 알아냈다. 박초울. 인터넷에 박초울이라고 검색하여 이제까지 찍은 사진들을 쭉 훑어봤다. 마우스 스크롤을 내릴수록 술에 취해가는 것처럼 그녀에게 빠져든다. 개중에 양 갈래 머리를 하고 입가에 빨간색 립스틱을 칠한 사진을 보자 서현이와 함께 있던 그 여자가 떠올랐다.

'그 여자하곤 다르다. 아예 다르다. 그 여자랑 박초울을 비교하는 것 자체가 실례다.'

나는 박초울 양의 정식 화보뿐만 아니라 인터넷에 돌아다니는 무대 위 사진까지 전부 챙겨봤다. 조금만 더 봐야지 하다가 시간은 벌써 새벽 2시가 되었다. 잠에 들기 전, 나는 핸드폰 배경화면을 박초울 양의 사진으로 바꿨다. 다 낡아 빠진 핸드폰이 새 것이 된 것 같다. 핸드폰에 갇힌 그녀의 빨간 입술에 입을 맞추며 잠에 빠졌다.

10

빨간공주: 다름쇠 님, 다리 한 짝 들고 춤을 춰 보세요.

다름쇠가 한 다리를 들고 겨우 중심을 잡으며 힘겹게 춤을 춘다.

빨간공주: 다름쇠 님, 이번엔 웃통을 벗고 만세를 불러 보세요.

다름쇠가 죄수복을 벗고 골품의 탑을 향하여 만세를 삼창했다.

합창: 다름쇠야, 그만 두어라. 고개를 들어 하늘에 비친 널 보아라.
그녀는 죄인을 사랑하지 않는다. 그녀는 관복을 원한다.
가슴에 난 빨간 상처가 아물지도 않았는데 왜 정신을 못 차리느냐.

다름쇠: 공주여, 공주여, 빨간공주여! 당신은 다른 공주들과 달리 죄인에게도 사랑을 베푸는 구려. 외로웠던 이 내 몸이 드디어 짝을 찾았소. 당신이 원한다면 난 빨개 벗고 골품의 탑 주위를 뛰어다닐 수도 있소.

다름쇠가 노래를 부르고 춤을 추며 빨간공주에게 구애를 하자 주변에 있는 공주들이 손사래를 치면서 인상을 찌푸린다.

공주합창: 저 멍청이! 자신이 이용당하고 있다는 사실도 모르고 영악한 공주에게 영혼을 팔고 있구나. 허튼 짓 그만두고 누워있는 자들이나 보살펴줘라.

다름쇠: 내가 왜 하찮은 일을 해야 하는가? 나는 누워있는 자들의 수발을 들기 위해 태어난 자가 아니다. 조금만 더 노력하면 빨간공주가 탑에서 내려와 내 품에 안기리라.

합창: 불쌍한 다름쇠, 마음을 둘 데가 없어서 정신을 잃었구나. 눈에는 보이지 않는 낭만이 담겼고 귀에는 들리지 않는 달콤한 속삭임이 깃들었다. 무엇이 그를 구할 수 있을까?

다름쇠는 신이 나서 빨간공주를 향하여 외치길

다름죄: 내 가슴에 난 상처를 봐주오.
무당들이 청춘의 칼로 가슴을 갈랐소.
내가 얼마나 아픈지 이해가 가오?

빨간공주: 그들이 깊은 상처를 내었군요.
탑을 향해 당신의 넓은 가슴을 보여주세요.

다름죄가 가슴을 벌리자 빨간공주가 손가락을 살짝 튕겼다. 다름죄는 가슴을 부여잡고 황홀감에 빠진 웃음소리를 냈다. 다름죄가 쓰러진 자들을 돌보지 않고 하루 종일 빨간공주를 향하여 구애를 펼칠 적에 노력죄와 망상죄가 말싸움을 벌인다.

노력죄: 우리들에게 공주란 어떤 의미인가? 관복을 입어야 겨우 품에 안을 수 있는 존재. 죄수복을 입은 우리는 탑 위의 공주들을 희롱하며 노는 수밖에.

망상죄: 더러운 놈! 너는 골품의 탑에 올라도 짝을 찾지 못할 것이다.

노력죄: 그래도 탑에 오르지 못하고 계속 헛된 꿈을 꾸는 죄수보다는 훨씬 잘 먹고 잘 살지 않겠소? 당신이 평생 죄수복을 벗지 못하고 고생할 적에 나는 탑 위에서 잔치나 벌이리라!

화를 참지 못한 망상죄가 노력죄에게 불같이 화를 냈다. 외향죄가 나타나 둘을 말리자 눈칫죄가 이를 도왔다. 다름죄가 웃통을 벗고 빨간 공주 앞에서 한창 재롱을 부리고 있는 와중에 왕자가 탑 위에 나타났다. 그는 자신의 위엄을 한껏 자랑하며 공주들에게 손을 내밀었다. 공주들이 한 손으로 입을 가리며 말하길

공주 합창: 기다렸고 또 기다렸답니다. 저희들은 골품의 탑에 오른 공주들. 감옥에서 가장 아름다운 존재랍니다. 다른 곳을 보지 마세요. 바로 여기예요. 당신의 눈앞에 핀 꽃을 놓치지 말아주세요. 잠깐이라도 시간을 흘려보내면 꽃은 금방 시든답니다.

왕자가 공주들을 훑어보다가 하얀공주에게 시선이 멈췄다.

하얀공주: 왕자님, 왕자님, 저를 구해주시어요.

왕자: 오오, 은처럼 빛나는 하얀 공주여! 내가 바로 당신이 찾던 왕자요, 자 어서 내 손을 잡아보시오.

하얀공주: 관심 없어요.

민망해진 왕자가 헛기침으로 목소리를 가다듬더니 빨간공주를 향하여 말하길,

왕자: 내 지금껏 지켜보니 여기서 빨간공주가 가장 됨됨이가 좋은 것 같소. 죄수들에게도 사랑을 베풀 줄 아는 착한 마음이 내 가슴을 움직였다네. 빨간공주여, 내 손을 잡아주시겠소?

다름죄: 안 돼! 이 더러운 놈아, 손 치워라!

빨간공주가 한 치의 망설임도 없이 왕자의 손을 잡았다. 다름죄가 분노하여 눈물을 터뜨리고 소리를 쳐 보지만 빨간공주는 지체 없이 왕자를 따라나섰다.

다름죄: 아니 되오, 아니 되오, 날 떠나면 아니 되오.
당신을 위해 시를 짓고 노래를 불렀는데
어찌 나를 두고 그렇게 차가운 등을 보이는가?
왕자가 당신을 위해 다리를 들고 춤을 추고
웃통을 벗고 하늘을 우러러 소리칠 수 있다고 생각하오?
나만 해줄 수 있소. 나는 백 번, 천 번도 넘게 해줄 것이오.
이보다 더 한 것도 할 수 있소. 당장 바지라도 벗으리까?

감옥 안에 비웃음소리가 가득하다. 탑 위의 공주들이 다름죄에게 손수건을 던졌다. 다름죄는 떨어진 손수건에 얼굴을 파묻고 울음을 터뜨렸다.

요양원에서 일을 하지 않는 날은 독서실에서 공시 공부를 해야 한다. 이론적으로는 그렇다. 하지만 요번 년도 9급 공무원 시험은 전부 다 끝났기 때문에 공부할 기분이 안 난다. 아침에 새가 일찍 일어나도 먹이가 자고 있으면 사냥에 실패할 수밖에 없다. 열심히 공부해도 어차피 시험은 내년에 있으니 지금 당장 노력할 필요가 없다.

나는 스스로 머리에 꿀밤을 먹였다. 내 마음은 어떤 핑계를 대서라도 놀고 싶어 한다. 어두컴컴한 1인 독서실에 앉아 머리로는 공부를 걱정하고 몸으로는 딴 짓을 하고 있다. 산 지 6년도 넘은 노트북의 배터리가 다 떨어질 때까지 독서실에서 하루 종일 박초울 양의 사진과 영상을 보고 있다.

처음에는 박초울 양만 눈에 들어왔고 주변은 신경도 안 썼는데, 자꾸 보다보니 나머지 멤버들의 이름도 저절로 외워졌다. 한국사 시험에 나오는 탑과 책 이름도 이렇게 외워지면 참 좋겠다. 나름 조사를 해본 결과, 박초울 양이 소속된 그룹은 청순함이 콘셉트이며 아이돌 업계에서 하위권 정도의 인기가 있다. 그룹의 인기가 너무 많지 않고, 사람들이 많이 모른다는 점이 내 마음에 쏙 들었다. 그룹의 인기가 많으면 부담스럽고, 인지도가 높으면 나만 좋아할 수가 없기 때문이다.

일하지 않는 날의 생활은 다음과 같다. 아침에 어머니 앞에서 바쁜 척하면서 독서실로 출근하여 노트북으로 박초울 양의 영상을 보며 논다. 점심시간이 오면 편의점에서 3천8백 원짜리 도시락을 사먹고 책상에 엎드려 잔다. 두세 시간 자다가 일어나면 또 노트북을 켜고 인터넷 동영상 사이트를 뒤적이며 시간을 보낸다. 눈이 피로하면 책상에 발을 올리고 편히 누워서 음악 감상을 한다. 사방이 막힌 1인실이니 안에서 내가 뭘 하는지 주변 사람들은 절대 알 수 없다. 한 번은 독서실 안이 더워서 웃통을 벗고 팬티 위로 출렁거리는 뱃살을 어루만지며 하루를 보낸 적도 있다. 저녁이 되면 편의점에 가서 3천8백 원짜리 도시락과 디저트로 1천5백 원짜리 바나나 우유를 산다. 최근 들어 식곤증이 심해져서 조금만 배가 부르면 바로 잠이 온다. 저녁 먹고 바로 책상에 엎드려 잔다. 밤 8시 30분 정도에 일어나 트림을 길게 뽑은 뒤 집에 갈 준비를 한다. 독서실을 나와 발바닥 공원을 1시간 동안 걷는다. 밤 10시가 다 될 때쯤에 집으로 가면 어머니는 내가 열심히 공부하다가 온 줄 안다. 독서실에서 잠을 많이 잤기 때문에 자정이 넘어서까지도 내 눈은 말똥말똥하다. 새벽 3시나 4시가 될 때까지 몰래 맥주를 마시면서 인터넷 서핑을 하거나 박초울 양이 활동하는 아이돌 그룹 영상을 보면서 논다.

공시생은 주말이 따로 없기 때문에 내가 마음만 먹는다면 일주일 전체를 휴일처럼 보낼 수도 있다. 나는 요양원에서 일 하는 날 빼고 나머지를 전부 주말처럼 보낸다. 요양원 일도 대충 처리한다. 어차피 나는 언제 그만둘 지 모르는 알바생이고, 이지민 도련님과 아는 사이이기 때문에 다른 직원들이 함부로 나한테 뭐라고 한소리 내지도 못한다. 새벽까지 흥청망청 놀다가 요양원에 가서 잠깐 일하는 척하면서 빈 시간이 생길 때마다 의자에 앉아 졸았다.

나는 요양원에 도착하자마자 3호실로 바로 도망간다. 1호실에 있다간 입만 뻥긋거리면서 역겨운 침 냄새를 풍겨대는 송태화 할머니를 상대해야 하고, 2호실은 제발 옆에 있어 달라고 소리치는 허정란 어르신의 물컹한 허리를 주물러야 한다. 3호실은 박도심 어르신이 '새말 오빠, 감옥에서 절 구해주세요.'라고 외치는 걸 온종일 들어야하지만 1호실이나 2호실보다는 훨씬 낫다.

점심, 간식, 저녁만 대충 챙겨주면서 일해도 요양원은 한 달에 70만 원이나 되는 월급을 주니 참 감사하다. 참고로 저번에 잠깐 봤던 남자 요양보호사는 일전에 잘나가는 사업가였다고 한다. 사업이 망하고 나서 요양보호사가 되었는데, 못다 이룬 성공 때문에 마음이 아파 자주 술을 마셔 몸을 망치고 말았다. 최근 들어 내가 그 사람 대신 야간 근무를 자주 서게 되었는데, 이게 또 수입이 짭짤하다.

하루에 햇빛을 맞이하는 시간이 30분도 안 되는 것 같다. 아침에 출근하거나 퇴근할 때 또는 독서실에 갈 때만 잠깐 햇볕을 쬔다. 나머지 시간은 우중충한 요양원에서 노인들의 죽어가는 냄새를 맡으며 시간을 보내거나 어두컴컴한 1인 독서실에서 스탠드 등만 켜놓고 하루를 지낸다.

요즘 동영상 사이트는 사용자가 자주 보는 영상과 관련된 콘텐츠를 알아서 찾아내준다. 예를 들어 내가 박초울 양의 영상을 자주 찾아보면 해당 아이돌 그룹과 관련된 내용의 영상이 사이트 메인에 저절로 뜬다. 내 메인화면은 박초울 양이 소속한 아이돌의 그룹 활동, 게임 BJ들의 개인 방송, 사랑스러운 애완견, 영화 리뷰, 음악, 요리 영상 등으로 가득하다.

박초울 양의 영상은 더 이상 새로운 것을 찾아볼 수가 없을 정도로 많이 봤다. 이제는 봤던 영상을 몇 십 번씩 반복해서 보는데도 전혀 질리지가 않는다. 처음에 봤을 때는 그냥 지나쳤던 부분이라도 나중에 박초울 양에 대해 자세히 알고 나서 다시 보면 새롭게 의미가 다가왔다. 이는 마치 어렸을 적에는 아무 생각도 없이 읽었던 책을 성인이 되어서 다시 감상해보니 감동으로 다가오는 것과 마찬가지다. 난 세상 그 누구보다도 박초울 양에 대해서 자세히 알고 있다. 나는 그녀를 이해한다. 만약에 박초울 양의 버릇, 말투, 생각, 춤, 노래 등과 관련된 문제가 시험에 나온다면 나는 장원급제할 자신이 있다.

게임 BJ들의 영상들도 많이 보게 되었다. 나는 집에 있는 컴퓨터 사양이 안 좋아서 최신 게임을 할 수가 없다. 사실 게임을 살 돈도 없다. 그래서 어쩔 수 없이 BJ들의 게임 플레이 영상을 종종 찾아보곤 했는데, 이제는 아예 내 주된 일과가 되었다.

자신이 게임을 직접 즐기는 게 가장 재미있다고 생각할 수 있겠으나, 나는 리액션이 좋고 혼자서 잘 노는 BJ들의 영상을 보는 것이 더 좋다. 그들은 일단 나보다 게임 실력이 더 뛰어나고, 소유하고 있는 무기나 아이템도 좋다. BJ가 혼자서 난리를 치며 게임을 열심히 하면, 나는 편안히 앉아서 보기만 하면 된다. 같은 게임이라도 이들이 손을 대면 더 재밌어 보인다. 때로는 게임 안에서 멍청하게 당하는 영상을 전문적으로 찍는 병신 콘셉트를 가진 BJ들도 있는데, 그들이 괴로워하는 모습을 보는 것도 재미가 쏠쏠하다. 시간 때우기로 이만한 영상들이 또 없다.

애완견 영상도 자주 찾아본다. 집에서 개를 키울 수 없으니 동영상 사이트에 떠도는 애완 동물 영상을 보면서 대리만족을 느낀다. 나는 대형견을 좋아한다. 큼지막하고 덩치 좀 있어 보이는 개들이 주인에게 애교를 부리거나 집 안에서 뒹굴 거리는 영상을 보면 내 입가에 미소가 절로 피어오른다. 고양이 영상은 정말 가끔 본다. 고양이는 주인을 집사처럼 생각하는 것 같아서 개보다는 정이 덜 가지만 나름 귀여운 측면이 있어서 동영상 추천 목록에 있으면 가끔 시청한다.

공시 생활을 시작하기 전에는 조조영화를 보러 영화관을 자주 들락거렸다. 티켓 6천 원, 콜라 라지 사이즈 2천5백 원 해서 총합 만 원이 안 되는 가격으로 음료와 영화를 함께 즐길 수 있었다. 지금은 한 푼이 아쉬운 공시생이라 영화 보기가 두렵다. 창피한 이야기이지만 인터넷 사이트에서 불법으로 영화를 다운 받아 새벽에 라면 먹으면서 보는 경우가 많다.

최근에는 영화 내용이 많이 복잡해 설명이 필요할 때가 종종 있다. 영화 리뷰 영상은 스토리 정리뿐만 아니라 영화 속에 숨겨져 있는 의미를 깔끔하게 설명해준다. 내가 생각하거나 노력할 필요 없이 리뷰 영상만 클릭해서 보면 다 이해가 가니 정말 편리하다. 거기에다 전문 리뷰어는 일반인이 놓친 재밌는 영화를 자주 추천해 주기도 한다.

나는 음반이나 음원을 살 돈도 없다. 하지만 음악은 듣고 싶다. 나는 동영상 사이트에 아티스트들이 올려놓은 뮤직비디오에서 소리만 추출해내어 다운로드를 한다. 인터넷에는 영상에서 소리만 자동으로 걸러 내주는 사이트가 많기 때문에 내가 굳이 전문적인 기술을 공부할 필요가 없다. 사실 박초울 양이 소속한 아이돌 그룹의 노래도 다 이런 식으로 다운로드했다. 돈 없는 공시생이라 참 미안하다.

요리 방송과 먹방도 자주 찾아본다. 나는 유명한 쉐프가 현란한 기술을 선보이면서 짧은 순간에 요리를 완성해 나가는 과정이 재밌어 영상을 찾아본다. 먹방은 출연자들의 잘 먹는 모습이 보기 좋다. 먹방을 보고나면 따라 먹고 싶은 생각도 가끔 들지만 대부분은 대리만족에서 끝난다.

동영상 사이트는 이 밖에도 예능 방송, 운동 경기, 야생 동물, 스탠드업 코미디 쇼, 애니메이션 영상 등 재밌는 것이 산더미처럼 쌓여있다. 나의 공시 생활은 지루할 날이 없다. 동영상 사이트에 재밌는 것이 너무 많아서 이것들을 다 보다보면 하루가 금방 간다. 물론 그 중에 내가 실제로 참여하는 건 아무 것도 없다. 다 남들이 알아서 하는 것이고 나는 평가를 내릴 뿐이다. 박초울 양이 나오는 영상은 무조건 좋다는 평가를 내리고, 다른 영상은 나를 얼마나 만족시켰느냐에 따라 엄격한 판정을 내려 '좋아요' 혹은 '싫어요' 버튼을 누른다.

최근 들어 살이 쪘다. 몸무게는 90kg이 조금 넘는다. 맞는 바지가 없어서 허리를 조이는 고무가 다 늘어진 운동복을 입고 다닌다. 수염도 잘 깎지 않아서 턱 밑으로 잔디밭이 깔렸다. 어차피 날 봐주는 사람이 아무도 없는데 굳이 꾸미고 다닐 필요가 있을까. 난 어디를 가나 목을 약간 구부린 채로 급한 듯이 걸어간다. 햇빛을 받으며 걷는 것이 어색하다. 내 마음속의 내비게이션은 사람이 가장 적은 길을 찾아서 알려준다. 이성적으로는 주변 사람을 신경 쓰지 않는데, 마음속으로는 본능적으로 사람을 피해 다닌다.

인간관계도 거의 단절되었다. 가끔씩 오는 친구들의 전화를 피한다. 3번 오면 1번만 받는 꼴이다. 받아도 대충 대답한 뒤 끊는다. 난 박초울 양의 영상을 보기 위해 한시도 빠짐없이 핸드폰을 붙들면서 살고 있는데도 주변 사람들의 연락에 무심하다. 모든 일이 귀찮다. 시험이 내년에 있어도 지금 공부할 건 많은데 도저히 펜을 들 생각이 안 든다. 처음에는 한 2주 만 쉬었다가 공부하자는 각오를 다졌으나 어찌된 영문인지 오늘까지도 놀고 있다. 청춘의 칼로 가슴을 그어봤자 소용이 없다. 청춘의 칼은 청춘만 죽일 뿐이지 게으름까지도 없애진 못한다. 예전 같았으면 노는 시간에 글이라도 한 자 적었을 텐데 지금은 그저 핸드폰만 멍하니 쳐다보면서 지낸다.

이렇게 말하면 내가 굉장히 불행해 보일 수도 있겠다. 하지만 난 지금 너무 행복하다. 내가 먹고 싶을 때 먹고 자고 싶을 때 잔다. 주변에서 뭐라고 잔소리를 하는 사람도 없다. 오늘과 똑같은 내일이 왔으면 좋겠다. 다양한 삶은 싫다. 알 수 없는 사건이 벌어지는 것도 싫다. 평화롭고 평범한 오늘이 평생 동안 반복되었으면 좋겠다. 복잡한 미래를 마주하느니 단조로운 현재에 갇혀 살고 싶다.

인터넷으로 본 관광명소와 맛집들을 머릿속에 저장해둔다. 산책하기 좋은 길이나 아름다운 풍경이 있는 장소를 마음속에 그려둔다. 이제 책상 위에 다리를 올려놓고 음악을 들으며 상상에 빠진다. 나와 박초울 양이 손을 잡고 관광명소를 거닌다. 날씨가 더워 땀이 나지만 서로 마주잡은 손을 절대로 놓지 않는다. 박초울 양이 배고프다고 애교를 부린다. 나는 미슐랭 3스타 레스토랑으로 그녀를 안내한다. 쉐프들이 나를 보자 군인처럼 경례를 한다. 우린 창가 쪽에 가장 분위기가 좋은 자리에 앉는다. 비싼 음식이 낯선 초울이는 메뉴가 뭐가 뭔지 잘 몰라 약간 부끄러워한다. 나는 그녀에게 차분히 메뉴에 대한 설명을 해준다. 우린 비싼 코스 요리를 즐기며 와인을 마신다. 배가 부르니 발바닥 공원을 같이 산책한다. 우리 둘 다

신분을 감추기 위해 변장한 상태다.

상상 속에서 나의 직업은 아이돌이다. 키는 186cm 정도 되고 평상시에는 무대에서 공연을 주로 하지만 때때로 모델 일도 하고 있다. 나는 노래를 너무 잘 불러서 솔로 앨범을 냈고 판매량도 무려 100만장에 육박한다. 나는 인기가 너무 많아서 정신병자들한테 테러도 당했다. 어깨에 총을 맞아서 병원에 실려 갔던 적이 있고 염산이 담긴 비닐봉지를 뒤집어 쓸 뻔도 했다. 그래도 난 팬들을 위해 무대에서 짐승처럼 날뛴다. 옷을 찢어 복근을 보여주고 끝이 없는 고음을 내질러 팬들의 환호성을 유도한다. 아름다운 여성들이 나에게 구애를 해온다. 다른 여자 아이돌 멤버, 여자 모델, 여배우 등이 나에게 선물을 주며 하루만 같이 있어달라고 한다. 나는 어쩔 수 없이 그녀들과 하룻밤을 보내지만 내 마음속엔 박초울뿐이다. 여러 여자들을 경험한 끝에 난 결국 박초울 양과 결혼하기로 마음먹는다. 나는 급하게 기자회견을 열었다.

"아이돌에게 연애는 금기입니다. 하지만 저는 용기를 내어 고백합니다. 저와 박초울 양은 서로 사랑하는 사이입니다. 저희 둘은 아이돌로서 아름다운 연애를 할 것을 다짐합니다."

팬들이 운다. 카메라 플래시가 초신성이 폭발하는 것처럼 터진다. 기자들은 언제부터 만났느냐, 뭐가 좋아서 결혼을 결심했느냐 등 질문을 폭포처럼 쏟아내지만 나는 그저 미소로 대답할 뿐 어떤 말도 하지 않고 기자회견장을 빠져나왔다. 핸드폰이 울린다. 메시지가 왔다.

염병할, 꼭 기분 좋을 때 분위기를 깨는 일이 발생한다.

나는 상상 속에서 빠져나와 현실의 메시지를 확인했다. 월급이 들어왔다. 야근 수당까지 포함해서 무려 100만 원이나 들어왔다. 오예! 기분이 좋다. 오늘은 5천 원짜리, 아니 그보다 더 비싼 도시락도 사먹을 수 있겠다.

독서실을 빠져나와 편의점까지 걸어갔다. 좁은 인도를 걷는데 마주오던 초등학생들이 날 보자 깔깔대며 웃는다. 뭐지? 내 모습을 보며 비웃는 건가? 나는 지나치는 것처럼 걷다가 발을 돌려 초등학생들의 뒤를 졸졸 따라가 무슨 이야기를 하고 있는 중인지 엿들었다.

"걔가 진짜 웃겨. 평소에는 조용하다가도 한 번 말하면 개그맨 같다니까."

후…. 다행히 내 이야기는 아니었다. 나는 안도의 한숨을 내쉰 뒤 자주 가는 편의점에 들렀다. 알바생이 바뀌었다. 이전에는 키가 큰 남자였는데 지금은 긴 생머리에 옅은 화장을 한 여자다. 아마도 여대생 같다. 나는 괜히 눈치를 보며 도시락을 골랐다. 처음에 생각했던 대로 5천 원이 넘는 비싼 도시락을 골라 계산대에 올려놨다. 나는 고개를 숙이고 바코드를 찍는 알바생을 관찰했다.

'얘가 왜 이렇게 무표정할까. 내가 살이 쪄서 그런가? 내가 싫은가? 왜 날 쳐다보지 않는 거지?'

"5천4백 원입니다."

알바생은 내 눈을 마주치지도 않고 차갑게 가격을 불렀다.

'저 태도는 대체 뭐지? 내가 만약에 서현이나 철중이였어도 저렇게 딱딱한 목소리로 가격을 불렀을까? 아니다. 그때는 혀를 꼬아 일부러 귀여운 목소리를 냈을 것이다. 네가 나를 매몰차게 대하는 것처럼 나도 너를 철저하게 무시해주마.'

나는 화가 난 듯 무표정한 얼굴로 도시락을 잡아챈 뒤 편의점 문 앞에 섰다. 내가 가만히 서 있자 알바생이 '안녕히 가세요.'라고 인사를 한다. 나는 일부러 대답도 없이 재빨리 편의점을 빠져나왔다.

'헤헤, 너도 무시당하니까 열 받지?'

독서실로 돌아와 휴게실에서 도시락을 전자레인지에 돌렸다. 2분 30초 동안 마음을 진정시켰다. 잠깐만 밖에 나가서 몇몇 사람들을 지나치듯 만났을 뿐인데 온몸에 기운이 다 빠진다. 나는 시들어버린 야채마냥 허리를 굽혔다. 사람을 상대하는 게 힘들다. 나는 휴게실 구석에 숨어 도시락을 먹었다. 정말 맛있다. 역시 5천4백 원짜리 도시락이다. 비싼 만큼 제 값을 한다. 나는 핸드폰을 가로로 눕힌 뒤 박초울 양의 영상을 감상했다. 이미 여러 번 시청한 영상이지만 밥 먹으면서 보기에 딱 좋다. 혼란했던 마음이 차분해진다. 도시락을 10분 만에 싹싹 비우고 다시 1인실 자리로 돌아가 영상을 마저 감상한다. 박초울 양과 상상 속에서 신나게 데이트를 하다가 밤 10시 정도 되었을 때 귀에 이어폰을 꽂고 독서실을 나왔다. 물론 이어폰에서는 박초울 양이 활동하고 있는 아이돌 그룹의 음악이 흘러나온다.

집에 도착하니 어머니는 소파에 누워 꾸벅꾸벅 졸고 있다. 나는 바닥에 다 대고 '다녀왔습니다.'라고 작게 말한 뒤 내 방으로 도망치듯 들어간다. 컴퓨터를 켜고 게임, 음악, 요리 방송 등을 찾아본다. 새벽 3시가 넘어 몸이 지치면 침대에 누워 핸드폰으로 이미 봤던 박초울 양의 영상을 또 감상하다가 잠에 든다.

잘 자고 있는 나를 핸드폰이 깨웠다. 환이의 목소리가 들려온다.

"태수야, 나야. 오늘 요양원에서 대청소를 한데. 나와서 좀 도와주라. 일당도 준다니까…."

"알겠어."

나는 환이의 말을 자르고 전화를 끊었다. 지금 시간은 7시 20분이다. 여기서 1분만 더 자면 8시 20이 되겠지. 잠깐 눈을 감고 1분 동안 졸다가 일어나니 8시 20분이 되었다. 아침에는 시간이 빨리 간다. 난 축 처진 몸을 이끌고 화장실로 가 대충 씻었다. 이빨도 안 닦고 수염도 안 밀었다. 단지 얼굴에 물 좀 묻힌 뒤 수건으로 닦아냈을 뿐이다. 배가 늘어난 운동복 바지와 목 부분이 다 해진 반팔 티셔츠를 입었다. 어제 신었던 양말을 뒤집어 신고 대문을 나선다.

나는 빠른 걸음으로 걸었다. 사람들과 눈을 마주치기 싫다. 괜히 다 나를 보는 것 같다. 난 사람이 드문 길만 골라서 걸었다. 넓은 길을 걸을 때는 최대한 인도 왼쪽 아니면 오른쪽에 바짝 붙어서 걷는다. 횡단보도에서 대기할 때는 전봇대 옆에 서서 몸을 숨긴다.

아침부터 이불 가게에서 오프닝 행사를 열었다. 주인장은 앰프에서 터져 나오는 시끄러운 음악을 배경으로 삼아 확성기로 소리를 지르며 가게 상품을 홍보한다. 정말 고맙다. 이렇게 요란한 이벤트가 있으면 사람들의 시선이 그쪽으로 쏠리기 때문에 나는 편안하게 걸을 수 있다. 범죄자가 경찰의 수사망을 피해 도망치듯이 나는 사람들의 시선으로부터 도망쳐 재빨리 요양원 건물로 들어갔다.

2층에 다다르자 바지를 걷고 있는 서현이와 철중이가 보였다. 쟤들이 왜 여기 있는 거지? 아차, 오늘은 토요일이구나. 공시생 생활을 하면서 요일 개념이 무뎌졌다. 어차피 일주일 내내 놀고먹기 때문에 주중과 주말을 구별할 필요가 있을까. 친구들과 간단히 인사를 나눈 후 사무실로 들어가니 지민이가 전화를 받고 있었다. 오랜만에 만나니 지민이가 달라 보인다. 예전에는 그냥 나약한 미소년 같았는데 이제는 재산이 많은 귀족처럼 보인다. 나도 모르게 고개를 숙여 인사를 할 뻔했다. 지민이가 전화를 끊으며 말했다.

"형… 안녕하세요?"

"응."

날 보는 지민이의 눈이 뭔가 이상하다. 느낌이 왔다. 계속 여기에 서 있으면 지민이는 분명 내가 싫어하는 말을 할 것이다. 나는 지민이와의 눈빛 교환을 유지하지 못하고 급히 사무실을 빠져나왔다.

고은혜 선생님의 지휘 아래 대청소를 본격적으로 시작했다. 철중이와 서현이는 바닥청소, 지민이와 환이는 어르신 목욕, 나는 선풍기 세척을 맡았다. 나는 선풍기 날개를 화장실로 옮기면서 괜히 철중이 옆을 지나가며 다리 길이를 비교해봤다. 한숨만 나온다. 일하는 철중이의 옆모습도 슬쩍 관찰해봤다. 날카로운 턱 선에 삐쭉한 코, 움푹 파인 눈두덩이에서 불처럼 타오르는 눈, 넓은 어깨와 두꺼운 팔. 부럽다. 내 몸에도 저런 것이 있었다면 주변 사람들이 날 함부로 대하지는 못할 텐데. 남자 화장실에서 나는 선풍기에게 화풀이를 했다.

선풍기 날이 부러져라 닦고 있는데, 환이가 찾아왔다.

"태수야, 할배들 옮기는 것 좀 도와주라."

나는 닦고 있던 날을 내려놓고 환이를 도와 할아버지들을 휠체어에 태웠다.

환이가 웃으며 말했다.

"황금알을 낳는 거위들이야. 조심히 옮겨."

"그게 무슨 말이야?"

"말 그대로 돈 낳는 인간들이란 의미야. 이 양반들 덕분에 요양원이 유지되는 거야."

나는 무슨 말인지 도통 이해가 되지 않아 인상을 썼다. 환이는 목욕실에 휠체어를 밀어넣으며 말했다.

"지민아, 잠깐 쉬다가 올게."

나와 환이는 요양원 건물 밖으로 나왔다. 근처 놀이터 벤치에 앉아 잠시 한숨 돌리는데 환이가 아까 못다 한 말을 꺼냈다.

"복지가 세금 먹는 하마라는 건 너도 알지? 여기 있는 어르신 한 명당 국가에서 거의 백만 원씩 지원해줘. 부모를 맡긴 자식들은 자기 주머니에서 식비 정도만 대면 돼. 국가에서 지원해주는 보조금이랑 개인이 지불하는 식비 합쳐서 노인 한 명 살려내는 거야. 고령화 시대에 이 사람들이 다

백 살까지 산다고 가정해봐. 지금 80살 중반인 노인도 앞으로 15년은 더 국가에 모기처럼 기생해서 세금을 빨아먹으며 살아가겠지. 국민들의 피 같은 세금이 쓸데없는 곳에 줄줄 새고 있는 셈이야. 만약에 이 쓸모없는 인간들에게 흘러가는 돈이 청년들에게 온다고 생각해봐, 그러면 실업률이 지금과 같을까? 어쩌면 우린 공무원 시험을 준비할 필요도 없었을 거야. 참 보고 싶지 않은 현실이야. 그치?"

나는 대답하지 않았다. 긍정도 부정도 안 했다. 그냥 묵묵히 들었다.

"청춘은 말라 비틀어져도 나라는 안 망하니까. 젊은 세대가 희생하면서 쓸모없는 인간들 뒷바라지나 하고 있는 거지."

우린 벤치에 앉아서 하늘을 보며 5분 더 쉬다가 곧장 요양원으로 들어갔다. 목욕을 마친 어르신이 휠체어에 실려 나왔다. 어르신과 눈이 마주쳤다. 뭐가 좋은지 날 향해 미소를 짓는다. 나는 어르신을 째려봤다. 노인들이 밉다. 내가 정규직이 못된 건 다 당신들 탓이다. 이 나이 먹도록 케케묵은 공부를 하는 것도 다 당신들 잘못이다.

"태수 형, 여기 좀 도와주세요."

지민이의 요청에 난 바로 발을 움직였다. 오전 9시 30분부터 시작한 대청소가 오후 2시가 다 되어서야 겨우 끝났다. 중간에 어르신들 식사까지 챙겨줘야 했기 때문에 우리는 늦은 점심을 먹어야만 했다. 배달음식을 시켰다. 철중이 빼고 전부 짜장면을 주문했다. 철중이는 어려서부터 짬뽕을 좋아했다고 말했다. 나는 짜장면 곱빼기에 밥까지 비벼먹었다. 그뿐 아니라 탕수육도 눈에 보이는 대로 다 집어먹었다. 옆에 있던 지민이가 놀라서 걱정을 했다. 지민이는 짜장면 한 그릇도 다 비우질 못했다. 내가 의자에 걸터앉아 불룩 튀어나온 배를 쓰다듬는데 지민이가 조용히 말했다.

"형, 요즘에…."

나보다 나이 어린 친구에게 한 소리 듣고 싶지 않다. 내가 뚱뚱하다는 건 나도 잘 안다. 최근에는 살이 너무 올라서 턱이 안 보인다. 내 몸은 내가 알아서 할 텐데 왜 주변에서 오지랖을 떠는지 모르겠다. 나는 지민이의 얼굴을 무시하고 TV에 시선을 고정했다. 지민이는 입을 다물었다. 조용하다. 다들 배가 부른지 아무 말 없이 TV를 본다.

"안녕하세요. 한 주의 연예소식을 전해드립니다."

캐스터란 여자는 연예인들의 소소한 사생활을 중요한 역사적 사실마냥 부풀려 말했다. 이런 소식도 모르면 주변 사람들과 어울릴 수 없으니 꼭 기억하라며 가르치는 품새가 마치 학원 강사 같았다.

"8월을 더 뜨겁게 달구는 화끈한 연애소식을 알려드립니다. 박초울 양이 공개 연애를 선언했습니다. 상대방은 래퍼 경수 씨입니다. 둘은 광고 촬영을 통해 서로를 알아갔다고 합니다."

철중이가 말했다.

"저 여자 아는 사람 있어? 난 완전 처음 보는데."

"저는 몇 번 봤어요. 놀랍네요."

지민이가 턱을 만지며 말했다.

"자기 입으로 보수적인 여자라고 그렇게 광고를 하더니만 결국은 팀 내에서 제일 먼저 열애설을 터뜨리네요."

환이가 비아냥거리며 지껄였다.

"아가리는 보수적인데 아랫도리는 급했나보지. 어느 나라는 아이돌이 연애하면 대가리를 바리캉으로 밀어버리는데, 우리나라도 그렇게 하자."

환이가 낄낄거리며 말을 이었다.

"아이돌이 다 거기서 거기지. 종족번식에서 탈락한 못난이들 상대로 돈벌이 하다가 자기 마음에 드는 사람 만나면 진정한 사랑을 찾았다며 팬들 버리고 도망가는 것들! 애초에 저런 아이돌들한테 돈 갖다 바치는 새끼들이 병신이야."

철중이가 비아냥거리며 말했다.

"자세히 알고 있네. 예전에 아이돌 좋아하다가 화상 한 번 입었냐?"

환이는 침착하게 철중이의 말을 받았다.

"그래, 맞아. 배신당했지."

서현이가 정말로 궁금한 듯 환이에게 물었다.

"아이돌이 연애를 하면 왜 안 돼? 한창 연애하기 좋은 나이잖아?"

"모든 권력은 국민으로부터 나오는 것처럼, 아이돌의 인기도 팬들로부터 나오지. 정치가가 권력을 얻기 위해 국민들의 비위를 맞춰주는 것처럼 아이돌도 인기를 얻기 위해 팬들의 요구사항을 들어줘야 하지 않겠어? 그 요구사항의 1항 1조가 바로 연애금지야. 자신이 좋아하는 아이돌이 다른 사람과 사귀고 있으면 뭔가 뺏긴 느낌이 들거든. 초밥 요리사가 화장실에 가는 건 누구나 다 알아. 하지만 그걸 보고 싶진 않잖아? 마찬가지야. 아이돌이 섹스를 모르겠냐. 다 하는 건 아는데, 확인하고 싶지 않은 거야. 거짓일지라도 너 하나 만큼은 섹스를 모르는 순결한 사람으로 남아달라는 팬의 이기적인 마음이지. 한 마디로 내가 못 하니까 너도 안 했으면 좋겠다는 놀부 심보지. 좋아하는 아이돌이 누구랑 만나든 하고 싶은 음악 할 수 있게 끝까지 응원해 주는 것이 팬의 올바른 역할이지만, 막상 열애설이 터지고 나면 지원해주고 싶은 마음이 싹 가시지. 내가 시간과 돈을 들여 봤자 무슨 의미가 있겠어? 어차피 상대방은 다른 파트너와 즐기고 있는데."

"노래가 좋아서 팬이 되는 경우도 있지 않나요?"

지민이가 말했다.

"굳이 아이돌과 팬 사이를 그렇게 극단적으로만 봐야 해요?"

환이가 인상을 쓰면서 말했다.

"남녀가 친구관계를 유지하기 어려운 것처럼, 팬과 아이돌 사이도 단순한 응원관계가 지속되기 힘들어. 미끄럼틀 효과야. 미끄럼틀에 엉덩이를 조금만 밀어 넣으면 바닥까지 자동적으로 타고 내려오게 되지. 음악, 외모, 패션, 느낌이 좋아서 한 번이라도 아이돌을 좋아했다간 빠져들 수밖에 없어. 사람장사를 오랫동안 해온 기획사가 그걸 모를까. 그러니까 수익성을 유지하기 위해 소속사 아이돌에게 연애금지 조항을 강요하는 거지."

환이는 콜라를 마신 뒤 입안을 정리하며 말했다.

"앞으로도 아이돌 사업은 활황일 거야. 연애랑 결혼을 못하는 사람들이 계속 생겨날 테고 이들을 위한 콘텐츠 공급은 필수적이지. 사랑을 몰라서 못하는 게 아니라 하고 싶은데 못하는 거잖아? 현실에서 짝을 찾을 수 없다면 가상에서라도 만나야지."

철중이가 박수를 치며 환이에게 말했다.

"그래, 하나부터 열까지 정말 병신 같은 의견이었어. 연애 못해본 티가 팍팍 나는구나."

철중이의 비아냥거림에도 환이는 차분히 대응했다.

"세상에 너처럼 생긴 사람이 많을까, 아니면 나랑 비슷한 인간들이 많을까? 다수의 힘을 무시할 순 없어. 수요는 많을수록 힘을 발휘하지. 돈만 벌 수 있다면 기업은 무슨 일이든지 벌일 거야. 설령 그것이 사람의 마음을 훔치는 짓일지라도."

철중이는 수학 개념을 이해하지 못한 학생처럼 인상을 쓰며 말했다.

"난 모르겠어. 정말 이해가 안 돼. 현실 세계에 있는 멀쩡한 이성을 놔두고 왜 TV 속에 있는 가상의 인물을 사랑하는 거지? 도대체 어떤 사고패턴을 가졌기에 그런 멍청한 선택을 하는 거야?"

멍청한 선택이라…. 철중이는 모른다. 연애라는 시장에서 탈락하여 패배자가 된 사람의 마음을 모른다. 알려고도 하지 않는다. 나는 두 손으로 얼굴을 감싸고 환이가 하는 이야기를 잠자코 들었다.

"우리가 공시 공부를 하는 이유가 뭘까? 할 수 있는 게 이것밖에 없으니까 어쩔 수 없이 선택한 거잖아. 이게 멍청한 선택일까? 아니야. 양질의 일자리를 얻기 위한 청춘들의 노력이야. 알코올 중독자가 자기 몸을 망치면서까지 술을 선택하는 이유가 뭘까? 노력하고 또 노력했는데 세상이 준 시련을 견딜 수 없어서 술을 마시는 거잖아. 너는 알코올 중독자에게 멍청한 선택을 했다고 당당히 말할 수 있겠어?"

철중이가 몸을 움찔대자 환이는 비웃는 듯한 표정을 지으며 말을 이었다.

"한국은 OECD 국가들 중에서 자살률 1위야. 해마다 많은 사람들이 자살하고 있어. 어느 인간이 죽고자 하는 용기로 세상을 살아보려고 몇 번이나 도전을 했는데, 전부 실패한 나머지 스스로 목숨을 끊었어. 그 사람한테 멍청한 선택을 했다고 욕할 수 있겠어? 더 노력하고 더 치열하게 싸워야 했다고 비난할 거야?"

환이의 모든 질문에 철중이는 묵묵부답이다. 환이가 별로 내키지 않는 듯이 말했다.

"아이돌이 생식기가 없어서 연애를 안 하겠냐. 대중들이 보지 않는 틈을 타서 서로 물고 빨아주겠지. 그걸 알면서도 왜 일부 사람들이 패배할 수밖에 없는 아이돌과의 망상정신병적인 사랑을 하느냐. 그럴 수밖에 없는 상황이기 때문이다. 우리가 다른 일자리를 갖지 못하고 공시를 선택한 것처럼, 알코올 중독자가 운동 대신 술을 선택한 것처럼, 절망에 빠진 인간이 희망 대신 자살을 선택한 것처럼, 패배자들은 진정한 사랑을 그토록 원했지만 손에 넣을 수 없어서 가상의 인물을 어쩔 수 없이 선택한 것이다."

철중이가 크게 박수를 치며 말했다.

"개똥같은 강의 잘 들었다. 너무 역겨워서 점심 먹은 거 다 체하겠다."

이후로 철중이와 환이가 티격태격 말싸움을 벌였다. 철중이는 불같이 타오르며 말했지만 환이는 얼음처럼 차갑게 대응했다. 나는 한숨을 쉬며 지민이에게 말했다.

"지민아, 더 할 일 있어?"

"아니요. 이제 없어요. 왜요?"

"나 가볼게."

지민이는 걱정스런 목소리로 말했다.

"형 어디 아프세요? 제가 보기엔 형이…."

나는 뒷말을 끊고 재빨리 요양원을 나왔다. 나는 급히 독서실로 향했다. 자리에 앉자마자 노트북을 켜고 부팅이 될 때까지 엄지손톱을 깨물며 기다렸다. 인터넷을 켜고 포털 사이트에 접속했다. 검색창에 박초울 양의 이름을 입력할 필요가 없었다. 이미 사이트 메인에 그녀의 스캔들에 대한 사진과 기사가 곰팡이 피듯이 이곳저곳에 떴다. 인기 검색어 순위에서도 그녀의 이름이 1위를 차지했다.

다른 건 다 필요 없다. 나는 박초울의 처녀성을 더럽힌 그 새끼의 스펙을 좀 봐야겠다. 일단 그놈의 직업은 래퍼다. 빌어먹을 새끼, 노래 못 부르니까 욕이나 몇 마디 씨부리는 싸구려 양아치임에 틀림이 없다. 여자들은 왜 저런 건달 같은 새끼들에게 빠지는 걸까. 외모는 여타 남자아이돌보다 조금 떨어지는 편이었지만 볼수록 왠지 철중이를 아주 조금 닮은 것 같다. 흥, 나도 메이크업 아티스트한테 화장을 받으면 너 정도 얼굴은 나온다. 다만 그럴 돈이 없을 뿐이다. 이 새끼의 키는 183cm, 몸무게는 73kg이다. 운 좋게 키가 길쭉하게 태어났을 뿐이다. 전신사진을 찾아보니 근육이 없고 몸은 나뭇가지마냥 얇아서 볼품이 없었다. 내가 운동만 하면 이 새끼 몸매 정도는 금방 역전할 수 있다. 다만 공시생이어서 운동을 할 시간이 없을 뿐이다. 프로필을 자세히 보니 우리나라에서 손꼽히는 명문대학을 중퇴했다. 병신 새끼, 끈기가 없는 놈이니까 도중에 자퇴를 했구나. 말이 중퇴지 사실은 고졸이나 다름없다. 학벌은 내가 위다. 고졸보다는 대졸이니까.

연 수입은 최소 10억 이상으로 추정. 소유한 차량 3대가 모두 슈퍼카. 최근에는 한강을 조망할 수 있는 25억 원대의 아파트 구매. 박초울 양과 추억을 쌓기 위해 전세기로 일본 여행을 계획 중.

나는 검색을 멈추고 두 손으로 머리를 쥐어짰다. 머리부터 발끝까지 꼬투리를 단 하나라도 잡으려고 안달하면 할수록 내가 더 비참해졌다.

연 수입이 10억이라…. 내가 9급 공무원이 아닌 5급 공무원이 되어도 따라잡을 수 없는 경제력이다. 4천5백 원짜리 도시락만 먹어도 좋아하는 내가 싫다. 이놈은 슈퍼카가 3대씩이나 있구나. 나는 운전면허도 없는데. 너는 한강을 내려다 볼 수 있는 아파트를 가지고 있구나. 나는 1평도 안 되는 어두컴컴한 독서실에 갇혀 사는데. 나는 택시만 타도 요금 때문에 손이 덜덜 떨리는데, 녀석은 그녀에게 전세기를 태워줄 수 있구나.

그래, 내가 병신이다. 쓸모없는 놈이다. 사회의 암이다. 하지만 박초울, 이 시발년도 잘못이 있다. 예의 바른 남자를 좋아한다고 말해놓고선 욕이나 지껄이는 래퍼를 남자친구로 삼고 섹스와 마약을 물처럼 여기는 놈과 일본으로 여행을 갈 예정이라니. 이 여자는 원래 정조 관념이 제로에 수렴하는 걸레였구나. 헛소리에 속아 널 사랑한 내가 바보다. 나는 다른 아이돌을 좋아하면 된다. 세상에 아이돌이 너 하나뿐이더냐?

나는 다른 아이돌을 찾아 나섰다. 무조건 나이가 어려야만 한다. 나이가 조금이라도 있으면 돈과 섹스 맛을 알기 때문이다. 어린 학생이면 더 좋다. 담배와 연애가 당연히 금지되어있기 때문에 마음 놓고 좋아할 수 있다. 주머니에 박아둔 돈이 있나 싶어서 옷장에 있는 옷을 다 꺼내 뒤지는 백수의 간절함으로 나는 국내 아이돌을 샅샅이 살폈다. 예쁜 아이돌을 볼 때마다 얘가 진짜 순결하고 마음씨가 착한 아이인지 품질검사를 했다. 하지만 기대와는 달리 모든 아이돌이 전부다 음란한 속물처럼 보였다. 조사를 거듭할수록 나는 한 가지 사실을 알게 되었다. 아니다, 누구나 다 알고 있는 당연한 사실을 마주했다.

'나를 있는 그대로 좋아해주는 아이돌은 없다. 아이돌은 나만 바라봐주지 않는다.'

나는 노트북 전원버튼을 눌러 껐다. 검은색 텔레비전 같은 화면에 내 추잡한 모습이 비쳤다. 나는 고개를 돌렸다.

폐관 시간에 맞춰 독서실을 나왔다. 상점가는 불이 꺼져있고 거리는 한산하다. 몇몇 젊은 여자들이 빠른 걸음으로 나를 지나쳐갔다.

'내가 싫어서 빨리 걷는 건가? 하긴 싫어할 만하지.'

나는 하늘과 정반대로 고개를 처박고 길을 걸었다. 내가 정규직이 될 수 있을까. 내가 여자랑 사귈 수 있을까. 이 병신 같은 내가 대체 뭘 할 수 있을까. 6월에 있었던 서울시 시험 이후로 공부에 손을 아예 놓아버려서 이젠 각 시기별 왕의 업적도 기억이 잘 안 난다. 책을 다시 볼 의지도 없다. 공시가 아니면 다른 기업에 취직할 수도 없다. 나이가 걸린다. 운이 좋아 서류전형에 통과해도 면접 때 그 나이 먹도록 뭘 했냐고 물으면 대답할 건더기가 없다. 공시를 그만두고 다른 일을 하자니 두려움이 눈을 가린다. 그냥 요양원에서 주는 70만 원으로 평생을 독서실이나 다니다가 때 되면 죽고 싶다. 도전이 무섭다. 나는 가슴 품을 움켜잡았다. 청춘의 칼이 조용하다. 다행이다. 집으로 돌아와 맥주를 마시고 자리에 누웠다.

나는 망상회로를 과열로 다 타버릴 때까지 가동하여, 머릿속으로 상상의 무대를 만들었다. 나는 사람들이 바글바글한 공연장에서 그 래퍼와 랩 배틀을 펼친다. 내가 화려한 실력을 선보이자 주변 관객이 광기에 미쳐 날뛰며 나에게 환호성을 지른다. 나는 공개적으로 그 래퍼 새끼한테 온갖 망신을 준다. 그리고는 박초울 앞에서 내 새로운 여자 친구를 과시하듯 일부러 보여준다. 참고로 새로 사귄 여자는 세계적인 모델이다. '나는 네까짓 것이 없어도 잘 살아.', '너보다 더 좋은 여자를 만났어.'라는 무언의 메시지를 박초울에게 확실하게 전달해준 후 멋지게 무대에서 내려온다.

눕기 전에 맥주를 급하게 마셨더니 오줌이 마렵다. 망상회로를 껐다. 화장실로 가 팬티를 내리고 오줌을 싸다가 전면 거울에 비춰진 내 모습을 봤다. 정말 추악하다. 나는 고개를 돌렸다. 화장실 조명을 받으면 그 누구라도 괜찮은 얼굴이 되건만, 내 외모만큼은 용서할 수가 없다. 삐뚤빼뚤하게 자라난 턱수염. 볼에 잔뜩 낀 각질. 기름에 뭉친 머리카락. 젖꼭지에 난 털. 불룩 튀어나온 배. 신이라는 존재가 아예 작정을 하고 망쳐버린 피조물의 모습이 거울 속에 있다. 환이가 한 말이 머릿속에서 울린다.

'왜 일부 사람들이 패배할 수밖에 없는 아이돌과의 망상정신병적인 사랑을 하느냐.'

거울 속에 답이 있다. 대체 누가 날 사랑하겠는가. 내가 봐도 정말 혐오스런 괴물을 거울이 품고 있는데, 타인이 보면 얼마나 더 추악하겠는가. 현실에서 살기 힘들다. 그렇기에 나는 절대 무너질 수 없는 튼튼한 상상 속에 틀어박혀있고 싶다. 돌렸던 고개를 바로 잡아 거울을 다시 봤다. 상상이 무너지고 현실이 다가왔다. 너무도 단단하여 깨질 수 없는 현실이다. 대체 누가 만들었기에 현실은 이렇게도 솔직할까. 나는 방으로 돌아와 침대에 누웠다. 잠이 오지 않는다. 그저 뜬 눈으로 앞을 본다. 생각을 안 한다.

나는 요양원에 누워있는 노인이 되었다.

11

다름죄는 골품의 탑이 드리운 그림자에 누워 허무하게 시간을 낭비했다. 다름죄를 놀리던 공주들도 이젠 재미가 떨어졌는지 손가락질을 멈췄다. 다름죄가 차디찬 감옥 바닥에 쓰러져 말하길

다름죄: 내 자신이 혐오스럽다. 하늘 높이 솟아오른 골품의 탑이 날 비웃는 것 같다. 다르다고 생각한 길을 걸어오다가 틀린 종점에 다다른 느낌이다.

합창: 너는 틀렸다.

다름죄: 이제와 내 죄를 인정하고 속죄하기에는 너무 늦은 것 같다.

합창: 너는 늦었다.

다름죄: 나는 빠져나갈 수 없는 구덩이에 갇혀 정신이 서서히 죽어가고 있다. 살아나갈 희망이 보이지 않는다.

합창: 너는 희망이 없다.

다름죄는 갑자기 화를 내며 골품의 탑을 발로 찼다.

다름죄: 다 너 때문이다. 내가 죄수가 된 이유, 내가 감옥에 갇힌 이유, 다 너 때문이다. 나는 죄가 없다. 네가 날 죄인으로 만든 것이다.

골품의 탑에 발길질을 하던 다름죄는 힘이 빠져 자리에 드러누우며 눈물을 흘렸다.

다름죄: 아무도 내 마음을 알아주지 않는다. 아무도 날 사랑하지 않는다.

골품의 탑 위에서 구슬픈 목소리가 흘러나왔다.

하얀공주: 절 구해주세요. 힘들어요. 괴로워요. 무서워요. 저 좀 살려주세요.

다름죄: 저 공주는 대체 누구에게 말을 하고 있는 것인가?

공주 합창: 어리석은 하얀공주. 왕자님이 손을 내밀 때 잽싸게 잡았어야지. 불쌍한 하얀공주. 그녀는 앞이 안 보이는구나.

오래전부터 눈이 닫혀 앞에 금이 있는지 똥이 있는지 구분을 못한다네.

다름죄: 하얀공주여, 당신은 대체 누굴 찾고 있습니까?

공주합창: 다름죄여, 너는 아직도 본인의 미천함을 깨닫지 못하는가? 아서라, 하얀 공주가 눈은 안 보여도 귀는 들린단다.

하얀공주: 저를 구해주세요. 저는 여기서 기다릴게요. 당신이 올 때까지 평생.

공주합창: 아름다움은 세월에 떠내려가는 작은 돛단배. 내 손에서 떠나면 어느 순간 보이지 않네. 하얀공주는 골품의 탑 위에서 노처녀로 늙어죽겠지. 가여워라. 가여워라. 공주는 아름답지만 볼 수 있는 눈이 없다네.

다름죄가 하얀공주에게 손을 내밀었다. 탑이 높아 닿지 못하자 다름죄는 자리에서 힘껏 뛰며 골품의 탑을 향해 두 팔을 벌렸다. 소용없는 짓이었다. 아무리 노력해도 다름죄는 하얀공주에게 다가갈 수 없었다. 이를 딱하게 지켜보던 수호자들이 모여 팔로 구름다리를 엮어주며 말하길

수호자들: 다름죄여, 우릴 밟고 잠시나마 탑에 올라보게나. 무당들에게 들키면 아니 되니, 하얀공주님을 뵙고 나면 빨리 내려오게.

다름죄가 수호자들의 팔을 밟고 뛰어올라 하얀공주 앞에 섰다. 빨갛게 가슴을 물들인 다름죄가 탑 위로 올라오자 다른 공주들이 소스라치며 말하길

공주합창: 여기가 어딘 줄 알고 올라왔느냐? 네 녀석의 더러운 옷이 여기에 어울린다고 생각하느냐? 썩 내려가지 못할까!

공주들이 분노하여 뼛조각을 다름죄에게 던졌다. 다름죄는 날카로운 뼈를 정면으로 맞으면서 하얀공주님 앞에 무릎을 꿇고 말하길

다름죄: 당신은 앞이 보이시지 않나요? 그러면 죄수복을 입은 제가 당신을 구해줘도 될까요?

하얀공주는 아무런 말도 없이 입을 다문 채 눈물을 흘렸다.

다름죄: 저에게 한 번만 기회를 주시겠어요? 저 또한 멋진 왕자님이 될 수 있답니다.

공주들이 무릎을 치며 다름죄를 크게 비웃었다.

공주합창: 네 녀석이 왕자라고? 어림없는 소리 마라. 너는 그저 속죄하지 못한 죄인에 불과하다. 네 녀석의 주제를 알지어다.

탑 아래에서 보다 못한 망상죄가 소리쳐 말하길

망상죄: 다름죄여, 나는 영웅이라네. 돼지 눈에는 돼지만 보이고 부처의 눈에는 부처만 보일지어니, 영웅인 내 눈에는 당신이 영웅으로 보인다오.

수호자들: 시간이 없소. 어서 내려오시오! 이러다간 무당들에게 들킬 것이오.

다름죄가 눈을 감은 하얀공주의 손을 잡으며 말하길

다름죄: 내가 당신을 구하리라.

아이돌 스캔들 사건 이후로 난 하루 전체를 자연스럽게 낭비한다. 시계를 바라보고 있으면 시간이 알아서 간다. 왜 사는지도 모르겠다. 과연 나에게 살아갈 가치가 있는지 궁금하다. 왜 태어났을까. 그 수많은 정자들 중에서 왜 내가 난자한테 선택받았을까. 원해서 태어난 게 아니다. 단지 눈떠보니 태어났다. 살기 싫은 삶을 산다. 목구멍으로 밥이 넘어가고 눈으로 보이고 귀로 들리고 코로 숨이 쉬어진다. 살고 싶어서 사는 게 아니다. 살아지니까 살아간다. 죽고 싶다. 허나, 굳은 각오로 아파트에서 뛰어내릴 용기 따윈 없다. 고통을 참으며 손목을 그을 대담함은 더더욱 없다. 그냥 편안하게 죽고 싶은 알량한 생각밖에 없다. 대학생 때처럼 목을 매어 죽어볼까? 안 되겠다. 그때는 날씬해서 넥타이가 버텨줬지만 지금은 90kg이 넘는 돼지가 되었기에 목을 매려면 튼튼한 밧줄이 필요하다. 밧줄을 어디서 구하지? 모르겠다. 생각하기 싫다. 내 앞에 버튼이 하나 있으면 좋겠다. 그 버튼을 누르면 30초 뒤에 난 고통 없이 잠에 빠지며 죽는다. 30초 동안 무슨 생각을 할까? 나는 가상의 버튼을 앞에 두고 고민에 빠졌다. 아무런 생각도 나지 않는다. 부모님에 대한 죄송함도 없다. 친구들에 대한 미안함도 없다. 보지 못한 미래에 대한 아쉬움도 없다. 그냥 다 생각하기 싫다. 무기력하다. 도통 뭔가 나서서 하고 싶지가 않다.

근처 아파트 주변을 걸었다. 해가 길다. 저녁 8시인데도 아주 깜깜하지 않다. 교복을 입은 여학생이 맞은편에서 걸어온다. 나는 뭔가 창피해서 재빨리 걸음을 재촉했다. 내 옆으로 덩치 있는 남자 고등학생이 살짝 어깨를 스치며 지나갔다. 이 새끼는 왜 넓은 공간을 놔두고 바로 내 옆을 스쳐 지나가지? 내가 만만해서? 횡단보도를 건너려는데 내 앞으로 오토바이가 빠르게 지나갔다. 만약에 오토바이와 부딪쳤으면 어떻게 해야 할까? 일단 난 소리를 크게 질러야한다. 키가 작기 때문에 조금이라도 방심하면 운전자가 날 만만히 보고 오히려 화를 낼 수도 있다. 아파도 일어나서 오토바이를 발로 한 번 쾅 차주자. 나는 씩씩거리며 앞으로 무작정 걷다가 한 초등학교에 도착했다. 초등학생 때 날 괴롭혔던 뚱땡이가 기억난다. 지금 이 상태로 과거에 돌아간다면 난 그 녀석을 바닥에 눕혀놓고 잔인하게 짓밟아 죽여 버리겠다. 나는 아스팔트 바닥을 발로 내리찍었다. 발로 도끼질을 몇 번 하고나니 온 몸에 땀이 찬다. 걸음을 재촉해 다른 곳으로 몸을 옮겼다. 지나가는 모든 사람들이 날 이상하게 보는 것 같다. 삼삼오오 모여서 떠들고 있는 여학생들이 나를 욕하는 것 같다. 길을 걷기 무섭다.

내가 비정상인가? 아니다. 난 정상이다. 완벽한 정상이다. 진짜다. 믿어다오. 길 가던 아줌마가 나를 흘겨본다. 우린 서로 눈이 마주쳤다. 이건 날 이상하게 보고 있다는 명백한 증거다. 내가 어디가 어때서. 나한테 왜 이러는 거야. 내가 당신네 아들보다 못생겨서 보는 거야? 내 배가 조금 나와서 신경 쓰이는 거야? 옷이 좀 더러워서 그런가? 지금은 저녁이야. 옷에 뭐가 묻었는지 잘 안 보여. 그럼 딱 하나야. 내 외모를 욕하는 것이겠지.

난 잘못이 없어. 이 나라가 잘못된 거야. 문화가 병신이지. 살이 찌면 욕을 먹어. 얼굴 못생기면 무시당해. 옷을 촌스럽게 입으면 손가락질 당해. 내가 어떻게 살아가든 당신들이 뭔 상관인데! 너희들이나 잘 하라고! 날 있는 그대로 받아주는 곳은 그 어디에도 없는가? 살이 찌고, 얼굴이 평균보다 떨어지고, 키가 좀 작아도 날 있는 그대로 사랑해 주는 사람은 아무도 없는 거야? 정말 그런 건가? 박초울, 이 시발년아 대답 좀 해봐! 난 널 사랑했어. 하지만 넌 날 배신했지.

길을 걷던 아저씨와 눈이 마주쳤다. 아저씨는 재빨리 고개를 돌려 다른 곳을 보며 지나갔다. 할 말이 있으면 내 앞에서 당당히 씨불일 것이지 왜 흘겨보고 지나가는 건데? 저건 분명 날 무시하는 짓이야. 나는 등을 돌려 아까 눈이 마주쳤던 아저씨의 뒷모습을 관찰했다. 싸구려 바지. 벗겨진 머리. 옆으로 튀어나온 뱃살. 너도 대단한 거 없잖아? 근데 왜 나를 무시하는 건데! 총이 필요해. 날 욕하는 사람들의 대가리에 총을 쏘고 피를 흠뻑 뒤집어쓰는 거야. 그리고 난 구멍이 뚫린 이마에다 대고 한소리 지르는 거지.

'너나 잘 해, 이 새끼야.'

오오, 생각만 해도 통쾌하구나. 나는 비지땀을 흘리며 마을을 돌아다녔다. 기분이 좋다. 걷다가 길모퉁이에 세워진 전신 거울을 봤다. 거울은 가로등 빛을 반사하여 내 민낯을 비췄다. 얼굴이 일그러진 돼지가 한 마리 서 있다. 두둑하게 나온 뱃살. 거친 피부. 각진 얼굴. 째진 눈. 삶을 끝장내고 싶다. 소총으로 주변 사람들을 다 죽인 뒤에 권총으로 내 머리를 날려버리고 싶다. 만약에 인생이 게임이었다면 망설임 없이 리스타트 버튼을 눌렀을 것이다. 아니다. 애초에 이런 캐릭터를 안 만들었겠지. 이렇게 살아서 뭐하나. 살기 싫은데 억지로 살아야하는 것은 인생이 아니다. 고문이다. 갑자기 고등학교 때 나에게 수치심을 준 선생이 한 명 떠올랐다. 그 새끼는 턱에 난 내 수염을 붙잡고 흔들며 다른 학생들 앞에서 망신을 줬다. 나는 발로 땅을 거칠게 비볐다. 죽어 이 개새끼야. 죽어! 죽어! 발바닥이 뜨끈해질 때쯤 나는 발길질을 멈췄다.

건너편에 있는 여학생 한 무리가 시끄럽게 떠들면서 지나간다. 설마 내 욕을 하고 있는 건가? 나는 토끼처럼 귀를 쫑긋 세웠다. 끝까지 들어봐야겠어. 나는 학생들 무리를 미행하여 무슨 대화를 하는지 엿들었다. 휴우, 다행이다. 내 욕을 하는 것이 아니었어.

더 이상 산책을 할 수가 없다. 발길을 돌려 집으로 가는 도중에 할머니 한 분이 반대편에서 걸어왔다. 나는 재빨리 눈과 입을 관찰했다. 눈은 날 보지 않았다. 다행이다. 내 모습을 이상하게 보고 있지 않군. 입도 가만히 있었다. 다행이다. 날 욕하지 않는군. 갑자기 코로 송태화 할머니의 침 냄새가 기어들어온다.

"아, 시발."

나도 모르게 들릴 만한 소리로 욕을 했다. 할머니가 고개를 돌려 나를 본다. 서로 눈이 마주치자 나는 침을 꿀꺽 삼켰다. 눈을 떼자. 발을 움직여라. 이 상태로 몇 초만 더 있으면 큰일이 난다. 나는 재빨리 자리를 피했다. 집으로 오는 길, 해가 다 지고 길가에 사람이 없자 마음이 편안하다. 숨을 길게 내쉬었다. 내가 조금 이상한가? 나는 범죄현장을 다시 찾아온 범인처럼 모든 곳을 두려워하며 걷고 있다.

집으로 돌아가자마자 맥주를 마셨다. 맨 정신으로는 도저히 잠에 들 수가 없다. 하루하루 허무하다. 컴퓨터를 켜고 인터넷에 접속했다. 예전에는 슬플 때 음악을 들으며 마음을 위로했다. 지금은 다르다. 홈페이지 메인에 유명인들의 기사가 올라왔다. 설레는 마음으로 클릭해본다. 잘나가던 사람들이 음주운전, 성추행, 폭언, 폭력 등으로 가진 것을 한순간에 잃는다. 나는 쾌락을 느낀다.

"헤헤헤. 전부 망해버려라."

기분이 좋다. 남의 고통이 곧 나의 행복이다. 남들이 망가지는 모습을 보며 삶의 위안을 삼는다. 나는 악플을 달 용기도 없다. 악플을 달다가 잘못되면 고소를 당할 수 있으니 나는 다른 방법으로 유명인들을 욕한다. 일단 기사에 달린 댓글들을 읽어보고 내가 하고 싶은 말을 대신해주는 글에 '좋아요' 버튼을 누른다. 이렇게 대리 배설을 하면 속이 시원하면서 위험부담을 최소화할 수 있다. 인터넷에서 신명나게 타인을 욕하다가 지치면, 술기운에 몸을 맡겨 잠을 잔다.

낮과 밤이 뒤바뀐 생활. 술에 의존하는 삶. 산산이 부서진 상상속의 세계. 잔혹하게 다가오는 현실. 나는 이제 어떻게 해야 하는가. 방안에 누워 멀뚱히 천장을 바라본다. 잠을 며칠째 제대로 못 잤다. 이유를 모르겠지만 누워도 잠이 잘 오지 않는다. 잠을 자는 것 자체가 싫다. 나는 도저히 버틸 수 없을 때까지 눈꺼풀을 억지로 들어 올리다가 마지막에 기절하듯이 잠에 든다.

일주일 내내 술에 취해 지낸다. 술을 못하는 편인데도 매일 2L짜리 맥주 페트병을 한 방울도 남김없이 다 마신다. 맨 정신으로 세상을 바라보고 싶지 않다. 자위행위 횟수와 시간 때도 엉망진창이다. 주기적으로 정해진 시간에 자위를 하기보다는 발정이 난 수캐처럼 발기만 됐다하면 바로 성기를 흔들어서 정액을 수시로 뽑는다. 삶에 즐거움이 없다. 그렇다고 고통이 있는 것도 아니다. 삶이 없다. 무감각하다. 술을 마셔서 잠시 기분을 내봐도 금방 무기력함이 다시 찾아온다.

눈이 빠지도록 봤던 아이돌 영상도 스캔들 사건 이후로는 아예 끊었다. 머릿속에 향기롭게 펼쳐졌던 상상의 꽃밭도 이젠 다 시들었다. 내 머리엔 아무것도 없다.

수도 없이 내 자신에게 반복해서 물었다. 이렇게 사는 것이 무슨 의미가 있을까. 귓가에 파리 날리는 소리가 들린다. 손으로 몇 번 파리를 쫓아내보지만 얼마 안 가 몸에서 힘이 빠져 팔을 내렸다. 마음대로 날아다녀라, 난 신경도 안 쓴다. 파리가 자기를 봐달라며 온 방안을 힘차게 헤집고 다니지만 난 관심조차 갖지 않았다. 저러다가 죽겠지.

하는 것도 없이 바닥에 누워 눈을 감았다. 자는 게 아니다. 그냥 시간을 흘려보내는 것이다. 밥을 언제 먹었는지 기억을 더듬어본다. 식사를 불규칙적으로 한다. 배가 고픈 건지 아닌지 파악도 잘 못하다가 음식 냄새만 맡으면 갑자기 식욕이 생겨서 한 번에 배가 찢어질 때까지 먹는다. 이렇다 보니 하루에 한 끼만 먹는다.

방안이 어둡다. 졸릴 때쯤 되니 6시 30분이다. 곧 있으면 어머니가 온다. 지금 일어나서 독서실로 가야 한다. 항상 이렇게 어머니가 올 때쯤에 맞춰 잠이 온다. 나는 무거운 몸을 억지로 이끌고 독서실로 향했다. 1인실 자리에 앉자마자 엎드려 누웠다. 사방이 막혀있으니 참 편안하다. 아무도 날 안 본다. 갑자기 머릿속으로 야한 생각이 든다. 자리에서 일어나 천장을 살폈다. 검은색 도화지처럼 캄캄한 걸 보니 방 안에 아무도 없는 것 같다. 나는 노트북에 다운로드 해놓은 야동을 보며 자위를 했다. 대충 휴지로 정액을 닦은 뒤 휴게실에 있는 방향제를 들고 와 방 안에 뿌렸다. 몸에 힘이 빠지니 졸리다. 책상에 엎드려 잤다.

눈떠보니 밤 11시이다. 집으로 돌아갔다. 침대에 누웠다. 아무 것도 안 하면서 뜬 눈으로 날을 지새운다. 이전에는 가만히만 있으면 괴로웠던 기억들이 새록새록 떠올라 날 괴롭혔는데 이제는 별 생각이 없다. 모든 일에 무관심하다. 생각하고 싶지 않다. 설령 내 옆에 칼에 찔려 죽어가는 소녀가 살려달라고 울부짖어도 난 손가락 하나 움직이지 않을 테다. 귀찮다.

지각이 잦다. 요양원에 항상 늦게 출근을 한다. 처음에는 눈치 보면서 3분에서 5분 정도 지각을 했지만 이젠 아예 1시간씩 늦는다. 고은혜 선생님한테 왜 지각을 했는지 핑계도 안 댄다. 자를 테면 잘라라. 차라리 잘리는 게 낫겠다.

요즘에는 양치질도 제대로 안 하기 때문에 입 안에 술 냄새가 아예 배었다. 내가 말할 때마다 요양보호사 선생님들이 뒷걸음질을 친다. 난 신경 안 쓴다. 3호실에 앉아 대놓고 꾸벅꾸벅 졸고 있는데 요양보호사 선생님 한 분이 송태화 어르신 식사 도우미 역할 좀 해달라고 요청을 해왔다. 나는 졸 다 깬 얼굴로 궁시렁거리며 1호실로 들어갔다. 침대 옆에 자리를 잡고 할머니께 죽을 한 순갈 조심스럽게 떠줬다. 아니나 다를까, 할머니는 고개를 돌려가며 순갈을 요리조리 피했다. 5분 정도 실랑이를 벌이다가 나는 순가락을 할머니의 입에 강제로 집어넣었다.

"퉤!"

할머니가 죽을 뱉었다. 옷에 죽과 침이 튀었다. 시큼하면서 역겨운 냄새가 코를 타고 들어온다. 숟가락이 바닥에 떨어졌다. 나는 머리를 한 번 쓸어 넘기면서 한숨을 쉬었다. 내가 할 수 있는 일이 대체 뭘까. 노인네 밥 한 끼 먹이는 일조차도 하지 못한다. 나는 무능하다. 할 수 있는 일이 하나도 없다. 박초울 양이 날 보면 어떤 생각을 할까. '너 같은 새끼 만나서 신세 조지느니 돈 많고 능력 있는 남자 만나서 다행이다.'라고 날 무시할 것이다.

그릇에 가득 남은 죽을 쓰레기통에 버릴까. 다 버려놓고 식사가 끝났다고 거짓말이나 칠까. 한숨이나 쉬면서 영혼이 빠져나간 얼굴로 할머니를 보고 있는데 요양보호사 선생님의 목소리가 들려왔다.

"아이고, 총각! 왜 그러고 가만히 있어. 빨리 가서 씻어. 에고, 어르신이 또 다 뱉었네. 고생했어. 어서 가서 묻은 거 다 씻어. 나머지는 내가 먹일게."

나는 감사의 인사도 하지 않고 화장실로 가 옷에 묻은 죽을 털어냈다. 내 뒤에서 할아버지 한 분이 똥을 싸고 있다. 저 인간은 항상 식사시간만 되면 똥을 눈다. 이젠 주변에서 뭘 하든 화가 나질 않는다. 나는 죽이 묻은 부분만 대충 물로 헹구고 3호실로 들어가 숨었다. 가만히 뜬 눈으로 시간이나 흘려보내려는 참에 사무실에서 호출이 왔다. 대체 뭘까. 왜 다들 날 귀찮게 하는 걸까. 힘이 빠진 걸음으로 사무실 문을 열자 고은혜 선생님이 검은 피부를 한 채 앉아있다. 공기가 무겁다. 뭔가 중요한 할 말이 있나보다.

"태수 씨, 잠깐 여기 앉아보세요."

내가 의자에 엉덩이를 붙이자마자 고은혜 선생님은 기다렸다는 듯이 말했다.

"저희가 말은 안 했지만 오늘도 그렇고 이전에도 태수 씨가 제 시간에 출근을 하신 적이 한 번도 없는 것 같아요. 지민 도련님 추천으로 오셔서 저희가 특별대우를 해드리곤 있지만 그래도 지각은 하시면 안 돼요."

"네, 죄송합니다."

나는 묵묵히 두 주먹을 무릎 위에 놓고 고개를 숙였다. 고은혜 선생님이 말했다.

"최소한의 성실함은 보여주셔야 해요. 제가 무슨 말 하는지 다 알고 있죠?

"네."

"저희도 일을 하면서 짜증날 때가 많아요. 어르신들이 애처럼 굴어서 사고 칠 때가 종종 있거든요. 저희는 나이가 좀 있고 부모님이 여기 계신 분들이랑 거의 동갑이셔서 너그럽게 넘어갈 수가 있는데, 젊은 사람 입장에서는 많이 답답하겠죠. 그걸 이해 못하는 건 아니에요."

나는 고은혜 선생님이 말씀하실 동안 계속 고개를 숙이고 심각한 표정을 지었다. 이렇게 하면 2번 혼날 것을 1번으로 줄일 수 있다.

"태수 씨가 공부하느냐고 스트레스 많이 받았을 거예요. 요즘에 공무원 시험 경쟁률이 상당하죠?"

"네."

고은혜 선생님이 사탕을 건네며 말했다.

"오히려 저희들이 태수 씨 공부하는데 방해한 것 같아서 죄송해요. 요즘 젊은이들이 한창 힘들 때인데…. 사실, 저희가 남자 요양보호사를 다른 분으로 교체하려고 생각 중이에요. 그 사람이 자꾸 야간에 몰래 술을 마셔서 제가 그러지 말라고 몇 번 경고를 했는데도, 문제를 계속 일으켜서 굉장히 처치 곤란한 상황이었어요. 그래서 제가 철중 씨에게 부탁을 해서 야간 근무를 몇 번 대신 세웠어요. 나중에 가서는 이 아저씨가 자기 마음대로 철중 씨한테 개인적으로 연락을 해서 무단으로 근무를 대신 서달라고 사정을 했대요. 물론 철중 씨는 야간근무 수당만 주면 문제없다고 말했지만 저희 입장은…. 참, 이래서 사람관리가 세상에서 제일 힘들답니다. 어르신들이 조용하면 요양사들이 문제를 일으키니…."

고은혜 선생님은 조잘조잘 잘도 말했다. 사회복지사가 얼마나 힘든 일인지 약 40분간을 열을 올리며 일장 연설을 하더니 마지막에 가서는 온화한 미소와 함께 본심을 말했다.

"태수 씨가 야간 근무 좀 서줄 수 있을까요?"

어른들의 말하기 방식은 항상 똑같다. 상대방의 잘못한 점을 지적해서 미안한 감정을 들게 만든 다음, 갑자기 잘해주면서 자신의 요구조건을 제시한다. 이러면 거절하기가 힘들어서 어쩔 수 없이 시키는 대로 하는 수밖에 없다. 우리 어머니가 자주 애용했던 방법이기도 하다.

"네, 제가 맡아볼게요. 언제부터 서면 돼요?"

"당장 오늘부터 서주세요. 내일은 서현 씨가, 모레는 철중 씨가 설 거예요. 3일에 한 번씩 교대로 선다고 생각하면 돼요. 아직 확정된 거는 아닌데 요번 달은 일단 임시로 이렇게 해요. 참, 태수 씨가 오늘은 본인이 당직을 서겠다고 철중 씨에게 연락 좀 해주세요. 왜냐면 철중 씨는 자기가 오늘 당직인걸로 알고 있거든요."

분위기를 무겁게 잡더니만 결국엔 야간당직 좀 싸게 부려먹으려는 소리나 하는구나. 3호실로 다시 돌아와 자리에 앉았는데 박도심 어르신이 헛소리를 질러댄다.

"새말 오빠! 새말 오빠! 나 좀 구해줘요!"

할머니는 흰 양말을 낀 두 손으로 기도를 하면서 애절하게 새말 오빠를 찾았다. 내가 할머니를 처음 봤을 때는 실눈이라도 떴는데 이젠 굳게 봉인된 편지봉투의 입구처럼 눈꺼풀이 아예 닫혔다. 팔은 엑스자 모양으로 완전히 굳었다. 할머니는 어둠 속에서 하루 종일 구해달라고 소리친다. 현재 나이 87세. 적어도 앞으로 7, 8년은 더 살 것이다. 구원은커녕 희망조차 없는 사람이다. 나와 똑같다. 할머니는 나다. 쓸모없는 늙음과 의미 없는 젊은이 교차한다. 젊어서 죽으나, 늙어서 죽으나 별 차이가 없는 무가치한 삶이다.

박도심 어르신은 어떤 역사를 가지고 있을까. 생각해보니 송태화, 허정란 어르신의 과거는 들어봤지만 박도심 할머니의 이야기는 영 듣지 못했다.

"새말 오빠! 새말 오빠! 저 좀 구해줘요!"

할머니의 절실한 목소리가 방안을 가득 채운다. 대체 새말 오빠가 누굴까. 무슨 일이 있었기에 저렇게 애절하게 살려달라고 외치는 걸까. 내가 진정하라고 몇 번이나 달래 봐도 할머니는 계속 살려달라 외쳐댄다. 할머니의 흥분이 좀처럼 가라앉지 않자 방으로 간호조무사 선생님이 들어오셨다.

"어르신, 힘들어요?"

"네, 힘들어요. 괴로워요. 무서워요. 나 좀 살려줘요."

"그래요. 알겠어요. 조금만 기다려 보세요. 멋진 왕자님이 할머니를 구하러 갈 거예요."

"네. 기다릴게요."

조용하다. 내가 옆에서 뭐라고 달래도 꿈쩍도 안 하던 할머니가 잠잠해졌다. 내가 신기해하자 간호조무사 선생님이 웃으며 말했다.

"어르신이 구해달라고 외치면 구하러 가겠다고 말해줘요. 그러면 쥐 죽은 듯이 조용히 하세요."

나는 할머니의 표정을 살핀 뒤 조용히 물었다.

"선생님. 혹시 박도심 어르신은 가족관계가 어떻게 되나요?"

"이 분은 무연고자예요. 저희가 어르신께 계속해서 물어봤는데 아무래도 생존해 계신 가족이 없는 것 같아요. 원래 이분은 본관에서 생활하셨다가 주변 어르신들이랑 어울리지 못해서 여기 별관으로 옮겼어요. 계속 새말 오빠를 찾는 바람에 워낙 시끄러워서 민원이 많이 들어왔었죠."

"본관이라면 파주시 금촌동에 있는 건물을 말씀하시는 건가요?"

"네, 맞아요. 이분을 처음 받은 곳이 거기예요."

"계속 새말 오빠를 찾는데, 새말이 무슨 뜻인지 혹시 아세요?"

간호조무사 선생님이 살짝 웃으면서 말했다.

"금촌동에 새말이라는 지역이 있어요. 아마 거기서 오빠를 잃어버린 것 같아요."

선생님은 할머니의 볼을 부드럽게 쓰다듬었다.

"치매에 걸린 어르신들을 살펴보면 아주 어렸을 적이랑 최근의 기억만 남아 있는 경우가 많아요. 박도심 어르신의 경우는 이제 어렸을 적 기억만 남은 상태예요. 정신이 오락가락 하신 분이니까 시간이 날 때마다 계속 질문을 해보세요. 가끔가다 정상적인 답변을 해줄 때가 있어요. 이분도 많이 외로워하세요. 사실 요양원에 계신 분들 모두 외로움을 많이 타세요. 입이 안 열리고 팔이 안 움직여서 그렇지, 옆에 잘 있어주기만 해도 마음 속으로는 아주 고마워하세요."

간호조무사 선생님은 시종일관 미소를 지었다. 어떻게 저렇게 웃고 있을 수 있을까. 요양보호사 분들도 마찬가지다. 할머니가 소리를 지르고 할아버지가 똥을 누다가 변기에 튀어도 이분들은 화 한번 내지 않았다. 여기서 일하시는 분들 모두 근무시간 내내 얼굴에 미소를 잃지 않았다. 오직 나만 시무룩한 표정으로 하루 종일 시간을 보낼 뿐이다.

나는 궁금했다. 대체 무엇이 이분들에게 일할 의지를 주는 것일까. 집에 먹여 살려야 하는 자식이 있어서 그런 걸까? 나는 뻔한 대답을 기대하고 질문을 했다.

"선생님은 왜 이 일을 선택하셨어요?"

젊은 놈의 질문이 약간 무례했었나. 간호조무사 선생님은 약간 당황하는 표정이었으나 이내 밝은 미소로 복귀하여 대답을 해줬다.

"처음엔 별 생각 없이 요양원에서 첫 직장생활을 했어요. 돈이나 벌자는 심산으로 왔으니까 짧게 있다가 다른 곳으로 갈 생각이었죠. 그런데 하다 보니까 이 일에 매력을 느꼈어요. 계속 일하다보니 어느덧 7년째 하고 있네요. 왜요? 총각도 복지 분야에 관심이 생겼어요?"

"아뇨, 아뇨. 그냥 궁금해서 여쭤봤어요."

신기하다. 어떻게 요양원 일에 매력을 느낄 수 있었을까. 나는 요양보호사 분들께도 똑같은 질문을 했다. 그냥 갑자기 물어보면 당황할 수 있기 때문에 일을 도와주다가 잠시 쉬는 시간이 생기면 편하게 대답할 수 있도록 가볍게 질문을 던졌다. 노동자는 돈과 고용안전성만을 바라볼 줄 알았다. 그러나 내 질문에 대답했던 분들 모두 자신이 맡은 업무에 나름의 애착이 있었다.

'보람이죠. 어르신들이 좋아해 주시니까 일 할 맛이 나죠.', '속죄예요. 돌아가신 아버지를 돌보지 못했어요. 총각은 부모님께 꼭 효도하세요.', '친구 소개로 일을 시작했어요. 하다 보니 재밌어서 지금까지 하고 있어요. 일이 즐거워요.', '앞으로는 실버사업이 뜰 것 같아서 요양보호사 일을 시작했어요. 지금은 일 자체에 관심이 생겨서 사회복지사 자격증 공부를 하고 있어요. 언젠가는 제가 요양원을 직접 운영할 생각이에요.'

신선하다. 직원들은 자신의 일을 좋아하고 있었다. 오로지 돈과 고용안전성만을 바라보고 공무원 시험을 준비해온 나에게 요양원이 새롭게 다가온다. 가슴이 설렌다. 이 얼마만의 흥분인가. 눈이 뜨이면서 세상이 넓어 보인다. 나는 요양원 직원들과 퇴근하기 전까지 뜨거운 대화를 나눴다. 모두들 내 질문에 적극적으로 대답해주셨다. 단 한 명도 귀찮아하지 않았다.

죽음이라는 면접을 앞에 두고 대기하는 곳. 그것이 요양원의 정의였다. 지금은 다르다. 어쩌면 요양원이 삶의 시작점이 될 수도 있다. 나는 두 주먹을 불끈 쥐었다. 그래. 나도 무언가를 할 수 있을 거야. 내가 뭘 하면 될까. 할 수 있는 것이 뭘까. 나는 잠깐의 망설임 끝에 대답했다. 글이다! 내가 좋아하는 일. 글을 쓰면….

갑작스레 불안감이 휘몰아친다. 나는 황급히 가슴 품을 움켜잡았다. 청춘의 칼이 떨린다. 미친 듯이 요동을 친다. 가슴 품을 두 손으로 꼭 쥐었다. 떨림이 멈추질 않는다. 나는 3호실 주위를 둘러봤다. 시체처럼 누워있는 어르신들 빼고는 아무도 없다. 나는 청춘의 칼을 빼들었다. 이 녀석이 왜 이렇게 날뛰는 것일까. 무엇이 불안하기에 이놈은 온 몸을 흔들어대며 경고를 하는 걸까. 내가 글을 쓰는 것이 그렇게도 싫으냐! 나는 청춘의 칼을 붙잡고 사색에 빠졌다.

요양원에서 돈이나 모으다가 때가 되면 그만두고 다시 노량진으로 가는 것이 애초의 목표였다. 내가 여기서 글을 써봤자 무슨 소용이 있을까. 써서 누구에게 보여줄 것이며, 누가 내 글을 감상해줄 것인가. 요양원엔 정상적인 노인이 없다. 글을 써서 뭐하리.

내가 여자에게 사랑을 표현하지 않는 것도 같은 맥락이다. 어차피 차일 거 뭣 하러 여자에게 마음을 주느냐. 처음부터 시도조차 하지 않으면 상처받을 일도 없을 텐데. 안 될 일은 시작조차 안 하는 것이 맞다. 청춘의 칼이 떨림을 멈췄다.

"새말 오빠, 새말 오빠, 나 좀 살려줘요!"

박도심 할머니가 또 발작을 일으켰다. 맨날 똑같은 대사만 반복하는데 지치지도 않나보다. 주름살이 가득한 할머니의 얼굴을 자세히 쳐다봤다. 헛웃음만 나온다. 내가 글을 써도 할머니는 한 마디도 읽지 못한다. 의미를 전달하려고 해도 방법이 없다.

"새말 오빠, 새말 오빠, 나 좀 살려줘요!"

할머니의 목소리가 더욱 커져간다. 이러다간 주변에 계신 어르신들이 경기라도 일으킬 것 같다. 간호조무사 선생님이 했던 말이 떠올랐다. 나는 할머니를 진정시키기 위해 농담을 반 정도 섞어서 희곡 배우처럼 말했다.

"공주님, 제가 당신을 구해줘도 되겠소?"

"아니에요. 안 돼요. 전 새말 오빠를 기다려야 돼요."

"공주여, 저에게 당신을 구할 기회를 주시오. 나 또한 그 누구 못지않게 멋진 왕자라오!"

할머니는 잠시 생각에 빠진 듯 입술을 우물거렸다. 할머니는 한동안 말이 없다가 간신히 입을 열었다.

"증명해보세요."

"네?"

할머니 입에서 어려운 단어가 나오자 나는 적잖이 당황했다.

"뭐라고요? 다시 말씀해 주시겠소?"

"증명해보세요. 당신이 진짜 왕자님인지."

나는 기가 막혀 뭐라 대답도 못했다. 이 할머니가 보통내기가 아니구나. 세상에 내가 왕자님이라는 걸 증명하라니. 역시 여자는 나이를 먹어도 여자구나. 나는 괜히 울컥하는 마음이 솟아올랐다. 20살이면 몰라도 87살 먹은 여자에게도 차인다는 게 참 분했다. 나는 더욱 목소리를 키워 실제 무대 위에서 연기를 펼치는 남자 주인공처럼 말했다.

"좋소! 기다리시오 공주! 나에게 조금 시간을 주시오. 내가 진정으로 멋진 왕자임을 곧 그대 앞에서 증명하리라. 당신은 내 키스를 받고 눈을 번쩍 뜨게 될 것이오! 하하하!"

"너 뭐하냐?"

나는 놀라 소스라치며 뒤를 돌아봤다. 철중이가 당황한 얼굴로 날 쳐다보고 있다.

"아, 철중이구나. 너 여기 웬일이냐? 오늘 야간 당직은 내가 서기로 했는데. 참, 내가 연락을 안 했구나."

어떻게든 입을 열어서 핑계를 대야한다. 그래야지만 미친놈 취급을 면할 수 있다. 나는 일부러 혀를 빠르게 놀리며 말했다.

"너 요양보호사 아저씨 대신에 당직을 자주 선다며? 고은혜 선생님이 네 칭찬을 많이 하시더라. 너도 참 힘들겠다. 그 술주정뱅이가 옛날에 잘 나갔던 사업가인건 알고 있었어? 예전에 그 사람의 과거를 들었는데…."

장황하게 설명하는 내 말을 뒤로하고 철중이가 피식하며 웃는다.

"왕자님, 당신 여기서 뭐했어?"

나는 붉어지는 뺨을 어찌할지 몰라 두 손으로 얼굴을 가렸다. 오늘 당직은 내가 선다고 미리 전화를 걸었어야 했는데, 직원들하고 대화를 나누다가 깜빡했다. 나는 벌어진 손가락 틈 사이로 철중이의 표정을 살폈다. 녀석이 웃음을 억지로 참고 있는 것을 보아하니 아무래도 처음부터 다 들은 모양이다. 그 어떤 변명을 대도 이 창피한 순간을 모면할 순 없을 것 같다. 그냥 도망이나 치자. 나는 자리에서 일어나며 말했다.

"못 들은 걸로 해줘. 할머니랑 놀아주느라고 헛소리 좀 했어."

철중이는 일부러 큰 목소리를 내며 말했다. 아무래도 날 놀리려는 심산 같다.

"그래도 약속은 지켜야하지 않겠어? 공주님께 네가 왕자임을 증명하겠다고 말했잖아."

"그냥 장난으로 한 소리야. 한 며칠 지나면 내가 무슨 소리를 했는지 할머니는 기억조차 못할 걸?"

"그렇지 않아. 넌 방금 공주님과 아주 중요한 약속을 했어."

팔뚝에 소름이 돋는다.

"87살 먹은 할머니가 어떻게 공주야? 솔직히 그냥 살아있는 사람이지."

"박도심 어르신의 마음을 얻어 보는 게 어때?"

오늘따라 철중이가 왜 이렇게 온몸이 오그라드는 소리를 지껄일까.

“내가 할머니 마음을 얻어서 뭐하게? 청혼이라도 해서 한 5년 뒤에 보험금이라도 타먹으라고?”

“아니야.”

철중이는 얼굴에 웃음기를 없애고 말했다.

“작품을 써보라는 말이야. 네가 가장 잘하는 걸 해봐. 바라왔던 것을 해봐. 네가 정말로 괜찮은 왕자임을 증명해봐.”

손에 쥔 청춘의 칼이 떨려온다. 나는 불안감에 철중이의 의견을 반박했다.

“쓰면 뭐해? 눈이 닫혀서 읽지도 못하는데.”

“네가 읽어주면 되잖아. 이 할머니는 어디 가지도 못하고 침대에 꼼짝없이 누워서 너의 작품을 들어야만 하는데. 이것이야말로 기회 아니겠어?”

생각을 바꿔보니 철중이의 말이 맞는 것 같기도 하다. 칼이 떨린다.

“들으면 뭐해? 이해를 하지 못하는데.”

“이해를 하게끔 만드는 것이 네 능력 아니겠어?”

철중이는 한 마디도 지지 않고 내 말을 다 받아쳤다.

“글을 쓰는 것이 네 꿈이었잖아. 꿈을 추구하는 인간이 그 정도 난관하나 극복 못해서야 성공할 수 있겠어? 한 번 해봐요, 왕자님.”

나는 떨리는 칼을 겨우 붙잡았다. 나는 할 수 없다. 자신감이 없다. 나는 머저리다. 내가 무엇을 할 수 있겠는가. 소설도 머리가 좋아야 쓸 수 있다. 나는 시키는 일만 대충 처리할 줄 아는 보통 인간이다. 난 못한다. 왜 이제 와서 이런 하소연을 풀어놓을까. 두렵다. 나의 보잘 것 없는 실체를 드러내고 싶지 않다. 약한 모습을 보여주고 싶지 않다. 감춰야한다. 그래, 이제까지 잘도 숨겨왔다. 도전하는 건 좋아하지만 막상 평가받기는 두려워 도망친 적이 한 두 번이 아니다. 내가 글을 쓰는 것이 문제가 아니라 나의 보잘 것 없는 글을 읽고 주변 사람들이 실망할까봐 두렵다. 내가 공을 들여 만들어낸 창작품이 타인의 손가락 끝에 걸리는 것이 무섭다.

"새말 오빠! 새말 오빠! 나 좀 살려줘요!"

할머니가 귀신에 홀린 것처럼 소리를 지른다. 유격장 조교보다 목소리가 더 크다. 방안이 고함 소리로 가득 찼다. 유리창이 떨린다. 심지어는 바닥까지 진동하는 것 같다.

"새말 오빠! 새말 오빠! 나 좀 살려줘요!"

소리를 지르는 건 할머니인데 왜 내 등에서 식은땀이 흐를까. 마치 길가에 피를 흘리며 쓰러진 소녀가 도와달라고 절규하는 것 같다. 비명을 무시하고 돌아서보지만 마음속의 뭔가가 나를 질책한다. 나는 못한다. 그럴 능력이 없다. 당신을 구할 재능이 없다. 난 병신이다. 밥만 축내고 똥이나 싸는 짐승이요, 언제 죽어도 티 하나 안 나는 벌레다. 난 이제껏 살면서 뭐하나 제대로 이룩해본 적이 없는 구제불능이다. 난 할 수 없다.

철중이가 할머니의 손을 붙잡으며 말했다.

"할머니, 태수 왕자님이 당신을 구해준다고 약속하면 끝까지 기다릴 수 있어요?"

할머니는 말이 없다. 축 늘어진 살을 가면처럼 쓰고는 살아있는지 죽어있는지 알 수 없는 얼굴로 앉아있다. 이럴 줄 알았다. 할머니는 나를 싫어한다. 왜냐하면 난 못생겼기 때문이다. 할머니가 눈이 안 보인다고? 아니다. 안 보여도 느낌으로 상대방이 어떻게 생겼는지 알 수 있다. 목소리, 말투, 풍기는 냄새만 파악해도 다 안다. 못생긴 나는 할머니를 위한 왕자님은커녕 오빠조차 될 수 없다. 그 새말 오빠인가 뭐시기가 얼마나 대단한 놈인지는 모르겠지만 최소한 나보다는 훨씬 멋진 놈일 것이다. 박초울 양도 마찬가지다. 그녀의 선택은 옳았다. 나 같은 병신과 사귀면서 시간을 낭비하느니 차라리 바람둥이 래퍼와 마음 졸이는 연애를 하는 것이 더 즐거울 것이다. 애초부터 난 자격조차 갖추지 못한 남자였다.

"나 좀 살려줘요. 너무 괴로워요. 저 좀 구해줘요."

주름으로 뒤덮인 할머니의 눈에서 눈물이 삐져나왔다. 정말로 괴롭고 힘든 걸까. 매번 헛소리를 할 때마다 가만히 놔두면 조용해졌던 할머니가 오늘은 구슬프게도 운다. 주름살로 가뭄이 든 할머니의 얼굴에 홍수가 났다. 눈물이 뺨을 타고 입술을 적신다. 나는 떨고 있는 청춘의 칼을 움직이지 못하게 손으로 꽉 쥐어틀었다.

"콜록, 콜록!"

기침 소리와 함께 입술에 묻었던 눈물이 튀어 오른다. 나는 청춘의 칼을 질식사 시키듯이 손가락으로 꽉 물었다. 철중이가 말했다.

"행운의 여신, 승리의 여신. 둘 다 여자야. 왜 행운과 승리를 관장하는 신은 여자일까? 잘 들어둬. 모범생은 미인을 얻을 수 없어. 가장 거칠고 용맹한 전사만이 세상에서 가장 아름다운 미녀를 손에 넣을 수 있어. 하루하루 성실하게 살아가는 놈들은 많아. 이 찐따들은 열심히만 하면 행운과 승리의 여신이 자기편이 될 거라고 믿어. 하지만 노력하면 노력할수록 여신은 저 멀리 달아나 있지. 여신은 세상 천지에 널리고 널린 노력충들에게 미소를 지어주지 않아. 네가 여신을 품에 안고 싶다면 가장 거칠게 움직여야 돼. 바보 같지만 완전히 깨질 것을 각오하고, 전투적으로 세상을 살아보려는 거친 청춘이 되어야만 해. 부서지고, 박살나고, 뒹굴고 엉망이 되어 바닥에 웅크려 있을 때 비로소 여신이 네 앞에 다가와 한 마디 할 거야. 저기요, 차 한 잔 하실래요?"

할머니는 이제 살려 달라는 말도 못한다. 기침만 계속할 뿐이다.

행운의 여신이라. 승리의 여신이라. 엄마 다리 밑에서 태어나 지금까지 여자 한 번 못 사귀어 본 내가 여신의 마음을 가질 수 있을까. 청춘의 칼이 내 손 안에서 꼼짝도 못하고 있다.

나는 못생겼다. 나는 키가 작다. 나는 능력이 없다.

하지만 여신과 차 한 잔 마셔줄 시간은 있다.

나는 손으로 할머니의 눈물을 닦아주며 말했다.

"공주님, 제가 당신을 구하러 갑니다."

12

다름죄가 골품의 탑 앞에 무릎을 꿇고 두 팔을 벌리며 외치길

다름죄: 하얀공주여, 내가 다시 왔소. 내 목소리를 기억하시오?

하얀공주: 몰라요. 전 당신이 누구인지 알 수 없어요.

다름죄: 사람들은 나를 '다름죄'라고 부르오. 내 비록 죄인의 신분이나 당신에게 빠졌소. 당신에게 들려주고 싶은 이야기가 많소. 어서 탑에서 내려와 나의 이야기에 귀를 기울여 주시오.

공주합창: 어떤 바보가 골품의 탑에서 내려가겠느냐. 설마 하얀공주가 눈이 안 보이는 것을 이용하여 속이려 드는 것이냐?

다름죄: 그렇지 않소. 하얀공주여, 나의 이야기는 당신을 구할 수 있을 것이오. 당신은 고통에서 해방되리라! 그러니 어서 탑에서 내려와 내 곁으로 와주시게.

하얀공주: 탑에서 내려가기 두려워요. 그러니까 전 앉아서 기다릴 거예요.

다름죄: 하얀공주여, 기다린다고 모든 것이 해결되지 않소. 그대가 발걸음을 직접 옮겨야지만 변화가 일어날 것이오.

하얀공주: 너무 무서워요. 저는 이 자리에서 왕자님을 기다릴 거예요.

주변에 있는 공주들이 손으로 입을 가리며 깔깔 웃어댄다.

공주합창: 눈이 감겨 앞을 못 보는데 어떻게 왕자님이 왔는지 알 수 있을까? 그 아무리 멋진 왕자가 나타나도 하얀공주는 알아채지 못하리라. 당신은 눈을 감은 채 세월만 보내다가 우리에게 왕자님을 빼앗길 걸? 에구구, 가엾은 하얀공주! 너는 결국에 다름죄와 같이 볼품없는 죄수에게 시집을 가게 되리라.

다름죄는 다른 공주들의 비웃음에도 아랑곳하지 않고 골품의 탑을 향해 외치길

다름죄: 내가 당신을 구하겠소. 당신을 골품의 탑에서 빼내어 자유와 행복이 무엇인지 알려주겠소. 공주란 자신을 데려갈 왕자를 기다리는 존재가 아니오.

골품의 탑이 정해준 역할에서 벗어나 나와 함께 해주오.

공주합창: 감히 골품의 탑을 경멸하다니! 이 이상 혀를 험하게 놀린다면 우리가 직접 무당을 불러올 것이다.

다름죄: 난 청춘의 칼이 무섭소. 난 무당이 옆에 서 있기만 해도 소름이 돋소. 허나 하얀공주여, 당신을 위해서라면 무당 앞에 당당히 가슴을 내밀고 번쩍이는 청춘의 칼을 떳떳하게 받아 내리라!

수호자들이 나타나 다름죄의 앞을 가로 막으며 말하길

수호자: 곧 무당들이 들이닥칠 것이오. 어서 피합시다.

상황을 몰래 훔쳐보던 노력죄가 나타나 다름죄를 비웃으며 말하길

노력죄: 하하하! 다름죄여, 당신은 앞도 못 보는 공주의 마음을 어떻게 얻을 셈이냐? 무의미한 짓은 그만두고 현실을 보아라. 우리는 죄인, 우리는 골품의 탑에 올라야만 하는 존재들이다.

다름죄: 나는 남들과 다르다. 다른 선택을 하며 다른 인생을 살아왔다. 하지만 난 죄인이 아니다. 골품의 탑에 오르는 것만이 내 목표가 될 순 없다. 나는 끝까지 다른 길을 선택하며 살겠다. 최후에는 내 인생 자체를 기록으로 남겨 죄수들에게 모범을 보이겠다.

합창: 우리는 너를 인정할 수 없다. 우릴 납득시켜보아라.

노력죄: 들리느냐? 감옥이 내는 목소리가!

다름죄가 골품의 탑을 향하여 외치길

다름죄: 내가 어떻게 한다면 그대들을 납득시킬 수 있겠는가?

공주합창: 기적을 일으켜라.

다름죄가 죄수들을 향하여 외치길

다름죄: 내가 어떻게 한다면 그대들이 날 인정하겠는가?

죄수들: 기적을 일으켜라.

다름죄가 바닥에 무릎을 꿇고 외치길

다름죄: 하얀공주여, 나는 힘없는 작은 개인이오. 비루한 내 몸이 전력을 다한들 무당이 쓰러지겠소? 탑이 무너지겠소? 허나 당신만은 내가 구해주고 싶다오. 모두의 바람대로 기적을 일으키겠소.

"헉, 헉, 헉…."

현재시각은 7시 50분. 나는 러닝머신 위에서 숨이 넘어가기 직전까지 달리고 있다. 헬스장 이용권을 끊었다. 3달에 10만 원인 동네 싸구려 헬스장이지만 웬만한 운동 기구는 다 있다. 나는 살을 빼는 김에 정신적인 건강도 얻기 위해 매일 아침 7시 30분부터 몸을 움직인다. 가만히 책상에 앉아만 있으면 어느새 안 좋은 생각이 매연처럼 피어올라와 머릿속 정신건강을 위협한다. 운동이라는 필터를 착용하고 정화작용을 해줘야지만 공부를 하든 글을 쓰든 뭔가를 집중력 있게 할 수 있다.

요즘엔 주말에 무조건 쉰다. 나는 기계가 아니라 사람이다. 월요일에 정력적으로 공부에 임하더라도 수요일이 지나 금요일 정도 되면 주중과 주말의 구분이 없는 공시생마저도 가슴이 괜히 설렌다. 토요일은 철중이네 자취방에 놀러가거나 독서실에서 쉬는 방법으로 휴식을 취했다. 일요일은 오후 6시까지 쉬고 저녁에는 다음 주 계획을 세웠다. 주말마다 휴식을 줌으로써 다음 주에 더 열심히 살겠다는 마음을 먹었다.

시간 관리 방법도 바꿨다. 아침부터 저녁까지 하루 종일 독서실에 앉아있어봤자 집중해서 공부를 하거나 글을 쓰는 시간은 얼마 되지 않았다. 스톱워치로 정말로 집중한 시간을 재어보니 5시간에서 6시간 정도 된다. 축구경기에서 선수가 골을 넣기 위해 사용하는 시간은 2분 내지 3분 정도 된다. 그 2, 3분을 잡기 위해 축구 선수는 90분 동안 온 힘을 다해 뛴다. 나도 마찬가지다. 하루에 집중할 수 있는 시간은 5, 6시간 정도 되기 때문에 난 그 시간을 잡기 위해 10시간 동안 독서실에서 자리를 지킨다.

아침에 1시간 동안 운동을 하고 독서실에 오면 9시 정도 되는데, 저녁 7시까지 어떻게든 의자에 앉아 집중하려고 노력한다. 물론, 중간에 산책을 해서 햇볕을 쬐며 휴식을 취하기도 했다. 10시간 동안 아무리 노력해도 대여섯 시간만 집중 할 수 있기 때문에 효율이 반이 조금 넘는 정도밖에 되질 않아 스스로에게 실망을 많이 했지만 2번 찌를 던져서 1번 물고기를 잡는 낚시를 한다고 생각을 바꾸니 꽤 만족스러웠다. 단, 요양원에서 일을 해야 하는 날에는 몸이 지치지 않는 선에서 최대한 시간 관리를 했다.

길가다가 벼락을 맞고 한 순간에 정신을 차리는 것처럼 내가 한 번에 변한 것은 아니다. 아침에 일찍 일어나기 귀찮다. 배가 아프니까 오늘은 운동하지 말자. 너무 열심히 할 필요 없다. 며칠만 놀았다가 다음번에 진짜로 하자는 등 온갖 유혹의 덫들과 싸우며 나는 천천히 올바른 방향으로 걸어갔다.

'내가 왜 이렇게까지 할까?'

너무 힘들어서 스스로에게 질문을 던져보면 항상 같은 대답이 돌아왔다.

'날 기다리는 하얀공주님을 구하자.'

러닝머신 시계에 30분이 찍히자마자 나는 달리기를 멈추고 바로 무산소 운동을 시작했다. 어깨와 가슴을 키워주는 기구에서 10분. 허리를 바로 잡아주는 기구에서 10분. 다리 근육을 풀어주는 기구에서 5분 정도를 보내고 샤워를 했다. 운동 후에 하는 샤워는 쾌락이다. 땀을 흠뻑 흘린 뒤 시원한 물줄기를 맞으면 가뭄에 시달렸던 식물이 비를 맞는 것 마냥 기뻤다.

물기를 닦고 옷을 입은 뒤 헬스장을 나섰다. 시계를 안 봐도 지금이 8시 40분인 걸 알 수 있다. 몸에 습관이 배어서 정해진 시간대에 특정한 행동을 한다.

난 더 이상 길 양 끝에 숨지 않는다. 집에 켜놓은 가스 불 때문에 황급히 걸음을 옮기는 사람처럼 빨리 걷지도 않는다. 지금 내 옆을 지나가는 아가씨는 날 싫어하지 않는다. 반대편에서 걸어오는 아저씨가 속으로 내 욕을 하고 있을 리가 없다. 길 맞은편에서 웃고 떠드는 아줌마들이 내 흉을 보는 것이 아니다. 나는 길 가는 사람과 눈이 맞으면 살짝 고개를 숙여 미소와 함께 인사를 건네기도 한다. 그러면 상대편에서 멋쩍은 듯이 웃으며 같이 인사를 해준다. 8시 50분에 요양원에 도착했다. 직원들에게 인사를 드리고 곧장 3호실로 들어왔다.

"공주님, 제가 왔습니다."

나는 출근하자마자 박도심 어르신께 인사말을 건넨 뒤 의자에 앉아 스케치북을 꺼냈다. 그림을 그리려는 것이 아니라 글을 그리기 위해서다. 독서실에서 글을 쓸 때 노트북을 두들기면 굉장히 시끄러운 소리가 나기 때문에 어쩔 수 없이 손으로 쓰는 수밖에 없다. A4용지에 적을 수도 있겠지만 낱장으로 되어 있어서 관리가 힘들고 글과 그림이 동시에 들어가면 여백이 부족하다. 하지만 스케치북을 이용하면 종이가 흩어지는 경우가 없어 관리가 쉽고 공간이 넓어 내 스타일에 딱 알맞게 글을 쓸 수 있다.

박도심 할머니께 어떤 이야기를 해주면 가장 효과적일까 고민을 하면서 요양원에 계신 거의 모든 어르신들과 대화를 나누며 소재를 쌓아갔다. 사전 조사가 끝날 때쯤에는 스케치북이 불에 그슬린 것처럼 새카맣게 변했다. 어르신들은 긴 문장을 받아들이기 힘들어 했다. 옆에서 장문의 문장을 읽어주면 금방 집중력이 떨어지는 걸 확인할 수 있었다. 조금만 어렵거나 심오한 의미를 담은 이야기를 하면 어르신들은 고개를 다른 데로 돌렸다. 장황한 설명과 묘사가 잔뜩 들어간 서술형 문장보다는 편한 대화체 문장을 더 선호했다.

이야기에 쓸 소재가 쌓여가면서 불안감도 같이 쌓여간다. 내가 쓰고 있는 이 글은 설명이 불가능하다. 나는 문학이 가지고 있는 각각의 고유한 규칙을 존중한다. 소설, 시, 수필, 희곡, 시나리오 등 각각의 요리가 지닌 고유한 맛이 있다. 하지만 내 글은 좋아하는 반찬을 한데 모아 넣고 고추장으로 버무린 비빔밥 같이 그 어떤 카테고리에도 확실하게 속하질 못한다. 어르신들에게는 맛있게 다가갈 수 있겠지만 처음 맛본 사람들에게는 생소한 느낌을 줄 것이다.

점심시간에는 송태화 할머니의 식사를 도왔다. 할머니는 더 이상 내 숟갈을 피하지 않고 간식을 먹는 것처럼 주는 대로 잘 드신다. 조금 놀랍겠지만, 이젠 요양원에서 내가 제일 빨리 할머니께 밥을 먹인다. 이전부터 오랫동안 식사 도우미를 하셨던 요양보호사분들도 어떻게 했냐고 물어볼 지경이다. 비법은 할머니의 왼손이다.

송태화 할머니는 오랫동안 해녀로서 무리한 활동을 하는 바람에 팔다리가 다 마비되어 몸이 굳었지만 이상하게 왼손 하나만큼은 살짝 움직일 수 있었다. 그 모습이 마치 뭔가를 따는 것처럼 보였다. 할머니가 숟갈을 피해 장난꾸러기처럼 고개를 요리조리 움직일 때 나는 할머니의 왼손을 잡아줬다. 거친 해녀 생활을 한 여자의 손 같지 않게 굉장히 부드러웠다. 내가 손을 잡아주자 할머니는 마음의 안정을 찾은 듯 고개를 이리저리 돌리지 않고 나와 눈을 마주쳐줬다. 그때 입에 숟갈을 넣어주니 할머니는 자연스럽게 죽을 받아먹었다. 식사 후에는 할머니의 팔에 마사지를 해드리며 '그동안 고생하셨어요.'라고 말한다. 그때마다 할머니는 기분이 좋은지 입을 붕어처럼 벙긋벙긋 열었다 닫는다.

"저거 보소, 저거 보소. 에구, 남사스러워라. 다 늙은 할매가 젊은 놈이랑 바람이 났네."

점순이 할머니의 기분 나쁜 목소리가 귓가를 때린다. 목소리 자체가 정말 날카로워서 듣는 것만으로도 마음에 상처가 생긴다. 최근 들어서 점순이 할머니가 날 따라다니면서 칼로 가슴을 후비는 듯한 말을 던진다. 고은혜 선생님 말로는 점순이 할머니가 최근에 건강을 회복해서 힘이 남아도는 바람에 주변 사람들의 험담을 하며 에너지를 발산하는 것이라고 한다.

"여보세요! 여보세요! 거기 누구 없어요?"

옆방에 계신 허정란 어르신의 목소리가 여기까지 들려온다. 2호실에 들어가니 할머니는 초점을 잃은 눈으로 앞을 바라보며 계속 사람을 찾는다.

"여보세요! 여보세요! 나 좀 도와주세요!"

"네, 저 왔어요. 어디 불편하세요?"

"허리가 아파요."

내가 할머니의 허리를 주무르자마자 등 뒤로 따가운 소리가 들려온다.

"저 봐라, 대낮에 정분이 났네. 뭐가 좋다고 다 늙은 여자랑 저래 붙어 있노."

참다 참다 폭발한 나머지 나도 모르게 큰 목소리로 나가라고 소리치자 점순이 할머니는 비릿한 미소와 함께 또 악담을 퍼붓는다.

"너는 엄마 없어? 늙은 여자가 그렇게 좋아?"

처음에는 어르신이니까 그냥 넘어갔지만 가면 갈수록 점점 도가 지나쳐 참을 수가 없다. 성추행범으로 몰아가는 건 기본이고 '할머니들과 연애를 즐긴다.', '집에 부모님이 없다.' 등등 도저히 입에 담기도 힘든 말을 수도 없이 지껄인다. 좋게 넘어가니까 저 할머니가 나를 만만히 보고 계속 험담을 하는 것 같다. 내 오늘은 가만있지 않으리라. 내가 점순이 할머니한테 따지려고 들자 간호조무사 선생님이 가로막으며 말했다.

"총각이 참아요. 불쌍한 사람이에요."

"네?"

머리에서 발끝까지 비열함으로 도배를 한 저 여자의 어디가 불쌍하다는 걸까.

"이젠 저도 한 마디 해야겠어요. 한두 번도 아니고 맨날 괴롭히듯이 따라와서 헛소리를 해대는데 어떻게 참아요?"

간호조무사 선생님은 2호실 문을 닫은 뒤 속삭이듯이 말했다.

"점순이 어르신이 결혼생활을 무지 힘들게 했어요. 남편이 바람을 피우는 걸 알면서도 뭐라 한 마디도 못하고 꾹 참으면서 지냈데요. 거기다가 남편은 술만 마시면 점순이 할머니를 개 패듯이 패고, 애써 키워놓은 자식들은 지 애비를 닮아서 밖에 나가 허구한 날 사고를 쳐대니, 이게 안 미치고 버틸 일이에요? 평생을 두들겨 맞고 무시 받으며 살아오신 분이에요. 우리가 이해합시다."

요양보호사들의 일손을 도우면서 어르신들의 과거 이야기를 어깨너머로 많이 들었다. 정말 핑계 없는 무덤이 없는 것처럼 슬픔 없는 노인이 없다. 요양원에 계신 어르신들은 각자 나름대로 가슴 아픈 사연이 있다. 일전에 황정숙 선생님이 노인이 치매에 걸리는 이유가 뭔지 아냐고 내게 물은 적이 있다. 나는 치매가 노화 때문에 오는 것이라고 대답했다. 늙으니까 피할 수 없이 걸리는 병이 치매라고 생각했다.

하지만 황정숙 선생님은 치매가 '노인의 선택'이라고 말했다. 오랜 인생동안 슬픔이 쌓이고 쌓여 도저히 자신이 감당할 수 없는 상태가 되면 노인은 스스로 기억을 끊고 어린애가 된다. 기쁜 일도 있었겠지만 슬픈 추억이 훨씬 많아 육체가 버티지 못하고 자신도 모르는 사이에 치매를 선택한다.

간호조무사 선생님이 나간 뒤 홀로 거실 의자에 앉아 있는 점순이 할머니를 보았다. 왼쪽 뺨에 붙어있는 찌그러진 점이 주름살과 뭉쳐 흉하게 보였지만 눈매 하나만큼은 세월에 녹슬지 않고 아름다웠다. 큰 점이 흠이지만 점순이 할머니는 젊었을 적에 분명히 예쁘다는 소리 좀 들었을 것이다. 할머니는 그 누구와도 어울리지 못하고 혼자서 허리를 구부린 채 TV를 보고 있다. 과거사를 들어서인지 화가 난 것이 조금 사그라졌다. 무시당하면서 사는 게 얼마나 힘든지 나는 정확히 안다.

3호실로 돌아와 박도심 어르신과 잠깐씩 대화를 나누며 스케치북에 글을 썼다. 치매에 걸려 기억이 삭제되어도 정말로 괴로웠거나 무서웠던 추억은 몸에 남는 것 같다. 어르신들이 특정 단어에 민감하게 반응하는 걸 보면 옛날에 무슨 일이 있었는지 대략 짐작할 수 있다. 박도심 어르신은 특히 '공무원'이라는 단어를 들을 때마다 아주 심하게 몸서리를 친다. 일전에 내가 공무원이 되는 것이 목표라고 말하자, 할머니는 끓는 물을 뒤집어 쓴 것처럼 고통스런 신음을 냈다. 나는 궁금증이 폭발하여 친구들과 스무고개 게임을 하는 것처럼 질문을 여러 개 던져보면서 할머니가 왜 공무원이라는 단어를 혐오할까 곰곰이 생각해봤다. 아무래도 아버지와 관련이 있는 것 같다.

박도심 할머니는 오빠가 한 명 있었다. 그 오빠의 이름이 뭐냐고 물어봤지만 할머니는 계속 '새말 오빠'라고 반복할 뿐이었다. 할머니는 오빠와 같이 아버지께 맨날 매를 맞았다. 얼마나 많이 맞았는지 치매에 걸려 기억이 가물가물한 지금도 생생하게 묘사할 수 있을 정도였다. 할머니는 오빠와 같이 어두컴컴한 집을 탈출하는 것이 소원이었다. 하루에 한 번씩 오빠와 언젠가는 이곳을 나가자고 약속을 했다.

단, 할머니가 가난에 허덕인 건 아니었다. 할머니는 그 옛날에 끼니를 거르지 않을 정도로 유복한 삶을 살았는데, 아무래도 부모님이 벌어 오시는 수입이 괜찮았던 것 같다. 할머니는 자신의 어머니에 대해 아무것도 떠올리지 못했다. 할머니가 미처 성숙해지기도 전에 어머니가 요절했거나 집을 나간 것으로 추정된다. 아버지에 대해서는 맞았던 기억만 생생할 뿐 나머지 부분은 이래저래 질문을 던져 봐도 알아내기가 힘들었다. 혹시 아버지의 직업이 공무원이었냐고 묻자 할머니는 온몸을 비틀며 신음소리를 냈다. 계속 집요하게 아버지에 대해 물었다가는 할머니가 진짜 경기로 쓰러질 것 같아서 공무원이란 단어는 앞으로 일절 꺼내지 않기로 다짐했다.

기억이 얽히고설켜서 정확한 정황은 파악할 수 없지만, 어느 날 박도심 할머니의 머릿속에서 아버지와 오빠가 동시에 사라진다. 아무래도 6.25 전쟁 때문에 가족들이 뿔뿔이 흩어진 것 같다. 홀로 남게 된 할머니는 그 뒤로 기억을 잃었다. 자기 자신의 이름도 모른다. 그저 옛날의 약속을 굳게 믿으며 오늘도 새말 오빠가 와주길 기다린다. 나는 잠이 든 할머니의 머리를 손으로 곱게 쓸어 넘겨주었다.

퇴근 시간 무렵에 난 누가 시키지도 않은 거실 청소를 했다. 요양원 어르신들을 위한 환경미화라고 생각하며 즐겁게 쓸고 닦았다. 누가 시켜서 하면 일이 되지만 내가 나서서 하면 보람이 된다. 청소를 마친 뒤 가방을 매고 신이 난 어린애처럼 요양원을 돌아다니며 어르신들에게 퇴근 신고를 했다. 어르신들 대부분이 치매 환자이기 때문에 매일 이렇게 눈도장을 찍어도 내일이 오면 내 얼굴조차도 잘 기억하지 못하는 경우가 다반수다.

인사를 마치고 현관문을 나서려는데 웬 거지가 내 앞에 나타났다. 나는 눈을 휘둥그레 떴다. 처음엔 누군가 싶어서 잠시 헷갈렸지만 곧 환이라는 걸 겨우 알 수 있었다. 이발을 얼마나 오랫동안 안 했는지 덥수룩한 머리가 얼굴의 대부분을 가렸다. 환이가 다가오자 찌든 때 냄새가 몰려왔다. 내가 인상을 쓰든 말든 환이는 입에서 악취를 내뿜으며 말했다.

"오늘은 내가 야간 당직이야. 지민이가 몸이 안 좋아져서 내가 대신 서기로 했어."

환이는 힘 빠진 걸음으로 3호실에 들어가 문을 닫았다. 나는 환이가 뭘 하고 있나 궁금해서 몰래 3호실 문을 살짝 열어 방안을 살폈다. 녀석은 출근한지 1분도 안 됐는데 벌써 의자에 앉아 졸고 있다. 오랜만에 친구를 만났는데 말도 없이 여기에 숨어서 잠이나 자고 있구나. 괘씸한 놈! 나는 종종걸음으로 방안으로 들어가 녀석을 놀래켜주려고 두 손을 들었다. 환이가 놀라 자빠질 것을 생각하니 벌써 가슴이 두근두근 거린다. 살금살금 녀석에게 다가갔다. 폐 속에 공기를 잔뜩 모으고 한 번에 발사하려고 한 순간, 환이의 얼굴이 내 눈에 새겨졌다.

머리카락은 뭉쳐 떡이 되었고, 얼굴은 개기름이 잔뜩 껴 번들거렸으며, 후줄근한 반바지에 다 낡은 슬리퍼를 신고 있다. 꾀죄죄한 녀석의 모습을 보자 괜스레 눈물이 났다. 몇 번이나 말했고, 앞으로도 계속 말하겠지만 환이는 정말 괜찮은 아이였다. 소중한 사람이 망가져 가는 모습을 보면 내가 무너지는 것보다 가슴이 더 아프다. 난 눈시울이 붉어진 상태로 환이를 깨웠다.

"환아, 힘들면 내가 당직 대신 서줄게. 피곤하면 집에 가서 쉬어."

환이는 눈을 뜨자마자 기지개를 펴며 말했다.

"너 공부는 잘 하고 있어?"

순식간에 눈물이 메말랐다. 오랜만에 얼굴을 맞대고 있는데 공부 얘기부터 꺼내니 괜히 심술이 났다. 녀석은 두 손을 높이 들고 날 위아래로 훑어보더니 가슴에서 시선을 멈췄다. 나도 모르게 손으로 가슴을 가렸다. 환이가 두 손을 내리고 인상을 찡그리며 말했다.

"너 청춘의 칼 어디 있어?"

집에 놓고 왔다고 거짓말을 치려다가 굳은 마음을 먹고 솔직히 말했다.

"이제 난 칼을 사용하지 않아."

"뭐?"

"칼의 도움 따윈 필요 없어. 내 힘으로…."

녀석이 갑자기 벌떡 일어나더니 내 가방을 강제로 빼앗았다.

"뭐하는 짓이야?"

반항을 해보지만 난 이미 등껍질이 뜯겨져 나간 거북이가 되었다. 바닥에 필통이 떨어지면서 지우개가 흘러나왔다. 환이는 가방에서 꺼낸 스케치북을 거칠게 넘기다가 잠시 손을 멈추고 바닥에 떨어진 지우개를 주웠다.

"이걸 아직도 쓰고 있냐? 너도 참 용하다."

환이는 나에게 지우개를 건네준 뒤 현장을 샅샅이 조사하는 탐정처럼 스케치북을 노려봤다. 나는 괜히 침을 꿀꺽 삼켰다.

"이게 뭐야?"

"박도심 할머니를 위해 글을 쓰고 있어."

나는 잘못한 것도 없는데 급히 핑계를 대듯이 말했다.

"공시 준비도 철저히 하고 있어. 글만 쓰는 게 아니야."

환이가 인상을 풀면서 물었다.

"글 제목은 뭐야?"

"골품의 탑."

"골품? 신라시대 골품제도를 말하는 거야?"

"응."

환이가 스케치북을 조사하는 동안 나는 손깍지를 끼고 두 검지를 살짝 부딪쳤다. 환이가 마침내 스케치북의 마지막 장을 넘기는 순간 나도 모르게 안도의 한숨이 나왔다. 녀석은 스케치북을 돌려주며 말했다.

"앞도 안 보이는 할매한테 글 써줘서 어쩌려고?"

"할머니는 읽지 않아. 내가 낭독할거야. 자그마한 낭독회를 열어서…"

"쓸데없는 짓 하지 마."

환이는 다리를 꼬고 머리를 긁으며 말했다.

"최근에 뉴스 봤어? 지금 정치가들이 꼴값 떠는 추세를 보니까 어쩌면 추가 경정이 국회를 통과할 수도 있어. 이게 뭘 의미하는지는 너도 잘 알지? 연말에 추가시험의 가능성이 생기는 거야. 확실하게 결정되기 전까지는 말을 아끼려 했는데, 네가 또 다른 선택을 할까봐 미리 알려둔다. 자기 정신 줄도 제대로 못 잡는 할매에게 시간 낭비하지 말고 공시 준비나 해."

"새말 오빠! 새말 오빠! 나 좀 살려줘요! 나 기다리고 있어요!"

잠에서 깬 할머니는 어린애처럼 살려달라고 울어댔다. 환이는 머리를 세차게 긁으며 짜증을 냈다.

"노친네가 지치지도 않나, 하루 종일 새말 오빠만 좆나게 찾아요. 아주 마지막까지 온갖 추태란 추태는 다 부리고 있네. 아휴, 난 저렇게 늙지 말아야지."

난 환이를 밀치고 할머니께 다가가 손을 잡아주었다.

"공주님, 왕자가 곧 구하러 갈게요. 괜찮아요. 잠시만 기다려주세요."

환이가 바닥에 머리를 박으며 웃었다.

"뭐? 공주님? 왕자? 아주 지랄을 하는구나. 하하하!"

환이가 얼마나 크게 웃었는지 복도를 지나가던 요양보호사가 걸음을 멈추고 3호실 문 안으로 고개를 내밀었다. 나는 별 일 아니라며 요양보호사를 돌려보낸 뒤 환이의 등짝을 몇 대 후려쳤다.

"그만 웃어!"

나의 매질에도 녀석의 광기 들린 웃음은 멈추지 않았다. 너무 웃어서 지쳐버린 환이는 전력질주를 한 후 숨을 고르는 것 마냥 바닥에 주저앉아 가슴을 진정시켰다. 환이는 입에 묻은 침을 팔뚝으로 닦으며 말했다.

"만약에 이 할매가 널 왕자로 인정한다면, 난 널 작가로 인정해주마."

나는 혹시나 하는 마음에 할머니께 정중히 부탁을 했다.

"공주님, 딱 한 번만 절 왕자님으로 불러줄 수 있을까요?"

"싫어요. 관심 없어요. 새말, 저 새말 살아요. 새말 오빠만 기다려요."

환이가 이번에는 바닥에 배를 붙이고 웃는다. 나는 얼굴이 빨개지다 못해 사과로 변신할 지경이다. 혹시나 했지만 역시나 할머니는 새말 오빠만 찾는다. 서운하다. 내가 옆에서 맨날 챙겨주고 말벗도 되어줬는데, 그 작은 부탁 하나 안 들어주고 환이 앞에서 망신을 주다니!

환이가 질질 흘린 침 자국이 바닥에 남았다. 왠지 코로 녀석의 악취가 들어오는 것 같아 기분이 더러웠다. 난 화를 참지 못하고 바닥에서 뒹굴고 있는 환이의 엉덩이를 발로 찼다. 그래도 녀석은 웃음을 그치지 않는다. 나는 신경질을 내며 말했다.

"할머니가 날 왕자님으로 인정해 주면, 넌 정말로 날 작가로 인정해 줄 거야?"

환이는 바닥에 대자로 누워서 대충 대답했다.

"응."

"똑바로 서서 말해!"

내가 일어나라고 발로 차도 녀석은 옴짝달싹하지 않았다.

"약속할 수 있어? 할머니가 날 왕자로 인정해 준다면, 그때는 내가 글을 써도 인생을 남들과 다르게 사는 병신이라고 욕하지 않을 거지?"

"응."

환이가 웃음을 멈추고 자리에서 일어났다. 녀석은 나에게 손을 내밀며 말했다.

"단, 조건이 있어. 네가 지금 쓰고 있는 낭독인가 뭔가가 끝날 때쯤에 할머니가 널 왕자님으로 인정해주지 않는다면, 평생 동안 글 쓰지 마. 너도 이걸 약속할 수 있겠어?"

나는 자신감이 넘쳤다. 못할 것이 뭐가 있겠는가? 나는 환이와 힘차게 악수를 하며 말했다.

"응, 약속할게."

13

공시 공부와 글쓰기 사이에서 줄을 타며 하루를 보낸다. 시험공부를 하다가 집중이 안 되면 글을 쓰고, 글이 막히면 다시 시험공부로 돌아가면서 낭비되는 시간이 없도록 노력했다.

환이 앞에서 으름장을 놓았지만 막상 작품을 써내려가니 불안감만 든다. 내가 정말로 글쓰기에 재능이 있었던가. 나 자신에 대한 의심만 든다. 여기서 실패하면 평생 동안 글을 쓰지 못한다. 과연 할머니가 날 왕자님으로 인정해줄까. 아니다. 인정받지 못할 것 같다. 실패할 것 같다. 지금이라도 늦지 않았으니까 환이에게 봐달라고 애원해볼까. 하지 말자. 내 자존심이 무너질 것 같다.

처음에는 물 흐르듯이 글이 나왔다. 하지만 지금은 중반도 못 넘었는데 벌써 펜이 움직임을 멈췄다. 글쓰기가 너무 막혀서 하루 종일 시험공부만 하다가 끝나는 날이 이어졌다. 시간이 날 때마다 스케치북을 옆에 끼고 생각에 생각을 거듭해보지만 내 마음에 드는 글이 떠오르질 않는다. 포기하고 싶은 마음이 입 밖으로 자주 흘러나왔다.

"차라리 잘 됐다. 이번 실패를 통해서 꿈을 미련 없이 접어버리고 공무원이나 되자. 솔직히 글 써서 뭐하겠느냐 공무원이 최고다."

이렇게 부정적인 생각이 가득할 때는 모든 것을 멈추고 헬스장에 가서 운동을 하거나 요양원에 들러 요양보호사들의 일손을 도왔다. 한동안 땀을 흘리며 운동과 일을 하면 또 생각이 금방 바뀌었다.

"난 할 수 있다. 잠시 일이 안 풀리는 것뿐이다. 시험공부도 하고 글도 쓸 것이다. 난 성공할 것이다."

요양원에서 잠깐씩 나는 자투리 시간도 그냥 흘려보내지 않았다. 틈이 날 때마다 나는 시험에 나오는 지엽적인 부분을 외우거나, 한 문장이라도 좋으니 짤막하게 글을 써 내려갔다.

가끔씩 환이와 점순이 할머니의 방해 때문에 정신이 무너질 때가 종종 있었지만 운동과 일로 위기를 극복하려 노력했다. 그러나 혼자서 모든 장애물을 극복하기에는 내가 능력이 부족한 부분도 있었다. 특히, 연애 문제로 공격당하면 나는 갑옷도 입지 않은 채 창에 찔린 병사처럼 아파했다. 이제까지 여자도 한 번 못 사귀어 본 놈이 어떻게 글로 할머니의 마음을 얻을 수 있겠냐며 저주를 퍼부어대는 환이의 전화 때문에 정신이 무너져 눈물을 글썽인 적이 여러 번 있었다. 거기에다가 점순이 할머니가 내 주변을 기웃거리며 "저런 놈이 어떻게 결혼할꼬?"라는 소리를 하면 난 참고 있던 눈물을 터뜨렸다. 평소에 이런 악담을 들었다면 화 한 번 내고 넘어갈 수 있었겠지만 공부와 글쓰기에 전념하는 바람에 마음을 돌보지 못해 정신이 쉽게 무너졌다. 공시 공부와 글쓰기는 사람의 마음을 민감한 피부처럼 만든다. 살짝 긁어도 쉽게 부어오른다.

운동과 일로도 극복할 수 없는 상처가 괴로울 때마다 난 친구들에게 연락을 했다. 철중이, 서현이 그리고 심지어는 지민이에게까지 연락을 하여 하소연을 했다. 지민이는 요양원까지 날 찾아와 위로를 해줬다. 나이도 많은 내가 동생에게 힘든 점을 말하는 게 자존심이 상하기는 했지만 흰 얼굴에 초롱초롱한 눈으로 고개를 계속 끄덕여주는 녀석을 보면 마음의 고통이 많이 가라앉았다.

지민이는 날 만날 때마다 자신이 만들어온 프로그램을 선보였다. 유명인사의 명언 수집기, 공무원 시험 기출문제 앱, 간단한 게임 등이 있었다. 모두다 AI와 관련된 것으로 명언 수집기는 사용자의 기분에 맞춰 '슬픔', '고난', '기쁨' 등과 관련된 명언을 자동으로 모아서 보여준다. 공무원 시험 앱은 수험생이 자주 틀리는 문제와 헷갈리는 개념을 알아서 한데 모아 주는 프로그램이었다. 게임은 내가 조작하는 것이 아니라 지민이가 프로그래밍한 AI가 플레이 하는 것으로 실시간으로 인공지능이 어떻게 발전해 나가는지 관찰할 수 있다. 지민이가 눈을 반짝이며 어떠냐고 물을 때마다 난 녀석의 어깨를 두드려줬다.

한 번은 지민이가 3D 프린터기의 도면을 내게 보여주면서 인공지능과 이 '욕망의 상자'가 세상을 바꿀 것이라고 말했다. 남의 인생에 함부로 참견하면 안 되지만 지민이는 차라리 공시를 포기하고 다른 길을 선택하는 것이 더 나을 것 같다. 하지만 녀석의 부모님을 생각하면 쉽사리 뭐라 조언할 수도 없는 상황이다. 왜냐하면 부모들은 자식의 안정적인 미래를 최우선으로 생각하기 때문이다.

철중이는 내가 자취방에 찾아갈 때마다 비싼 와인을 대접하며 상담을 해줬다. 동갑이라는 게 믿기지 않을 정도로 철중이는 삶에 대한 확신과 통찰력이 있다. 녀석의 인생강의를 듣고 나면 좌절감을 극복할 수 있었고, 녀석과 술을 마시고 나면 삶에 대한 즐거움을 되찾을 수 있었다. 사실, 힘들어서 찾는 날보다 녀석에게 재밌는 이야기를 듣고 싶어서 자취방에 들른 날이 더 많다. 철중이가 해주는 야한 이야기를 책으로 묶어서 출판 한다면 분명히 베스트셀러가 될 것이다. 기회가 된다면 녀석이 통닭집 아줌마를 꼬신 설을 들려주고 싶다. 참으로 기상천외한 이야기다.

서현이는 언제나 내 편이다. 내가 힘들어 해도, 좌절해도, 짜증을 내도, 재미없는 말을 건네도, 녀석은 변함없이 옆에서 잘 들어주고 호응해주고 더 나아가서는 챙겨주기까지 했다. 내가 목이 다 늘어난 반팔을 입고 다니자 서현이는 자신의 옷을 내주었으며, 과자나 초콜릿 등의 간식도 알게 모르게 내 주머니에 넣어줬다. 또한 서현이는 하루에 한 번씩 정해진 시간에 나에게 전화를 해준다. 처음에는 약간 귀찮기도 했지만 이제는 전화가 오지 않으면 마음이 조마조마하다. 내가 여자였으면 이 녀석의 애를 바로 임신했을 것이다. 아니다. 표현이 너무 과격했다. 내가 여자라면 이런 남자를 놓치지 않을 것이다.

나는 철중이, 서현이, 지민이, 환이 그리고 요양원 직원들에게 같이 작품을 낭독해 달라는 부탁을 했다. 글을 다 쓰진 못했지만 된 부분까지라도 낭독을 하고 싶었다. 모두들 내 무리한 부탁을 거절하지 않았다. 서현이는 오히려 영광이라며 매우 기뻐해줬다. 철중이는 미리 사인을 해달라며 부산을 떨기도 했다. 참 유쾌한 친구다.

낭독회는 요양원 스케줄을 고려하여 일주일에 한 번씩 열기로 했다. 환이는 쓸데없는 짓이라며 짜증을 냈지만 친구의 마지막 글쓰기이니 까짓것 참아준다며 온갖 생색을 냈다. 녀석은 내가 실패할 거라는 확신에 차있다.

첫 번째 낭독회가 열리는 당일, 사회복지사 선생님들께 양해를 구하고 3호실에 친구들이 모였다. 고은혜 선생님은 이런 이벤트가 인지개선능력에 좋다며 3호실로 몇몇 어르신들을 보냈다. 박도심 어르신의 침상 주위로 출연자들이 둘러앉고, 그 주변을 휠체어에 탄 어르신들이 둘러쌌다. 송태화 할머니, 허정란 할머니도 참석했다. 뭔가 연극을 진행하는 느낌이 들었다. 황정숙 선생님은 나중에 요양원 홈페이지에 올릴 예정이라며 여러 각도에서 사진을 찍었다. 나는 덜덜 떨리는 손을 멈출 수가 없었다. 그냥 조그마한 낭독회를 열 셈이었는데 이렇게나 많은 어르신들이 모일 줄은 몰랐다. 시작을 기다리는 조용함이 지배한 가운데 나는 용기를 내어 첫 번째 대사를 읊었다.

"죄수들 앞으로!"

낭독회를 진행하면서 내가 살아 있다는 느낌이 든다. 살아 있기 때문에 어쩔 수 없이 살았던 과거와는 전혀 다르다.

"이야기가 너무 듣기 좋아요."

낭독을 듣던 한 할머니가 해주신 말씀이다. 내가 뭔가를 할 수 있구나. 나도 해낼 수 있구나. 내가 타인에게 영향을 미칠 수 있구나. 기쁘도다! 같이 읽어주는 친구들이 자기 배역에 집중하는 표정을 보여줄 때 나는 뭔지 모를 쾌락을 느꼈다. 거기다가 내가 정해준 틀에서 어떻게든 감정을 넣고 읽으려는 모습들은 나에게 정복감마저 주었다.

물론, 공무원 시험공부도 꾸준히 하고 있다. 아직 정확한 시험 일자는 알 수 없지만, 내년에도 요번 년도와 비슷한 시점에 시험이 있을 것이라고 예상한다. 모든 것이 잘 돌아가는 상황 속에서 유일한 문젯거리는 바로 박도심 어르신이다. 작품이 이제까지 진행되었는데도 공주님은 내게 마음을 주지 않았다. 다른 어르신들은 다 좋다며 긍정적인 반응을 보이는데 박도심 할머니만큼은 계속 새말 오빠만 찾는다. 답답한 마음에 할머니께 나를 왕자님이라고 한 번만 불러달라며 몇 번 야비하게 유도한 적도 있었다. 그러나 할머니는 오로지 새말 오빠만 찾을 뿐이다. 어떻게 하면 할머니의 마음을 돌릴 수 있을까.

"새말 오빠, 새말 오빠, 나를 구해줘요!"

"공주님, 제가 옆에서 이렇게 노력하는데 안 봐줄 거예요?"

"관심 없어요. 새말 오빠, 새말 오빠, 나 좀 구해줘요!"

할머니는 그 어떤 미녀보다 철벽을 친다. 비집고 들어갈 틈이 없다. 이러다간 환이와의 내기에서 질 것 같다. 나는 스케치북을 뚫어져라 쳐다보면서 아이디어를 떠올려봤다. 지금 내 앞에는 세상에서 가장 냉혈한 공주가 앉아있다. 그 누구에게도 마음을 내주지 않는다. 승리의 여신, 행운의 여신의 미소를 보는 것보다도 더 어렵다. 미천한 내가 어떻게 해야지 이 공주의 마음을 얻을 수 있을까. 얼마나 더 대단하고 얼마나 더 과감해야지 이 여자가 날 인정해줄까. 할 수 있는 모든 생각 끝에 난 스케치북을 덮었다.

도저히 모르겠다. 이젠 비열한 생각마저 떠오른다. 새말 오빠인척 하고 할머니한테 다가가서 사실 최근에 내 이름이 '왕자님'으로 바뀌었으니 그렇게 한 번 불러달라고 유도하고 싶다. 머리가 지끈거려 숨을 크게 들이쉬는 와중에 핸드폰이 울렸다. 철중이다. 이 녀석이 어디 가서 남자한테 먼저 연락할 인간이 아닌데 오늘은 웬 일로 내게 전화를 준 것일까. 내가 전화를 받자마자 철중이는 인사를 생략하고 바로 용건을 꺼냈다.

"태수야, 12월 16일에 서울시랑 지방직 공무원 추가 시험이 생겼어."

나는 재빨리 통화 화면을 나간 뒤 인터넷에 접속했다. 검색어 1순위에 공무원 추가채용이 떴다. 추가 경정이 국회를 통과하면서 청년 실업률을 개선하기 위한 공무원 추가 채용이 확정되었다. 서울시와 지방직 모두 동일한 날짜에 추가시험을 진행하며, 급하게 결정된 사항이라 뽑는 인원이 매우 적다. 나는 손으로 이마를 짚으며 인터넷 신문 기사를 읽었다. 설마 했는데 정말로 추가 시험이 생겼다. 핸드폰 스피커로 철중이의 무거운 목소리가 흘러나왔다.

"어떻게 할 거야?"

"그냥 경험삼아 한 번 보려고. 큰 의미는 두지 않을 거야. 내가 될 리가 있겠어?"

"안타깝네. 그러면 시험을 포기하는 대신 낭독회에 모든 혼을 다 쏟아 부을 거야?"

나는 질문에 대답하지 못하고 한숨만 쉬었다. 철중이도 답답했는지 걱정을 늘어놓았다.

"낭독회가 막바지인데 공주님은 널 인정할 기미조차 보이고 있지 않아."

"알아. 알고 있어."

나는 머리를 긁으며 말했다.

"스케치북이 더러워질 때까지 머리를 쥐어짜보지만 아이디어가 떠오르질 않아."

나의 넋두리에 철중이가 잠시 뜸을 들이다가 입을 열었다.

"난 언제나 너에게서 희망을 보고 있어. 지금은 네가 돈이 안 되고 명예가 없는 가난한 골목길을 걷는 것 같아서 힘들겠지. 하지만 기억해둬. 올바른 길은 항상 올바른 목적지에 도착해. 두렵고, 무섭고, 외롭고, 괴롭겠지만 넌 청춘이 걸어야 할 가장 올바른 길을 걷고 있어. 걸어가기만 해. 버티자. 그리고 나머지 죄수들과 같이 앞으로 맞이할 미래를 두 눈으로 똑바로 보자고. 너라면 기적을 일으켜서 끼어있는 현재를 벗어나 하얀공주님을 구할 수 있을 거야."

철중이의 기대가 나에게는 부담으로 다가온다. 녀석은 이후로 몇몇 힘을 내주는 응원의 메시지를 전해준 뒤 전화를 끊었다. 녀석은 대체 내게서 뭘 봤기에 기대가 이렇게나 큰 걸까.

옆에 누워있는 할머니를 바라봤다. 아니, 공주님을 바라봤다. 오랫동안 왕자님을 기다린 그녀는 이제 지칠 대로 지쳤다. 기억을 잃고도 마지막까지 살려달라고 외쳐대는 공주님을 위해 난 어떻게 해야 하는가. 나는 손으로 할머니의 머리를 빗어주며 말했다.

"생각지도 못한 추가 시험이 생겼네요. 전 크게 신경 쓰지 않으려고요. 어차피 떨어질 거 편안한 마음으로 한 번 보고 올게요. 뽑는 인원이 워낙 적어서 경쟁률이 엄청 높을 것 같아요. 제가 될 리가 있겠어요? 공무원 시험은 생각할수록 참 신기해요. 사람의 과거를 묻지 않고 동등한 기회를 주는 시험이 인생에서 몇 번이나 있을까요? 저는 공시를 오랫동안 준비했어요. 이젠 공무원이 되는 것 외에는 다른 생각을 할 수조차 없게 되었네요."

공무원이라는 단어를 너무 많이 뱉은 탓일까. 할머니는 경기를 일으키며 소리를 쳤다.

"새말 오빠! 새말 오빠! 나 좀 구해줘요!"

나는 할머니를 진정시켰다. 손을 잡아주고 어깨를 주물러주며 한참을 달랬다. 할머니는 왜 공무원을 이렇게나 싫어할까. 목이 갈라져라 새말 오빠를 부르던 할머니는 5분 정도 지나자 힘이 빠졌는지 입을 눈처럼 닫았다.

나는 할머니의 옷매무새를 정돈하고 배에는 두꺼운 수건을 덮어주었다. 할머니는 많이 진정되었는지 편안한 표정으로 침대에 누워 잠을 청했다.

나는 스케치북을 다시 들었다. 마지막 낭독회를 써보려 안간힘을 짜내보지만 펜은 움직일 생각을 안 한다. 핸드폰이 울린다. 환이다. 나는 머뭇거리다가 조심스레 전화를 받았다.

"뭐하냐?"

환이의 건들거리는 목소리가 들려온다.

"아까 전에 전화하니까 계속 통화중이던데, 혹시 철중이가 연락을 줬었어?"

나는 환이의 말에 놀라 몸을 움찔했다. 대체 어떻게 예상한 걸까. 나는 당황하지 않은 척하면서 짧게 대답했다.

"응."

"그 인간이 뭐라고 말하든?"

"기적을 일으켜서 공주님을 구해달라고 했어."

나는 잠시 핸드폰에서 귀를 뗐다. 스피커에서 전파가 찢어지는 소음과 함께 환이의 웃음소리가 터져 나왔다. 나는 속이 부글부글 끓었다. 최근 들어 이놈은 내가 뭘 해도 비웃을 뿐이다.

"시끄러워!"

나의 신경질에도 아랑곳하지 않고 녀석은 장난기가 듬뿍 섞인 투로 말했다.

"이제까지 낭독회에 출연한 죄수로서 작가님께 한 말씀 올리지요. 당신은 분명히 실패할거예요. 작품 내에서는 공주님께 인정받지 못하고, 작품 밖에서는 공시에 합격하지 못할 거예요."

"닥쳐!"

환이는 껄껄 웃으면서 말했다.

"누가 네 작품에 힘이 있다고 생각할까? 어쭙잖은 글 솜씨로 공주를 꼬시는 게 가능하다고 생각해? 그래, 운이 좋아서 네가 공주님을 유혹했다고 치자. 그 다음 번엔 어떻게 결말을 맺을 건데? '다름죄랑 공주님이 평생토록 행복하게 지냈습니다.' 하고 어설프게 막을 내릴 거야? 요즘 세상에 그런 엉성한 이야기로는 초등학생도 감동시키지 못할 걸? 한마디로 넌 글쓰기에 재능이 없다는 거야."

더 이상 참을 수 없었던 나는 목청껏 소리를 내어 전화기에 욕설을 퍼부었다. 뜨거운 내 목소리와 달리 환이의 음성은 시종일관 차가웠다.

"얼씨구, 작가가 비판 좀 받았다고 그렇게 화를 내면 쓰나? 나뿐만 아니라 주변 사람들 모두 네 이야기가 시시하다고 여길 걸? 뻔한 이야기에 뻔한 결말이잖아."

환이는 목소리를 가다듬고 말했다.

"승질 내지 말고 보여줘. 네가 작가로 인정받고 싶다면 기적을 일으켜봐. 이 노력죄마저도 경이로움에 무릎을 꿇을만한 기적을 만들어봐. 네가 왕자님임을 증명해봐, 동정 씨."

나는 칼같이 손가락을 움직여 핸드폰을 그었다. 전화를 끊자마자 나는 바닥을 발로 세차게 찼다. 발바닥이 뜨끈하다. 환이의 의견은 부정하기가 힘들다. 녀석이 듣기 싫은 소리를 내뱉을 때마다 속 시원히 반박해주고 싶지만 내 부족한 능력으로는 어림도 없다. 숨을 길게 내쉬며 차분히 생각해보니 환이가 옳았다. 나는 힘이 없다. 정확히는 기적을 일으킬 힘이 없다. 모두가 납득할만한 결말을 맺을 수가 없다. 박도심 할머니가 작게 웅얼거리며 말했다.

"새말 오빠. 새말 오빠. 어디 갔어요? 나 좀 구해줘요. 괴로워요."

나는 백발이 다 된 할머니의 머리를 손으로 쓸어 넘겨주며 말했다.

"그렇게도 새말 오빠가 좋으세요? 저는 눈에 들어오지도 않나요?"

"새말 오빠, 새말 오빠!"

실망감이 몰려왔다. 할머니는 언제나 새말 오빠만 찾는다. 나는 할머니의 손을 꼭 붙잡으며 물었다.

"할머니, 새말이 어디에 있는 지역인지 기억나세요?"

"파주요."

"거기서 오빠가 오기를 기다리는 거예요?"

"네."

할머니는 또 애타게 새말 오빠를 찾는다.

"새말 오빠, 새말 오빠, 나 좀 구해줘요."

"할머니, 제가 만약 새말에 간다면 저랑 만나 줄 거예요?"

할머니는 작은 목소리로 대답했다.

"네."

"그러면 새말 오빠 대신에 제가 공주님을 구해줘도 될까요?"

할머니는 주름이 선명해지도록 얼굴이 구기면서 말했다.

"싫어요."

"싫으세요? 그럼 누가 공주님을 구해주면 좋겠어요?"

"왕자님이요."

칼 같은 대답이다. 역시 할머니는 보통내기가 아니다. 아무 남자에게 마음을 내주지 않는구나. 공주님은 정말 쉬운 구석이 하나도 없다. 좋다, 내가 왕자님이 되어서 공주님 앞에 나타나는 수밖에 없겠지. 나는 다시 스케치북을 펼쳤다.

나는 마지막 낭독회를 잠시 미루고 시험공부에만 열을 올렸다. 나는 서울시 시험이 아닌 지방직 시험을 선택했다. 지원한 지역은 경기도 파주다. 환이는 어차피 떨어질 시험인데 괜히 멀리까지 가서 고생한다며 나를 놀렸다. 다른 친구들도 가까운 서울시 시험을 놔두고 먼 지방직 시험을 선택한 나를 잘 이해하지 못했다. 친구들에게 자세히 설명하지 못해 아쉽지만, 공주님을 구하기 위해선 어쩔 수 없다.

복습을 하는 느낌으로 그동안 조금씩 쌓아놓은 지식을 머릿속에서 정리했다. 시험이 한 달 정도 남았기 때문에 주말에도 독서실에 갔다.

국어는 이제 한자어만 조심하면 만점을 노릴 수 있을 정도로 실력이 올랐다. 많은 부분을 까먹어 가장 걱정했던 한국사는 다시 책을 잡고 여러 번 반복하니까 기억이 쉽게 되살아났다. 한국사는 공시생들이 가장 두려워하는 만점 방지용 문제를 제외하고 다 맞을 수 있을 것 같다.

하지만 행정학은 공부를 할수록 자신감이 떨어진다. 이놈의 학문은 범위가 워낙 넓기 때문에 출제자가 작정을 하고 생소한 부분에서 문제를 내면 수험생들은 풀지도 못하고 틀리는 수밖에 없다. 나는 행정학의 전 범위를 공부하기보단 수험생으로서 갖춰야할 필수적인 부분만큼만 확실히 다진 다음에 공부를 마무리 지었다.

사회 과목은 나에게 효자 종목이다. 모의고사 점수가 항상 90점 이상 나왔기 때문에 큰 걱정이 없다. 문제는 영어다. 단어, 문법, 독해로 구성되어 있는 영어 시험은 각 부분별로 수험생의 고개를 갸우뚱하게 만드는 문제가 나온다. 단어는 책 한권을 통째로 외우면서 대비를 해도 막상 시험을 보면 생전 처음 보는 것들이 자주 튀어나온다. 문법은 모래사장에서 바늘 찾기처럼 어디가 틀렸는지 알아내기 힘든 문제가 꼭 1개는 나온다. 독해는 항상 시간이 모자라다. 1분 내에 1문제를 푸는 것이 거의 불가능하기 때문에 다른 영역에서 시간을 아껴 영어 독해에 투자해야 한다.

나는 모르는 문제가 나왔을 때 시험지에 표시만 하고 넘어가는 식으로 문제풀이 스타일을 바꿨다. 단시간에 많은 문제를 풀어야하는 공시에서 모르는 문제를 붙잡고 깊은 생각을 할 여유 따윈 없다. 모르면 틀렸다고 여기고 그냥 넘어가야 한다. 그렇게 하는 편이 더 점수가 잘 나왔다.

별 이유도 없이 내가 갑자기 낭독회를 중지하고 공시 공부에만 목을 매자 친구들이 내 걱정을 많이 했다. 지민이는 내게 청춘의 칼을 다시 사용하기로 마음먹었냐고 물었다. 아니다. 추가시험을 대비하는 내내 난 청춘의 칼을 단 한 번도 꺼내지 않았고 사용할 생각도 안 했다. 철중이는 대체 무슨 속셈으로 공시 공부를 하는 것이냐고 물었지만 난 마지막 낭독회 때까지 기다려 달라고 부탁했다. 서현이도 내 속내가 내심 궁금했는지 나와 전화통화를 할 때마다 간접적으로 질문을 던졌지만 난 항상 애매모호하게 받아쳤다. 환이는 내가 드디어 작가로서의 한계를 인식하고 낭독회를 포기한 것으로 알고 있다. 그렇지 않다. 난 낭독회를 포기하지 않았다.

정해놓은 날짜는 온다. 군대에서 제대를 기다릴 때와 달리 추가시험은 내게 성큼 다가왔다. 시험 하루 전날 친구들은 내게 아무런 연락도 하지 않았다. 서현이 조차도 전화를 주지 않았다. 괜히 연락을 했다간 공부에 안 좋은 영향을 줄까봐 핸드폰을 덮어놓은 친구들의 마음이 내게 전해졌다. 묵언의 응원만으로도 충분하다.

시험 당일 새벽에 철중이에게서 갑작스런 전화가 왔다. 시험장까지 차로 데려다줄 테니 요양원 앞으로 나오란다. 요양원 건물에 도착하니 미리 마중 나온 서현이가 날 반겨줬다.

"시험 잘 봐."

서현이는 이 짧은 인사 한 마디를 건네기 위해 새벽부터 날 기다렸다. 녀석은 정말 외모뿐만 아니라 마음까지도 훈훈한 놈이다. 나는 철중이의 차를 얻어 타고 시험장까지 편하게 갔다. 이동 중에 서로 대화를 나누진 않았다. 철중이는 묵묵히 운전만 했고 난 한국사 문화편을 머릿속으로 되짚었다.

요번 시험은 파주시 금촌에 있는 한 고등학교에서 본다. 날씨는 겨울답지 않게 굉장히 푸근하다. 원래 시험이 있는 날에는 한파가 몰려오거나 비가 오는 등의 기상이변으로 수험생을 괴롭히기 마련인데 오늘은 오히려 날씨가 내게 활력을 불어넣고 있다. 시험장에 도착하자 철중이는 잘 보라는 짧은 메시지만 전하고 돌아갔다.

이상하게 마음이 편하다. 긴장감이 크게 들지 않는다. 중앙현관에 붙어 있는 배치도에서 좌석을 확인한 후 학교로 들어가자마자 화장실에 들러 소변을 봤다. 저번과 같은 실수를 범할 순 없다. 지정된 좌석에 앉아 짐을 풀고 시험을 기다렸다.

요즘엔 결시생이 별로 없나보다. 내가 있는 교실은 1명 빼고 전부 다 출석했다. 시험을 시작하기 전에 잠깐 시간이 났을 때도 화장실에 갔다 왔다. 시험 직전까지 특별한 문제는 일어나지 않았다. 답안지 이름 기입부터 감독관 확인란의 사인까지 별 무리 없이 진행됐다. 나는 이상하게도 시종일관 편안한 마음이 유지됐다. 정확하게 10시가 되자 안내 방송과 함께 시험이 시작됐다.

나는 준비한 작전대로 시험과 싸웠다. 모르는 문제가 나오면 표시만 하고 다음으로 넘어갔다. 국어, 한국사, 행정학, 사회 모두 몇몇 문제만 제외하고 전부 예상한 부분에서 출제가 되었다. 4과목을 풀고 시계를 보니 11시다. 무려 40분이나 남았다. 이제 영어만 잘하면 된다.

영어는 독해 지문이 전년도보다 복잡하게 나왔지만 답을 찾는 데는 어려움이 없었다. 시험 종료 10분 전에 마킹을 완료하고 못 푼 문제들을 다시 확인했다. 몇 번을 다시 봐도 답이 안 나온다. 어차피 이런 문제들은 나만 틀리는 게 아니라 모두가 틀리기 때문에 가벼운 마음으로 답을 찍었다. 몇몇 문제는 막판에 답을 바꿀까 고민을 하기도 했지만 진인사대천명이라고 그냥 놔둔 상태로 답안지를 제출했다.

시험 시간이 모자라 문제를 못 풀거나, 도중에 소변이 마려워 집중을 못하는 사태는 벌어지지 않았다. 머릿속에 그렸던 대로 큰 무리 없이 시험을 치렀다. 학교를 나오자 따뜻한 햇살이 날 반겨줬다. 처음으로 신병휴가를 나왔을 때가 떠오른다. 그때도 겨울이었는데 세상이 참으로 따뜻했다. 버스와 지하철을 타고 곧장 집으로 돌아와 침대에 누웠지만 온몸에 깃든 흥분 때문에 피곤해도 잠이 오지 않았다. 나는 눕지도 앉지도 서지도 못한 채 똥마려운 강아지마냥 방안을 휘젓고 돌아다녔다. 유명 학원 강사들은 시험이 끝난 후 대체로 서너 시간 내에 가답안과 해설을 올린다. 채점하기가 무서워 가방에 든 시험지를 애써 무시했지만, 가만히 있다가는 오히려 불안감에 마음이 더 괴로웠기 때문에 현실을 마주하기로 결심했다.

나는 인터넷 강의를 들으며 한 문제씩 정성들여 채점을 했다. 국어와 영어를 넘어 한국사에 도달하자 손가락이 떨린다. 맞은 문제에 동그라미를 쳐야 하는데 찌그러진 풍선을 그리고 있다. 행정학의 점수를 매길 때는 손목에 힘이 안 들어가 잠시 쉬기도 했다. 마지막 과목인 사회의 채점이 끝났다.

난 시험지를 천장으로 던졌다. 방안 곳곳을 뛰어다녔다. 침대 위에 올라가 어린애처럼 뛰면서 소리를 질렀다. 바닥에 엎드려 축구선수처럼 세레모니도 펼쳤다. 너무 잘 봤다. 푼 문제뿐만 아니라 찍은 것까지 거의 다 맞았다. 작년도 합격 커트라인과 비교해도 내 점수는 최상위권에 속한다. 앞으로 남은 면접시험에서 오줌을 싸지르는 멍청한 짓만 하지 않는다면 무난하게 최종 합격도 할 수 있다.

나는 스케치북만 들고 요양원에 잠시 방문했다. 요양원 직원들에게 시험결과를 알렸다. 모두들 자기 자식이 잘 된 것처럼 기뻐해줬다. 황정숙 선생님이 그동안 수고 많았다며 제과점에서 케이크를 사다주셨다. 거실에서 요양보호사 선생님들과 두런두런 이야기를 나누면서 마음 한 편으로는 환이와 지민이를 생각했다. 아직까지 내게 연락이 없는 걸로 봐선 결과가 그리 좋진 못한 것 같다. 내가 먼저 전화를 걸면 이들이 기분 나빠 할까봐 두렵다. 나는 하는 수 없이 서현이에게 대신 물어봐달라고 부탁을 했다.

얼마 안 지나서 지민이에게 장문의 문자가 하나 왔다. 놀랍게도, 지민이는 처음부터 이번 추가시험에 등록 자체를 안 했다고 한다. 자기는 도저히 공무원 시험과 체질이 안 맞아서 앞으로 계속 수험생활을 이어나갈지 의문이란다. 이후로도 지민이는 문자로 이제까지 쌓아왔던 고민을 털어놓았다. 환이에게서도 장문의 문자가 하나 왔다. 둘 다 통화를 할 정도로 기분이 썩 내키진 않는 것 같다. 환이는 가장 자신 있었던 한국사가 잘 안 풀려 도중에 시험을 포기했다. 제일 믿었던 과목에서 배신을 당하자 환이는 시험 도중에 울었다고 한다.

동료들의 암울한 소식 때문인지 입에 들어간 케이크가 굉장히 쓰다. 직원들과 간단한 파티를 즐긴 후 나는 3호실로 들어가 박도심 할머니의 손을 잡았다. 막 잠에서 깬 할머니는 힘없는 목소리로 구슬픈 대사를 반복했다.

"새말 오빠, 새말 오빠, 저 좀 살려줘요."

아직 게임은 끝나지 않았다. 면접시험까지 통과해야 최종 합격을 할 수 있다. 공주님 앞에서 내가 왕자임을 당당히 증명해내야만 한다. 나는 스케치북을 무릎 위에 펼쳐놓고 낭독회의 마지막 부분을 적어나갔다.

면접시험은 필기보다 훨씬 더 마음 편히 준비할 수 있었다. 먼저 합격한 수험생들의 수기를 살펴보면 면접시험은 크게 실수를 하지 않는 이상 '보통'을 받는다고 한다. 면접관은 수험생을 '우수', '보통', '미흡'으로 평가하는데 미흡을 받으면 필기시험을 아무리 잘 봐도 탈락이다. 반면에 우수를 받으면 여타 경쟁자들보다 점수가 상대적으로 낮아도 합격을 할 수가 있다. 하지만 면접관들도 수험생들이 천신만고 끝에 면접장까지 온 것을 잘 알기에 웬만하면 '보통'을 줘서 필기점수 순서대로 합격을 시킨다고 한다. 내 점수가 상위권에 있기는 하지만 작은 실수 하나로 불합격을 맞이할 순 없기 때문에 난 틈틈이 시간을 내어 면접을 준비했다.

지방직 면접시험은 면접관이 20분 내로 수험생의 인성과 전문지식을 평가한다. 나는 주로 철중이와 서현이에게 면접관 역할을 맡기고 연습을 했다. 사실 거짓말이다. 녀석들의 자취방에 놀러가 면접 연습은 10분 내외로 해치우고 술이나 퍼마시면서 흥청망청 놀았다. 꼭 내 잘못만 있는 건 아니다. 옆에서 자꾸 철중이가 합격은 따 놓은 당상이니 면접 따위는 대충해도 된다며 억지로 술을 권했고, 난 주는 대로 받아 마셨을 뿐이다. 놀면서도 행여나 내가 실수로 OMR 카드에 답을 잘못 마킹했을까봐 걱정이 들었다. 서현이는 수험생들이 주로 마킹 실수 때문에 두려움에 떨지만 실제로 성적을 받아보면 가채점 결과와 별 차이가 없다며 날 위로해줬다.

요양원에 출근하는 날에는 박도심 할머니 옆에 온종일 진을 치고 낭독회와 면접 준비를 동시에 했다. 낭독회와 관련된 아이디어나 면접 질문에 대한 대답이 잘 안 떠오르면 요양원 곳곳을 돌아다니며 어르신들의 동태를 살폈다.

추가시험이라서 일정이 꽤나 빨리 진행됐다. 필기합격자 발표 후 바로 2주 뒤에 면접시험 공고가 났다. 필기합격자 발표 전날에는 마킹 실수를 했었을까봐 불안해서 제대로 잠을 못 잤다. 밤새 마음을 졸였지만 서현이 말대로 점수가 가채점 결과와 똑같이 나왔다. 결국 필기합격자 명단에 올라온 내 수험번호를 확인하고 나서야 밤새 못잔 잠을 낮에 잤다.

요즘엔 민원이 많이 들어와 머리가 아프다. 대체 낭독회는 언제 다시 열리냐며 친구들이 내게 심리적인 압박을 가한다. 철중이는 같이 술을 안 마셔주겠다는 협박을 하고, 서현이는 맛있는 안주를 만들어주지 않겠다는 서운한 소리를 자주 한다. 지민이는 하루에도 10통이 넘는 장문의 문자를 보내며 내게 상담을 요청한다. 녀석은 낭독회에 참여해서 인생을 어떻게 살아야할지 방향을 찾고 싶은데 내가 꾸물거리고만 있으니 많이 답답했나보다. 친구들에게 미안하지만 나는 기다리라는 말밖에 할 수 없다.

요새 환이의 마음은 세상에 대한 분노로 가득하다. 환이는 자신이 한국사 시험을 망친 이유가 무능한 조상님들이 쓸데없는 기록을 많이 남겼기 때문이라며 국가를 저주했다. 녀석은 정치가 부패했고, 경제는 빈익빈 부익부가 더 심해졌으며, 문화는 수준이 낮기 때문에 청춘들이 더 이상 살 수 없으니 하루빨리 이 나라를 탈출해야한다고 소리쳤다. 녀석과 전화통화를 할 때마다 스피커에서 새어나오는 바늘들이 귀를 찌른다. 귀가 따갑고 가슴이 아프다. 이제 환이는 옛날로 돌아갈 수 없는 걸까.

'이제 이 나라는 끝났어. 공무원 빼고는 다 말라 죽을 거야. 난 열심히 살았어. 근데 이 모양이야. 이 빌어먹을 국가가 나한테 해준 게 뭐가 있어? 난 복수할 거야. 그것도 아주 끔찍한 복수를! 난 끝까지 살아남아서 국가를 좀먹겠어. 난 결혼하지 않아. 애도 안 낳을 거야. 일도 안 할 거야. 어떻게든 불쌍한 척하면서 국가로부터 지원금이나 타먹으면서 살 거야. 나이가 들면 노령연금부터 시작해서 각종 수당까지 받아먹으며 버틸 수 있을 때까지 버텨서 끝까지 세금을 낭비할 거야. 히히! 이게 바로 내가 국가에게 할 수 있는 최대의 복수야!'

입에서 저주를 쏟아내는 환이에게 난 아무 말도 해줄 수 없었다. 다만 녀석이 불쌍할 뿐이다. 너무나도 많은 실패를 하여 망가지다 못해 썩어버린 환이에게 필요한 건 동정이 아닌 이해다. 딱 2가지만 있었다면 그는 이렇게 무너지지 않았을 것이다. 사랑과 취직. 녀석을 사랑해줄 이성(異性)과 월 200만 원 이상을 주는 정규직 자리가 있었다면, 그는 과거처럼 하얗게 빛나는 웃음을 잃지 않았을 것이다. 그토록 당연한 것인데 왜 그는 이것들을 얻지 못했을까. 아니다. 우리도 마찬가지다. 태어나서 사랑을 하고 일을 하는 건 당연한 건데 왜 우린 그 당연함을 투쟁을 통해서 얻어야만 하는가. 사랑을 얻기 위해 필사의 노력을 기울이고 취직을 위해 타인을 적으로 돌린다. 경쟁을 당연하게 여기는 분위기에 우린 지쳤다. 하지만 약한 모습을 보이진 않는다. 힘들다고 말하면 나약하다고 괴롭힘 당할 테니까. 약자가 살기에 이 나라는 너무 가혹하다.

타인을 짓밟고 골품의 탑에 올라가면 세상이 달라 보일까. 일단 남보다는 위에 있으니까 한숨 돌릴 수 있을까. 내 발밑에는 환이와 같은 청춘이 쓰러져 있다. 발아래에서 울리는 비명소리가 꽤나 구슬프다. 더 이상 이 울음소리를 무시할 수 없다. 골품의 탑 전체가 흔들린다. 인생을 먼저 살아본 선배들은 거대한 골품의 탑에 오르는 것만이 유일한 생존법이라고 가르쳤다. 나는 아니라고 대들었다. 그리고 죄인이 되었다. 남들과 다른 죄. 남들과 똑같이 행동하지 않고 자기 생각대로 움직인 죄. 동굴에 가만히 있지 못하고 탈출한 죄. 골품의 탑에 오르는 것을 거부한 죄. 이미 죄인인 내가 또 골품의 탑에 반기를 든다면 이번엔 어떤 천벌이 내려올까. 가슴이 설렌다.

청춘의 칼! 내 가슴속에 있는 청춘은 칼로 잘라낼 수 없다. 나는 무당들조차 길들일 수 없는 가장 거친 청춘을 품에 안고 공주 앞에 설 것이다.

면접시험은 필기와 달리 특별히 어려운 것이 없었다. 철중이는 면접시험 하루 동안 기사노릇을 자청하여 이 몸을 파주시청까지 모셔다줬다. 수험생들은 대기 장소인 대회의실에 들어가 휴대폰을 제출하고 지정된 좌석에 앉아 시청 공무원들의 면접절차에 대한 설명을 들었다. 나는 B조 3번이어서 비교적 빠른 시간 내에 면접을 볼 수 있었다. 면접관은 세 분이었고 면접은 압박 없이 시종일관 화기애애한 분위기 속에서 진행되었다. 면접관은 답변이 불가능할 정도로 어려운 지식을 묻기보다는 수험생의 자질을 평가하는 질문을 주로 했다.

'공무원이란 무엇인가? 헌법 7조 1항을 근거로 말해보라.', '봉사활동은 많이 해봤는가?', '존경하는 인물은 누구인가?', '최근에 어떤 책을 읽었는가?' 등등의 질의가 오고갔다. 모든 질문에 당황하지 않고 답변을 완료했을 때 분명히 합격할거라는 느낌이 들었다.

2월 16일 밤 11시 30분. 합격자 공고가 떴다. 예상했던 대로 별 탈 없이 최종 합격을 했다. 행복하다. 공무원이 되어서가 아니라 낭독회를 마칠 수 있어서 행복하다. 친구들에게 먼저 합격을 알렸다. 핸드폰은 뜨거운 메시지와 전화로 식을 새가 없었다. 축하한다는 연락을 받는 가운데 환이는 내 가슴을 긁는 문자를 보내왔다.

'축하해. 공무원이 되었으니 왕자님 되기는 글렀네. 네가 공식적으로 글쓰기를 포기하게 될 마지막 낭독회를 기대할게.'

나는 씁쓸한 미소를 지으며 작품에 마침표를 찍고 스케치북을 덮었다.

다음날 요양원에 출근을 하니 직원들이 나를 보자마자 짧은 환호성을 질렀다. 나는 말한 적도 없는데 합격 소식이 요양원에까지 퍼졌다. 아무래도 지민이가 알려준 것 같다. 직원들은 나를 과거시험에서 장원급제한 선비처럼 대우해줬다. 나는 그저 허리를 살짝 굽히며 힘없는 미소로 답례 인사를 했다. 나는 3호실로 들어가 박도심 할머니를 바라보며 말했다.

"공주님, 저 새말에 왔어요."

할머니는 내 쪽으로 얼굴을 급히 돌리며 말했다.

"왕자님?"

"아니요, 저는 공무원이에요."

공무원이라는 단어를 듣자마자 할머니는 괴로운 듯 등으로 방패를 만들어 돌아누웠다. 나는 등을 돌린 공주님께 말했다.

"오늘 마지막 낭독회가 있어요. 끝까지 들어주세요."

나는 친구들에게 마지막 낭독회에 참석해 달라는 연락을 돌렸다. 친구들이 오기 전까지 나는 대본 수정을 몇 번 더 했다. 글을 쓸 때마다 느끼는 것이지만 꼭 마지막 순간이 되어서야 실수한 부분이나 마음에 안 드는 구절이 눈에 보인다.

친구들이 요양원에 도착했다. 나는 녀석들에게 낭독회 마지막 부분의 대본을 나누어 줬다. 간단히 예행연습을 마치고 나니 서현이는 약간 슬픈 표정을 지었고 철중이는 내 어깨를 다독여줬다. 지민이는 날 보며 방긋 웃었다. 날 이해해준 친구들에게 너무 고맙다. 다만 납득을 하지 못한 환이가 날 요양원 밖으로 불러냈다. 녀석은 담담하게 말했다.

"또 중요한 순간에 와서 남들과 다른 짓을 하는구나. 청춘의 칼은 어디 있어?"

나는 밋밋한 가슴을 손으로 쓸어내리며 말했다.

"아무도 모르는 곳에 숨겼어. 그리고 이제 내게 칼은 필요 없어."

"앞으로 어떻게 살 거야?"

"어떻게든 되겠지."

내가 아무렇지도 않은 듯 대답하자 환이는 목소리를 살짝 높이며 말했다.

"계산을 좀 해보자. 철중이랑 서현이는 애초부터 공시가 아니었어도 먹고 살 수 있는 놈들이었어. 둘 다 외모가 잘생겼으니 하고 있는 일 다 실패하면 호빠에 가서 아줌마들 아랫도리나 물고 늘어져도 돈을 벌 수 있어. 지민이는 금수저야. 우리가 걱정해줄 필요가 없어. 하지만 너와 나는?"

환이는 내게 한 걸음 다가오며 소리를 크게 질렀다.

"우린 공시가 아니면 살 방법이 없다고! 외모부터 수저까지 다 썩어 문드러졌어. 우린 못생기고 가난해. 그러니까 다른 가능성이 없어! 그런데 마지막 부분을 그 따위로 써 와? 골품의 탑에 오르지 않는다면 네까짓 게 대체 뭘 할 수 있겠어!"

불 같이 화를 내는 환이에게 나는 물 같은 대답을 뿌렸다.

"나에게는 가능성이 있어. 왜냐하면 나는 남들과 계속 다르게 살아갈 테니까. 네가 그렇게 잘 안다고 자부하는 역사를 돌이켜봐. 우리가 시대의 변화에 적응할 수 있었던 기회는 항상 있었어. 다만 변화를 다름으로 생각하고, 다른 것은 틀렸다며 죄로 여겼지. 다름에 적응하지 못하고 옛것을 고집한 역사는 그 대가를 톡톡히 치러야만 했어. 그렇기에 나는 급변하는 시대에 시험공부만 붙잡고 늘어졌던 꼰대로 기록되지 않을 거야. 나는 기회를 잡을 거야. 지금은 내가 바보 취급을 당하겠지만 100년 뒤의 청춘들은 날 '청춘의 시작'으로 기억할 거야."

환이가 실성한 듯 웃으며 말했다.

"시대의 변화? 기회? 청춘? 너 아직도 정신을 못 차렸구나. 이 나라는 끝났어. 약자들은 죄수처럼 꼼짝없이 골품의 탑이나 바라보고 살아야 돼. 여기는 희망이 없는 감옥이야."

"희망이 없으니까 내가 하얀공주님을 구하려는 거야. 누군가 희생해서 새로운 시대가 왔다는 걸 청춘들에게 알려줘야 해. 난 저번처럼 시험에서 도망치지 않았어. 난 합격했어. 나에게는 마지막 낭독회를 열 권리가 있어."

돌아서는 나에게 환이가 칼 같은 말을 던졌다.

"그거 알아? 너는 정말로 인생을 남들과 다르게 사는 병신이야."

나는 환이를 남겨둔 채 먼저 요양원으로 돌아왔다.

어르신들이 휠체어를 타고 3호실로 모여들었다. 마지막 낭독회다. 길었던 이야기가 이제 끝나간다. 사람들이 모이니 공기가 후끈 달아올랐다. 황정숙 선생님은 의자에 올라가 두 팔을 높이 들어 전체 사진을 찍었다. 조용한 분위기 가운데 모두들 언제 낭독회가 시작될 지 서로의 눈치만 본다. 나는 첫 번째 대사를 아직 읊지 않았다. 불편한 정적은 계속됐다. 3호실 문이 열리며 환이가 들어왔다. 녀석은 아니꼬운 표정으로 내 옆자리에 앉았다.

나는 환이의 눈을 보며 입을 열었다.

다름죄가 바닥에 무릎을 꿇고 말하길

다름죄: 골품의 탑을 오르는 죄수들이여.
세상이 변하는 동안 탑은 움직이지 않아
피 묻은 뼈에 먼지가 가득 쌓였다네.
우리는 죄수복을 입고 속죄를 위해
스스로를 자학하며 살아간다네.
공주님들은 답답한 비단옷으로
허리를 조여 헐떡이며 살아간다네.

다름죄가 골품의 탑을 향하여 두 손을 뻗치며 외치길

다름죄: 모든 죄수가 똑같은 탑에 올라가는 시대.
나는야 감옥이 낳은 희생물.
모든 공주가 똑같은 탑에서 기다리는 시대.
하얀공주는 감옥이 낳은 희생물.
그렇기에 나는 그녀를 구해야만 한다.
나는 속죄를 위해 몸부림쳐왔다.
하얀공주는 왕자님을 하염없이 기다려왔다.
탑이 정해놓은 역할 놀이에 지쳐버린 우리는
새로운 시대를 꿈꾼다.
감옥 안에 갇힌 자들이여, 나와 함께 하겠는가?

다름죄의 외침에 죄수들이 합창하여 대답하길

죄수들: 우린 약자의 말을 듣지 않는다. 우린 강자의 명령에 따른다.
우린 패배자의 하소연을 듣지 않는다. 우린 승자의 조언에 따른다.
약자가 주는 떡은 먹지 않겠다.

패배자가 주는 꽃은 받지 않겠다.

강자가 주는 것은 욕이라도 먹겠다.

승자가 주는 것은 똥이라도 받겠다.

다름죄여, 너는 골품의 탑에서 약자요, 패배자다.

그러니 우리는 너를 무시한다.

다름죄: 약자가 내민 친절의 손, 패배자가 베푼 따뜻한 마음도 그대들 앞에선 무의미한가? 죄수의 뜻은 그대들의 가슴에 닿을 순 없는 것인가?

공주합창: 여기는 감옥이니라. 죄수의 뜻깊은 목소리보다 왕자가 건넨 꽃 한 송이가 더 의미가 있는지라. 다름죄여, 죄수인 네가 무슨 짓을 하더라도 우린 감동받지 않을 것이다.

다름죄가 크게 실망하여 자리에 주저앉자, 다른 죄수들이 나타나 말하기를

외향죄: 저는 당신의 뜻에 동의해요.

망상죄: 영웅에게 시련은 당연하오.

눈칫죄: 힘을 내시오.

탑 위에서 구슬픈 목소리가 들려온다.

하얀공주: 왕자님, 왕자님, 나를 구해주시어요.

다름죄: 하얀공주여, 나는 바닥에서 그대를 위해 노력하고 있소. 내가 보이지 않는가?

하얀공주: 관심 없어요. 왕자님, 왕자님, 나를 구해주시어요.

감옥이 웃음바다가 되어 모두들 다름죄에게 손가락질 할 적에 망상죄가 다름죄의 어깨를 붙잡아주며 말하길

망상죄: 그대는 사관이오. 백만 명이 죽어도 기록이 없으면 눈물 한 방울이 없을지

라. 한 명이 죽어도 기록이 있으면 눈물로 강을 이룰지라. 다름죄여, 죄수들 앞에서 부끄럽지 않을 기록을 남겨주시오. 그것이 곧 기적이오. 우린 당신을 따르겠나이다.

다름죄가 다시 일어서자 노력죄가 말하길

노력죄: 눈 먼 공주님 때문에 수고가 많구려. 미천한 당신이 공주님 하나 잘 꼬신다고 감옥이 바뀌리오? 탑이 무너지리오? 당신은 자나 깨나 쓸데없는 짓만 하는구려.

다름죄가 크게 화를 내자 노력죄가 광대처럼 덩실덩실 춤을 추며 말하길

노력죄: 화를 낸다고 일이 풀리나. 승질 내지 마시고 이 노력죄를 설득해 보시구려!

노력죄가 신이나 오두방정을 떨었다. 골품의 탑 위에서는 하얀공주님이 구슬프게 울었다. 다름죄가 무릎을 꿇고 말하길

다름죄: 죄수들은 관복을 원한다.
공주들은 왕자를 원한다.
관복이 아니면 죄수들에게 뜻이 닿지 않고
왕자가 아니면 공주들에게 마음이 닿지 않으니
골품의 탑 아래에서 기록을 남겨도
하늘은 인정해 주지 않으리라.

다름죄가 일어나 말하길

다름죄: 죄수들이 원하는 관복을 얻겠다.
공주들이 원하는 왕자가 되겠다.

골품의 탑 위에서 기적을 일으키겠다.
하늘에서 인정받고 땅으로 내려오겠다.

다름죄는 다른 죄수들 틈에 껴 골품의 탑에 오르기 위한 의식을 기다렸다. 하늘이 어둡고 감옥 안이 음산할 적에 무당들이 요란한 소리를 내며 단체로 튀어나와 골품의 탑을 돌며 노래를 부른다.

무당들: 골품의 탑에 오르기 위하여!
속죄 받을 수 있는 날이 왔다.
골품의 탑은 모든 죄수에게
공평한 기회를 하사하노니
스스로를 부끄럽게 여기고 속죄하여라.
어머니같이 자비로운 탑이여
아버지같이 근엄한 탑이여
한없는 사랑과 끝없는 위엄으로
우리를 속죄의 길로 인도하노니
고개를 숙이고 무릎을 꿇을지어다.
골품의 탑에 오르기 위하여!

죄수들이 골품의 탑 앞에 무릎을 꿇고 만세를 부르며 눈물을 흘렸다. 무당들이 죄수들을 둘러보더니 청춘의 칼을 빼들며 외치길

무당들: 탑이 내려준 가치를 거역한 자는
각오할 지어다.
탑이 정해준 역할을 거역한 자는
각오할 지어다.
골품의 탑을 향해 무한한 경배를 올려라!

공주님들이 자리에서 일어났다. 죄수들은 살기가 가득한 두 눈을 부라리며 기회를 엿본다. 골품의 탑이 울음소리를 내자 공주들이 춤을 춘다. 무당들은 칼을 들고 치맛자락을 휘날리며 노래를 부른다. 죄수들이 자리를 박차고 뛰어올라 골품의 탑으로 돌진했다.

합창: 죽여라. 밟아라. 쓰러뜨려라. 잔인해져라. 살아남아라.
골품의 탑에 오르기 위하여!
패자를 차별해라. 포기한 자를 무시해라. 뒤떨어진 자를 버려라.
골품의 탑에 오르기 위하여!
탑에만 오르면 우린 속죄할 수 있다네.
골품의 탑에 올라라!

다름죄는 온 힘을 다하여 탑에 올랐다. 다름죄는 죄수들을 밟고 또 밟았다. 발밑에서 죽겠다고 괴성을 질러대는 죄수들을 무시한 채 다름죄는 탑에 오르기 위한 싸움을 계속했다. 탑은 좁은데 죄수는 많다. 다름죄는 그 어느 때보다도 더 많은 죄수들을 밟아야만 했다. 다름죄는 탑 언저리에 새빨간 피로 물든 손을 얹었다. 다름죄는 마지막 힘을 짜내어 골품의 탑 위에 올라섰다. 머리부터 발끝까지 피로 물든 다름죄가 나타나자 공주들과 무당들은 일제히 박수를 쳤다.

무당들: 가장 무거운 죄를 지은 자가 탑에 올랐다네.
골품의 탑은 모두에게 공평한 기회를 준다네.
그대는 기회를 놓치지 않고 남들과 똑같아졌다네.
그대는 기회를 잡고 속죄를 이뤘다네.
골품의 탑에 그대의 훌륭함을 기록해보세.
공주합창: 보잘 것 없었던 죄수가 왕자님이 되었네.
옛날에 했던 험담은 미래를 위한 땔감이었으니
당신은 우리가 던진 땔감을 불태워
가장 뜨거운 열정을 보여줬어요.

우리가 아니었으면 지금의 당신도 없었겠죠.

과거의 일은 발밑으로 잊고

현재의 일은 가슴으로 받아들여

미래를 일은 눈으로 함께 바라봐요.

자, 저희들의 손을 잡아주세요.

다름죄는 모두의 축하를 뒤로한 채 하얀공주에게 다가갔다.

다름죄: 그대 내가 보이오?

하얀공주: 아니요. 안 보여요.

다름죄: 나는 왕자라오.

하얀공주: 그걸 어떻게 믿겠어요?

공주합창: 왕자님, 쓸모없는 여자에게 시간낭비 하지 마시고 우리의 손을 잡아 주시어요.

공주들이 다름죄를 유혹할 적에 무당들은 황색 관복을 가지고 탑 위로 올라왔다. 한 무당이 황색 관복을 아래 깔아놓으며 말하길

무당: 관복을 입어라. 이것이 골품의 탑이 내려준 너의 역할과 가치다.

다름죄가 하얀 공주의 두 손을 잡으며 말하길

다름죄: 나는 왕자라오.

하얀공주: 증명해보세요.

다름죄가 골품의 탑 위에서 죄수들을 내려다보며 외치길

다름죄: 나는 관복을 입지 않겠다!

새까만 하늘에서 천둥번개가 내려치고 무당들이 청춘의 칼을 빼들어 다름죄를 겨눴다. 공주들은 미친 듯이 탑 위를 휘저으며 뛰어다니다가 자리에 주저앉았다.

공주합창: 미쳤구나, 미쳤구나. 세상에, 골품의 탑이 내려준 관복을 받지 않겠다니!

무당들: 이놈! 지금 골품의 탑을 거역하는 것이냐?

다름죄가 무릎을 꿇고 피로 물든 죄수복을 찢어 바닥에 깔며 말하길

다름죄: 나는 골품의 탑이 정해준 역할과 가치를 거부하겠다.
나는 하얀공주 앞에서 왕자로 인정받아
새로운 시대의 시작을 알리는 기록이 되고 싶다.

무당이 청춘의 칼로 다름죄의 가슴을 갈랐다. 새빨간 피가 흘러나왔다.

무당들: 관복을 입어라.

다름죄: 관복을 입으면 나는 남들과 달라질 수 없다.

무당이 청춘의 칼로 다름죄의 가슴을 또 한 번 가르자 새빨간 피가 흘러나왔다.

무당들: 관복을 입어라.

다름죄: 관복을 입으면 나는 하얀공주님께 왕자로 인정받을 수 없다.

무당이 청춘의 칼로 다름죄의 가슴을 난도질했다. 새빨간 피가 흘러나왔다.

무당들: 관복을 입어라.

다름죄: 나는 죄인이 아니다. 나는 사관이다. 나는 올바른 기록을 위해 무엇이든지 할 수 있다. 나의 희생으로 새로운 시대가 시작된다면 기꺼이 목숨을 내놓겠다.

크게 노한 무당이 청춘의 칼로 다름죄의 가슴을 찔렀다. 다름죄의 가슴에서 흰 젖과 같은 피가 솟아올랐다. 하늘 높이 솟아오른 하얀 피가 골품의 탑 곳곳에 눈송이처

럼 내려앉았다. 다름죄가 가슴에서 흘러내리는 하얀 피를 손에 묻힌 뒤 찢어진 빨간 죄수복에 기록을 남기며 말하길

다름죄: 나는 새로운 시대의 시작을 알리는 기록이다.
새로운 시대에서 나는 무죄다.
청춘의 칼로 청춘을 죽일 순 없다.

다름죄가 찢어진 죄수복을 들고 하늘을 우러러 외치길

다름죄: 나는 기록이다.
나는 무죄다.
청춘이여 만세!

나는 낭독을 마친 뒤 박도심 할머니의 손을 잡았다.

"공주님, 저는 공무원이 되지 않을 거예요. 우리 이제 탑에서 내려가요. 당신은 혼자가 아니에요. 제가 옆에 있어줄게요. 자신만의 탑을 쌓아봐요. 공주님, 저와 함께 해줄래요?"

3호실이 앨범에 꽂힌 한 장의 사진처럼 조용하다. 아무도 박수치지 않는다. 모두들 공주님의 대답만을 기다리고 있다. 공주님이 힘겹게 입을 열었다.

"새말… 오빠…."

나는 고개를 떨궜다. 환이의 날카로운 미소가 눈에 새겨졌다. 점순이 할머니가 깔깔대며 웃는다. 저 둘은 보란 듯이 날 비웃고 있다. 침대가 흔들린다. 박도심 할머니가 몸을 비틀기 시작했다. 갇혀있던 영혼이 오래된 육신을 뚫고나와 새롭게 탄생하려는 것처럼 할머니는 고통스러운 몸부림을 쳤다. 할머니의 꽉 다문 입술 사이로 묵혀왔던 신음이 터져 나오며 눈이 열렸다.

"새… 새말 오빠…."

나는 할머니의 손을 꼭 잡아줬다. 할머니가 말했다.

"새말 오빠…. 나, 왕자님이랑 내려갈게요. 안녕."

나는 공주님의 손등에 입을 맞췄다. 3호실이 박수소리로 가득하다.

작품이 완성되었다.

마지막 낭독회를 여기서 마치도록 한다.

뒷일이 궁금한 독자들이 많을 것 같아 내 미련을 여기에 남겨둔다. 난 공무원을 그만뒀다. 임용포기서를 제출했다. 철중이는 중국으로, 서현이는 일본으로 떠났다. 지민이는 공시 공부를 포기했다. 지민이는 인공지능 개발자가 되기 위한 새로운 공부를 시작했다. 요양원에 계신 어르신들은 여전히 건강하게 하루를 보내고 있다.

환이와는 연락이 완전히 끊겼다. 녀석은 그동안 모은 돈을 다 싸들고 노량진으로 다시 갔다. 마지막으로 환이를 배웅했을 때 난 지우개를 돌려줬다. 먼 훗날 날 다시 만나고 싶으면 조용히 찾아와 옆에서 지우개를 떨어뜨리라고 메시지를 남겼다.

어머니께는 공무원 시험을 포기했다고 말씀드렸다. 어머니는 다시 눈에 불을 켜고 나를 중견기업에 보내겠다고 선언했다. 대기업은 무리이고 소기업은 어머니의 자존심이 상하니까 중견기업이 나에게 딱 어울린다고 말씀하셨다. 죄송하지만 어머니 소원대로 될 일은 없을 것이다. 왜냐면 나는 공주님과 골품의 탑에서 내려왔기 때문이다.

5명의 남자가 아닌 5명의 공시생이 만들어낸 평범한 이야기다. 우리들의 삶을 보고 있는 그대들이 어떤 판단을 내릴지 모르겠다. 골품의 탑을 계속 올라가든 아니면 내려와 자신만의 탑을 쌓든 그대들 마음이다.

혹시 몰라 적어두지만, 청춘의 칼은 그 누구도 찾을 수 없는 곳에 숨겨놓았다. 찾으려 하지 마라. 청춘은 청춘의 가슴에 머물러야 한다.

너무나도 긴 이야기였다. 좀 더 많은 이야기를 들려주고 싶었지만 지면과 시간이 부족하니 여기서 마무리를 짓고자 한다. 언젠가 그대들과 함께 낭독회를 열 수 있는 기회가 주어지면 좋겠다.

시간을 내어 내 글을 읽어줘서 너무 감사하다.

pakhaesoo@naver.com